U0728631

金草

小河 著

长江出版传媒 | 长江文艺出版社

图书在版编目（ＣＩＰ）数据

金草 / 小河著. -- 武汉：长江文艺出版社，2020.6

ISBN 978-7-5702-1404-4

Ⅰ. ①金… Ⅱ. ①小… Ⅲ. ①长篇小说－中国－当代 Ⅳ. ①I247.5

中国版本图书馆 CIP 数据核字(2019)第 265345 号

责任编辑：孙　琳　梁碧莹　　　　责任校对：毛　娟
封面设计：吕袭明　　　　　　　　责任印制：邱　莉　杨　帆

出版：长江出版传媒　长江文艺出版社
地址：武汉市雄楚大街 268 号　　　邮编：430070
发行：长江文艺出版社
http://www.cjlap.com
印刷：湖北恒泰印务有限公司

开本：880 毫米×1240 毫米　　1/32　　印张：10.625　插页：2 页
版次：2020 年 6 月第 1 版　　　　2020 年 6 月第 1 次印刷
字数：222 千字

定价：28.00 元

《金草》：一部有"野心"的小说

周百义

　　《金草》看起来像一部有野心的小说，小说开头对农村贫寒生活的描写，尤其是写金草在学校的生活细节，让我想到《平凡的世界》。等同学们离开教室后独自回寝室啃冷馒头的金草，不就是独自去食堂拿黑面馒头的郝红梅吗。至于天堂寨的生活场景，也与黄土高原的双水村有呼应之处。以上种种，不免让人产生错觉，以为《金草》也是以二十世纪七八十年代为背景、通过人物的命运反映社会变迁的小说。不过，小说随后交代的时间背景，却在十六届五中全会前后，这原来是一个发生在 21 世纪的故事。

　　《金草》开端的农村生活只是引子，小说真正的意图，是写一个农村女孩在城市中的奋斗，写她如何战胜必然的贫穷和偶然的厄运，战胜自己性格的软弱，甚至战胜对爱情中男性的期待，成为一个勇立时代潮头、与时代同频共振的人。金草面对的时代，固然有无情之处：一切都在飞速发展，一切都日新月异，如果不积极投身时代，回应这些朝夕之间的巨变，就会被时代抛弃。但时代又是温情的：到处都是机遇和可能，一个奋斗者，有机会展示自己的价值，并得到时代的馈赠。

金草同时经历了时代的无情与温情，而正是她的行动力和生命意志，让她主宰了自己的命运：当她受困于爱情，受困于所爱之人的一个承诺，则始终裹足不前，作为一个家庭的保姆，个人的价值也微乎其微，几不可见；当她勇敢地走出去，和情网告别，则以其善良和能干，成了时代的弄潮儿。可以说，金草这个角色的塑造，是有典型意义的。她代表的，是这个时代无数的女性，她们的角色，不是为人母，为人妻，而是成为那个能实现自我价值的"超越的自我"。从这个意义上来说，这部小说仍然是有"野心"的，其"野心"是大概可以和当下的女权意识挂钩。虽然，金草的女性意识的觉醒，可能有点太迟；女性的独立意识，可能并不那么彻底。但正是这种不彻底，才更有现实意义：现实就是如此，它有其逻辑，必要的遗憾，必要的退步，才更能呈现一个立体丰富的人物形象。

除了金草，小说还塑造了一系列角色：富有同情心但始终缺乏决断力的李忱，贪婪、在爱和占有之间摇摆难以自拔的玉贞，虚荣、在物质面前沦丧以至于无耻的任贵儿……他们构成了一个时代的群像。塑造人物的重要性对长篇小说不言而喻，《金草》在这一点上，说得上是成功。这些人物的行为和发展，都是故事推进和人物成长的自然驱动，在很多时候，已经超出了作者的控制。我们常说的把人物写活了，大致就是这个意思。

这部小说还有一点值得特别一提的地方，就是叙事的节奏。虽然结构是传统的单线索叙事，但主线之外的情节，也得到了自然的体现，哪怕是事后补叙，也流畅自然。当然，小说的亮点，也是最自然的地方，可能还是在农村生活——尤其是小说前半部分，叙述金草在天堂寨的生活。虽然凄风苦雨，但因为小说主人公的坚定意志，也因为朦胧的爱情的灌注，让这段生活成了一幅亮丽的山水田园画。至于后半部分写金草在商场的打拼，虽然也富有时代感，比如对招投标的细致叙述，对园林造景和古建筑的介绍，都较为得体，但比较起来，还是侧重整体勾勒，细节的支撑就显得薄弱了，说服力也不强。生活的边界决定了经验的边界、语言的边界，小河对城市和乡村的不同把握，大概也跟她的生活阅历相关吧。

我历来认为，语言是小说的尊严所在。人物的塑造、故事的呼应，有时候可能都是无关紧要、无足轻重的，创造的全部意义，就在于文字带给我们的冲击。《金草》的语言，应该说是有特点的，我说乡村生活写得美，也是得益于那种准确的语言。小说里人物的语言，也贴合了人物的性格，一个有抱负、有野心的小说家，应该有通过语言塑造人物的本事。

小说是情节的艺术，结构的艺术，也是细节的艺术。就像建造一座大厦，需要每一块砖每一根钢筋都各在其位。看得出来，小河在细节设置上，很下了一番功夫，比如说，写金草采集牛荆叶挣钱，精确到每一斤的价格以及价格的涨跌；写玉贞在麻将桌上的细节，也将一个庸俗之人的情态，描写得入木三分。这些细节的呈现，让小说具有比较自洽的内部逻辑，从而具有说服力和可信度，但这些细节对一个长篇小说来说，是远远不够的。一些细节呈现，尚显得不合情理，比如金草在张家做保姆，六年时间，每月只有400元工资，其时已是2010年前后，这个工资水平虽然可以体现玉贞的贪婪，但还是很勉强的；金草进入叶氏公司之后，对业务的熟悉，尤其是从一个未经世事的保姆，迅速转变为职场女强人，也缺乏必要的有信服力的细节支撑。其他比如高中文化的金草，仅仅因为高考英语成绩高，就能自如地使用英语与人交流；郝大卫海外归来，在没有什么铺垫的情况下就对金草表白爱意，等等，也是小说的遗憾之处。希望小河以后能更加重视细节的呈现，重视小说的内部逻辑，写出更好的小说。

（周百义，著名出版人，作家，现任湖北省编辑学会会长，《荆楚文库》编辑部主任。）

连绵千里的大别山，屹立于华中平原东侧。天堂寨是大别山的最高峰。这里是中国两大水系长江与淮河的分水岭。山北的水辗转往北经皖中大地注入淮河，山南的水一路向南沿鄂东诸县汇入长江。天堂寨古称多云山，山上云松瀑雾奇石飞泉巧夺天工，春花夏荷秋柏冬雪更迭变幻，神奇美景犹如天上瑶池洒落人间。

在天堂寨以南大山的褶皱里，散落着星星点点的农舍。季节已入秋，天气依然炎热。蝉不厌其烦地在林间鸣叫着，似乎要拽住夏的脚步，不让她匆匆离去。天堂寨峰顶上偶尔飘来几片白云，仙风道骨般悠悠然掠过蔚蓝色的天空，然后消失在遥远的苍穹深处。山野里，一位十七八岁的姑娘戴着白草帽在太阳底下割青草。许是太热的缘故，她身上一件翠绿色衬衣几乎被汗水湿透。她的额上也满是细密的汗珠，不时地有一两颗汇聚在一起顺着她的脸颊滴落下来，没入她脚下的泥土里。每隔一段时间，她便要拿过放在一旁的白毛巾揩拭一下脸上的汗。当她直起腰来时，可以看出这是一位身材苗条容貌俊美的女孩。柳眉弯弯、眼神清纯，白里透红的脸蛋犹如两朵刚刚绽放的玫瑰花。这是一位让人看过便不会忘记的女孩。

也不知过了多久，太阳已经将女子的身影缩至很短了。她终于放下了手里的沙镰，并将一排排割下的青草收拢捆好。不远处的山坡上，她家的母黄牛在低头啃食着满地的霸筋草，神态专注而安详。

这是一头温顺的母牛。平时，女子家犁田耙地全靠它，它干农活儿时几乎可以顶上一头大牯牛。放牧时，它却温顺、听话，从不发飚乱跑。此刻，它依然安静地在山坡上觅食着青草和嫩树枝，不时地甩动一下长长的尾巴，一副散漫悠闲的样子。

女子挑起青草担子，在离她家母牛不远处的一棵大香果树下歇了下来。在太阳底下割草又闷又热，可在这枝叶繁茂的大香果树下歇荫却让人感觉舒适而凉爽。女子半倚在靠山的斜坡地上，随手掐了根小草在指间毫无目的地缠绕着，双眼却盯着远方的群山出神。自从高考过后，她几乎每一天都是这么度过的：放牛，割青草。双手干着体力活儿，大脑里考虑的却是高考以后的事情。

一想到高考后的结果，她便有一种矛盾的心理。她自小读书用功，成绩也一直在班上排名前位。中考时，她便以优异的成绩被凤城县第一中学录取，只因家境贫寒的缘故，她毫不犹豫地便放弃了那个令同学们羡慕的进县一中的机会。毅然决然地留在了家乡天堂高中。三年时光一晃便过了，今年的高考一过，她的心里便是喜忧参半，更确切地说，是忧大于喜。当然她担心的不是她的成绩，而是她的家境。

山间吹过来一阵风，风里夹杂着一丝水的湿润与清凉。女子的目光移向了她身旁的一条山溪。这是从天堂寨深处流淌下来的一条小溪。细细的溪流顺着山势蜿蜒而来，流经她的身旁时，发出细微的撞击溪中小石的潺潺声，并溅起一些小小的浪花。然后，便静静地、悄无声息地向远方流去。

一只蓝翅小蜻蜓从山野里飞来，金鸡独立般站立在溪边的一块大青石上。它转动着两只圆鼓鼓的黑眼睛，然后伸出长满细密绒毛的长腿，旁若无人般摩挲着自己那细小的头脸。小蜻蜓刚刚飞走，又有两只粉色小蝶翩然而至。它们飞到女子的青草担子上面，时而驻足轻展粉翅，时而翩跹追逐耍玩。就在女子出神地盯着这些可爱的山间小精灵的时候，前面山岭上忽然传来了一声稚嫩的小牛的哞叫声。

女子侧过身来，发现正在吃草的母黄牛嘴里含住半截草屑，然后抬头张耳在仔细地倾听着什么。一会儿，随着母牛"昂"的一声大声地回应，一条小黄牛自前面荆棘丛生的山间小道上雀跃而至，倏地跑向母牛的身边，它只向母亲撒娇地低声"哞"叫了一声，便迅速地一头钻进母牛的后胯下，欢快地吸起奶来。

这是一条生下来不久的小黄牛，因山路陡峭，它又太小，平时总被它的主人关在牛棚里，今天，不知它怎么跑了出来，竟找到山野里它母亲的身边来了。此刻，这条调皮的小公牛一边吃着奶，一边还不时地拿眼睛来瞟一下离它不远的小主人，似乎在嬉笑着说，你不让我来，我偏要来！

小公牛瞟了女子几眼后，便不再理她了。只见它调换了一下吃奶的位置，然后叉开四条腿，将母牛的四个奶头轮番吮吸着。每吸一会儿奶，它便要习惯性地顶撞一下母牛的奶袋，顶得母牛不时地要抬高一下自己的后腿。可是母牛仍然转过头来伸出舌尖慈爱地舔舐着自己的爱子。

女子的目光这时转向了远处山野间层层叠叠的梯田，在刚刚泛黄的稻田里，有农人在拔着夹杂在稻谷中的稗草。女子分辨出了自家的稻田。父亲对她讲过那是两亩三分田。他们这儿地处天堂寨深处的大山里，人多田少，人均才只有八分田。她一家三口，应该分得的是两亩四分田，可是那块田只有两亩三分。父亲说，少一分就少一分吧，只要人不懒，种的粮食总还是够吃的。何况还有山坡地，能种些杂粮补贴一下。父亲现在愁的是，如果女儿考上了大学，粮油户口转出去了，队里肯定要减掉她的那一份田的。父亲不是心疼她的那一份田，而是舍不得从那好端端的一块田里分出去三分之一，连犁、耙、耖田都觉得不方便。

　　小黄牛终于从母牛的肚皮底下转过头来了。它吃饱喝足后，便撒开四条小长腿，在山坡上撒欢。这个小畜生，它也不知农人种地的辛苦，在山坡那一大块已长有一人多高的芝麻地里奔来跑去。尾巴竖得高高的，任凭女子怎样呵斥、追赶，它就是不听她的。它那四条腿可是比它主人的两条腿会跑多了。而且它不往别的空闲地上跑，专捡那开着乳白色花朵的芝麻地里跑，就像是故意跟它的主人捉迷藏！眼看那盈盈生长着的芝麻被横七竖八地踩倒在地里，女子心里真是又气又急。手里拿着一根刚从地边小树上折下来的粗枝条边喊边骂，追来跑去，气喘吁吁，却仍然赶不走那正闹得欢的小牛。女子实在气愤不过，捡起地上一块比拳头还粗的石头便朝小牛狠狠地砸去。说来也巧，女子这石头不偏不倚，结结实实地砸在了小牛的脊背上。随着小牛的一声哀叫，正在山涧旁吃草的母牛扬起脑袋心疼地哞叫了一声。这才停止了小牛的嬉闹，它垂下尾巴，蔫蔫儿地跑到它母亲身边去了。

　　　　高高的天堂寨哎

　　　　巍峨的薄刀峰

　　　　这里是我的家哟

　　　　也是神仙居住的地方——

　　　　……

听到这高亢嘹亮的歌声，女子便知道这是她父亲金大路收工了。果然随着歌声的临近，山坳那边小道上走过来一位老人。老人大约五十多岁，中等身材，白衣黑裤，精瘦憨厚。他这时的肩上扛着一张锄，腰间系根麻绳，麻绳上扎着一把砍柴刀。女子站起身，朝正在唱歌的父亲喊了一声"爸!"

看见了女儿，老人停止了歌唱。他来到女儿的身边，将手中的锄头递给她，然后从女儿手中接过了青草担子，慈爱地说了声："草儿，我们回家吧。"

金大路的一条腿不太利索，走路有些拖拉。瞧着父亲那一瘸一拐的脚步，牵着母黄牛走在他后边的女儿有些心疼，她唤了一声："爸，您慢点走哦!"

草儿将黄牛母子送到牛棚关好。回到家里，母亲已做好了午饭。比起父亲来，母亲更是不幸，她因小时候患小儿麻痹症，腿脚不便，基本丧失了劳动能力。平时只能拄着双拐，在家里做一些煮饭、喂猪喂鸡的活儿。草儿走进门时，便闻到了饭香。母亲不在灶台上，草儿便跑进了母亲的房里。母亲和父亲住的房间比较小，也比较暗。金家住的是祖辈传下来的旧屋，只有两间房，一间大的也比较明亮的房，两位老人就给女儿住，他们自己就住在这间又黑又小的房间里。草儿走进房来，只见母亲将双拐放在床头，正坐在床上忙活着。她把刚从女儿房间里背过来的铺盖，紧挨着自己的被子整齐地摆放在床上。然后又将草儿父亲的被子移到了床边。看见女儿进来了，母亲高兴道："草儿，你回来得正好。来，把你爸的被子送到柴屋里去吧。"

"让我住您这儿，叫我爸去住柴屋?"草儿不解地看着母亲。她家的柴屋是搭建在正屋一侧的一间小矮屋，虽然平常也被母亲拾掇得整齐干净，但那毕竟是放柴草的地方，从没住过人的。"妈，您这是为什么?""莫问，你拿去就是了。"母亲抬眼看着女儿，脸上不由得流露出了亲切和慈爱。站在她面前的女儿，已经出落成一个亭亭玉立的大姑娘了。还未等草儿再问，她父亲也从门外走了进来。

"嗳，小妹——（父亲对母亲的昵称）你的腿脚不方便，叫你少做一些，你总不听，现在又折腾么事啥?"父亲进门便埋怨道，然后上前接过了女儿肩上的被子。

"老头子，我让女儿把你的被子拿到柴屋里去。那儿我已经收拾好了，以往闲放着的那张木床我已洗抹干净，稻草和竹垫我都已经铺好了，你只要铺上被子就可以睡觉喽。"女人一边说着，一边脸上挂着笑容，笑对着自己的丈夫。草儿的母亲也已经五十岁了，但看得出来，两位老人的感情很深。尽管他们在身体上都是残疾人，但他们的心理跟健康人没什么两样。多少年来，两人相濡以沫，共同抚养着心爱的女儿，共同支撑起这个家。草儿的父亲更以十分的体贴和关爱照顾着她的母亲。

"她爸，草儿，村里的任支书早饭后到我家来了。他说，乡里新来的李部长在我们村蹲点，要住在我们村最贫困的农户里，同吃同住同劳动。村里于是决定就让他住在我家。"草儿的母亲将双拐靠在身后的土墙上，坐在饭桌前，一边看着老头子和女儿端饭上桌，一边说。

"哦，原来你腾出女儿的那间房是给驻点的李部长住?"金大路一边夹起一筷子炒韭菜放在老伴碗里，一边问。"嗯，"女人点着头，"人家乡里的大干部，吃国家饭的，能到我们这个小户人家来住，是看得起我们哪，我们可不能怠慢人家！我们这贫家陋舍的也只有女儿住的那间房才叫房哩，我俩住的那间房就像狗窝一样小，么好意思让人家住？更不能让人家住我们家的柴屋吧。"

"好吧，好吧，一切听你的安排。只是莫苦了你。"金大路说着，又往老伴碗里夹了一筷子菜。

晚饭后，草儿洗完碗筷，唤猪儿进屋吃食。她拿起那只专门舀猪食的大葫芦瓢，从灶台旁边那只大海锅里舀起几瓢猪食倒在地上的一只木盆里。母亲每年都要喂养一头猪，到年关时再宰了它，它便成了金家第二年一年的荤食。母亲会养猪，今年才不过七八月份吧，家里的一头黑毛猪已经有一百多斤重了。

干完家务活，草儿洗了个澡，然后拿了一张椅子来到屋前的稻场上乘凉。父亲像往常一样，早已经将竹床搬了出来，放到稻场中央。然后一边将草儿的母亲抱到竹床上躺下，一边嘴里哼着自己作的小调：

> 我有一个美丽的新娘，
> 她心灵手巧心地善良。
> （是）和合二仙赐给我的爱哟，
> 愿我俩的情地久天长！

尽管父亲的声音压得很低，但草儿还是听出了歌词。她自小睡在摇篮里就是听着父亲对母亲唱着这些山野小曲长大的。竹床旁边不远处父亲早已经用稻草扎好了一条长长的草把。掏出火柴点燃后，吹灭了明火，让稻烟熏走母亲身边的蚊子。然后，父亲又从牛棚里提出来一捆稻草，坐在母亲的竹床边，他扯出一把，随手便扭了起来，不一会儿工夫，他的身边便堆起了一堆捆稻谷用的草腰子。田里的谷子快成熟了，父亲在做着收割前的准备工作。

西边天际的晚霞尚未散尽，东山的圆月已跃上了树梢。金家前面的山道上忽然走过来一位年轻的女子。草儿站起身，很快就认出这是住在她家前面垮子里的任贵儿。

"金草!"任贵儿人还没到，喊声就已经到了。

任贵儿跟金草是同班同学，也是同年。身高都在一米六六左右，从后相看，她们俩倒好像是一对双胞胎姐妹。这时，草儿一边将手中的大蒲扇递给前来的任贵儿，一边起身给她倒茶。

草儿母亲从竹床上欠起身来，说了一声："贵儿，你来了。"任贵儿连忙上前摁住她，说："婶，你躺下，我只找金草借几本书，马上就要走的。"

"哦，你借什么书?"听任贵儿说要借书，草儿便问。

"就是我们高三的课本。"

"要它何用?"

"我堂弟，也就是我二爸的儿子下半年读高三，他的学习成绩不太好，我二爸打算暑期请家教给他补补课。"

"贵儿，你不是有书吗?"

"金草，说来惭愧。高考一过，我就知道读大学我是没希望了。我一赌气便把高中阶段的书、本全部当废品卖了。"

"任贵儿，成绩还没出来，哪能说你上大学没希望呢?"草儿说。

"唉，我有几斤几两，我自己清楚。而且我觉得我高考那几天精神状态特不好，上大学那绝对没戏。金草，我知道你平时学习成绩好，考大学绝对没问题。我只希望你大学毕业后，找个好工作。到那时，你可千万莫忘了关照我这个老同学啊。"贵儿说到这儿，喉咙都有些哽咽。

"瞎说，将来谁关照谁，那可说不准哩。"草儿说着，进屋找了一些高中阶段的课本，出来递到任贵儿手里。

屋后的竹林里，几只山雀叽叽喳喳地叫着，把草儿从睡梦中惊醒了过来。母亲早已经起床做饭去了。父亲在屋外的稻场上侍弄着白天干活要用的农具，等待着母亲的早饭。草儿一骨碌从床上爬了起来，梳洗过后，她便跑到了母亲的身边，看见母亲今天烙了葱花饼，她立即上前拿起一块便往嘴里塞。母亲坐在草儿父亲为她特制的一张高脚凳上，铲完了锅里最后一铲子菜，对女儿说："草，喊你爸进来吃饭。"

父亲已经走进门来了。他先上前将高脚凳上的草儿母亲抱到了餐桌前的椅子上，然后再去拿碗筷。草儿已将灶台上的烙饼和炒青菜端到了桌子上。一家人刚吃完早饭，父亲扛起锄头正准备出门下田去，忽见前塆的任贵儿这时风风火火地又来了。

"金草，我听说今年第一批重点大学的录取通知书已经来了，不知是真是假？我今天正巧有事要到乡里去，我想顺便到天堂中学去看一下。我们眠牛村今年参加高考的也只有你和我两个人，当然我是没什么希望的，我只是想看看你的录取通知书来了没有。如果来了，我给你带回来好吗？"

"好，贵儿，有劳你了！"草儿还愣在那儿没有出声，父亲早已高兴地替女儿答应了下来。

草儿仍旧像往常一样，一手牵着母黄牛，一手握着扁担和割草的沙镰出门了。

沿着屋后的茅草小道，便进入了天堂寨的大山深处。因为人迹罕至的缘故，这里几乎没有称得上路的地方。所谓的路，不过是人走到哪儿，就算在哪儿，人在树林中穿行罢了。树林子里不时地有锦鸡、松鼠、野羊和野兔以及其他一些不知名的小动物倏忽穿过。不时地还有野花的异香扑鼻而来。草儿读书时逢上寒暑假，她就特喜欢到这密林里探访这些与世无争的小生命。然而今天，她却一点浪漫的心情也没有，对这些东西她也一概地视而不见。她今天的心情一直是七上八下忐忑不安的。高考已经过去了月余，各个大学的录取通知书已经陆陆续续地来了，不知自己会被哪一所大学录取。当然，这并不是草儿今天最担心的问题，她现在最担心的是自己能否踏入大学的校门。

　　不知不觉地，草儿牵着母黄牛来到了一座山峰前，这是一座形状有些奇特的山，整个山峰像一支笔架，山峰上少有树木，巨大的石壁直插云天。

　　这座山离农家远，山上没有田和地。草儿将牛绳拴在母牛背上，让母牛自由自在地在山野间寻找青草吃。那只调皮的小公牛今天也来了。它已出生了一个多月，长高了不少。草儿见母牛已经走出了好远，小牛还蹭在她的身边，她伸手在小牛的屁股上拍了一下，然后吆喝了一声："小畜生，快，到你妈妈那儿去。"那小牛似乎听懂了小主人的话，立刻撒开四条腿奔向它母亲身边去了。

　　割好一担青草后，草儿见黄牛母子就在离她不远处吃草，她便来到一棵大松树下歇荫。这是一棵两人合抱的黄山松，树的一半根须深扎在笔架山的石头皱褶里，另一半则裸露在山梁上，枝杈苍劲、形如巨伞。几只小松鼠在树上"吱吱"地叫着，一会儿蹿上树梢，一会儿又跳下树干，有一只胆大的，甚至跑到离草儿不远处的一支斜枝上晃悠着。草儿喜欢这些山林中的小精灵，她并没有惊扰它们。

大树底下浓荫覆盖。草儿坐在树根盘错的地上，她的目光这时不经意地投向了远方。清晨弥漫在山顶的雾气已经散去，只见苍穹如洗。近处的山峰葱茏黛翠，远处梯田上的稻谷泛着金黄。草儿的目光又转向了山下。她的母校天堂中学此刻映入了她的眼帘。那个白砖红瓦共有三层楼房的校园，恰似红色珍珠般镶嵌在金黄色的田野中间，丽致、端庄。这是令草儿熟悉而又亲切的地方。操场的上空飘扬着五星红旗，虽然它此刻在草儿眼里只是一团小小的红点，但它在草儿心中依然是那么高大和鲜艳。

不知任贵儿到学校没有，唉，就算她拿到了那个盼望已久的录取通知书，她金草又能怎样呢？面对贫困的家庭，她读书的梦想如何能实现呢？想到任贵儿，她就想到了与她在一起读书时的情景。在眠牛村，小时候她们一起读书的女孩子有七八个，但后来只有她和任贵儿两个女孩子读完了高中。这两个一同读完高中的同学平日是那种不好也不坏的关系，每次上学和回家，她们总是邀约在一起，但在学校里，两人又好像是走在两条道上的人，来往得很少。草儿在学校读书很用功，学习成绩也总是名列前茅。而任贵儿的学习成绩很是一般。她平常也总是与那些学习成绩并不好的同学们玩在一起，比拼的是穿戴而不是学习。人们都说，眠牛村这两个女孩儿之所以能读高中，一个是由于学习成绩特别好，一个是由于家境特别好。任贵儿的父亲是眠牛村的村支书，只有贵儿这一个女儿。

晌午，草儿回家时，父母已经在桌子上吃饭了。父母今天没等草儿回来就开了饭，是因为家里来了一位特殊的客人。此时，眠牛村的村支书也就是任贵儿的父亲任江山就陪坐在客人的身旁。桌子上的菜肴除了几个山野菜外，猪肉和鱼都是任支书从村代购代销店买来的。看见草儿回来了，任支书马上从饭桌前站了起来。这位村支书个子不高，偏瘦、面善。此刻他黑黑的脸膛上堆满了菊花般的笑容。他拉着草儿坐下，并指着他身边那位新来的客人介绍道："这位是天堂乡武装部长李忱同志，是来我们村'驻点'的。经村委会集体研究决定，从今天起，他就吃住在你们家。"草儿抬眼看了一下这位乡武装部长，只见他大约二十六七岁的样子，身着一件平整挺括的深蓝色衬衣和一条八成新的黄色军裤。皮肤黝黑，相貌英俊。他此刻正与草儿的父亲拉着家常，这时转过头来看了草儿一眼，说："哦，这就是金草？""是，是，这就是我们天堂乡今年的高考状元金草。"还未等草儿的父母开口，村支书便抢先回答了。随后，任支书又支使着草儿的父亲道："大路，去，把你女儿的录取通知书拿来，让孩子高兴高兴。"

尽管一切都在预料之中，草儿此时仍然感到有些突然，她从父亲的手里接了那份虽然不大但沉甸甸的录取通知书。

"你看，你看，北师大！"任支书把"北师大"这几个字说得特别地响，就像以前他在村广播室喊人时一样地响亮。"北京师范大学！金草，你可是我们眠牛村第一个考进北京的大学生哩，多么地荣耀哇！这不仅仅是你全家的荣耀，这还是我们眠牛村——啊不，是我们整个天堂乡的荣耀哇！"村支书竖起大拇指。他大约是喝了几盅酒，说这些话时，红光满面，兴奋不已。

"草儿，去北京之前，我准备在眠牛村开个群众大会，热烈欢送你去北京上大学，也鼓励眠牛村的村民们多培养些像你这样有出息的孩子。我们眠牛村的孩子不仅要上北师大，而且还要上北大，上清华，上牛津，上到国外去！你说是不是，李部长？"村支书侧过头去，向一旁的乡武装部长露出满脸的笑容。

"好！我赞成。"李忱很高兴地回答。

上大学的日子已经越来越近，然而草儿仍然是天天上山放牛割草，就好像这件事与她无关似的。倒是前垲的任贵儿几乎每天傍晚都会到后垲金家来叽叽喳喳地说些金草上大学的事。任贵儿与金草不仅同龄，身形也相像，不过，她的皮肤比金草稍黑一点，脸庞也比金草的脸庞稍宽一点，说来也怪，就是这一点小小的不同，在众人的眼里，金草是一个俊美得就像仙女儿似的孩子，而任贵儿却是一个长相平平的人。当然，看一个女孩儿好不好，不仅仅要看她的容貌，还要看她所具有的气质，这种气质有与生俱来的，有后天养成的。人说，眼睛是心灵的窗户。金草饱读诗书，是知识给予了她自信和力量。她的美貌是天生的，她的气质是后天修养成的。她的一双大眼睛显得聪慧、生动而有神。而任贵儿的一双眼睛也很大，但任贵儿的眼神却有些游移飘渺，胸中少文墨目光自然虚。不过任贵儿的命比金草好，她出生在干部家庭，除了她爸是村支书外，她二爸还是凤城县教育局的一名科长，有这样好家庭背景的孩子在眠牛村也算是数一数二的了。而金草则出生在一个贫困的家庭，父母不仅身患残疾，父亲还患有支气管扩张的病，动不动就咳嗽咯血。这也使得他身体十分虚弱，基本不能干重体力活儿。草儿之所以能读完高中，是因为她一向学习成绩拔尖出众，学校和老师不愿舍弃这个读书的好苗子，因而一再地为她减免学费，才让她顺利地完成学业。草儿现在担心的是，在大学里，像她这样学习成绩出色的孩子多着呢，谁会像她以前的学校那样，只为不放弃人才，积极地为她减免学费；谁又会像她以前的老师那样，同情她的家境而竭力培养她读书呢！而且爸妈为了能让她读书已经付出很多很多了，她如今已经大了，面对身患残疾且慢慢变老的父母亲，她还能继续读书吗！

近些日子，这些想法已经不止一次地在草儿的脑海里萦绕，几乎让她下定决心从此就在爸妈身边照顾他们。然而，每当草儿从外面收工回来，看到被她放在木箱底下的那份大学录取通知书的时候，她的这种决心就会被动摇，毕竟上大学是她多年的梦想啊。每次任贵儿来到她家，便会说："金草，你多么幸运啊。你考了那么高的分，比我考的分足足高了一倍多。唉，真是命运不眷顾，为什么我就不能考你那么高的分呢？我二爸总说我蠢，我爸也是做梦都想让我上大学，特别是能进北京。哪怕我考上的是北京最末流的大学，我爸恐怕也要高兴得请来县剧团唱上三天的戏哩！唉，这就是人的命呀！"

草儿有时也想，假如她能和任贵儿调换一下位置，她也会真诚地祝福贵儿的，因为任贵儿的家境好，她有条件读书。如此草儿也就会心甘情愿地留在家里务农，照顾父母亲，可是眼前的这种情况真的让她觉得两难，进也难，退也难哪！

也许是愁也已经愁过了，草儿索性什么也不想。这一天晚饭后，草儿躺在竹床上凝望着繁星满天的夜空，一动也不动。任贵儿坐在草儿的身边，依然像往常那样叽叽喳喳地说个不停，她今天又得知了几个同学上大学的消息，一个不漏地说给草儿听："某某同学，平时成绩不错，这次高考考砸了，只取了一个专科；某某同学，平日里学习成绩并不出色，这次却考取了本科，你说怪不怪呢……"

"什么怪不怪的?"一个声音从前面山道上传了过来。任贵儿扭过头去，草儿也起身了。原来是蹲点在眠牛村的乡武装部长李忱来了，这个李忱，虽说他"点"在金家，其实自他第一次跟随村支书来到金家后，只住了一宿，第二天便到外地参观开会去了，今天是他第二次来金家。任贵儿赶紧起身说："李大哥来了。"金父进屋拿来了一张椅子让李忱坐，草儿也倒来一杯热茶递到李忱的手里。

任贵儿在草儿耳边嘀咕了一句："金草，今夜去我家吧，我爸妈都不在家，你就跟我睡吧。说真的，这大山里的夜晚有各种怪兽和野鸟的叫声，我还真有些害怕呢！""好！"草儿没有犹豫便答应了贵儿。

第二天早晨，草儿回到家时，母亲正坐在大门外的一张有扶手的木椅上喂鸡。这张木椅还有厨房里的那张高凳子都是父亲特意为母亲量身制作的，高矮正好能让她坐下，而且椅子的木扶手一侧，还有一个供她插双拐的木圆圈。平时，母亲总喜欢在户外这张椅子上坐着，冬天晒晒太阳，夏天也在屋外的一棵百年古树——大紫薇树下，享受着清凉，闻一闻紫薇花的清香。平常母亲喜欢做一些手工活儿，比方说挑花绣朵，描龙绘凤，她都喜欢在这树下做。说是树下才有灵感。甚至家里择菜喂鸡等事情，她也喜欢坐在这张木椅上做。现在就连金家的鸡们也都知道母亲的习惯，每天早晨和傍晚这两个时段，它们就会汇聚在这儿，等待着草儿母亲撒下吃食。

草儿昨晚被任贵儿拉扯着说了半宿的话，今儿早晨起床便有些迟。她刚回到家门口，只见母亲一边喂着鸡，一边眉眼含笑地对她说："草儿，快进屋去，你上大学的钱有着落了，你爸正等着你回家哩。"就在草儿疑惑家里怎会有钱时，只听父亲在屋里喊她。

"爸，哪儿来的这么多的钱？"草儿来到屋子里，只见黑乎乎的小饭桌上放着一沓钱，而且都是崭新的票子。草儿不禁奇怪地问着父亲。

正在一旁喜滋滋地吸着旱烟的父亲并未急着回答女儿的话，他只是不紧不慢地反问了她一句："草儿，你猜，这是多少钱?"草儿看了看那一沓票子，摇了摇头道："我猜不准，大约总有几百上千元吧。""是，整一千。草儿，你上大学的钱总算有了。"

"爸，哪儿来的钱?"金草不知父亲这是从哪儿弄来的钱。平日里，为她读书，为这个家必需的开支，父亲不是上山打柴，就是给人家犁田耙地打短工，一个子儿一个子儿艰难地挣着钱，父亲的每一分钱都浸透着他的汗水，甚至还有血水。所以掏出来时，是黑乎乎湿漉漉、甚至皱巴得不成样子的钱，父亲纵有积蓄，那也是少之又少的一些零散票子，像这样崭新而且大额的钱，父亲是绝不会有的。

听了女儿的话，父亲一边将长长的旱烟管伸到自己的布鞋底下磕打着，一边说，"草儿，你放心。这钱一不是爸偷的，二不是爸抢的，这钱来路正得很哪。这是李部长昨天从乡里带过来的，他说这是天堂乡奖励你这个大学生的钱哩! 草儿，你要记住，日后若你出息了，你不能忘记你是天堂寨的女儿，不能忘记家乡人对你的恩惠哪!"

看见女儿眼里涌出的泪水，父亲的眼眶也湿了。

炎热的八月很快就要过去，有了那一千元钱垫底，金草上大学的事情已经明朗了起来。这些天，父亲依然早出晚归地忙着给人家帮工挣钱，母亲也给女儿做了两双布鞋。打点着女儿的行程。

任贵儿看到草儿就要上大学，家里还没有一床像样的被子给她带到北京去，于是她和爸妈一商量，给草儿买了一床崭新的被子送了过来。

草儿从心里感激着同学的好意，但她还是推辞着不敢要这么贵重的礼物。看见这两位同学推来推去的，"蹲点"住在金家的李忱劝着草儿说："金草，这是任贵儿一家人的心意，你就收下吧。老任前天就对我说了你上大学还缺被子这件事，我当时就赞成他买，乡里乡亲的，他也是一番好意，你目前家里困难，等以后有机会再还这个人情吧！"

　　"是呀，金草，只要你日后发达了，不忘记我这个同学就是。"任贵儿说着，眼里竟有了泪水。

　　"金草，还有一件事，我也要告诉你，"任贵儿这时拭去了脸上的泪水，换上了笑容，"你九月初上学时，我不能来送你。"

　　"为什么？"草儿有些奇怪地看着贵儿。

　　"是这样的，"任贵儿叹了一声，连声说，"我这人不愁吃不愁穿，也不愁钱用，可我就是没有上大学的命，唉！可人活在世上好歹也得往前走不是，像我这样年纪轻轻的身体又好，总不能白吃白喝老爸老妈一辈子吧？再说我爸也希望我能找份工作哩，前些时他和我妈去了一趟我二爸家，为我工作的事找了我二爸。因为我们眠牛村小学还缺一名民办教师，二爸答应先让我代课。正好地区教委要办一期民师培训班，我二爸已经给我报了名，明天我就要去参加学习培训，这次培训的时间是一个月，所以你上大学时，我不能来送你。"

　　"好哇，贵儿，我祝贺你！"草儿非常高兴地说。说真的，她与任贵儿毕竟同学十二年，虽然任贵儿不能上大学，但她能找到这样一份工作，草儿也由衷地为她高兴。

　　"金草，你看，你这个正牌的大学师范生，还要等到四年后才能当教师，我可是立马就要当教师了，将来计算教龄我也不比你少哇。"任贵儿眼里含着泪水，脸上却笑着说。

　　已是秋后的天气，早晚的温差比较大。草儿起床时，母亲特意叮嘱她加一件衣服。她以往穿的是那种短袖衬衫，母亲起床后觉得空气中有些凉意，她便从那已经陈旧发黑的衣柜里找出了一件长袖衬衣放在女儿的床头。

　　任家住的地方离金家不过一里多路，是个向阳坡，也像金家一样，是个单门独户的人家。任江山吃过早饭后，依照习惯，他从口袋里掏出一根只有四五寸长的玉石嘴旱烟斗，塞了满满一烟斗金黄色的烟丝，然后对正在灶台前洗碗的老婆"喂"了一声，说："送火过来。"任江山的老婆是个瘦长的农村妇女，也已经五十岁了，平时话不多，凡事都听男人的。听了他的吩咐，她马上放下了手里的抹布，转到灶门前。然后拿起烧火用的火钳，扒开灶膛里快要熄灭的炭灰，找出了一小团火炭，转身送到丈夫的面前。任江山接过老婆手上的火钳，然后将炭火贴近烟斗，嘴巴随之使劲地咂巴了几下，那烟丝便点燃了。"哎呀呀，饭后一袋烟，快活似神仙喽！"任江山一边过着烟瘾，一边摸着自己的后脑勺无比惬意地说。

　　自从女儿任贵儿参加地区民师培训班走了之后，任江山一展今年高考过后紧锁着的眉头，天天脸上都挂着笑容，不时地还要哼上几句山野小调，走路也轻飘起来，甚至还一步一甩地撸着八字步。

　　今天，他又是撸着这样的八字步出了门。他今天出门并没有像往常那样朝前面村部走，而是转过他家屋旁往后垮去了。李忱昨天傍晚约他今天一道到县里去开"秋播会"。任江山走进金大路的家，只见李忱坐在金家的小饭桌前正在吃早饭。屋外的阳光透过木窗棂照射在饭桌上，李忱一边吃饭，一边还低头看着一本书。这个李忱，有着吃饭看书的习惯。金家本来贫困，平时也没什么好的饭菜招待李忱，只是草儿早晨起床后，上灶台和面烙了几张薄薄的葱花饼，李忱这时正翻过一页书，他的一只手将一根尺把长的铁条压在翻过来的书页上，另一只手机械地拿起蓝花瓷碗里的葱花饼就往嘴里塞。他的双手在做着这些动作时，他的双眼一直未曾离开过书本。直到任江山进来了，李忱才将自己的目光从书本上移开。看着任江山说："你还真不失信，这么早就过来了。"

任江山"嘿嘿"地笑着，端着金大路递过来的茶，说："论年纪，我比你差不多大了一倍，可论官职，你比我大一级，这俗话说得好，官大一级压死人哪，我想，也只能是我等部长，总不能让部长等我吧。"

李忱笑对任江山道："谁叫你早生了二十多年？我不压死你，也要累死你这把老骨头！"

任江山拿起李忱刚才看的书，一看书名《政治经济学》，便说："人家说你是秀才，还真不假，这么大部头的书，换作我头都大了，可你却看得津津有味。不过有一点我想不明白，县里那些个领导给你分工怎不人尽其才呢？偏让一个秀才当武装部长，也算屈才不是？"

"哪能说屈，"李忱笑着说，"我本来就是个当兵的嘛。"

"也是。我听说你在部队当了八九年的兵？"

"整整九年。我十八岁当兵，今年才刚刚转业。"

"在部队担什么职呢？"

"当了几年的连指导员。"

"任指导员？任这个要水平。现在的小青年，思想工作可不好做。"

李忱已吃过了早餐，他起身洗了洗手，拿毛巾擦干了，便与任江山一道出了门。刚跨出门口，他又回过头来对金大路说："老金，我给金草预订一张到北京的火车票吧，暑期结束，估计火车票会比较紧张。"

"好是好，可是钱在草儿那儿，她做好早饭后就到后山扯猪草去了，到现在还没有回来……"

"钱不成问题，到北京的火车票很便宜，要不了几个钱。"李忱说。

又是一天过去了。草儿洗过澡后，在门外乘了一会儿凉。父亲今天给人家帮了一天的工，一直到很晚才回家。为了给女儿挣一些上学后的生活费用，父亲已经连续十几天一直在给人家打短工。大约是很劳累的缘故，他回到家后，只吃了一小碗米饭，拿条湿毛巾擦了一下澡就躺下了。草儿的母亲本来在竹床上乘凉，看见丈夫一言未发地走进柴屋躺下了，她有些放心不下，便拄着双拐慢慢地也挪进了柴屋。

草儿今天也是给人家帮工，割了一天谷子，回到家里也觉得很疲惫。母亲起身后，她便躺到了母亲腾下来的竹床上。再过几天，她就要去北京上大学，也不知怎么，十几年来，她一直苦苦地求学，做梦也想着能考上大学，可如今她真的考上了，而且是考上她理想的北京师范大学，但她的心情并无喜悦，她现在倒好想放声大哭一场。回想她十几年来的读书经历，特别是中学寄读的这六年，她吃过的苦，她挨过的饿，现在想起来真是辛酸！为减轻父亲肩上的担子，草儿在学校从来不乱花钱，在生活上，她也总是克扣自己。为节约菜钱，她很少在学校食堂买菜吃。她经常是早餐时买几个馒头，来应付一天的肚子。最难受的是午餐那一刻，也不知怎么，读书的孩子肚子总是饿得快。上午四节课，一二节课当然是学习知识的黄金时间，第三节课胃里便开始闹腾，肚子咕咕地叫起来。到了第四节课，饥饿便像狼爪子一样揪住胃不放。每当此时，她便要想起南非自由摄影记者凯文·卡特镜头里那个饥饿的苏丹小女孩，她觉得自己也像那个伏地的小女孩一样快要饿昏过去。好不容易熬过了四十五分钟，等到下课铃一响，班上的同学们便像接到大赦令似的冲出教室。然后有的跑向学生食堂，有的往校外走去，这是住在学校附近的学生。而草儿，她要等到同学们拥出教室后，她才最后一个离开。回到寝室，她常常是一边啃着冷馒头一边以看书打发着午餐的时间。整整六年，漫长而又艰难的日子，她靠什么支撑自己，靠的就是上大学的希望啊。

如今，她总算熬到了这一天。然而，也许是她渐渐长大了的缘故，她接到大学的录取通知书，并没有多少喜悦，心里反倒像压了铅一样地沉。

大一学期的费用，除了李忱部长送来的那一千元钱外，母亲已经让父亲把家里那头才只有一百多斤重的猪送到外贸食品站去卖了，加上父亲这几个月零零碎碎打短工的钱，勉强凑够了她这一年的读书费用。可是大二呢？还有大三大四……草儿简直不敢想，而父亲——他老人家那病残羸弱的身躯还能承担得起这么沉重的经济负担吗……金草有些不敢想。

"草儿！草儿！"

柴屋里忽然传来了母亲惊慌的喊声，把草儿从沉思中惊醒过来。她没有多想，一个鲤鱼打挺从竹床上跳了起来。草儿以为是母亲摔倒了，急冲冲地跑进了柴屋。柴屋里没有电灯，一片漆黑，草儿不知道母亲怎么会在这漆黑的地方坐上这么多时，她张开双手一边在地上摸索着一边喊道："妈，我在这儿，你伸手拉住我吧，这样我就知道你在哪里。

"不是我，草儿，"母亲焦急地喊道，"草，是你爸，你爸在吐血，他不是咯血，而是吐血，大口大口地吐血！"

黑灯瞎火地，草儿分辨不出父亲是睡在床的哪一头。她的手顺着床沿往前摸——呀，摸了一手的血。黏糊糊，湿漉漉的。

"爸，你哪儿不舒服？怎么会吐血呢？"草儿顾不得手上脏，继续在床上摸索着。父亲这时侧起身来，张口又吐了一口血。

"爸！"草儿叫了一声，她本来是要绝望地叫一声的，可为了不使病重的父亲着急，也为了不使可怜的母亲害怕，她压住了自己的惊叫，只用柔和的声音喊了父亲一声，然后说，"爸、妈，你们不要着急啊，有我哩，我在这儿。"此刻的草儿虽然嘴上这么说着，可她心里却感到六神无主，又紧张又害怕。父亲以前虽然患有咳血的病，但从来没有像今天这样，吐了这么多的血。这不能不让草儿焦急万分。只是为了安抚双亲，她才这么说。父母都已经老了，她现在不再是金家过去那个娇娇女，她已经是父母心中的主心骨了。

草儿很快地从父亲的床头摸出了一盒火柴，她掏出一根火柴棒擦了一下，一团小小的火花使小屋子顿时明亮了起来。但只是一瞬间，它便熄灭了。草儿已经在它刚才亮的瞬间找到了放在窗台上的一只用墨水瓶做的小小的煤油灯。她掏出第二根火柴，点亮了那盏煤油灯。

父亲仍然蜷缩在床边，不时地吐出一团血块来。母亲坐在父亲的身边用双手扶着他，她的身子已经像筛糠般地战栗着。

"草儿，你爸他——他么会这样？"母亲用惊惶的眼睛瞧着女儿。

"妈，爸没事，他这是太劳累了，引发了旧疾，休息休息，明天再去买点药回来给他吃，就会好的。"

草儿不知道自己今天怎么会有这等流利的口才和撒谎的技能，来骗过她那几乎就要精神崩溃的母亲。尽管她自己也已经被父亲的病吓得要命，但她嘴里仍然这么说着。

父亲想喝水，草儿没有言语便走了出去。其实她的喉咙已经哽咽，她的眼里满是泪水。她强咽着低头走出了柴屋的门。外面的天空繁星满天，山野里吹来阵阵清凉的风，稻场上的暑气已被夜风驱散殆尽。山区的夜晚空气清新而凉爽。草儿的大脑被凉风吹得格外清醒。然而，这种清醒带给她的，是无比的痛楚和焦急。

父亲——她的亲人，家里的顶梁柱，千万千万，他老人家不能倒下啊！

草儿走进厨房，发现开水瓶里并没有水，她赶忙掀开锅盖，添了两瓢水在锅里，然后坐在灶台后面，划一根火柴点燃了手中的干松针。灶洞里燃起了旺火。草儿盯着火苗，眼前晃动的却是父亲吐血的情景和母亲绝望的眼神。这时的草儿再也忍不住自己的眼泪，她伏下身子，将头埋在膝盖间，哭得双肩抖动。渐渐地，她越哭越伤心，越哭越害怕，她感到自己是多么地无助。她毕竟才只有十八岁，经历的世事太少。哪见过这样的事情呢……

草儿埋头哭得正伤心，忽然屋子里响起了一个声音："金草，你这是怎么啦？"

正在哭泣中的草儿，突然听到这个声音，吓了一跳。她抬起头来，看见是李忱来了。县里召开"秋播会"只有一天半的时间，李忙下午就同任江山一道回到了眠牛村。在任支书家吃过晚饭后，才回到金家，没想到一进门就看见金草在厨房里偷偷地哭着，他便惊讶地问了一声。

"我爸……我爸，他病了。"

李忱"噢"了一声，然后说："我去看看。"

李忱低头走进了金大路睡觉的那间柴屋。当他看到金大路病情严重时，他皱起了眉头。他把随后走进来的金草叫到一旁，说："我马上找人送你父亲上医院。你在家安抚好你的母亲。"

"这样行吗？父亲身边没个亲人照料，怎么办？"草儿焦急地说。

"有我哩！"李忱说完，便走出了门。

不一会，李忱和任江山便找来了两个村民。他们来了后，将金家稻场上的那乘竹床翻转了过来，然后用两根粗大的棕绳，将竹床做了个临时担架。草儿抱过父亲的被子和枕头放在竹床里。随后那两个村民将金大路从柴屋里扶了出来，扶到担架上。一开始，金大路不肯上医院，可是任江山只叫那两个人不要听他的，只管扶他上担架。于是，这一行几个人有的抬担架，有的握手电筒，急匆匆地赶往乡医院去了。

黑沉沉的夜幕刚刚变淡，草儿就起了床。安顿好母亲后，她便带着几张烙饼匆匆忙忙地赶往乡卫生院去了。从眠牛村到天堂乡卫生院有十华里的路程，光下山就要占一半的时间。曲曲弯弯的山路，草儿几乎是跑着走的。昨夜，她基本未眯眼。她听见母亲不停地轻声叹气，也是一宿未眠。父亲和母亲虽然都是残疾人，但他们平时生活上互相扶持，感情上相亲相爱，父亲的病无疑会使母亲焦急、担心。清晨草儿起床时，看见母亲已坐在床头，一边用手敲打着她那没有知觉的两只干瘪的小腿，一边在无声地流着眼泪。草儿擦去了母亲脸上的泪，安慰了母亲几句。可是出门后，她自己也一直是含着泪的。

草儿来到天堂乡卫生院时，天已经大亮了。卫生院的大食堂里还亮着耀眼的灯光，一位穿白工作服的做饭师傅正在灶台上忙碌着将大锅里的稀饭盛在一口大铝盆里。另一位年长的师傅则把一脸盆腌萝卜条倒在青烟正起的大锅里，随着"刺啦"一阵炸油声，随即一股咸辣腌萝卜的味道飘出了窗外。草儿闻着这股油香味，忽然觉得肚子有些饿。虽然她手中布袋里提着几张烙饼，可她知道李忱喜欢吃。

草儿找到了卫生院值班的护士，询问父亲住在哪个病房。

"噢，昨晚来的那位病人吗？他叫金大路，是不是？"值班护士回答金草。

"是，是，就是他，他是我爸。"

"他不在这儿，转院了。病人病情危重，我们卫生院条件有限，不敢留他，李部长连夜找车将他送到县人民医院去了。"

草儿的心又一下子被吊了起来。她转身就直奔天堂乡客运站，乘上了去县城的客车。

凤城县人民医院在城东，草儿提前下了客车，她绕过人多繁杂的门诊部，直接去了住院部。经询问，她得知父亲住在内科急救室。草儿走进父亲的病房，只见李忱守候在她父亲的病床边。草儿来不及说感谢的话，就扑到了父亲的身边。父亲的呼吸急促，瘦削的脸惨白得就像一张纸。

李忱说了一声："金草，你来得正好，可以照看你的父亲，他正在输血浆和氧气，需要有人照护。我出去买点吃的，看他能不能吃一点。"

"李大哥，医生怎么说？"草儿着急父亲的病情，忙着问李忱。

"医生正在观察。"李忱回答了一句。

"李大哥，你也没吃早饭吧，我给你带了烙饼。"草儿从怀中布袋里拿出了葱花烙饼。

"好的，金草，我吃烙饼。我出去买早餐给你和你父亲吃。"

刚吃过早饭，李忱便出去了。父亲早餐一口也没吃。李忱走后，他又吐了几团血。草儿正给父亲揩拭着他嘴角上残留的血污，病房门外走进来一位四十多岁穿白大褂的女人。她走到金大路的病床前，自我介绍道："我是医院收款室的工作人员，来催收病人的住院费用的，"她边说边递给草儿一张医院的催款通知单，"病人自昨晚入院到现在，一直没有交费，输血输氧加上抢救费，他已经欠下不少的钱，再不缴费的话，医院就只有停止抢救了。"

"啊，求你们千万别这样，"草儿一听这话便急着说，"我马上就去交钱。"

女人面无表情地转过身，拿着一摞催款通知单朝别的病房去了。

"草儿——"病床上的父亲艰难地喊了女儿一声。草儿回过头来，看见父亲喘息着在对她招手。她连忙上前急问道：

"爸，您不舒服吗？"

"草，你，你扶我起来。"

"爸，您身子太弱，不能起床。"

"我要回家！"

"回家？您不住院了？"草儿反问着父亲。

"不住了。穷人家哪有钱住医院哪！"

"爸——"草儿喊了起来，"爸，我这里有钱。我身上有一千块钱，我一定要治好你的病！"

"草儿，这一千块钱你不能交！"金大路在病床上叫了起来。"爸，您不用管，我有我的打算。我知道什么最重。"草儿回答着父亲，就要往门外走。见女儿执意要去交钱，金大路挣扎着从病床上坐了起来。他一边大口喘着气，一边伸出手拉住女儿道："草儿，爸的病爸晓得，爸这次是好不了喽。我不能花这个冤枉钱。草儿，这一千块钱是你上大学的钱，你可……千万不能交。你一定要读书，这也是爸今生对你唯一的期望。爸……已经五十多岁了，爸的路径短，而你的人生还很长。这个时候，错过了一步，便是错过了一生哪——我的儿呀！"

看到病床上虚弱得连说话的气力都没有的父亲，草儿只得说了一句："那好吧，爸，我听你的。"

然而，就在父亲重新闭上眼睛昏昏沉睡之际，金草还是毅然决然地把手中的钱交给了医院收款室。

草儿交完钱刚回到抢救室父亲的身边，眠牛村的任支书便走了进来。他腋下夹着一个黑皮包，像往常一样，烟管仍然不离嘴，一个护士跟了进来，让他灭掉烟火，他才恋恋不舍地磕下了尚未燃尽的半截烟丝。

草儿上前叫了一声："任叔！"

任江山应了一声，上前看了一眼床上昏睡的病人，然后把草儿叫到了一边。任支书拿过腋下的黑皮包，有些笨拙地拉开拉链，然后拿出一沓钱来，对草儿说："这是我向村信用站借来的钱，一共是八百五十块，你拿去交你爸的抢救费吧。李部长大概也是给你爸筹钱去了。可是，草儿，我们再不能让他花钱了。草儿你不知道，他那天给你上学的一千元钱，他说是乡里奖励你上大学的钱，其实我知道，乡里根本就没有这项奖励政策，那是李部长自己掏的腰包。今天，我们若是再让他拿钱的话，就不近人情了。他毕竟也是有家有室的人哪，像这样大把地往外拿钱，他这'点'可是驻不起呀!"

"我知道了。"草儿含着眼泪说。

然而，金大路自当天夜晚再次昏睡过去后，再没有醒来。尽管医院做出了最大的努力，也还是没能挽留住他的生命。他就这样永远地闭上了眼睛，撇下了亲爱的妻子和心爱的女儿匆匆地离开了人世。任支书指挥着几个村民将金大路仍旧抬回了眠牛村。草儿扶着父亲的灵柩回来了。自从父亲没有了呼吸的那一刻起，草儿就一直哭着，哭声里，有着她对父亲的眷恋、愧疚和绝望。辛劳一辈子的父亲就这么走了，而父亲完全是为了给她筹备上学的费用劳累而死的。这使得金草的心里恐怕一时半刻，甚至一辈子都难以抹掉愧疚和自责。而她绝望的是父亲的死去，也使得她上大学的梦想彻底地破灭了。

在任支书和乡亲们的帮助下，父亲终于在金家后山安葬了。太阳快下山时，草儿才拖着疲惫的双腿回到自己的家。母亲已经哭得死去活来，这个身有残疾的妇人，自小就是在歧视和嘲笑中长大的。出嫁到金家后，丈夫才给了她无限的关爱和温暖。虽然丈夫身体也不好，但为了使她和女儿生活得好一些，他每天似牛马般在田地里辛勤地劳作着，除了晚上那几个钟头的睡眠外，他一直像个陀螺，拼命地为这个家旋转着。他是这个家庭中的顶梁柱，是这个可怜的妇人一辈子的依靠。可如今，这个顶梁柱轰然一声倒塌了! 丈夫的离去，给这个家庭、这个妇人带来的，几乎是灭顶之灾啊!

草儿强忍住内心的悲痛，千方百计地安抚着母亲。可是悲伤过度的母亲，哪听得进女儿的劝。直到深夜，她还在哭着，五更时分，母亲才在力尽气微的哭泣声中迷糊地睡了过去。

草儿不敢离开母亲，她知道父母相爱太深，她怕母亲会一时想不开寻短见。听贵儿的母亲说，她母亲白天一直叫着"大路，你等着我——等着我呀!"因此，草儿一点儿也不敢大意，好不容易等到母亲睡着后，她才敢躺下。但她躺在床上却一点儿睡意都没有。泪水顺着她的眼角悄悄地流到了枕头上。

第二天一大早，草儿便起床做饭。父亲在世时，几乎都是母亲起床为一家人做饭，母亲尽管身有残疾，但看得出来，她心里是十分快乐的。她常常一边做饭，一边嘴里哼着一些山野里的抒情小调。平常农活少时，她还喜欢和丈夫对歌。为丈夫和女儿做饭，是她生活中最高兴的事儿。她常常为此而快活得像个年轻的女子。可如今，父亲一死，母亲快乐的天空已经坍塌，她再也不会有过去的那种幸福感了。草儿昨晚就已经想好，从今天起，她就要改掉过去回到家就睡懒觉的习惯，早起为母亲做饭。她要承继父亲善良仁爱的品德，爱母亲，体贴母亲，支撑起这个家，让母亲得到晚年幸福。

草儿做好早饭后，就到房间里去喊母亲吃饭。

母亲虽然泪水未干，但比起昨天来，她的情绪已经平静了许多，并且答应草儿早上起来吃一点饭食。昨天一整天她可是粒米未进，一直哭得肝肠寸断。

在草儿的帮扶下，母亲摸索着起了床。起床后，母亲忽然习惯性地将头转向了窗口，她有些奇怪地问女儿道："草儿，天还没亮，你怎么就把早饭做好了?"

母亲的话，一开始并没有引起草儿的注意，她帮助母亲穿好衣服后，背她下了床。一直将母亲背到饭桌前。草儿绞把热毛巾为母亲擦了擦脸。正准备吃饭，她忽然看见母亲摸索着寻找桌子上的筷子。她有些惊讶，说："妈，筷子就在你的饭碗旁边呀，你没有看见吗？"

这时母亲捉住了筷子，举箸却伸向了菜盘旁边的空隙处，连夹了两筷子都是空的。草儿突然失色道："妈，您的眼睛看不见吗？"

"是呀，草儿，我说这天还没亮吧，怎么我的眼前还是漆黑一片呢？"

"妈！"草儿紧张地跑到了母亲的面前，她翻看了母亲的眼皮，除了眼球有些红，与平日并无两样。

"妈——"草儿绝望地哭喊了一声，"您的眼睛与平常是一样的，怎么会看不见呢？"

"完了！完了！"母亲叫了一声，带着哭的音调。随之喊道，"她爸，好在你走得也不远，你就带我去吧，也省得我在阳间受罪！"说罢，便推掉手中的碗筷，一头撞向饭桌，欲一死了之。幸亏草儿眼疾手快，一把抱住了母亲。她哭道："妈，爸刚离开我们，你就舍得抛下我吗？"母亲在女儿怀中泣不成声，断续地说道："草儿，你不该……救我啊。我……我现在已完完全全是个废人了，在阳世间只会拖累你呀！"

"妈——您说什么呀！"草儿哀叫了一声，母女俩相拥着哭成了一团。

母亲的眼睛瞎了，这已成了事实。她老人家现在完全需要草儿的照顾了！草儿似乎就在这一两天的时间里成熟了起来。她已经成了家里的顶梁柱。她完完全全是个大人了！

再过一天，就是草儿上大学的日子，如今的草儿不得不重新考虑她继续读书的问题。其实在安葬好父亲后，她已经身无分文。自父亲住院一直到父亲的安葬，除了李忱给的那一千元钱花光了外，就连家里卖猪的钱以及父亲这几个月零零散散打短工的钱全都填了进去。而且最终还欠下了几百元钱的债务。且现在最重要的是母亲的眼睛看不见了，老人腿残眼瞎，她完全需要人照顾。草儿本是家里的独生女儿，想到父母往日对自己的疼爱对自己的恩情，草儿怎能在这个时候抛下可怜的母亲自顾自地去上大学呢？

自从草儿有了放弃上大学这个想法后，她不知流了多少眼泪。就在她本该上大学的前夜，她回到自己的房间，又一次拿出她的大学录取通知书来看。边看边不禁失声哭泣。想到她自小到大读书的辛苦，想到那个令她向往了许久的北京师范大学，草儿除了悲伤更有着心痛。她就这样抱着自己的录取通知书几乎哭了半夜。

书是读不成了，家里的债务还得还，母亲的眼病也得治。草儿哭过之后，想到的便是如何挣钱还债，她要靠自己的肩膀挑起家庭的重担。她打听到眠牛村代购代销店收购牛荆叶，一毛钱一斤，在大别山的密林中，牛荆叶生长很普遍。于是就在草儿本该去上大学的那天早晨，她安顿好母亲后，便带着绳子扁担准备上山去采牛荆叶。

草儿刚出门，忽然看见村里的任支书从前面山道上急匆匆地走了过来。任支书依然含着那根不离嘴的旱烟斗，看见草儿拿着绳子扁担要上山，他诧异道：

"草儿，今天不是你上学的日子吗？你么还拿着个扁担出门呀？"

草儿低下头来道："任叔，谢谢您的好意，只是我不能上学了。"

"说什么傻话呢，孩子？"任支书从嘴里拔下了旱烟斗，不解地看着草儿。

"我妈病了，她、她的双眼已经什么都看不见了。"

"啊！"任支书惊讶了一声，随后说，"这大约是因为你父亲不在了，她急火攻心才导致的，过几天应该会好的。"

"但愿如此吧。"草儿说。她的喉头哽咽着，侧身又要往山上走。任支书又一次喊住她道："草儿，你不要走，李部长早晨打电话跟我商量了，决定暂由村里和乡里各拿出一部分钱来共同承担你上大学的费用。你看，我已经到村部去把钱都领出来了。你现在将东西收拾好，我马上送你下山，今晚你就要赶到省城。李部长已托人买好了晚上六点钟省城至北京的火车票。"任支书说着，从上衣口袋里拿出一沓钱来。

草儿的泪不由自主地流了下来，她想起了自己苦苦求学的十二年，想起了那份来之不易的大学录取通知书，想起了父亲临终前的话！可她这时也想到了家庭的贫困，想到了母亲的眼病，想到了任支书在医院对她说过的话……她不是不想读书，而是条件不允许她读书。她不忍心离开可怜的母亲，也不肯再让李部长为她举债。她倚靠在屋外那棵古老的紫薇树下哭了很久。最终还是没有听从任支书的劝告，毅然决然地拿起扁担上山了。

草儿拖着沉重的双腿，似乎木头人般在荆棘丛生的山间小道上行走着。这时的她只觉得自己大脑里是一片空白，唯有那张大学录取通知书不停地在她眼前晃动着，挥之不去。她毫无知觉般在山间行走了许久，忽然一块突兀的大青石横陈在她的面前。她奋力地爬上了这块大青石，她想看看出山的路。如果没出家庭变故，此时的她应该就在那条路上行走了。山道无人，草儿的目光这时忽然盯在了她家前面的山坡上。只见任支书这时仍然站在那儿，双眼往她这边山上眺望着。大概是发现了站在大青石上的草儿，他还对她扬着手，让她下山去。草儿一阵心酸，心想自己怎么不是出生在任支书那样的家庭呢？若是任贵儿考上了北师大，不知她家该有多么高兴呢，此刻恐怕早已被众人簇拥着踏上了下山的路吧。当然，这个念头刚在草儿大脑里闪现，她便立刻责备自己了。她的父母已经是天底下最好的父母了，为了使她能够读书，他们付出的可是比常人更多的艰辛和努力啊！草儿此刻心里很感激任支书的一片好意，但她仍然坚定地回过头去，继续上山了。

太阳已经很高了，草儿还活动在大山深处。她一直到这时候还没有吃上午饭。日当午时，山上酷热难熬，草儿肚子也有些饿，为了完成一担牛荆叶的任务，她忍受着日晒和饥饿，攀崖越岭，不时地跑到山涧边去洗把脸，顺便喝几口清凉的山泉水，既为消暑也为止饿。如此坚持，在太阳下山前，草儿终于将一担牛荆叶挑到村代购代销店去卖掉了。第一天，她得到了八块六毛钱。

就像吉姆在金银岛上寻找到了宝藏一样，草儿以自己的勤劳和努力获得了她人生的第一笔财富，别提她心里有多高兴。就是这八块多钱，激励着草儿，她从此天天早起上山去搜寻这种宝贝，每天都能挣几块几毛钱。而她为治母亲的眼疾，首先是村医疗站，然后是乡卫生所，然后又去了县人民医院。转眼已一年多的时间，那黄连似的苦药水，母亲不知喝下了多少。可她的眼睛依然是一点儿也看不见。采摘牛荆叶是有季节性的，只能是秋天才行，到了冬天，草儿只好上山去挖冬笋，挖首乌、野天麻、茯苓等药材卖。那一对可爱的母子牛也已经被卖掉了，而钱也化成了汤药水灌进了母亲的肚子里。

母亲现在说什么也不肯让草儿为她治眼病而花钱。自从丈夫死后，她几乎天天都要流泪，而女儿的辍学，更让她心痛而自责。

草儿从未放弃过对母亲眼病的治疗。她依然年复一年地为治母亲的眼病、为支撑起这个家而忙碌奔波着。一个秋日的傍晚，草儿刚刚卖掉一担牛荆叶，她腋下夹着扁担和绳子，边走边数了一下手中的钱。经过村医疗站的门口时，只见赤脚医生金贵从门里走出来道："金草妹子，今天又卖牛荆叶啦?""是啊，金医生。"金草转过身来回答道。"我听说今年的牛荆叶收购价涨了，是吧?""是的，现在是一毛五一斤了。""金草妹子，你现在存下了多少钱呢? 我从医学杂志上看到你妈的这种眼疾，现在可以手术治疗哩。""真的吗?"金草惊喜地问。"医术做不了假，当然是真的啦。不过，这需要一大笔钱，而且目前还只有省城能做这种手术。""哦，只要有希望，我就要争取的。金医生，谢谢你告诉我这个好消息。"金草高兴地说。

自从知道母亲的眼病可以手术治疗后，金草更有信心了，她也更勤劳了。除了秋天采摘牛荆叶，她还按季种植中草药，种植茯苓和天麻，养猪养牛。转眼又是新的一年。这天，金草刚从大队代购代销店卖掉一担中药材回到家里，只见李忱正在灶台上忙碌着做饭。李忱近几天一直在县城开会，他也是刚刚回到金家的。看见金草不在家，他便自己动手做饭。草儿进门后，就接过了李忱手里的锅铲。这时，只见李忱转身从挂在墙上的手提包里拿出了一份请柬，放在了金草旁边的灶台上。

"李大哥，这是谁的请柬?"草儿一边切着萝卜，一边转过头去问李忱。铁锅里刚下的米这时开锅了。米汤撑起了木锅盖。草儿赶紧上前掀起锅盖，拿铁铲在锅里搅动了几下。生活的艰辛，使金草的脸上已经完全褪去了少女的稚气，呈现出成熟而持重的神情。"自己看吧。"李忱回了一句。李忱已在眠牛村蹲了三年的"点"，吃住仍然在草儿家。此时，他见灶台后面的柴火不多了，便走出门外，卸下靠墙边柴垛上的一捆干松树筒，拿起斧头一下一下劈了起来。

草儿切好了菜，又从锅里捞起了米饭，然后就在煮稀饭的空隙打开了请柬。原来这是前垮任贵儿的请柬，贵儿要出嫁了。

任贵儿已经在眠牛村当了三年的民办教师。还是当年参加民师培训时，她认识了她现在的未婚夫刘鸣。刘鸣是县城蔬菜村人，在蔬菜村当过一年的民办教师，后来倚靠蔬菜村地处县城关的优越条件，他承包了一家街道工厂，凭着他的聪明才智，他把这个工厂办得有声有色，经济效益相当可观。他现在急于结婚，就是要任贵儿去他那儿管理财务账目。于是任贵儿辞掉了民师的工作，准备出嫁后，一心一意地跟丈夫工作生活在一起。

接到任贵儿的请柬后，草儿一方面为贵儿有个好的归宿感到高兴，一方面也觉得有些失落。以往她还能隔三岔五地看见贵儿，如今贵儿嫁到城里去了，草儿倒感到有些孤单。

就在任贵儿出嫁那天，草儿一大早就去了她家。贵儿昨天就带信过来，要草儿今天过去陪她，给她打扮容妆。任贵儿今天穿着洁白的婚纱，凸显出她姣好的身段。草儿给她化的淡妆也掩遮住了微黑的皮肤，平添了几分姿色。任支书今天一直乐得合不拢嘴，他还特意把李忱请到家里来主持他女儿出嫁的仪式。早饭过后，刘鸣亲自开着工厂里的一辆四门六座客货两用车，到天堂乡来接贵儿。刘鸣身材魁梧，面如银盆。向后脑梳着的头发油光发亮。随着鞭炮的鸣响，他被众人簇拥着进了任家的门。

任家客厅里，已挤满了亲友。金草应任贵儿的要求，将新郎新娘的胸花分别给一对新人佩戴好。刘鸣两只圆眼睛一直盯住草儿，问了他身边的贵儿一声："这是谁?"

"这是我的同学金草。"

任贵儿出嫁的仪式马上就要开始，草儿给两位新人佩戴好胸花后，转身便去点亮了靠墙边桌上的一对红蜡烛。这时，站在桌旁正准备司仪的李忱低头对草儿说着什么。刘鸣从草儿那儿收回目光，转身对贵儿说："好一对檀郎谢女也。"任贵儿一听这话，莫名其妙地问刘鸣道："哎，你说什么，什么檀郎谢女?"刘鸣"嘿嘿"笑了一下，便将嘴角往金草和李忱那儿一挑："看，那一对，你的同学金草还有她的男友，他俩站一起像不像萧郎弄玉!""哎哟，瞎说了。"任贵儿笑了起来："你呀，真是乱点鸳鸯谱! 李大哥是我们村驻点的乡干部，金草呀，她可是还没有男朋友哩。亲爱的，请你往后多留点心，替我的同学金草物色一个对象吧。当然，第一要青年才俊、潇洒风流。第二，也是最重要的一点，就是要离我近一点。我和金草可是好姐妹哩。"

刘鸣一笑，很爽快地点了点头。

一转眼，任贵儿出嫁已经一个月了。按照天堂乡农村的习俗，女儿出嫁一个月要接回娘家。而回娘家这一天又要娘家的兄弟姐妹或亲人接她回门。任贵儿没有兄弟姐妹，她唯一的堂弟此时又在外地上大学，也不能来接她，自然这接她回娘家的就只有她爸了。可是就在贵儿回门的头几天，她就带信回家，要让金草去接她回娘家。

既然是同学要求，草儿觉得不好拒绝，而母亲也在一旁怂恿着要草儿跟贵儿走近一些，既是这样，草儿也没有说什么。第二天一大早，任支书亲自上门接草儿来了。李忱也说："金草，你去吧，我今天就在家照顾你妈。"草儿一听这话，便也放下心来，跟随着任支书一道出了门。

任支书一直将草儿送到天堂乡，看着她乘上了去县城的客车才返回。从天堂乡到县城有四十多公里的路程。草儿坐在车窗边，双眼一直默默地盯着窗外。已是深秋了，天堂河岸边漫山遍野的乌桕树叶已经红了，那一团团浅红、金黄、玫瑰红的叶子显得格外艳丽。

客车一直沿着天堂河边跑，尽管山弯水弯路也弯，但道路通畅，四十多公里的路程，只用了一个多小时便到了。

金草刚刚走出凤城县客运站，刘鸣已派车接她来了。刘鸣住的地方虽然叫村，其实它已经成为凤城县城区的一部分。刘鸣的家是一幢两层的楼房，一楼出租给人家开商店，二楼就是他和任贵儿的新房。将金草迎进家门后，任贵儿高兴得一把抱住了草儿。随后她又泡了一杯雀巢咖啡放在了草儿的面前。

咖啡的颜色就像褐色的酱油一样，飘忽着的热气里带着浓浓的苦味。草儿闻着便说了一声："我不喜欢喝这种东西。"

"老土了吧！现在城里就流行喝咖啡。"贵儿笑着说。

上午的时间还早，任贵儿便带着草儿看了刘鸣承包的工厂。这个厂是一个箱包厂，两年前它还是一个街道小厂，由于原任领导人经营管理不善，几年间一直使该厂处于瘫痪的状态，刘鸣接手承包后，他大胆地改革厂里的规章制度，实行联产承包，起用新手，重奖能人，很快便使这个厂起死回生，如今他们的产品在市面上销售得很好，经济效益也非常可观。草儿在任贵儿的陪同下参观了工厂的车间。车间流水作业，工人们都在电机前聚精会神地工作着，工厂呈现出一派生机勃勃的景象，任贵儿的脸上也一直荡漾着抑制不住的笑容。

中午饭是在凤城有名的蓝海大酒店吃的。因为工厂要赶做一批订货，这几天工人们在日夜加班，刘鸣也一直忙得团团转，中午快到十二点他才从工厂里出来，急匆匆地赶到了吃饭的地点。任贵儿订的是一个包间，吃饭的人除了刘鸣夫妇和金草外，还有一个年轻的男孩。男孩早在任贵儿和草儿进来之前他就来了。看见金草，他彬彬有礼地站了起来，并向草儿伸出一只手，微笑着说："你好，金草！"

草儿并不认识这个人，她犹豫着没有伸手。任贵儿这时走上前来，指着那位年轻人热忱地向草儿介绍道："金草，这是刘鸣的同学，现在在县政府机关任秘书工作。他叫林丰，是名牌大学毕业生哩！他参加我和刘鸣的婚礼时，在我们家看到了你和我的合影照片，非让我介绍认识你不可。你看，他今天刚从省城开会回来，听说你来了，马上就从县政府那边赶过来看你。"

草儿听到这儿，不由得多看了林丰一眼。这真是一个帅气的男孩，不仅长得高大英俊。人也显得温文尔雅。草儿的心里不由得"怦"地跳动了一下。

此刻的林丰，注意力完全在草儿的身上。金草的气质与容貌一下子便打动了这个男孩子的心，他因此一直温柔地满脸欢悦地笑看着草儿，并像个主人般一次次转动着餐桌上的转盘，专拣那些好菜名菜夹给草儿吃。他大概是从任贵儿那儿得知了一些金草的家庭情况，一边请金草品酒，一边还挺细致挺认真地询问了一些有关她家里的情况。

吃过午饭，离开蓝海大酒店后，任贵儿便带着几大包礼物急着要跟金草一道回家。厂里的工作太忙，任贵儿今天只能回眠牛村看看她的爸妈，待半天的时间，吃过晚饭后，她仍然要与丈夫一道回工厂。因为要赶路，贵儿急急忙忙地催促着刘鸣动身。其实刘鸣厂里的事根本脱不开身，只是因为任贵儿婚后第一次回娘家，他不能不去，于是他在工厂向副手交代完工作事宜后，便亲自开着车，陪妻子回娘家。那个名叫林丰的男孩一直等到金草上了刘鸣的车后，他还恋恋不舍地站在车窗口，隔着车窗玻璃对草儿说："金草，我希望能尽快地再见到你。"

草儿接回贵儿后，任支书又留下她陪贵儿吃晚饭。因为这是任贵儿出嫁后第一次回门。任家的亲戚几乎都来了。刘鸣今天可真是为任家长脸了，在酒宴上谈笑风生、应对自如。看得出来，任支书对这个女婿十分满意。他在酒席上开怀畅饮，多喝了几杯。刚刚送走女儿女婿，他就醉倒了。

任贵儿夫妇走时，天已经黑了，亲戚朋友把他们夫妻俩送走后，便也各自散了。

草儿送走任贵儿后，转身看见任支书醉得人事不知，她便和贵儿的母亲一道把任支书扶到床上躺下了。

离开灯光明亮的任家，草儿的眼前一片漆黑。走上山岗，她的双眼才逐渐适应了黑暗，勉强能分辨出脚下的道路。从前坞到后坞有一里多的山道，要翻过一道山梁。天太黑，草儿摸索着走了半里多路。山野里忽然传来了几声鸟的哀鸣声，悲凉凄切的声音，使草儿心里顿生悚惧。她听得出来，这是啼血杜鹃的声音。大山的夜晚经常有一些鸟兽的怪叫声，而这种啼血杜鹃的哀鸣声更让人有一种凄凉透背的感觉。草儿心里紧张，她立即加快了回家的脚步。恰在这时，忽然一道黑影从她面前"嗖"的一声，一晃而过，待草儿再看时，又什么都没有了。草儿出生在大山里，小时候经常听见乡邻们述说一些鬼怪精灵的故事。尽管她长大后知道这世上并没有鬼，但此时处在极度紧张之下的她，也分不清这究竟是山里的野兽还是人们传说中的"鬼"。自幼胆小的草儿立时被吓得毛发竖立，浑身透凉。她"啊——"地大叫了一声，撒腿就往家的方向跑，一边跑一边还不时地往身后看，似乎那黑影还在跟踪着她……

恰在这时，前面山道上忽然亮起了一道手电筒的光，紧接着有人大声地问了一句："是金草吗?"

此时的金草，正处于极度的紧张之中，刚才的惊吓，使她惊恐万分。她这时猛地听到李忱的声音，便像遇见亲人似的，她立即哭着回应了一声："李大哥，是我呀，我好害怕，你快来呀!"说完，她便觉得浑身发抖，双腿也立即瘫软了下来。

"金草，你别怕，我来了。"李忱说着，便朝金草快步跑了过来。此时的草儿瘫坐在地上，两手抱着双肩，身子还在颤抖着。当李忱来到她的身边时，她的双眼还在惊恐地盯住身后黑暗的地方看。李忱伸出双手将她从地上扶了起来，草儿依然害怕又有些委屈地抽泣着，当李忱扶起她时，她一下子便扑在他的胸前，大声地哭出了声。此时，已是深秋的天气，山里的夜晚有些凉，而草儿几乎是冷得浑身发抖。

这一段日子，农人们家家户户都在忙着种麦子。山里农村，除了少数水田要留待第二年种水稻外，其余的山冲田和山坡地都要种上麦子，这也是农家主要的口粮。已是秋末了，草儿因近些日子忙着上山采牛荆叶，耽误了农时，现在季节已经不等人了。

自从父亲去世后，草儿便用稚嫩的肩膀挑起了家庭重担。春种稻谷秋播麦子，她勤劳而细心地侍弄着自家承包的田和地。几年来，幸亏老天眷顾风调雨顺，加之农忙季节有李忱的帮忙，金家基本解决了温饱问题。只是母亲的眼疾始终是草儿的一块心病，她努力地挣钱，就是为了早日治好母亲的眼睛。

　　在农村大忙季节，李忱一般都会在金家帮助干农活。这一天，就在草儿做早饭的时候，李忱也在金家屋前的稻场上忙着拌麦种。准备今天和金草一起上山种麦子。李忱将一袋麦种倒进先前准备好的土粪肥中，用铁锨拌匀后，铲进放在一旁的两只箩筐里。吃过早饭后，李忱便挑着麦种，草儿扛着一张锄头，两人一起进山了。

　　天堂寨山大人稀，农家能种麦子的山坡地往往分散得很远。金家是个独户人家，塆前是陡坡石崖，屋后又是茂密的森林。自十一届三中全会召开以来，这里封山育林，二十余年的时光，山林几乎没被砍伐过。现在就连上山的路也几乎被林木覆盖了。草儿家的自留地比较远，要穿过她家屋后的树林，翻过两道山梁，然后走一段山坡道才能到那儿。

　　深秋季节，暖阳高照。李忱和草儿终于来到了今天种麦子的自留地边。这是大山中的一块斜坡地，由于向阳采光好，年年都能为草儿家带来一季的粮食。李忱走至地边，放下肩上的担子，然后接过草儿手中的薅锄，便开始挖麦沟。李忱也是出生在农村，他这时就像个有经验的老农一样熟练地操作着一切，那麦沟挖得又匀又直。草儿则用土箢铲起麦种，抓起一把，便撒在了那长长的麦沟里。

　　上午的时间很快便过去了。中餐是草儿带到山上来的，是她早上烙的葱花饼。只有一个水壶，草儿将它递到了李忱的面前。李忱吃下了一张饼，然后又喝了几口水。这时的草儿，一张饼还只吃到一半。看见李忱很快地又吃下了第二张饼，她心里感到特别地欣慰。

"你喜欢吃葱花饼，是吧？"草儿说了一声。

"是。"李忱回答。

"你的家是在县城吧？"

"是的。"

"嫂子干什么工作？"

"没工作，住闲。"

"噢，那你一人拿工资要养活一家人，可不容易。"草儿想起几年前，他给过一千元钱让她上大学的事。结果大学没去成，但那一千元钱她至今也没有还给他。她感到有些内疚。

"孩子几岁了？"她又问了一声。

"没孩子。"他回答。

"啊——"草儿感到有些意外，她为自己的唐突感到不安。她偷偷地看了他一眼，幸好他并没有在意她的话，他此刻的目光一直在注视着远方。

草儿这时注意到，李忱的侧相很英武。棱角分明的脸庞，使她想起了美国大片《珍珠港》的主人公雷夫的形象来。是的，李忱也是军人出身，他的身上自然而然地有一股英武之气。虽然他已经回到了地方上，但他身上那种军人作风依然还在。说话干脆爽直、办事雷厉风行。就是在生活细节上，他也秉承军人作派，平时很注意自己的行为举止。他身材修长，衣着穿戴大方得体，脚上的皮鞋也总是擦得很亮。只是现在沾上了一些黄土。

"金草，你怎么不喝水？"李忱这时回过了头，看了金草一眼，"是我弄脏了壶口吧？"他说了一句。

"不是。"草儿有心说自己是为了让他多喝一点水，但她没有说出口。李忱从水壶里倒出一些水来冲洗了一下壶口，然后将它递到草儿的面前说："好了，我洗了一下壶口，你现在可以用了。"草儿接过了水壶，可是她仍然没有喝。李忱开了一句玩笑说："我可没什么传染病哦，你尽管放心地喝吧。"

"有传染病我也不怕!"草儿快速地回应了一声。说过之后，她忽然很惊讶自己竟然说出了这样的话。她有些害羞地低下了头。但她很快地就举起水壶，大口大口地喝起水来。

下午的活儿并不多。就在李忱挖完最后一条麦沟后，草儿很快就将麦种撒到了地头。现在只剩下地边需要整理一下。李忱说修整地边这活有他一人就行了，让金草早些回家。

草儿并没有走，就在李忱修理地沟时，她坐在不远处的一棵大松树下，随手抓起地上的两颗小石子玩耍着，目光却飞越莽莽群山向远方眺望。天堂寨的秋色真是很美，暖阳之下，千山如黛，蜿蜒曲折的天堂河犹如一条玉带，穿行于天堂寨的山山岭岭之间。而遍布在山岭间的天堂红叶更是将大地装扮得分外瑰丽。

"李大哥，你来看呀，你快来看看我们天堂寨的风景，真美呀!"草儿有些忘情地喊出了一句。

李忱已修整完最后一个地角边，他用锄头固了固地边上的土，然后来到了草儿的身边。草儿一把拉住他的衣袖，兴奋地指着眼前的山川说："你看，你看，我们的家乡景色有多美，梯田似诗、红叶如画、绿岭千重、河川万里，真是世外桃源，人间天堂啊！我在这地里种了三年的麦子，今天忽然发现我的家乡原来这么美……"草儿兴致勃勃、神采飞扬地说着。将李忱拉到自己的身边，一会儿指点着北边雄奇险峻的天堂寨主峰，一会儿又指向南边的千山万壑，指点了霜叶染红的田野，又指点了飞鹰流泉的山间。右手东南西北的比划着，左手却将李忱的手臂紧紧地挽住。李忱显然也被秋天的天堂寨风光吸引住了，他顺着她的手臂，目光忙不迭地在四周天地间移来飞去……

"是啊，我们的天堂寨真的是山川峻伟、风光旖旎！"李忱也感慨一声。

"李大哥，我听说你也是天堂寨人，真的吗？"

"是哦，我的老家就在天堂寨的河西村。"

"啊呀，我的家住山上，你的家住河边。我的家在河东，你的家在河西。我们是同一个天堂寨人呀！"

"是啊。"

"大哥，你家里还有些什么人呀？"

"父亲母亲，还有两个弟弟。"

"他们现在还居住在天堂寨吗？"

"是的，我家祖祖辈辈都住在天堂寨，是地地道道的天堂寨人。"李忱笑答了一声。他然后说："金草，下午村里还要开会，我得回去了……"

草儿这才回过神来，她发现自己的左手竟然牢牢地挽住了李忱的右臂，她的心里忽然"扑、扑"地跳了起来，脸上漾起了玫瑰般的红艳。她立即松开了手，轻声地说了一句："对不起！"

"金草！"李忱盯住草儿那红艳娇羞的面庞，心里忽有所动。金家这个小姑娘，她已经长大了啊。

"李……大哥，你去吧。任支书每逢开会都要你参加，他这时大概正盼着你去哩。"

"金草，麦子种完了，你也回家吧。"李忱扛起了锄头说。

草儿站在原地未动，她说："天还早，我准备到山上去采一担牛荆叶。"

李忱知道，草儿一直没有放弃给她母亲治眼病的希望。看着草儿的离开，他叮嘱了一句："你胆小，记住早点回家。"

"哎。"草儿回过头来应了一声。

因为附近的牛荆叶已被采摘过了，草儿翻过了几道山梁，找了好几个地方，都没有找到合适的采摘地。然后她走了很长的一段路，才在一处向阳的山坡上，找到了一块牛荆树林比较密集的地方。惊喜之余，她也发现，这个山坡地处陡峭的山峰中段，两边几乎都是悬崖峭壁，有些黄荆树还长在悬崖上，地上也是荆棘丛生。尽管四周险象环生，可是草儿采了两三年的牛荆叶，已经练得手脚相当娴熟，攀崖上树这都不在她的话下。只是今天时间有点晚，她得抓紧时间才能采摘一担牛荆叶子。

此时的草儿觉得劳动不单是辛苦，它也是一种快乐。那一把把金黄色的牛荆叶握在手里，就如同一张张钱票子捏在了手中，那感觉真的令人愉悦让人心动。有了钱，就有了给母亲治眼病的希望。草儿觉得今天的劳动非常快乐。前两年，她种那块地里的麦子都是用了近两天的时间。今天，由于有李忱的帮忙，他们俩在劳动中配合默契，那么快就把麦子种完了。而且她今天还会采摘一担牛荆叶。村部代购代销店里牛荆叶的收购价格已经升至一角八分钱一斤了。她这一担叶子挑下山，最少可以换回十元钱。她已经和李忱商量好了，准备明年开春就送母亲到省城去治病。她这几年来，一直在为治母亲的眼疾而积攒着钱财。借李忱的钱她也准备等医治好母亲的眼病后，再慢慢还他。

金草今天太有心情了，她一边唱着歌儿，一边在悬崖峭壁间攀上跳下快活地采摘着牛荆叶。高山上的太阳下沉迟。当它还在西边天际高高悬挂时，山下的天色其实早已暗淡。若在以往，这个时候草儿早已采好一担牛荆叶回家了，只因她今天来得迟，而这一块牛荆树林又多又茂密，她不舍得放弃。

等到草儿终于采摘完这片山坡的牛荆叶，捆扎好担子时，太阳已沉入西山的暮色中。草儿试着挑了一下担子，觉得就算不比往日的重，但最少也有七八十斤。

草儿拨开荆棘丛，寻找着下山的路。可是，右边是悬崖，左边是密集的杂树林，草儿挑着一副又大又沉的担子，左穿右绕竟没有找到一条能走的路。天色越来越暗，山高林密，草儿走着走着，竟然迷路了。恰在这时，山间起雾了，刹那间，浓雾便笼罩了山林，眼前的能见度不过四五米远，这一下，草儿更找不着下山的路了。她心里不免有些焦急。走了一段路，前面的雾稍淡了一些，草儿隐约看出这是一处陡峭的山坡，乱石丛中布满荆棘，而前面不远处则是断崖绝壁。草儿挑着沉重的担子，赶紧折转身准备往另一边走。此刻的草儿也许是回家的心太急，也许是暮色中她没看清脚下的路，她刚转过身子，忽然脚下绊着了一根野山藤。顷刻间，草儿连同担子一起倒下了。然后只听"哧溜"一声，草儿的整个身躯便不由自主地沿着陡峭的山坡急速地翻滚了下去……

整个过程让人始料不及。而前面就是深不见底的悬崖峭壁。如果当时有人在场，眼看着草儿的整个身躯不由自主地朝着万丈悬崖翻滚而去，定会吓得魂飞魄散。此时的草儿头脑清醒，她更是惊恐万分，她料定自己这下必死无疑。

一切就只有听天由命了！草儿不由得流下了泪水，她惊恐而又无奈地闭上了眼睛……

李忱走进村部小会议室时，里面已经坐满了前来开会的各生产小组组长及村民代表。眠牛村会计正坐在那儿念报纸。坐在一旁吸旱烟的任江山看见李忱走了进来，他立即打断了会计的念报声，宣布会议开始。今天会议的主要内容是传达十六届五中全会提出的一项重大历史任务——建设社会主义新农村。中央的方针是"生产发展、生活富裕、乡风文明、村容整洁、管理民主。"中央文件依然是由村会计宣读。宣读完毕，接下来便是讨论。党中央的决定英明正确，"三农"问题早已被中央重视。如今党中央又提出建设社会主义新农村，并描绘出新农村的前景，是深受广大农村人拥护的。农村的前景是越来越好，农民的生活也会是越来越好。会场气氛十分热烈。大家都积极地发言支持中央的决策。看到大家积极热情参与讨论的样子，不仅任江山高兴，他一下午抽烟少了，话头多了，连李忱也深受其感动。联想到几年前中央把农业、农村和农民问题作为全党工作的重中之重来抓，李忱便觉得，这几年，尽管"三农"问题的农情国情世情发生了巨大变化，政策措施也在与时俱进，但农村工作"重中之重"的定位没有变。近几年农村基本生产生活条件也有较快改善，农村贫困人口数量在逐年减少，这正是中央重视"三农"问题的结果，是深得人心的。

会议一直持续到傍晚六点多钟，李忱从村部开完会回到金草家。草儿母亲已摸索着做好了晚饭。正准备吃饭时，李忱却没有看见金草。"大妈，金草呢，她没有回来吗？"草儿母亲回答道："还没有回哩。李部长，你肚子饿了吧，你先吃饭吧，不用等她了，她经常回得迟。"李忱吃完晚饭，见金草还没回来，他有些放心不下，便进房找了一把手电筒，然后对草儿的母亲说了声："大妈，我去接金草。"

夜幕完全降临了下来,金草躺在地上,钻心的疼痛使她抱住了自己的腿。刚才惊险的一幕依然恐怖地在她眼前闪现,就在她的身躯不由自主地朝着悬崖陡壁,急速地翻滚而去的时候,她认定自己今日必死无疑。她绝望地闭上了双眼,然而,一瞬间,她突然觉得自己的身体重重地撞上了哪儿,被撞痛了的身体使她咧嘴"哎哟"了一声。她睁开了眼睛,发现自己撞上了崖边的一棵大松树。是这棵巨大的松树将她拦腰挡在了悬崖陡壁的边缘,因而救了她一命。而她原来挑着的那两捆牛荆叶这时却分别在她的左右两侧,先后滚下了崖底……

金草的命是被救了,但她也被这重重的一击撞得头昏眼花,几乎晕了过去。稍回过神来后,她便抬起了头。大松树下面一眼望不见底的深谷令她不寒而栗。由于她身边的这棵松树地处悬崖边缘,草儿不敢站起身,她只是小心翼翼地转过身子,然后伸手拉住了离悬崖稍远一点的一棵小树,慢慢地将身子挪移了过去。

离开悬崖后,草儿才觉得左小腿有些不对劲,她坐了起来,虽然她在刚才的下翻过程中,身体已被山石和荆棘划拉得遍体鳞伤。但她并没有觉得十分疼痛,反倒是腿——她忽然觉得左腿传来一阵钻心的痛。在她的呻吟声中,她发现自己的这条小腿已经完全不听使唤了。草儿不知道这条腿是断了筋骨还是伤了神经,她顿时便吓得哭了起来。

草儿哭了一会儿,她试着想站起身,可左腿不能站立,她试着用右脚跳了两下,人便倒下了,看来,她现在是回不去了。夜幕降临后,山野已完全被黑暗笼罩。山上本来就人迹罕至,这时的四周更是静得怕人。草儿这时又突然想起了以前乡邻们对她讲过的山妖鬼怪，死人幽灵等吓人的故事。也不知怎么，草儿一想到这些，她甚至连腿上的疼痛都抛在了脑后，唯一害怕的就是黑夜来临和那些无数的鬼精灵。走又走不了，待在这儿又害怕。惊恐之中，草儿忽然又大声地哭了起来。她想用哭声来为自己壮胆，也想万一有人通过，也好知道这里有个需要帮助的人。当然，她也知道，这基本是徒劳无益的，大山里本来就人烟稀少，何况天已经黑了。有谁还能够在这个时候逗留在深山里呢？所以草儿的哭声里完全是痛苦和绝望。

也不知过了多久，草儿觉得自己已经很累了，她身上已渐渐地发冷，她现在已经连"怕"的意识也渐渐地模糊了。草儿并不知道她的左小腿不仅摔断了，而且腿肚也被锋利的山石划开了一道深深的伤口，鲜血渐渐渗入了她脚下的草丛中。失血时间一长，她便渐渐地失去了知觉。

李忱翻山越岭首先来到了金草今天种麦子的地方。下午，他是看着草儿钻进树林的。他于是顺着那个方向一直朝山上找去。李忱找了几个山头，边找边大声地喊着草儿。天色已经完全黑了下来，静谧的山林里，一直没有草儿的回声。深山野岭，李忱不禁为草儿的安危担忧。这个胆小的女子，她现在在哪儿呢？

夜已深了，李忱拿着的手电筒已呈现出了微弱的光。他关掉了手电筒，他现在觉得只能在关键的时刻再使用它。遥远的天空中挂着一镰新月，惨淡的月光只能在树木比较稀疏的地方才能照进来。李忱凭借那时断时续的暗淡月光继续在密林里寻找着。

翻过一道道山头，越过一条条深涧，在继续的搜寻中，李忱忽然听到前面不远处有一点动静，他连忙摁亮了手电筒，可是他看到的却是一只野黄羊飞也似的逃逸的身影。此后，类似的情况他又遇到了几次，不是遇上了野猪就是看到了香獐。这些大山里的生灵，一见到手电筒的光，便以冲刺的速度迅疾地逃掉了。

也不知过了多久，李忱的脚忽然绊到了一团柴草样的东西，他摁亮手电筒，发现是一捆牛荆叶，这显然是草儿采摘的。

"金草！金草!"李忱立即大声地叫了起来，他心里既是兴奋，又是担心。他觉得草儿应该就在离他不远的地方，可是为什么他的呼喊，却没有得到她的回应？她肯定是出事了！李忱用手电筒在周围扫了一遍，在不远处，他看到了另一捆牛荆叶。但是仍然不见草儿的身影。李忱把两捆牛荆叶的周围彻底搜寻了一遍，然后他的手电筒照到了高高的崖壁。从牛荆叶下面的青草被重重压过的程度看，它们应该是从那崖壁上掉下来的。李忱想到这儿，他马上找到了悬崖的边缘，然后抓住树木快捷地登上了崖顶。——终于，李忱的手电筒照见了倒伏在荆棘丛中的草儿。

当李忱扶起草儿时，草儿的双目紧闭，面色惨白。她已处于昏迷之中。李忱用手电筒查看了草儿身上的伤，他发现她的左小腿肚上有一道长长的伤口，伤口下面的砂土地上已浸湿着一摊血。显然草儿的昏迷是因为她伤口失血过多而导致的。李忱脱下自己的衬衣，将草儿腿上的伤口包扎了起来。

大约是李忱翻动了草儿身体的缘故，她这时轻轻地呻吟了一声。

"金草，金草……我是李忱，你醒过来好吗？"听到草儿的这一声呻吟，李忱马上叫着她。可是草儿并没有回应，但她的身子却偎向了他的怀里。"你冷吗，金草?"他又问。但是草儿依然没有回答。

李忱背起了草儿。他刚才爬上来的那条路太陡了，显然不能走。他用手电筒照了照侧面的树林，然后斜穿了过去……

李忱背着草儿路过她的家时，她家那扇半闭着的木窗透出了一线微弱的灯光，显然，草儿的母亲并没有睡。李忱怕老人担心，便隔着门窗对老人喊了一声道："大妈，金草受了一点伤，我现在送她去医院"。屋里老人果然没睡，听见李忱的话，连忙大声问道："李部长，草儿伤得重吗？""她只是腿受了一点小伤，没事的，你就放心吧"。

李忱背着草儿很快地来到了前塆。他在任江山的窗户前喊了他两声。任江山此时正在睡梦中，被窗外的李忱喊醒了过来。他不知道发生了什么事，这大半夜的李忱来喊他，他伸手拉亮了床头灯，接着便披衣走到堂屋，然后打开了大门。当任江山看到李忱背上的草儿时，他吓了一跳，急问道："李部长，怎么回事，草儿这是怎么了？"

李忱开口便说："你莫问，先救人再说。""啊，好，好。"任江山说着，上前搭把手将草儿扶到他家的木沙发上躺下了。

"你喊两个村民来，将金草抬下山，她失血过多，生命很危险，得赶紧送乡医院抢救！"李忱吩咐任江山道。

不一会，任江山便从旁边塆子里喊来了两名壮劳力，李忱将草儿从木沙发上抱了起来，放在任家的竹床上，于是几个人一道赶往乡医院去了。

草儿被抬到天堂乡时，已是深夜。小镇上的居民早已入睡。只有街道一侧的豆腐坊里透出一些光亮。偶尔有一辆夜行车在老旧的街道上急驰而过，带起地上的尘土、草屑，各色各样的垃圾袋随风而舞。

乡医院的大门口亮着一盏昏黄的电灯。急诊室的门开着，但是里面除了一张诊断桌子和靠墙边有一张诊断床外，连个听诊的医生都没有。任支书来到隔壁一扇关着的门前，敲了两下门，然后喊了声："急诊医生，急诊医生，请你快起床，有危重病人来了。"

一会儿，那扇门内传来了轻微的起床声和脚步声，紧接着门开了，一位四十多岁矮胖的男医生一边套着白大褂，一边还在打着哈欠："病人怎么样?"医生走进急诊室，边从墙上取下听诊器，边问。

草儿已被放在急诊室那张床上了。任支书对那两个抬草儿来医院的村民说："我可没现金开你俩的工钱哈，回去我记你们俩今年的义务工。"两人连忙说："不用，不用，乡里乡亲的，我们不要工钱。再说这是夜晚，又没有耽误我们白天的生产。"说罢，两人便转身回家了。

这个急诊科医生知道李忱是乡武装部长，看见他亲自送病人来，当然不敢怠慢，立即查看了草儿的伤情，然后说："病人左小腿下端胫骨骨折，小腿肚后侧被硬物划伤，受伤创面长，需要马上手术。"

"那就赶紧做呗!"李忱说。

"可是李部长，这个病人由于失血过多，已处于休克状态，生命非常危险，你看怎么办?"

"什么怎么办，赶快抢救呀!"李忱叫了起来。

"病人现在需要紧急输血。"

"这个连我也知道，赶快输嘛。"李忱简直是又气又急。

医生摆了摆头："问题就在这儿。乡卫生院条件所限，平常库存的血量也不多，可不巧刚刚来了一位难产的孕妇，将库存的血浆都用完了。依这个病人的情况看，现在从县城调血过来已经来不及了，李部长，你看……"

"绕了这么大的弯子，原来你是说你们这儿救治不了这个病人，是吧？"李忱有些生气。

那位矮胖的医生摊开了双手，一副无可奈何的样子。

李忱愤怒地瞧着他，骂了一声："真是个冷血动物！"他这时伸出了自己的胳膊，说，"你们没有血那就抽我的吧。我是 O 型血，万能输血者。"

"李部长开玩笑了，输血可不是儿戏啊！"

"谁跟你开玩笑！我当过兵的，我肯定知道自己的血型。而且我知道金草她是 B 型血，她在学校献过血的。我们正好是相配的血型，你尽管输就是。"

一旁的任支书这时也说："李部长是什么人，他会拿病人的生命开玩笑？"

尽管医生也知道面前这个汉子不会说假话，可是医生的职责，他哪敢随便动手，于是说："李部长，你稍等一下，我去把化验室的医生喊起来做个验血检查。"

"那要等到什么时候，现在多耽搁一分钟病人就多一分危险。"李忱听了医生的话，马上反对道。

原则问题，医生当然要坚持。他立即吩咐值班护士喊来了化验师。

验过血后，医生问李忱道："病人的家属没有来吗？"

"有事你找我。"

"马上要做手术了，你敢不敢在手术单上签字?"

"拿单来!"

"李部长，这可是要担责的啊，你可想好。"

"啰嗦什么，一切责任我承担。"

"那好。"医生这时果然拿来了手术单，让李忱签字。

对于手术单上那密密麻麻的条文，李忱连看也没看，就急匆匆地在下面签上了自己的名字。

清晨的阳光照进了病房。刚刚苏醒过来的金草，睁开第一眼看见的是白白的屋顶，清静的房间，还有竖在病床一侧的吊瓶。她回忆起了昨日的一幕，不知是谁救了她。她的目光在病床周围搜索着。侧过头，她发现了李忱。她其实已经猜想到，肯定是李忱救的她。她看见，此刻的李忱，正闭目倚靠在墙角的一张椅子上，似乎在打瞌睡。想到自己除了母亲，再无亲人，若不是李忱，她恐怕早已性命难保。想到这儿，草儿的泪水立时盈满了眼眶。

也许是金草轻微的抽泣声惊醒了李忱，也许是他根本就没有睡着。看见草儿醒了过来，他很高兴，脸上流露出一丝松缓的笑意。

李忱舒展的微笑感染了草儿，她那还挂着泪水的脸上也露出了笑容。草儿的身边没有亲人，又瘫又瞎的母亲自然不能来，只有李忱一直守候在她的身边。此刻，他离她是那样地近，也是那样地亲。她忽然有些羞涩，她垂下了眼帘。对于她生命中出现的这个男子，她有着感激，有着敬重，也有着另外一种情愫。她的这种心情，说不清、道不明，就犹如亲人般的感觉。

经过医院精心的治疗，金草腿上的划伤经手术后，愈合得很快，可是她的小腿胫骨因为被摔成了骨折，无法站立。在医院打了十几天的石膏，直到拆了石膏后，她才出院。

女儿终于回家了，母亲又高兴又难过。就在草儿住院后，老人天天挂着拐杖，立在自家门前，睁着一双瞎眼朝山下天堂乡那边"张望"着，嘴里不住地乞求金家祖宗保佑她的女儿。好不容易她才把女儿盼回来了。她这时拉住女儿，从头到脚抚摸了一遍，摸到女儿腿上的绷带时，她失神的眼睛里又涌起了老泪。

任贵儿回来了。她是听说金草受伤住院才回来的。自结婚后，贵儿一直很少回家。刘鸣将她安排在箱包厂管理财务。箱包厂现在家大业大，她的工作十分繁忙。她今天还是利用周末假期，回家看看她的父母亲。也顺便看看老同学金草。

任贵儿的穿着打扮已完全是城里人了。头发染成了金黄色，还烫了大波浪。穿着一件鹅黄色长袖衬衣，外套一件紧身无袖皮夹克，下身穿的是一条时尚美腿裤。足蹬棕色长筒皮靴，靴长过膝。她来到金家的时候，草儿和母亲正在大门口晒太阳。草儿的脚已勉强能走路，虽然走路时还是一瘸一瘸的。任贵儿一来，草儿便高兴地将她带到了自己的房间里。她又重新搬回了自己的房间。李忱部长调走了。像以往的干部一样，这一届下乡"蹲点"的干部已经到了轮换的时期。李忱来的时候，也只是带了一只旧皮箱，装一些替换的衣服和洗漱用具。如今已收拾好放置在房间的一角，等待他最后来拿。

"李大哥已经走了吗？"贵儿问。草儿点了点头，她拿家里量米用的木升子装了一升小板栗放在同学的面前。这是草儿秋季在山上采摘的野板栗，她将它装在小竹篮里吊在房梁下晾了个半干，现在吃起来是又甜又脆。任贵儿是在山里长大的，自然知道这东西好吃。她一边说着："真香啊！"一边就剥了七八个，像吃豆子似的直往嘴里扔。

就在贵儿嘴没空时，她的眼睛也没闲着，双眼在草儿的房间里扫视了一遍，看见李忱还没有搬走的行李，她不禁说了一声："听说李大哥调回城了，也不知调到哪个部门任职？"

草儿摇头道："我也不知道。"

任贵儿本来对李忱调工作的事不太关心，她刚才也只是随便问问而已，这时连忙转移了话题。她转身从椅子后面拿过自己背来的包，一边拉开锁链，一边说："金草，你知道我带了什么给你？"她在包里翻弄了一会儿，然后掏出一只四四方方的有金箔装饰的小盒子。她打开这只精致的小盒子，呈现在草儿面前的是一件碧绿晶莹的心形小饰品："这是林丰到云南出差时特意给你买的。他说这是真正的缅甸玉石制品。知道我今天回来，他早晨就赶到了我家，让我带给你。金草，你看，这是多么珍贵的东西！"任贵儿羡慕地说。

"是吗。"草儿缓缓地说了一声，似乎林丰这个名字是从她遥远的记忆里追忆出来的，"你说的就是那个很帅气的男孩？"她问了一句。

"对，凤城县政府办公室秘书。而且他现在已经在于县长身边工作了，是他的专职秘书，"任贵儿听着草儿那似乎与她毫不相干的口吻，还有她表现出的冷淡的神情，便有些惊讶道，"哎呀，金草，伤了一回，该不会是有些失忆吧？林丰你见过一面的，就是上次你去我家时，在一家酒店……"

"贵儿，我没有忘记，"草儿忙辩解道，可是她又说，"只不过我觉得那好像是很久以前的事儿，那个男孩——噢，林丰……"

"怎么会呢？那不过是一两个月前的事情，你怎么会忘记得这么快？"

"算了，你再不要说我大脑有问题吧。"草儿一笑。

任贵儿也"扑哧"一声笑了。

草儿这时想了想，又将那只小方盒放进任贵儿的背包里。贵儿有些诧异，她还想拿出来。可是草儿按住了她的手，说："贵儿，你帮我退还给林丰，并代我向林丰道声谢。难得他会记住我这个乡下女子。只不过这种贵重的礼物，我可不敢收。你还是代我退还给他为好。"

任贵儿知道草儿的个性，她说不要的东西，你再劝也是白说。她于是再也没有说什么。仍旧将物件放回了她的背包里。这时，她又想起了什么，说："金草，我问你，我们当年的高中毕业照，也就是我们全班同学的合影，你还保存着吧？"草儿点了点头，说："你问这个做什么，你不是也有一张吗？那可是我们的毕业照，全班同学人人都有一张的。"

"嗨，我一张都没要。我那时觉得自己学习成绩差，同学们都有些瞧不起我。我就不想要那照片，我根本就没到老师那儿去领。"

"哦，是这样。"

"金草，我想把你这儿的照片拿到县城照相馆去翻拍一张收存着，我现在经常在街上看到旧日的同学，我觉得他们对我都挺亲热的。如今我想，当初我没要毕业合影是错误的，高中同学的情谊真正地弥足珍贵！"

"噢，怀念起旧日同学来了！"草儿说着，起身去箱子里翻找着那张相片。就在草儿起身后，任贵儿的眼睛瞟在了草儿床前的小圆桌上。她忽然看见桌子上面有一个木质小镜框，里面镶嵌着的是李忱的照片。她于是说："你看这个李大哥也大意，什么东西都收拾好了，这张照片却还落在人家的桌子上。"提到李忱，任贵儿忽然有些神秘地对草儿说："嘿，金草，你说怪不怪，李大哥那么帅的一个人，却找了一个又老又俗气的老婆，人长得大洋马似的，没有一点女人味。而且我听人家说他老婆比他大六岁，他们是姑表亲，是老辈人为他们订下的婚姻。"

金草听了这话，什么也没说。她将刚刚翻找出来的高中毕业合影放在了任贵儿的面前。贵儿只把照片拿在手里，嘴里却继续说着李忱的事儿："你说稀奇不稀奇，他老婆三十多岁，快奔四十的人了，也不生孩子。有人说他老婆生得粗粗壮壮的，不像不能生育的样子，这不能生育的问题恐怕是出在李忱的身上。我想也是，若不然，他老婆年纪又大，又长那样，他们夫妻关系也不好，李大哥怎不提出离婚呢！"

"贵儿，你这是听谁说的？李大哥在我家可是从来也没有说过这些事情。好了，贵儿，我们不议论人家了。我今天把这张毕业照给你，这是我唯一的一张同学合影，你可不要弄丢了，翻拍过后一定要还给我。"

"你放心吧，金草，什么东西我都能丢，只这照片我不能丢。我现在也挺看重同学情谊的。我准备在翻拍的照片后面，按顺序一一写上同学们的名字，将来，我就是到了八十岁，我也仍然知道这些同学的名字。他们就像我的兄弟姐妹一样亲哩。金草，说真的，我现在觉得，虽然人这一生学生时代读书最苦，日子也最难熬，可是学生时代也是人生中最珍贵最难忘的时光，只可惜啊，我当初没有珍惜这美好的时光，没有珍惜同学之情，更没有好好读书，现在悔之晚矣。可叹人生不能重来。"任贵儿说到这儿，竟轻声地叹息了一声。

"喂，任贵儿，我发现你现在也知道伤感了！不要掉眼泪啊，你若是掉眼泪，那我可是要大哭一场哦。"草儿开着玩笑。可是笑声里带着哽咽。她停顿了一会儿，然后叹了一口气，说："真的，人生真是难料，我们那一届高中毕业的同学，升大学的升大学，找工作的找工作，你如今也已经成了家，有了自己喜欢的男人，而且有了一份满意的工作。可我呢，我如今还在眠牛村这个山旮旯里转圈。工作、家庭无有一处是落实的。前程简直是一片渺茫！"

"金草，尽管你的这些问题都没有解决，可是我知道，你的眼光高着哩！像林丰这样的男孩你都有些看不上，你说，我们凤城县还有你金草能看中的人吗？老同学，我说你还是实际一点吧，莫看你现在青春美貌，可要知道，越是娇艳的花朵，越易遭风雨摧残，早早地凋零！我想，像林丰这样工作好，人又帅气又温柔浪漫的男孩，你上哪儿找去?！"

"金草，你还犹豫什么呢?"贵儿紧紧地拉住草儿的手，"我这次回来，林丰正在开会，嗨，那个于县长简直是一刻也离不开他。不然的话，林丰会随我一道亲自来看你的。他早晨在我家才得知你受伤的消息，先急得不得了，后来听我说，你已经伤愈出院了，他才舒了一口气……"

就在贵儿和草儿闲聊时，草儿的母亲已摸索着做好了午饭。贵儿也不客气，一边嘴里说着肚子真的饿了，一边就拿起了碗筷。餐桌上，贵儿对草儿的母亲提了林丰的事，草儿妈一听贵儿的话，喜得脸上乐开了花。老人要求贵儿一定要帮忙促成这件事。

"金草，你也不小了，也二十出头了，你看你妈也十分赞成这事儿不是。我对你说，婚姻的事可是关乎你一生幸福的大事，你一定要把握好。今天早晨林丰特意让我告诉你，他想约你元旦节在县城一聚。你看可以吗？"见草儿低头无语，贵儿又说："如果你答应，你就在元旦节的前一天到县城去吧，林丰想在元旦节那天陪你玩一整天。你们俩就当面谈一谈结婚的事。金草，我告诉你，林丰真的是个很优秀的男孩。过了这一村可没有那一店哦，你可要仔细地考虑好。"

"贵儿，真是难为你这番好意了。"草儿母亲感激地对贵儿说。她转过头，对沉默不语的女儿道："你要是觉得难为情不好回答贵儿的话，那么我就替你应下吧，贵儿，你放心吧，元旦节那时草儿会去县城的。"母亲生怕女儿错过了这个改变她人生的机会，代女儿一口答应了下来。

今年的元旦节离老历年很近，只有二十几天的时间。这几天，一直刮着凛冽的北风，到处都是天寒地冻，农村人大都窝在自己家的火塘边不肯出来。可是凤城县城似乎与平日没什么两样，大街上依然人来车往，到处充满着年节的欢乐气氛。各商家搞促销扯起的彩条横幅横亘在街道上方，店铺也已经将货摊摆到街道两旁了。城中各大酒店还未到时间，就已经被客户订满了。现在城里人家时兴在节日里，带上全家老小甚至亲朋好友上酒店吃团圆饭。

就在元旦节的头一天，金草如约来到了县城。她刚在县汽车站下车，已经等候在那儿的任贵儿便迎上前来了。看见金草的腿已完全恢复了，她很高兴。她转身扬手叫了一辆出租车。拉着草儿便钻了进去。"师傅，去城东维也纳国际酒店！"任贵儿朝司机说了一声。然后她转身问了金草一声好。接着说："你呀，真是急死我了！怎么这个时候才来呢？你看这时间都已经是下午四点钟了。"任贵儿拿起挂在胸前的一只精致怀表，指着那时间说。

"对不起，贵儿，我在家里出来得迟了点。没赶上上午的客车，所以一直等到现在才来。""是你妈催促你出来的吧？"任贵儿有些不满地说，"金草，你将来会发现，刘鸣的这个同学真的是个人尖子。他是个笔杆子，非常有才，而且工作积极，人缘关系也好。是个很有发展前途的男孩。金草，我现在只说一句，若是以后你的丈夫林丰发达了，你可不要忘了我这个同学加媒人哟！""刘鸣呢，他的工作还是那么繁忙吗？"金草扯开了话题。"他？天生辛苦的命！"任贵儿苦笑了一下，"他前几天就到广东去了。""去广东做什么？"草儿倒有些奇怪。"他刚把箱包厂搞红火，一位广东的客商就邀他去南方发展，说南方政策宽松，生意好做。是有能力的人施展拳脚的好地方。这个刘鸣，他一听就来兴趣了，这不，他已经跟随那个广东商人一道去了深南市，去了快一个星期了。"

凤城县城毕竟是个比较小的地方，就在贵儿与草儿的谈话声中，出租车很快便到达了目的地。地处县城东的"维也纳国际连锁酒店"装饰得金碧辉煌。任贵儿带着金草来到这儿时，接待前台已是人头攒动。为了与金草的这次会面，林丰提前在酒店的第九层预订了一个单间。随着电梯的快速上升，任贵儿她们很快便到了酒店的第九层。维也纳国际酒店的第九层宽敞明亮，楼顶和四壁装饰得富丽堂皇。隔着屏风玻璃，金草看到豪华的大厅中央，坐满了前来吃饭的客人们。贵儿这时紧拉着草儿的手，脚踏着厚实柔软的红地毯来到了林丰预订的第九号包间。门外一个十七八岁，衣着整洁的女服务生上前鞠了一躬，然后用钥匙打开了包房的门，说了声："二位女士请！"

包房里的灯光有些暗淡，金草刚走进门时，被那闪烁着的彩色灯束弄得头有些晕。她有些不适应地闭了一下眼睛。房间里弥漫着轻音乐。这时，只听得走在她前面的任贵儿"哇"的一声惊叫道："好漂亮啊！"草儿这时睁开了眼，这是一个很大的单间，房子布置得精巧、温馨而浪漫。确切地说，这房子简直不叫房子，而是一个精心设计的、特罗曼蒂克的乐园。四周不见墙壁，只有彩灯映照下的蓝色海洋和椰子树，头顶上是蓝蓝的天空，白白的云朵。地上被布置成了沙滩。沙滩上摆放着一张意大利风格的小圆桌和两张沙滩椅。而就在沙滩的边缘靠近"大海"处，还有一条小船，小船似乎被海浪拍打着，在海滩的浅水边摇来摇去。一个只有一米左右高的小矮人这时手端着两杯咖啡走了进来。小矮人头上戴着白布帽，腰间扎一条布围裙，就像童话世界里的使者！他将两杯咖啡放在那张精致的小圆桌上后，便笑着向草儿和贵儿行了一个很滑稽的脱帽礼，然后退了出去。任贵儿这时候屁股一歪，便坐在了沙滩椅上。她回头招呼了似乎有些发愣的金草一声："金草，来，坐下。你看，幸亏林丰他还有点公事没办完，让我先陪你来这里。不然，我怎么有机会享受这么高级的待遇！这个林丰，也太有情趣了！我家那个刘鸣，他心里想的除了生意，还是生意，就是没有这份浪漫的情怀。他第一次请我吃饭，是在街道旁的一个小餐馆里，到处都是油污和苍蝇，恶心死了！"

　　任贵儿将金草也拉到沙滩椅上坐下了。她这时挪过咖啡杯，用那把精致的小匙调了调，然后抿了一小口。显然她也并不习惯喝这苦得让人咋舌又甜得腻人的洋玩意儿，可她喝完后，还是说："真是享受，这么美的东西。"

　　正说着，她们的身后忽然传来轻轻的一声"金草！"俩人不约而同地回过头去。只见她们的身后蓝色海滩边有一棵巨大的椰子树，那椰子树下开着一扇小门，俊朗的林丰从那儿走了进来。金草和任贵儿刚才进门后，并没有回头看，原来她们也是从那棵椰子树下走进来的。

任贵儿这时站起身，抓了一把沙滩桌上的点心，匆匆地与草儿告别。金草刚要喊住她，她却朝她做了个鬼脸，很快地就从那棵椰子树底下消失了。

随着任贵儿的离去，整个房间恢复了平静。林丰穿着一套崭新的暗格西服，看样子价格不菲。只不过这套严肃而深沉的西服显得与他的年龄有些不相称。他毕竟很年轻、很帅气，如果穿上时下流行的休闲装或是夹克之类，或许会显得更亲切更有朝气一些。当然此时的草儿并没有过多地考虑这些，她只是觉得自己有些不习惯这种场合，更不习惯与并不熟悉的人在这种场合下单独相处。她此时心里有些惴惴不安。

"金草！"林丰在草儿对侧的椅子上坐了下来，他的双眼一直瞧着草儿，嘴里轻轻地充满温柔地叫了一声。

草儿依然低头而坐，双腿拢在一起，双手也抄在并拢着的膝盖间。她几乎没有抬眼看林丰，这并不是羞怯，而是一种极其复杂的自相矛盾的心理在作祟。也不知怎么，她这时忽然生出一种羊羔被强迫赶进笼子里的感觉！面对林丰这样优秀的男孩，她不明白自己怎么会有这种想法，自己以前不是也一直幻想着有林丰这样的一个男孩出现在她的生活里吗？不是也挺喜欢眼前的这种温馨这种浪漫吗？这不就是她过去所憧憬的那种王子与公主的童话世界吗？一切都是这么美好，可她为什么有一种陌生的感觉呢？她简直有些奇怪自己此时此刻的思维意识！

然而，就在草儿静静地坐在林丰的一侧，静静地注视着她面前的咖啡杯的时候，透过热咖啡杯里升腾的热气，出现在林丰眼里的金草，简直就是一个亘古未有的清纯少女！那种端庄、贤淑和美丽，与林丰大脑里所梦想所追求的女孩是那样的相似。"呀，简直就是美的化身！"他在心里喊道。

他久久地注视着她，就像欣赏一件稀世珍品。他的脸上流露出最舒心的笑意。

"金草，你读书时，是喜欢文科还是理科？"林丰终于说，但他说的内容竟是这样的。

草儿愣了一下，她也没想到林丰一开始便会这么问她，她停顿了一会儿，然后不紧不慢地回答道："我当然喜欢文科！我当年学的就是文科。"

"噢！这么说，你喜欢的是泰戈尔、莎士比亚，还有曹雪芹，而不是牛顿和爱因斯坦喽？"林丰不想落入俗流之辈，一开始就急于表现自己。他知道金草虽然是个农村女孩，但她毕竟高中毕业，并以优异的成绩考取了大学。尽管她最终没能踏进大学的校门，但她仍然是一个知识女性，与她见面和交谈，只能用这种雅的方式来获取她的芳心。

"是，"草儿微微点了点头，"虽然我也很敬仰牛顿和爱因斯坦这些科学家不同凡响的思维能力，以及他们对于现代物理学的贡献，但我最喜欢的还是中外历史上那些给予了人类精神财富的文豪们，就比如司汤达、克里斯蒂，还有列夫·托尔斯泰！"

"金草，你喜欢楚霸王吗？"

"楚霸王？"

"对，中国的楚霸王！你喜欢他那种英雄气魄，还有他对虞姬那种惊天动地的爱情吗？"

金草稍稍思考了一会儿，然后说："楚汉相争，刘邦、项羽兄弟反目，项羽孤傲自负，终于兵败垓下。楚军败北后，虞姬为爱在垓下殉情，项羽亦为爱在乌江执剑自刎，演绎出一曲流传千古的'霸王别姬'的故事。若论英雄，有人说项羽是英雄造时势，亦有人说他是时势造英雄。这些姑且不论，但项羽对虞姬的爱倒是……"

金草话未说完，忽然他们的身后传来了"啪"的一声响。草儿和林丰不约而同地都回过了头，呈现在他们面前的是这样一幅画面：那棵巨大的椰子树中间的门被完全打开了，当然这次不是被小矮人打开的，而是被人用高跟鞋底粗暴地踢开的。一个三十岁左右，打扮入时，长相也很美的女人气呼呼地闯了进来。

林丰瞧着那女人，叹了一口气，说："姐，你也真神，还是找到这儿来了！"

"小丰，你以为你伪装得巧妙，我就找不着你了？姐比你年长，你肚子里有几根花花肠子姐不清楚？你刚才还骗我说你去县工会参加'元旦联欢会'，这会儿可让我抓了个现行吧！"

"姐，我又不是三岁小孩，你还这样死死地管住我。我今年都二十六岁了，我应该有自己的自由！"

"什么自由？你不要自由过头了！我告诉你，于县长的千金于琼现在到处找你。她刚才也要往'维也纳酒店'来，被我拦住了。我骗她说你在县工会那儿参加'元旦联欢会'，她现在往县工会那儿去了。不过，这县城太小，我知道她不久就要回头的，你还不快走。"

"姐，你不要难为我，我不喜欢她。"

"你糊涂！人家多少男孩子想追求她，她都看不上，你却愿意放弃这么好的机会。你想想，那于县长是什么人？他可是凤城县的父母官！人家想攀于琼这样的高枝都攀不上呢，你却一句话'不喜欢她'就想把她打发了。你、你是想气死我呀！"

就在这姐弟俩你来我往的争吵声中，金草站起了身。林丰赶上前来，想拉住金草，可草儿毫不犹豫地推开了他的手。草儿折转身，快步往椰子树那边走去。

就在她的身后，传来了这样的声音："小丰，你真是弱智。那于琼也仅仅是相貌稍差一点，其余哪一样不比这个乡下女子强？乡里女子土里扒食，身上还沾着鸡粪臭，哪里配谈楚霸王的爱？"

金草的眼泪夺眶而出。但她很快就止住了自己的泪，抬起头来，坚定地跨过了椰子树下的那扇门。

外面下雪了。白天还只是刮着凛冽的寒风，这会儿却是大雪飞舞。一片片冰冷的雪花贴在草儿的脸上，使她发热的面孔很快便冷静了下来。由于这场雪下得又大又急，本来热闹的夜市，这会儿却变得冷冷清清。人们大都钻进能避风御寒的房子里去了。大街上纵有行人，也都是行色匆匆，惨白的街灯光不断地拉长或缩短着他们的身影。草儿站在街道口，不知道自己该往哪儿走。回眠牛村已是不可能的了，晚班车也早已经走了。到贵儿那里去，草儿心有不愿。其实她原本打算今晚就在任贵儿那儿住一晚上的。可是因为林丰的事，草儿此刻心里倒有些责怪她了。她怎么这么粗心，怎么不了解清楚林丰的情况呢？既然他有女朋友，她又何必介绍她呢？想到林丰的姐姐最后那句话，草儿更是委屈得泪又出来了。

金草在街头徘徊了一会儿，雪花已经飘落她一身。她觉得站着更冷，便抖了抖身上的积雪，径直往城南车站那边走去。她身上带的钱并不多，她想在车站附近找一家廉价的旅馆住一宿，明天一早顺便乘车回家。

草儿刚走了几步，忽听得身后有人喊了她一声："金草！"她起先以为是林丰追了上来，没有停下脚步。可是，后面又传来了一声："金草！"这一回她听出来了，这是一个非常熟悉的声音。她回过了头，喊她的是李忱。

李忱来到了草儿的面前，问道："金草，什么时候来的县城，是今天吗？"

"嗯。"草儿点了点头。

"你的伤完全好了吗？走路腿不痛吧？"他的目光快速地转向了她的脚下。

草儿又是点头。就像是碰上了亲人，她此刻委屈的泪几乎又要出来。幸亏街灯并不亮，李忱也并没有刻意去看她的眼睛，他只是继续问着："金草，你最近好吗，你妈她老人家也还好吧？"

草儿轻轻地回了声："妈很好！"

雪还在下着，夹着寒冷的风。

"天很冷，我们走着说话好吧。"

"嗯。"草儿应了一声。两人沿着脚下的路一直往前走去。由于凤城县城是山区小县城，汽车站又地处城郊位置，白天热闹的汽车站一到晚上便关了门，于是这儿就显得比较冷清。也不知怎么，草儿走至车站时，竟没有停下脚步。她仍然和李忱一道往前走去。出了车站便是沿着山势和河湾修建的乡村公路。不知不觉地，李忱和金草沿着这条路走到了城郊外。"你的行李还放在我家，你什么时候去取呢？"草儿与李忱已经有些日子没见面了，今天突然遇见了他，她觉得有些拘谨，找了这么一句话说着。李忱"嗯"了一声说："不急，那只是一些替换的衣服，现在我回家了，那些也就不急着用了，等有机会再去拿吧。"

草儿"哦"了一声，倒觉得没什么话可说了。两人无言地踱了一段路，草儿又打破了沉默说："你现在在什么单位任职？"

"噢，我还忘了告诉你，我现在在县政府'多经办'工作。"

"家里人——都好吧？"草儿找着话。

李忱没有回答。此时，他们已在城郊外走了很远的一段路。李忱说："金草，雪下大了，我们往回走吧。"草儿抬起头来看看天，雪真的下得很大，而且现在是雨夹雪，两人身上的衣服很快便被淋湿了。草儿说："李大哥，雨雪太大了，我们还是找个地方躲躲雨吧？"草儿说完，便抬头四处张望了一下，到处都是雨雪蒙蒙。草儿忽然发现冬闲着的田畈一侧山坡上有间茅草棚。于是拉着李忱慌不择路地朝着那间草棚急奔而去。

草棚不大，仅可栖身。这大概是庄户人家夏季搭的看瓜棚，草棚里面倒还干爽，地上还铺着一层干稻草，只可惜没有灯。"这个天，光下雪已经够呛，怎么还下起雨来了！"李忱的话没说完，天上竟响起了滚滚雷声。草棚外面的雨雪下得更大了。一道道闪电不时地映照着密集的雨丝和雪粒。这真是少有的冬雷啊！李忱怕金草冷，他脱下了自己的外衣披在她身上。

可是草儿又将衣服还给了他："这么冷的天，你脱了衣服会着凉的。"她说。

"今天都怪我不好，如果不是遇上我，你就不会在这儿挨冻了。"草儿歉意地说。

"不，金草，是我主动找你的。"

草儿有些意外："你怎么知道我来到了县城？你不是刚才在街

头碰见我的吗？"

"不是。我是在维也纳酒店看见你的。"

"哦，是在那儿？"

"是，就在维也纳酒店第九层。"

"你看见我出来？"

"不完全是，因为我还看见了你进去。"

草儿有些惊异："你还看见了谁？"

"任贵儿。当然，后来任贵儿走了，当一个男孩来了后，任贵儿就走了。"

"你为何也在那儿？"

"我们就在酒店第九层的大厅里陪地区'多经办'的同志吃饭。"

"你知道那男孩是谁？"

李忱摇了摇头："我……不知道。"

"你不认识他？"

"不认识。"

"他是于县长的秘书，他叫林丰。"

"噢，林丰。我听说过，一个挺优秀挺有才华的青年。"

"你觉得我与他般配不般配？"

"般配！"

"真心话？"

"是的。"

"傻瓜，难道你不知道我——喜欢的是另外一个人吗？"

黑暗中，李忱愣了一下，然后摇了摇头："我不知道。"

"我有些冷，你能挨我近一些吗？"

"金草……"

"我一个大姑娘，又不是老虎，我不会吃了你吧?"

"当然不会! 可是我……"

"我真的好冷，你抱一抱我好吗?"草儿说着，竟一头钻进了李忱的怀里。

"金草!"李忱的呼吸忽然急促了起来，"你不要这样，我……我毕竟是个男人哪!"

可是金草更紧地贴着他，并用吻堵住了他后面的话……

草棚外面的风一直刮着，纷纷扬扬的雪花夹杂着雪粒和雨丝一直下着。在隆隆的雷声中，旧的一年悄然而逝，新的岁月开始了!

农谚云:"雨夹雪，半个月。"其实这场雨雪何止半个月，它断断续续地下了二十多天，一直持续到春节过后才真正地拨云见日。山里人家，在下雪的日子里，一般都是不出工的。男人们偶尔背支猎枪进山打打野猪、野羊什么的，拿回家打牙祭。女人们则大多窝在火塘边做一些手工活儿。虽然现在做布鞋纳袜子底儿的人少了，但是，挑花绣朵的人却多了起来。一些城里人住厌了高楼大厦，便利用节假日到山里来呼吸新鲜空气。这些山外来客，喜欢在农户那里买些纯手工制作的绣品，拿回家欣赏，甚至还有人专门收集这些绣品来珍藏。草儿的母亲年轻时就是绣花能手，家里的衣柜里藏着不少二三十年前的绣品，那山川树木、花鸟虫鱼绣得真是活灵活现，深得城里人的青睐。可是母亲当年的绣品有限，她现在眼睛看不见，当然也不能绣了。于是草儿按照母亲的吩咐，从山外买回了府绸布和各色彩线，学母亲的样也做起绣工活儿来了。草儿的绣品就在自家门口摆出，一件件经她手绣出的成品被进山来的游客买走，草儿手中的积蓄也因此渐渐多了起来。她已经凑齐了母亲去省城治眼病的钱。

春节刚过，李忱便进山来了。他要去省城参加全省农村工作会议，他于是趁这个机会把金草的母亲带到省城去治眼病。任支书找来两个人，用椅子把草儿的母亲抬下了山。金草将给母亲治眼病的钱偷偷地塞在了李忱的提包里。她知道他工资不高，而且他为她家也付出不少了，给母亲治病，无论如何，她也不愿意再让他花钱，他毕竟还有自己的家庭。

金草一直将母亲送到山下，看着李忱带着母亲上车后，她才回家。

就在母亲走后的第二天，任贵儿忽然带着林丰来了。贵儿一见面就诉说着这些日子天气不好，她说林丰一直嚷着要上眠牛村来找草儿，可惜天一直下着雨和雪，没法来。

"金草，你看今天的天气这么好，虽然初晴的天气更寒冷一些，可是有阳光的日子终究令人愉悦。特别是林丰——"任贵儿看了林丰一眼，"林丰今天的心情可是格外得好。他是第一次来眠牛村，也是第一次亲自上你家来找你。他说他有信心让你仍然回到他的身边来。"

"是的，金草。"林丰那双帅气的眼睛一直没有离开草儿。看着金草那高挑匀称的身材，天然生动的五官，还有她那含着娇怯的、白里透红的脸蛋，他就止不住自己一次次地心动。他觉得自己每见一次金草的面，就更对她的气质和美貌多了一分痴迷！这种心灵颤动的感觉是让他念念不忘、非常执着地追求这个女孩不忍放弃的缘由。

"首先，我要为那天姐姐对你的伤害而向你致歉！并且恳请你原谅她。因为你出生在大山里，就像一杯纯净的山泉水，不曾受到过世俗的浸淫，不知人欲物欲的可怕，更不知官场的险恶！我自小失去了双亲，是姐姐一手将我养大的。因只有我这一个弟弟，她对我格外疼爱和呵护。她和我姐夫在官场上混了多年，到现在都还只是个小科员，她想方设法辛辛苦苦地培养我读书，就是希望我能成龙成凤，如今，为了我仕途上有所进步，她就想在官场上为我找一把'保护伞'。可是，我在别的方面都会听她的，只在婚姻这个问题上，我不会听她的。我选择爱人有我自己的标准，我喜欢的人是你，而不是于琼……"

就在林丰缠缠绵绵、仔仔细细地向草儿陈说着这一切时，忽然任贵儿放在火塘边椅子上的挂袋里响起了一阵铃声。贵儿伸手止住了林丰的叨述。她起身对林丰和草儿说了一声："对不起，我的手机响了，大概是刘鸣打来的。我出去接听一下。"说着，她便从挂袋里掏出一只红色的手机，走到门外接听电话去了。

屋子里，林丰忽然握住了草儿的手。草儿没有挣扎，她的眼泪忽然掉了下来，不知道是因自己曾经遭受的屈辱而流泪，还是因为别的什么……

"金草，我爱你！"林丰忽然单腿跪在了草儿的面前，"我再一次为我姐姐那天的行为向你表示歉意，请求你原谅她！并且，我今天来，是诚心诚意地向你求婚的。金草，你能答应我吗？"

草儿依然哭着，在这个痴心的男孩子面前……许久，她才从他那儿缩回了自己的手。并拭干了自己脸上的泪水。

……

任贵儿终于从外边进来了。一进屋子，她就对正在交谈着的林丰和草儿说："金草、林丰，我今天还要赶回县城去。刘鸣刚才打电话来了，他在南方已安下了身，他要我明天动身去深南市。金草，你看这个刘鸣，他总是抱怨凤城太小，施展不开手脚，于是听信那位广东客商的话，要去南方发展。现在他又要我也去南方，继续搞财务工作。你说让我去，也得让我准备两三天吧，他偏让我明天就去接手新的工作。"任贵儿嘴里抱怨着，脸上却含着一丝得意的神情。

"噢，贵儿！"金草感到有些吃惊。这个昔日在学习上比她差了一大截的同学，如今跟随着丈夫一道，成了时代的弄潮儿！而她这个昔日读书时的学习尖子现在还在农村原地踏步，整日为温饱而劳碌奔波着。她不由得有些心酸，也有些羡慕，当然，她更高兴，为任贵儿的幸运而高兴。她向贵儿伸出手，由衷地说："你要去南方，那可是我国改革开放的前沿，是全国经济最发达的地方，我祝贺你啊！"

"谢谢你！我的好同学。"此时的任贵儿特别兴奋，她立即拉住金草的手，然后一把抱住她。最后也祝福道："金草，我也希望再回到凤城时，能看到你和林丰成双成对，比翼齐飞！"

春节后的天气，乍暖还寒。虽然已过了立春，但天堂寨山顶上的积雪还没有融化。母亲走后的这些日子，草儿心里一直牵挂着她，不知这次她的眼睛能否治好，不知李忧能否照顾好她。

直到母亲终于回来，金草才放下了这份心。母亲是李忧亲自送回来的。经过手术，老人已基本恢复了视力。这让草儿很高兴。母亲回家那天，草儿特意在家里办了一桌丰盛的酒菜，除了招待李忧外，她还把任支书也请来了。李忧爱吃葱花饼，草儿今天也特意为他做了。吃过晚饭后，任支书与李忧说了一会儿话，然后便告辞了。

母亲今天坐了一整天的车，早就乏了，吃过晚饭，她也上床歇息了。李忱想帮金草做做家务活，可是草儿不肯，因为他也坐了一天的车，带着母亲这个处处需要人照顾的老人，肯定也很累。

忙碌的草儿又是洗碗，又是喂猪，还为牛棚里的一条黄牯牛上草。忙过这一切之后，她回到房间，从矮柜里拿出一床干净的棉被铺在床上，准备安顿李忱休息。一切弄好后，她才提着一只绣篮来到火塘边。草儿拿了一只矮凳，就在火塘边坐下了。农村女子就这样，就算在火塘边取暖的时候，她的双手也不会闲着。此时的李忱正在火塘边看书。看见金草架好绣花绷架，戴上小顶针，然后从绣篮里拿出针线，便在那块已经绘好图案的府绸布上忙活了起来。他放下手里的书，好奇地从金草的绣篮里拿起她已经完成的几幅作品：一幅是《桃李满园》，一幅是《丹凤朝阳》，还有一幅是《荷塘月色》。图案精美、绣工自然。李忱展开这些绣品，一一欣赏着。然后他的目光又移到了草儿的手上，只见此时的草儿拿起小剪刀，剪断了绷架下面的金黄色丝线，然后换上了一根极雅致的银丝线。

李忱曾在金家住过三年，虽然平常也看到过金草的绣品，但他从没有像现在这样关注草儿绣花。他不禁拿起绣篮中的各色丝线，看了看，心想：这也不过一些极普通的七色彩线，金草却能用它绣出这么精美的图案来，她真是手巧啊。他一时好奇，将椅子移到了金草的身边。他看了一眼金草手上的绣品，只见她绣的是一幅《鸳鸯戏水》图：在轻波荡漾的荷池上边，一对鸳鸯幸福地追逐着，雄鸳鸯已经绣好了，草儿正在绣那只雌鸳鸯的翅膀。看着草儿飞针走线全神贯注的样子，李忱不禁心里一动，他拉过了草儿的手，仔细端详着："真想不到，你这双巧手能绣出这么美妙绝伦的图案来。"他由衷地赞叹了一句。草儿抬起头来向李忱莞尔一笑，然后说：

"我也是跟我妈学的，她才是最会绣花的人哩，她当年是我们天堂寨有名的绣女。"

"噢，原来你妈也会绣花？"

"是啊。"金草点了点头。提起母亲，草儿接着说："李大哥，真得谢谢你为我妈的眼病操心。"

"为什么要谢我呢！"李忱笑了一声，"辛苦的是你。几年了，你一直都在坚持，一直不肯放弃。有你这位孝女才有老人复明的机会。"

这时的草儿双眼仍然盯在绣品上，嘴里却富含深意地说："李大哥，这就是亲情呀。天底下什么最亲，什么最不能舍弃，就是自己的亲人哪。"

"嗯，有道理。"李忱点了点头。

外面下雨了。金草记起屋檐下的柴垛没有盖油布，她于是放下了手里的针线，起身打开了大门，然后在柴棚里找到了一张宽大的彩条布。李忱也上前来帮忙，两人打开彩条布拉扯着盖在了柴垛上面。这时，雨点更大了，两人进屋时，天上忽然响起了阵阵闷雷声。惊蛰未至，春雷已经来了。

这时，天上一道强电光闪过。紧接着，一声炸雷传了下来。草儿有些害怕，她立即回过头来扑进了李忱的怀抱。李忱紧紧地拥住她，轻声地说："金草，你不用怕，有我在哩。"说完，他在她的额头上亲吻了一下。这时的金草依然紧紧地拥抱住李忱，许久没有松开。

"我听说林丰最近来找过你，是吗？"李忱低头轻声地问金草。

金草没有言声，只是微微点了一下头。

"他是来向你求婚的吧？"

"是的。"金草如实回答着，然后又说，"大哥，虽然我喜欢你，可是我并不想伤害你的家庭。因此我决定嫁给林丰，只要他不嫌弃我——哥，你知道，我，我的第一次已经给你了，也算我报答你这几年来对我们一家人的恩情吧。你放心，我已将我不是处女的事儿，告诉给林丰了。当然，我并没有说出你来。林丰也没有深究，他毕竟是现代青年，并不看重这件事，他说只要我爱他，结婚后一心一意地跟他过日子就行了。他不会计较我的过去的。"

　　"金草，你真的爱他吗？"看见金草仍然小鸟依人般紧贴在他的怀中，李忱不禁问。

　　草儿仍然没有动。她只是沉默了一会儿，然后说："这个问题我也考虑过了，既然我喜欢的人我不能去爱，那么，我何必要强求一个'爱'字呢！人就这样，爱是一辈子，不爱也是一辈子，而一辈子也不过眨眼的工夫，就像天上的流星，一瞬间倏忽而过，然后消失得无影无踪。因而何必去计较爱与不爱呢。况且以我现在的条件，我能找到林丰这样的人，也算是我的福分了。我还能求什么呢？"草儿说到这儿，竟落下泪来。

　　虽然大别山顶还堆着积雪，但天堂河边的杨柳已开始吐着嫩芽，春天来了。随着国家经济的快速发展，祖国的东南沿海一些经济发达地区需要的农民工越来越多。天堂乡也和内地其他地方一样，年轻人基本都离开家乡出外打工去了。眠牛村也有几个同龄的女子邀金草一同去南方打工挣钱。但草儿考虑到母亲的身体状况，犹豫着暂时没有答应。母亲的眼睛虽然能看见了，但她毕竟是个残疾人。草儿如果去了南方，留下她孤身一人在家，草儿是不会放心的。她还是想守在母亲的身边，至少也要离她近一些才好。

眼看天气一天天暖和起来，金草去天堂乡买回了杂交稻的种子，做着春耕的准备。只是最近，草儿忽然添了新的心结，她一向正常的例假这个月却没有来，而且这些日子她又出现了呕吐的现象，闻着油腥就作呕。人也显得消瘦了许多。她有些怀疑自己是不是怀孕了。一想到这儿，她神经就特紧张，心情特郁闷。也许是开春换季胃口失调吧，她倒情愿是这样，而不是怀孕的坏消息。

　　母亲见女儿这些日子消瘦了不少，便说："草儿，你近日是不是生病了，吃得那么少？你要劳动，身体太瘦可不好。"草儿虽然嘴上总是应付着母亲，但每当她闲下来后，她就要考虑这个问题：她不知道自己究竟是胃口失调，还是怀孕了。正月已经过去了，草儿的例假仍然没有来。草儿心里开始慌张起来，她害怕怀孕，不是别的，而是担心对李忱有影响。她既怕影响到他的工作，也怕影响到他的家庭。她一直把李忱当成除母亲外最亲的人，她不想伤害他。她爱他就要为他着想。为了他，即使她真的怀孕了，她也不打算告诉他，决不因为自己怀孕而连累他。

　　不管怎样，草儿还是决定去医院一趟。早春时节阴雨绵绵，草儿本想等一个晴好的天气再出门，可是接连的阴雨使她没有办法，她还是在一个细雨蒙蒙的天气里打着一把伞出门了。其实一般的孕检乡卫生院都可以做的，可是草儿想到自己毕竟是一个尚未出嫁的大姑娘，去乡卫生院检查，难免碰见熟人，她还是决定到县人民医院去。

　　县医院的检查结果一出来，就把金草吓坏了，她果真怀了孕。草儿手有些颤抖地拿着孕检单对医生说："假如……我不要这个孩子，该怎么办呢？"

　　"你现在怀孕两个多月了，如果你决定不要孩子，就只有做

'引流'手术。"头发有些花白的妇科医生面无表情地说。

"医生，我已经决定了，不要这个孩子，就请你给我做'引流'手术吧。"金草显得有些焦急地说。

妇科医生瞧了金草一眼，说："按照我们国家现行的计划生育政策，到医院做'引流'手术得办好相关手续才行。"

"什么手续？"从未经过这些事儿的金草一脸茫然。

"做'引流'手术，是农村户口的妇女就要村里出证明，证明其'引流'的原因，违不违反计划生育政策，这是其一。其二你还得与你的丈夫商量好，取得他的同意和支持。他毕竟是孩子的父亲，他有知情权。况且，'引流'可不是件小事，弄不好甚至会大出血出人命的。做手术时，你的丈夫可得到场签字才行。好啦，要说的事情我都说了，你把这些事情办妥了，再来医院做手术吧。"妇科医生耐心地说完这些，她便转过头去接诊别的病人了。草儿听了这些话，失望地站起了身。

草儿仍然来到了汽车站，就在车站旁边的一家小餐馆里，她买了一碗水饺。大凡车站都是极嘈杂的地方，进出车站的车辆又多又杂，豪华大巴牛气十足，中巴车穿梭其间，还有小面的也到处揽客。甚至连那些装着帆布篷的简易三轮车，人称"麻的"的车也进进出出地在车站抢顾客。由于车站还是三十年前的老车站，陈旧狭小，大门也窄，进出的车辆常常被堵住，车喇叭的鸣叫声震耳欲聋。草儿吃饭的小餐馆正处在车站的大门旁边，车站那儿传来的吵闹声使坐在小餐馆里的食客常常皱起眉头。可是草儿却对这一切充耳不闻，她的一颗心全在孩子的身上了。说真的，一听到医生说她怀孕的消息，忧愁立时便涌上了她的心头。出于母性的本能，她想保住这个孩子，这毕竟是她和李忱的孩子。但一想到李忱的事业与家庭，她立即就打消了这个念头。可是医生刚才的话还一直回响在她的脑海里。她没有想到不要孩子竟也会这么难。女医生说的那两条，她一条也难办到。医生让她回村里开证明，任支书她倒是熟，可她怎好向他开这个口呢。人常说，好事不出屋，坏事传千里。一旦眠牛村的人知道她未出阁就大了肚子，她的名声马上就臭了，她自己那是自讨的不说，她母亲的脸又该往哪儿搁呢！更重要的是她怕人家知道这孩子是李忱的。他是干部，又在她家住过点，出了这样的事情，上级领导肯定要追究他的责任，这是她最不愿意看到的结果。生又不能生，引流又不能引流，真是难死金草了！

金草用筷子搅动了一下浮在水面上的饺子，她几乎一口也吃不下，除了心急，还有妊娠反应。这一段时间，她闻到油腥味就作呕。她买了一碗水饺放在这儿，只是为了找一个坐的地方，以便使自己静下心来仔细地想一想，她该怎么办。当然，思来想去她也想不出一个好办法，她这个时候还是想到了李忱，她最信赖的人也只有母亲和李忱，母亲她当然不敢告诉，但李忱是个有主见的人。上午那位妇科医生也说过，孩子的父亲有知情权，毕竟这也是件大事，她应该告诉李忱。

草儿抬起头来，看见车站对面就有一个绿色的电话亭。她立即起身付了水饺钱，便走出了小餐馆。这种街边电话亭只有几平方米大小，是由活动板房组成的。店面小，生意薄，店主人大约是为了增加一些收入，便顺带卖一些低档香烟、各种饮料和书刊杂志。

草儿走到电话亭前，只见一位六十多岁的老头戴着老花镜，正在津津有味地看着一本杂志。草儿上前说声要打电话。老人头也没抬，只用那只闲着的手拿过电话号码簿递了过来。草儿查到李忱单位的电话号后，便拨通了电话。

李忱很快来到了汽车站。找到金草后，他便将她带到了离车站不太远的一家小茶楼里。这家小茶楼靠近凤城河边，一楼的茶客并不多，只有三三两两几桌人，不过因为有两桌人在打麻将，显得有些吵。二楼倒是很安静，老板与李忱有些熟，他特意将李忱和草儿安排在了二楼的一个单间里。屋子真小，小得只能安放一张小圆桌和两张藤椅，好在向南的一面除了半人高的竹篱外，完全是敞开的，坐在小圆桌旁可以一边品茶，一边观赏凤城河的风景，那悠悠的流水，不时地飞落在河滩水草上的白鹭，倒也让人感觉惬意且浪漫。可是草儿今天无心去欣赏这些，她脸上挂着的满是忧愁。李忱倒了一杯茶，放在草儿的面前，然后询问道："金草，你找我一定是有什么事情吧？"这时的草儿点了点头，然后说："李大哥，真不巧，我上午去医院检查了……"

　　她没有勇气继续说下去。只低着头，连眼睛都不敢去看一下李忱。

　　"金草，你去医院了？检查，检查什么？你不是生病了吧？"李忱放下水杯，十分关切地问。

　　"李大哥，我不是生病，而是……"

　　"而是什么？金草，你今天怎么了，说话这么吞吞吐吐的。你有什么为难的事儿吗？"

　　"李大哥，我，我，医生说……我，怀孕了。"

　　金草不敢抬头，她犹豫了片刻，最后才十分难为情地说了出来。

　　"真的？金草，你说的是真的？"李忱一听这话，紧盯着草儿问。

　　"是……真的。"草儿仍然低着头，就像一个做错了事的小孩子。

"检查单呢?"

草儿有些战栗地从怀里拿出了检查单。李忱接在手里,他认真地看了一遍,然后便上前一把抱住了草儿。草儿不知李忱是何用意,她心里忐忑不安。她有些惭愧地低下了头,然后说:"李大哥,对不起,我闯祸了。不过你放心,这事不会影响到你的工作和家庭的,我会想办法做掉这个孩子。"。

"不,金草,你有了我的孩子,这对于我来说,是个好消息。我高兴,我太高兴了!"

金草一听这话,心里感到诧异。她这时抬起头来,看着李忱,犹自不相信地问:"李大哥,你真的这么想?"

"是的。金草,这是我的真心话,我太感谢你了。"李忱说到这儿,轻轻地吻了金草一下。

李忱此刻的表现,倒让金草感到十分意外。她原以为,李忱听到她怀孕的消息,肯定会非常紧张非常着急的,他们这种关系最怕的就是女方怀孕。她根本就没想到李忱竟会是这副高兴的模样。她张眼看着李忱,看到的是李忱一脸的真诚。还有他那轻轻的吻,表明了他是真的高兴。这让草儿的心里有了些许安慰。尽管她还不明白这是为什么。

这时的金草刚为李忱的举动暗自高兴,可她脸上马上又恢复了愁云,她忽然叹了一口气,心事重重地说:"李大哥,我思来想去,这个孩子我不能要。上午,就在医院检查结果出来后,我马上就想做掉这个孩子,可是医生说做这种手术需要村里开证明,而且——而且还要孩子的父亲当面签字医院才给做。我实在没办法才找你商量一下。当然我是不会让你出面的,这一条我会另想办法对付医生。

可是医院要村里签证明这一条，我实在有些为难。我不知道怎么办才好。"

李忱这时什么也没说，他只是依然紧紧地抱住草儿，并俯下头，久久地吻着她。这时的草儿分明能感觉到，他抱吻她时，激动得浑身都有些颤抖！就这样过了好久，李忱才渐渐平静下来，他重新坐下后，对草儿说："金草，我告诉你，我不要你做掉这个孩子。孩子是我的，是我李忱的骨肉，你放心，我会尽一切努力来改变现状的。别的你就不要多想，一切由我来处理，你只要好好地呵护着我们的小宝贝就行。"

听了李忱的话，想到他的工作和家庭，草儿又不免担忧起来，她说："李大哥，你听我一句话吧，孩子还是尽快地处理掉最好。你和嫂子都年轻，以后会有孩子的。留下这个孩子只会给你带来不必要的烦恼。我想把孩子做掉后，出门去打工。妈的眼睛已经能看见了，她能自己照顾自己。我……"

"不，金草，你不要出去。你也一定要留下孩子。你放心，我会想办法处理好这件事情的。相信我，好吧？"

金草走了后，李忱仍然在小茶楼里坐了很久。对于李忱来说，金草的怀孕大出他的意料。他结婚已经三年了，在妻子的身上从来没有发生过有新生命的迹象。他没有料到，他与金草才仅有一夜的温存，竟然就有了孩子。

茶楼老板进来给他添茶来了。这个茶楼老板姓齐，大约四十多岁的样子，头上已开顶至后脑勺了。但他头顶两边和后脑勺以下的毛发倒是很黑很浓，而且有些自然卷曲。他将头发蓄得很长，一直齐肩膀。虽然他不算很年轻，但人却显得很活泛。待人接物也很机灵。茶楼一般是晚上的生意好，下午除了打麻将的人外，来喝茶的客人并不多，显得有些清闲。他于是就上楼来找李忱闲聊。李忱本来跟齐老板也不是很熟悉，只是这个小茶楼靠近凤城河边，小店也装修得古香古色很有特色。前不久，县"多经办"来了外地的客人，单位负责人曾让李忱带到这儿来喝过两次茶，李忱就这样与小茶楼的老板认识了。当然李忱与他毕竟只是见过两次面，交情比较浅，所以对于他的问话他也只是应付了几句。然后，便起身告辞了。

　　李忱住的地方在凤城县城东村，原来是属于城乡接合部，后来随着城市的扩建，已经成为城中村。这是李忱岳丈张子清的家，一幢三层的私宅。张子清是本地人，他家房屋占地面积很大，屋前院子里种有花草，屋后还有养猪养鸡的地方。原来这儿出门就是田野，后来被县城建部门规划成了居民小区。居住在居民小区里的人们，有一些是城镇居民，因房屋拆迁被县政府安排住进来的，而大多数则是乡下农民出外打工挣了钱回来在县城买房的，由于住民来自四面八方，原本就不熟悉和了解，大家杂居在一起就常常产生一些冲突，邻里关系不太和睦。于是，张家为了避免矛盾，就在他家四周打上了两米多高的围墙。除了只留下张家进出的一扇小门外，张家宅子几乎与四界隔绝开来了。李忱的妻子叫张玉贞，与他是姑表亲。李忱的岳丈其实也就是他的姑父。姑父家住城郊，他在城东村当了三十多年的支部书记，家境很好，而且只有玉贞这一个女儿。而李忱家在大山里的农村，兄弟多，家境比较贫寒。他姑父当初就是想招内侄做上门女婿亲上加亲，因此与舅佬订了这门儿女亲。玉贞相貌并不难看，只是人长得高大了一些，身材有些粗壮，这样一来，她就显得不太秀气，缺少一点女人味。李忱本来一直不同意这门亲事，就在父母逼他与玉贞订婚时，他一气之下报名参了军。在部队九年，他一直没有回家。可是后来部队裁军，他还是被部队安排转业回了地方。回到家乡时，因为玉贞一直还等着他，都三十多岁了依然没有嫁人。在父母的逼迫下，最终李忱还是很无奈地与玉贞结了婚。婚后几年，玉贞一直不曾生育。外人有说是玉贞有问题的，也有人说是李忱的问题。但是大多数的人都说玉贞长得粗粗壮壮，身体结实着哩，这不能生育的问题肯定是出在李忱的身上。就连李家父母都认为自己的儿子生得秀气斯文，也将这不能生育的责任定在了自己的儿子身上。而李忱则认为自己的婚姻并不如意，所以对于有没有孩子，他倒是无所谓的。若不是现在金草怀了孕，李忱甚至还认为自己这辈子是没有孩子的命哩。

自从知道金草怀了自己的孩子后，李忱心里忽然有了一种神圣的责任感。是这个孩子唤醒了他的父爱，他忽然觉得自己其实非常喜欢孩子，而且他也渴望有个自己的亲生骨肉。他在回家前，就已经决定了要保全这个小生命。他决定找妻子张玉贞摊牌，他想只有与她离婚，然后再娶金草，才是保全孩子唯一的出路。

然而，就在李忱向张玉贞提出离婚的第三天，李忱的父亲便从乡下赶来了。是玉贞的父亲张子清亲自到鸠鹚镇乡下去把他接来的。

李忱的父亲是一个地地道道的农民，一辈子只与土地打交道，没有进过学堂。在他的人生信条里，他只认一样，那就是知恩图报。张家待自己一家人不薄，儿子怎能忘恩负义，抛弃张家，抛弃玉贞这样一个好儿媳而另娶他人呢！况且张家那么富有，儿子这一辈子衣食无忧，这是乡下人望尘莫及的。乡下的日子怎能跟城里比，乡下女子又拿什么比城里的女人呢？更何况金草那女子家境贫穷，且还有一个残疾的老娘这个终生的累赘，儿子这不是自讨苦吃自找罪受么！

可是，任凭父亲怎样苦口婆心地劝说，儿子李忱就是不听。玉贞的父亲张子清是个火爆脾气，一方面在客厅里责怪自己的女儿玉贞不争气，结婚几年了，就不能生下个一男半女来。一方面又大骂李忱是个昧良心的东西，还说要到李忱的单位去告发他，让这个现代的"陈世美"受到党纪国法的处分。

就在这个时候，这场矛盾冲突中最直接的利害关系人——张玉贞忽然站了出来。出乎大家的意料，玉贞并没有像她火爆脾气的父亲那样，开口便骂李忱如何不好。此刻的她不仅没有责怪丈夫之意，反倒在父亲面前替李忱求情，她说："爸，你可千万别到忱弟（因姑表亲的缘故，玉贞和李忱自小便以姐弟相称。结婚后，双方父母希望他们改口相互叫名字，可是玉贞和李忱都认为以前叫习惯了，现在改口反倒觉得不方便，于是也就这样叫了下来。）他们单位去，好马也有失前蹄的时候，何况忱弟一个平常人。他毕竟年轻，偶尔犯一次错误也是有的，我能原谅他。"

"你——"此时的张子清面对女儿的求情真是又气又恨，他"唉"了一声，恨恨地说："你呀，你，你简直是气死我了！"

"爸，一切都怪我不好，要责要骂，你找我好了，我们不怪忱弟好不好。"玉贞仍然求着父亲。待父亲的火气稍稍降下来后，玉贞又转过身来对李忱说："忱弟，我知道你对我没有感情，可是我们今生既已成夫妻，说明我们还是有缘分的。你这次做了出格的事，我不怪你，只怪我以前对你照顾不周，给你体贴太少，我保证今后要对你好。而且以前我们不生育，别人还认为是你的问题，原来这个责任是在我的身上，我对不起你。我准备去医院做个彻底的检查，积极地治好我的病，争取我们能生一个孩子。忱弟，你能答应我吗？"

"贞姐，你自己的毛病自己清楚，我们的夫妻关系其实是徒有虚名。与其我们双方痛苦，何不早日分手呢？而且金草她已经怀了我的孩子，我不会扔下她不管的。"李忱并没有为玉贞的言辞所动。

"忱弟，你给我一个月的时间，若我的病确实不能够治好，我就答应你的要求——离婚。好吧？"

"离婚？他敢！"李忱的父亲一边重重地跺着脚，一边骂着自己的儿子，"你这个畜生，看看你做下的龌龊事，自己不知羞耻，反倒是贞儿帮你求情，简直是反了天了！你到哪儿去找这么贤良的媳妇儿？"

李忱本也是个血性男儿，若按他平时的性子，他早就忍耐不住要跟父亲顶嘴。可是今天，他还是极力地忍住了自己的脾气。为了金草，为了她肚子里的孩子，他只得忍了。何况玉贞又说了为期一月的话，他想自己几年都忍了，还怕多这一个月吗？于是他说了声："好，贞姐，我就等你一个月。"

有人说，鞋好不好，只有脚知道，李忱和玉贞的夫妻关系真的只有他们自己最清楚。

对于张玉贞来说，她心里根本就没有想过离婚。她比李忱大六岁，醒事儿比李忱早，自从知道父亲和舅父商量好联姻后，她就一年年地盼着表弟长大。她年轻时虽然没有出众的容貌，但也并不难看，大眼睛高鼻梁，只是嘴巴大了一些，舅父说这是吃喝不愁的相。李忱在部队几年，虽然其间也有人向玉贞求婚，但张家人一口回绝了。父辈看重的是李家虽然贫穷但清白的根底。况且李家兄弟多，也不缺这个到岳丈家倒插门的儿子。而别的男人那可说不定到底是看中了玉贞这个人呢，还是看中了张家的财富。张家女儿张玉贞看中李忱的则是他的儒雅和俊朗。对于一个富有、安逸的年轻女性来说，夫君的性情和长相便是她首选的条件。何况李忱出身清白人品正直。有了这些，玉贞便很知足了。婚后几年，由于是被父母逼着结婚的，李忱与她的夫妻关系并不很好。他一直对她很冷淡，这些玉贞分明能感受出来。她一直寄希望于自己能为他生个孩子，有了孩子，她相信就能拴住他的心。在这件事情上，可恨老天爷并不眷顾她。别的女人一结婚就像代代橘挂果，头一年的果子还没结壮实，第二年的又接着来了，国家实行计划生育政策，不让人多生，有的女人因此还要被迫去医院打掉胎儿。可是自己无论怎样努力，肚子就是不争气。单方偏方也不知弄了多少，却始终不见效果。

张玉贞这时就有些急了。本来嘛，父亲就是为了延续张家的香火才招的上门女婿，自己若是不能生下一男半女，岂不是违背了父亲的意愿？而且她有一种预感，如果没有一个孩子来维系她和李忱的关系，李忱迟早会离她而去的。这正是令玉贞担心的地方。其实就在玉贞和李忱婚后的第二年，玉贞就因为自己身体的原因，偷偷地去县人民医院做过检查。检查的结果令她大吃一惊，她的生殖系统发育不完整，而且有些功能是先天性的缺失。按照医生的说法，她这种病患十分罕见，她不是一个完整的女人，而且目前在医学上，还没有解决的办法。也就是说，她这一辈子是不可能生育孩子的。真是残酷啊！玉贞自从知道这一切后，她便开始在心里盘算着自己该怎么办。

当然张玉贞首先想到的是尽量瞒住这件事。瞒住这一切的真相，倒不是别的，她张玉贞丢不起这个脸。毕竟凤城还是一个不很开化的比较闭塞的山区小县城，人们虽不像过去那样认为多财多福多子多孙才是人生最好，但不能没有孩子。一个不会生育的女人，会被人们以异样的目光看待。会被人在背后议论，会被人瞧不起。因此玉贞自从知道自己因生理缺陷不能生育后，她首先想到的是要瞒住她的丈夫李忱。反正知道的人越少越好，哪怕是自己的父亲张子清，她都没有告诉。还好，除了那个给她检查身体的妇科医生外，并没有第二个人知道她有生理缺陷不能生育这个实情。在外人眼里，大部分人认为他们没有孩子的问题是出在李忱的身上，特别是连李忱的父母也认为是自己的儿子不能生育，这使得玉贞心里有了一丝侥幸，她一直悬着的心也放下了一些。而且她觉得，李忱对于她的生理缺陷以及有没有孩子好像并不特别在意。

可令玉贞没有想到的是，李忱的生活中会出现金草。而且最可气的是这个丫头竟然还怀上了李忱的孩子。玉贞知道这一切后，她有好几晚上几乎没有睡觉，她一直在苦苦思索着如何应对现在的局面。当然，离婚是不可能的，这是她唯一要保住的底线，毕竟玉贞是个精明的女人，几天过后，一个保全自己婚姻的主意在她的大脑里生成了，她有了一个大胆的决定。

玉贞在李忱面前承诺的一个月期限，只不过是她的一个缓兵之计，她要实施自己的计划，必须有一个缓冲的时间。她的决定，当然是与草儿与孩子有关。俗话说，解铃还需系铃人。若要留住李忱，她只能用上草儿及其孩子这一着棋了。

张玉贞选择了一个李忱不在家的日子，亲自上了天堂乡的眠牛村。这是一个半阴半阳的天气，尽管有太阳，可是太阳老是被大片大片的云层遮盖着，难得露上一回脸。山乡里的春天倒是桃红柳绿空气新鲜，让久居城市的张玉贞感到神清气爽。只是草儿之事让她心忧，使得她的眉头始终难以舒展。中午十一点多钟，张玉贞才找到草儿的家。草儿下地干活去了，家里只有她残疾的母亲坐在灶台前做饭。

张玉贞自报家门后，很快得到了草儿母亲的热情接待。她一边说着："稀客！稀客！"一边招呼玉贞坐下。老人的午饭其实已经做好了，可是眼见得家里来了贵客，她又挂着双拐从房间里拿出了珍藏着的腊鱼腊肉来款待客人。一切皆因这是李忱的妻子，而李忱是金家的恩人，老人于是显示出最大的热情，用山里人的最高标准来款待客人。就在老人在厨房里忙活着的时候，玉贞一直倚靠在金家大门口，等待着草儿回来。她以前并没有见过草儿，中午十二点多钟，她看见一位年轻的姑娘从垮前的山道上走了过来，她就猜想着这准是草儿。

金草上午到山下大田里播谷种去了。她回家时，还挽着齐膝高的裤腿。她的头上戴着白草帽，肩上搭着一条白毛巾，手上还提着一竹篮青草。走到猪栏旁，她将竹篮里的青草撒在了猪栏里。两头半大的白猪立即跑了过来，一个个抢了一口便美滋滋地大嚼起来。

"嗬，好壮实的两头小白猪哦！"草儿的身后忽然响起了这么一声。这是一个陌生的声音。草儿有些奇怪地回过了头。她看到一位三十多岁的妇人，身材粗壮高大，长条脸，大眼睛，牙齿粒大但整齐，嘴唇宽厚且端正。虽然不认识，但妇人却露出自来熟的笑容。

"你就是草儿吧？"妇人以一种亲切的语调问着她。

草儿点了点头。她有些诧异，便说："请问，你是——"

"噢，你问我吗？"妇人脸上仍然挂着笑容，说，"我是李忱的老婆，我叫张玉贞，你就叫我贞姐吧。"

"啊——"草儿听了这句话，惊讶一声。

"没想到吧，李忱的老婆会亲自上门来找你！"玉贞的脸上仍然含着笑，她说了这么一声。

李忱的老婆不期而至，这让草儿的心陡然紧张了起来，特别是她那捉摸不定的笑，更让草儿觉得十分不安。她毕竟做了一件这妇人所不能容忍的事情——她跟她的男人好过。面对妇人的话，草儿不知说什么好，她唯有低头。

"草儿，你母亲的饭还没有熟，我们就趁这个机会找个僻静的地方谈一谈好吗？"妇人的语调仍很平静，使处于紧张之中的草儿情绪上有一些放松。她点了点头。

金家屋后是一条比较陡峭的夹山沟，两旁的山脉就像人的拇指和食指，将金家的旧式土砖黑瓦房夹在中间。这里几乎是一片原始森林，山上林木重重叠叠，长得高大的是马尾松和黄山松，还有黑松，其中也夹杂了一些其他的树木，比如三角枫、黄檀和红果树。矮的有毛栗，牛荆树等。地上布满了杂草和一些矮灌木，荆棘丛生。整个山林除了山岗上有一条弯曲的小道通往大山的更深处，几乎再也没有路。金家除了到山后那块坡地上劳动走那条小道外，平常上山捡柴就直接走夹山沟这条不成形的路。有人说这世上本来没有路，走的人多了便成了路。金家这条夹山沟走的人并不多，它只是金家人自己走的路。金家祖辈、父亲、现在是金草。她上山捡柴总是走的这条路。路虽陡峭，伸脚踩在石板上踏实，而且中间还有一段石板路很宽阔很平展。路旁有一条小溪，只要不是遇上发山洪水，它就只有一线细细的水流从石板一侧流过，清亮甘冽的溪水系金家人食用之水。草儿每次捡柴经过这里，都要放下柴担，在这个浓荫覆盖、非常清凉的地方坐下来歇一会儿，捧上一掬甘甜的泉水送进嘴里，真是又止渴又解乏。

今天，金家不期而至的客人——张玉贞，竟也跟着草儿一道来到了这处就如世外桃源的地方。

平坦的石板很宽很大，四周是茂密的树林。在城里长大的张玉贞初次来到这个静谧得几乎与世隔绝的地方，倒觉得有一股阴森森的感觉，幸亏有草儿作伴，不然她还根本不敢来到这个地方。不过她现在倒也喜欢有这么一个安静之处，好让她不为人知地实施自己的计划。

玉贞首先自己一屁股坐在了石板上，然后她又招呼草儿也坐下。草儿因为觉得自己对不起眼前这位妇人，她一直不敢吱声说什么，于是也就一直被动地跟在她的身后，看见她坐下了，草儿便不安地立在她的面前，她让她也坐下，草儿才机械地屈腿坐下。草儿一直低着头，坐下后她也不敢看玉贞一眼，真像个做错了事的小女孩。

"草儿，来，让我看看你的手。"看见草儿坐下后，玉贞主动地凑到了她面前，伸手拉住了草儿的双手。"不，不，贞姐……"草儿像被蜜蜂蜇了般缩回了自己的手，挺紧张又挺不好意思地说："贞姐，我是农村人，手上满是老茧，会硌伤你的手的。"草儿说着这话，仍然低着头。虽然大山里的气温还比较凉，但草儿额上沁出了汗珠，脸儿也绯红。

玉贞翻开草儿的手掌一看，草儿没有说错，她的双手虽然还算柔嫩，但因为经年劳作的缘故，手掌上有了许多的茧子。"草儿，好妹子，贞姐以前也曾劳动过，手上长茧子是因为干活儿太多的缘故，贞姐现在比你劳动得少，所以贞姐的手比你的还顺滑哩。不过，贞姐不会嫌弃你，你一个人要支撑起一个家，也不容易。贞姐知道你怀孕的消息，来时还怀着对你一肚子的怨恨，可是自从我看到你的第一眼起，我就不恨你了。你是一个很好的女孩，怪不得我家李忱喜欢你。你看，现在就连贞姐都喜欢上你了。也许是贞姐前世与你有缘，今世要认你作妹子。草儿，你肯作我的妹子吗？你肯认我这个姐吗？"

"不，贞姐，你还是打我骂我吧，"草儿摇着头，"贞姐你不该对我这么好，我不值得你喜欢……我，我实在……对不起你。"草儿说着，竟嘤嘤地哭了起来。

玉贞见草儿伏在自己的膝盖上哭着，她便掏出了纸巾，伸手扶起草儿的头，一边为她擦着泪，一边连声说着："你看，你看，这么好看的一张脸哭成个泪人儿一般。草儿，草儿，你还是莫哭，你一哭我的心都痛了，我最怕人哭的。唉，都是我家李忱作的孽，害你受这种罪。"

草儿依然哭着，摇着头说："不，贞姐，你不要怪李大哥，一切都是我不好。贞姐，你放心吧，我是不会害他的。实在是季节不等人，我把谷种播下后，一定到医院去把孩子做掉。你放心，我是绝不会连累李大哥的。"

"草儿，你的心太善良了，你真是个好女孩，"张玉贞连声说，"贞姐今天心里真的很感动，你这么一个有情有义知恩图报的好女孩，还能让贞姐说什么呢？"草儿这时忽然起身跪在了玉贞的面前，依然哭泣着说："贞姐，你真的能原谅我吗？""当然，我一定原谅你。"张玉贞很爽快地回答。

"那么，贞姐，我还要请求你一件事。""什么事，草儿？""贞姐，我请求你不要把这件事情告诉我妈，好吗？她一辈子就我这一个女儿，她养大我不容易。假如她知道了这件事，不知会气成什么样。她恐怕连死的心都有哩。"

"草儿，"玉贞扶起了跪在她面前的草儿，又像个慈爱的大姐般伸手擦去了草儿脸上的泪，"好妹子，你放心吧，我答应你，我绝不会将这事情告诉给你妈。我知道大人的心，你是她的女儿，也是她的骄傲。她年纪大了，哪受得了这样的耻辱与打击。草儿，你放心吧，看在李忱的面上，我也不会这么做的。我会在你妈面前永远保守这个秘密。"

"如此，多谢了，贞姐。"草儿想叩头。玉贞却挡住了她。草儿说："贞姐，你告诉我，你希望我怎样做？"

"草儿，好妹子，我实话对你说吧。虽然李忱是我男人，而且他和我是自小由父辈们订下的婚姻。可是自从我知道你怀孕的消息后，我也想到过与李忱离婚，成全你们俩。可是我们两家的大人都不同意。毕竟我们是亲上加亲的姻缘，所以也让李忱很为难。而更让人为难的是，李忱是军转干部，一向工作出色，县里的领导很器重他，自从出了你们这件事后，我们两家人都为李忱的前途捏了一把汗，大家都为他着急哩。"

"贞姐，都是我不好。我已经决定了去做'人流'手术，你们放心，我走得远远地去做，保证不会影响到李大哥的前途的。"

张玉贞听到这儿，面露赞许的目光，说："草儿，我没有看错，你就是一个有情有义的好女孩，不过，今天贞姐找到你，是想求你一件事儿哩……"

"什么事，贞姐？"草儿心里忽然忐忑起来。她紧盯住玉贞的那张脸。

"我想求你，保住孩子。"

"贞姐你……你还在生我的气吧？"

玉贞忙摇头："不是，贞姐说的是真心话，求你保住孩子。"

金草亦自不相信，说："贞姐你是气糊涂了吧？"

玉贞仍摇头，说："不，我不糊涂，我明白着哩。草儿，你知道吗，我身体有病，不能生育，可是李忱他很喜欢孩子，他如果现在失去了这个孩子，他将永远也不会有孩子的。"玉贞痛苦地一声叹息。

"贞姐，那——你是真的希望我生下这个孩子?"金草试探着问。

"正是。草儿，不过这事儿只能你知我知，连李忱也不能知道。你懂我的意思吗?"

"我懂。为了李大哥的前途，也为了你们家庭的幸福，我一定会保守这个秘密的。"

"好，草儿，从你刚才的表情看，我就知道你也害怕失去这个孩子，是吧。我知道，你既然怀了孩子，肯定也希望他长大，我想，我们只有这样才能既保全孩子，又不影响李忱的前途哩。"

张玉贞这话真的击中了金草的要害，她很快就在心里认同了。她这时只是说:"贞姐，那——我现在该怎么做呢?"

"草儿，我想，你毕竟是一个尚未出嫁的大姑娘，在眠牛村无人不知无人不晓，假如你还没有结婚就在眠牛村挺起了大肚子，那你和李忱的事也就彻底地拆包了，到那时，不说你自己，你母亲的脸该往哪儿搁呀。而李忱这头也是经受不得挫折的。所以，为我们双方的家庭着想，我只有让你暂时离开眠牛村，我找一个地方，将你隐姓埋名地藏匿起来，等到十月怀胎，生下孩子后，我再送你回眠牛村，你看如何?"

"那孩子生下后，你怎样处理呢?"

"孩子生下来，我抚养，好歹也是我家李忱的骨血，为了他，这个苦我吃了。你放心，我没有孩子，我会待孩子如同己出，不管是男孩儿还是女孩儿，我都会好好地待他，好好地将他抚养成人的。"

草儿低下头，思忖了一会儿，然后说："贞姐，事已至此，我也没有别的办法了，我现在就听你的吧。可是我妈那儿，我该如何说呢？""她那里好说，反正也只是大半年的时间，你就说你外出打工去了就行了。你都这么大了，迟早要出嫁，自己出门挣钱为自己置办一点嫁妆，我想这话你妈应该信。就算在村里人面前，这话大家也服是吧？"

金草思虑了一会儿，再没有言语。自从知道自己怀孕后，母爱的本能促使她处处都要为孩子着想。这个善良的女子，她实在想不出别的办法来保全自己的孩子。她于是点了点头，答应了张玉贞的请求。

李忱最近一段时间听从单位的安排，参加了地区党校为期半个月的党员干部培训班。短训结束后，他又随大家一道到江浙沿海一带参观学习他们改革开放的先进经验。回到县里，已是二十多天以后了。在回家的路上，他就想好了与妻子玉贞摊牌的种种理由。

李忱也是天堂寨人，他的老家在天堂寨脚下的鸠鹊小镇河西村。他的父亲与玉贞的母亲是亲姐弟，这姐弟俩的关系一向比较亲密。后来玉贞的母亲嫁给了张子清，只生有玉贞这一个女儿。而她娘家兄弟也就是李忱的父亲没有女儿，而是接连生下了三个儿子。李忱是老大，小时候，每逢寒暑假，玉贞便要被母亲带到她娘家天堂寨的鸠鹊小镇上去住一段时间。因为玉贞比李忱兄弟年长一些，李忱兄弟便喊她贞姐。她也依次喊李忱兄弟忱弟、二弟和三弟。当这四个孩子在一起玩耍时，玉贞的母亲便要叹着对李忱的父亲说："兄弟，你真好福气，生了三个儿子。我如果有一个儿子就好了，那我这一生也算圆满了。"李忱的母亲在一旁听了姑姐的话，便伸出嘴来道："他姑，若是你不嫌弃，这兄弟三个，你随便挑一个去好了。"玉贞的母亲其实也有这样的心，可是她回去问张子清的主意时，张子清想了想，却说："立子不如招婿，将来一家人还要亲热些，毕竟儿媳妇是自己的女儿。"可是玉贞的母亲听到这儿，就觉得有些为难了。毕竟自己的女儿年纪大了些，比娘家兄弟的大儿子还要大六岁，这是不合常理的。若是男的比女的大六岁，倒也不觉得大，可是女子比男的大六岁，就觉得太大了。张子清听到这儿，说："你呀，真是妇人之见。贞儿也不过比忱儿大六岁，这有什么哩。中国历史上的明宪宗，他的老婆万贵妃还比他大十五岁哩，还不照样结婚生子。我说你呀，你就不能回娘家问问你兄弟，说不定他会同意。大山里的人，面前有三个儿子，将来讨媳妇也难哪。"

也真的让张子清说着了，李忱的父亲听了姐的话，虽然愣了一会儿，但最后还是说："我同意。姐，只怪兄弟家里穷，孩子多，又住在大山里，将来孩子讨媳妇儿确实难。再说你家住在城里，家里条件好，又只有玉贞一个女儿，哪个孩子上你家不是享福去哇。姐，我没别的说，三个侄子尽你挑，挑中哪个是哪个。"玉贞的母亲听了这话，笑道："呀，我不是来挑猪仔的吧，你还由着我挑！我看就老大吧，毕竟忱儿的年纪离我女儿的年龄近一些。"李忱的父亲想了想，说："本来老大我是舍不得的，毕竟他大些，又聪明，我将来还指望他在家里挑大梁哩。不过既然是姐要，我也只能是忍痛割爱喽。就这样吧，老大就老大吧。"于是，姐弟俩就这样订下了儿女的亲事。

本来，玉贞的母亲对娘家兄弟挺照顾的。自从两家结下儿女亲家后，她更对娘家人贴补得多。娘家三个侄子都是十二三岁的年纪，正是长身体的时候，吃起饭来，一个个就像饿老虎下山，还真的幸亏有玉贞的母亲伸手相帮接济，春荒时，她掏出钱来买高价粮送到娘家兄弟的手中。冬天来了，她又给侄儿们送来了御寒的棉衣。

只可惜，李家这位好心的姑妈去世得早，还没等到侄子李忱和女儿玉贞结婚她就死了。姑父虽然人也不坏，但到底还是比不了姑妈。这在一件事情上，李忱就看出他的人来了。这件事就是李忱参军。说真的，农村孩子想要走出大山，改变自己的命运，往往只有两条路，一条是考上大学，一条是当兵。考大学他当然是不用想了，尽管他高中时学习成绩很好，连老师也认为他考重点大学都没有问题，可是爸妈根本就没打算让他读大学，一来读不起，他下面还有两兄弟要读书哩，二来爸妈也认为供他上大学不划算，因为他自小就被父母和姑妈商量好了，与玉贞定了亲，而且说定了是倒插门。爸妈供他上到高中，就已经很不错，这还是爸妈怕他书读少了，将来在岳丈家受气，也怕他将来在城里混不开。在父母心里，他的高中是必须读的，大学就不必读了。爸妈这也是没有办法，因为家里实在负担不起。

当然，如果那时他岳丈能伸出援助之手，他还是有希望上大学的，可是岳丈终究没有给他机会。岳丈有岳丈的考虑，自己的女儿相貌平平，年岁又大了女婿不少，自己将女婿供上了大学，万一将来女婿找一个外省外市的工作，岂肯还要玉贞呢！

这件事姑且不论，在李忱参军的问题上，岳丈也曾百般阻挠，但李忱不听他的，身体检查合格后，他还是执意参军去了。

李忱本来对玉贞没有什么感情，有了读书和参军这两件事，他对岳丈更是心存芥蒂。对于他来说，张家以前给予他亲近感，那是因为有姑妈在，姑妈去世后，姑父的所为，使他对张家几乎再无好感。他因而打算在部队干一辈子，不再回来。只是后来由于部队裁军，他还是转业回了凤城。回来后，父母就由不得他不从，就在他离开部队回到家的当天，父母就让岳丈直接用车将他从车站接了去，当夜就大请亲朋大摆宴席让他与玉贞成了亲。婚后几年，尽管李忱对岳丈不满，对玉贞也比较冷淡，但岳丈和玉贞却对他很好，他于是也就慢慢地习惯了这儿的家。可是他没想到，他会遇上金草，而且爱上金草。特别是知道她怀孕后，他更是决定不惜一切代价来保护金草和她肚子里的孩子。他于是也就决定要与玉贞离婚。

单位的小车很快将李忱送到了他家门口，玉贞这时候也下楼了。她打开了一楼侧那扇黑色的小铁门，走了出去。小车司机这时候也打开了车门。玉贞走上前去，笑容满面地对他道了一声谢，然后从小车的后备厢里拿下了李忱的衣物和提包。小车刚刚驶离张家门口，李忱正要合上张家的那扇铁门，玉贞像记起什么似的，一手抱着李忱的提包，一手掏出一根小钥匙递给李忱说："你先别关上门，爸订的报纸还在门外报箱里哩，你开开锁拿一下吧，省得老爸再往楼下跑。"李忱于是接过玉贞手上的钥匙，打开了钉在铁门上的小报箱。报箱里除了报纸外，还夹杂着许多红红绿绿的小广告宣传单和张家订的两本杂志，一本《求是》，一本《半月谈》，这都是岳父订的，他在家里闲着没事，就爱看这些与党的方针政策有关的杂志。李忱拿过报纸和杂志后，正准备将那些小广告丢进垃圾桶，忽然发现报箱里面还有一封信。他以为是谁写给岳父的信，但他拿过来一看，竟是写给他的。而且看那娟秀的笔迹，他就知道这是金草写的。李忱扭头一看，只见玉贞已经抱着他的东西上楼去了。他于是不动声色地将金草的信折叠起来装进了自己的衣袋，然后拿着其他的报纸和杂志，也上楼了。

吃过晚饭后，李忱走进浴室，打开了太阳能热水器的开关，调节好水温后，转身找来了替换的干净衣服。重新回到浴室，浴缸里的水已经基本放好了，他关掉了太阳能开关。浴室里气雾弥漫，他又拉开了安装在墙壁上的换气扇的开关，然后脱掉身上的衣服跳进了浴缸里。出差在外二十多天，特别是最近一段时间一直在外地参观，跑了不少的路，晚上住旅馆，人多在一起，吵吵闹闹地也没睡好觉，只觉得人很疲倦，现在回到家在浴缸里泡着，真是一种享受。但李忱此刻的心已不在这个享受上，他从那包干净的衣服里翻出了金草的信，然后才躺下细细地看了起来。

"李忱大哥，你好！"不知金草怎么会冒出这么个称呼，李忱想，但他的目光又朝下行移去："我要告诉你的是，我已到吉林打工去了。听说那儿需要女工选择人参，活不重，工资也开得高，于是我就去了。孩子我已做了处理，身体也恢复得很好，请你放心。大哥，真对不起，这事没征得你的同意，我就擅自处理了，请你不要责怪我，因为我是从我们双方的处境来决定的。我年轻，我以后还要嫁人，我也不能让我的母亲因为这件事情而蒙受羞辱。而你也有你的家庭，你的前途，这些都是我不能不考虑的问题。为我们双方着想，我只能这么做了，请你不要责怪我。李大哥，从今以后，我们互无牵挂，各不相干，各人走各人的路吧，别再生什么枝节了。"下面落款是"一个你熟悉的人"。

李忱看到这儿，一下子就从浴缸里跳了起来，他扯下晾衣架上的干毛巾，在身上胡乱地擦了几下，然后伸出胳膊、腿，套上衣服就冲出了浴室。

岳父晚上多喝了两杯酒，此刻躺在二楼他的卧室里，打着很响的呼噜。李忱一看二楼根本就没有玉贞的影子，断定她是上三楼去了。因为他和玉贞的卧室都在三楼。李忱立即往楼梯那边跑，"噔、噔、噔"几步跑上三楼，穿过室内走廊，他来到玉贞的卧室，只见卧室里的电视开着。玉贞披着被子，正坐在床上织毛衣。李忱拖着水淋淋的拖鞋，也不管房间里铺的是地毯，他一下子冲了进去，将草儿的信摔在玉贞的面前，怒道："这都是你张玉贞捣的鬼！告诉我，你是怎样逼迫金草堕胎，又怎样逼她出外打工的？"

一切好像都在玉贞的意料之中，她的脸上没有一丝的惊奇，她本来在李忱进门之前就在数着手上毛衣的针数，这时候她依然在继续数，甚至连头都没有抬起来，任凭李忱大喊大叫。直到数完手里的针数后，她才抬起头来说："忱弟，有什么了不得的事儿，值得你这样怒发冲冠啊？"

"贞姐，你别在这儿装镇静，告诉我，你把金草弄到哪儿去了？你还真是狠毒，逼她把孩子做掉了。你——蛇蝎之心哪！"

"什么，谁蛇蝎之心？忱弟你弄清楚没有！"玉贞的脸上显出一副无辜的样子。

"你装什么糊涂？金草所做的一切，不都是贞姐你一手策划的吗？除了你，还会有第二个人吗？"李忱依然怒不可遏。

"哦，你这样一说，我倒真的糊涂了，我哪有那么大的本事啊？金草她也不是个小孩子，她会这么服帖地听我的摆布吗？"

"说别人我不清楚，说金草我可是太了解她了，她是一个非常善良心肠又软的人，哪有你那么多的花花肠子！你哄她骗她吓唬她，她一害怕，哪有不听你的。"

"哎呀，忱弟，这你可是冤枉我了，我哪有那么坏呀！"玉贞一脸的冤屈。

"贞姐，你听着，金草为什么出走，我会调查清楚的。"

玉贞依然低着头，她又拿起毛衣，刚才两人争执时，一根织毛衣的针不知滚到哪儿去了，玉贞这时一边在被子上寻找着那根针，一边显得很无奈地说："忱弟，你可以调查呀，草儿不在家，草儿她娘可是在家的，你也可以去问她呀。"

面对李忱的责难，张玉贞并没有太多的争辩。对于她来说，事事让着李忱，这已经是她的习惯。自小时候起，玉贞就一直将李忱当弟弟看，自从李忱进了张家的门，玉贞也一直对他有点宠爱，有点呵护。今天，面对李忱的怒火，她依然像个宽容的大姐般回应着他的每一句话。直到李忱摔帘回到了隔壁他自己的房间，她也没有再说什么，继续像个局外人一样织着她的毛衣。

当然，李忱想了解金草离家的原因是不会有什么结果的。他首先找到了眠牛村的村支书任江山，任江山对草儿出外打工的事并不清楚，也只是听说草儿去了东北。"这个女子，"任江山一开口便抱怨道，"以往我女儿贵儿在家时，她们俩有什么事都在一起嘀嘀咕咕地商量着，有时还请我给她出主意，如今我家贵儿去了深南市，草儿也很少来我家了。更不用说有什么事情找我这个大叔商量。你看，就连她到东北打工这样的事，她都不曾告诉我一声。我连她什么时候走的都不知道。而且在眠牛村，草儿这种情况也不是个例。像草儿这样不经过'村委会'允许，私自外出打工的人，还不在少数。李科长，你看这如今的村支书多难当，工作多被动呀。唉，如今的村民就是难管呀。"任江山说完，苦着一张脸，掏出旱烟管，又抽起旱烟来了。

从村委会出来，李忱在代销店旁边的肉铺里买了几斤猪肉，就直接去了后墁金草的家。已是阳春三月，金家门口稻场前边的一棵油桐树开花了，白色的花朵，火红的花心，刚刚冒出的嫩黄的叶子夹杂其间，透着浓厚的春天的气息。就在这棵树下，摆有一个小小的地摊，地摊上整齐地摆放着一摞刺绣品。旁边大大小小的竹篮里还有一些毛板栗、笋干和天麻等山里特产，坐在小地摊后面的，正是金草的母亲。草儿的母亲虽然也才不过五十出头，却因丈夫的离世和身体的疾患显得十分老态。她的眼睛虽经治疗，已经能看东西了，但还是大不如以前。她这时看见前面山道上过来了一个人，还以为是进山来游玩的城里人，连声喊着："同志，请过来坐一会儿吧，我这儿有刚刚泡好的观音茶请你喝哩。"一边说，一边举起茶壶，倒了一杯滚烫的绿茶，准备奉给客人。李忱这时走上前来，说了一声："大妈，是我呀，我是李忱。"

草儿的母亲正低头整理着地上的货物，准备向客人推销，一听说是李忱，她马上抬起了头，仔细地看了看眼前人，然后"啊呀"一声道："还真的是李部长呀。"她依然称呼着李忱以前的官衔。"是呀，大妈，您老身体还好吧?""托你的福，身子好着哩。这眼睛也看得见了。这不，我都能出门摆地摊了。"老人爽朗地笑着，并把刚倒的茶水递给了李忱。然后拉着他的手说："李部长，走，进屋里去。我晓得你迟早会来看我老太婆的，我还给你留着一块五花腊肉哩，我这就去煮了它。"

"大妈，您别起身，我只想问您一件事。我想知道金草她去了哪儿?"

"屋里说，屋里说。"老人坚持着挂起了拐杖。

已到了晌午，李忱也觉得肚子有些饿了。他毕竟在这儿生活过几年，这里的一切他都十分熟悉。来到这儿就好像回到了自己的家。

尽管金草不在家里，他也仍然感到这儿很亲切。他于是不再谦让，背起草儿的母亲进了屋。

草儿的母亲进房打开了靠墙边的一只旧木柜，这是金家放谷子的柜子。老人伸出干瘦的双手，拂去了上面的谷子，从柜子中央扒拉出一块由冷烟慢熏而成的红松松的腊肉来。这是农家最高贵的客人来了才能得到的待遇。厨房里，李忱像往常一样，极熟练地动手在灶台上淘米切菜。草儿的母亲也不客气，将腊肉递给李忱后，她就坐到灶台后面，用火钳夹起一把干松针塞进灶膛里，划一根火柴点燃了。

李忱也能做几样菜，他将腊肉洗干净放在铁锅里煮到半熟后，捞起来晾在一旁，然后涮锅上水做饭。中午的饭桌上，除了一盘红烧腊肉外，还有刚煨好的肉汤，另有两样小菜。这时，李忱将金草的母亲扶到饭桌前，他舀了一碗浓香的猪肉汤放在草儿母亲的面前。知道老人能喝一点白酒，李忱又拿来了两只酒杯，陪老人边喝酒边打听着金草的消息。

"大妈，金草是什么时候走的？她真的去了东北吗？"

"她走了大概有十多天吧。"草儿母亲边与李忱碰杯边回答。紧接着她又惊讶道："哎呀，李部长，你不晓得草儿出外打工的事吗？"

"我这一段时间出差了，不在家。""啊呀，怪不得的。""怎么她走了，连村支书任江山都不知道呢？""嗨，这女子，她说走就走，除了我之外，可是谁也没告诉。我还寻思，她一向最听你的话，说不定这是你给出的主意吧？""怎么会呢，我都出差二十多天了。如果我在家，我是不会让她出去打工的。""是吗，有什么不好吗，李部长？"老人听了李忱的话，神情立即紧张了起来，她放下筷子，紧盯着李忱问："草儿不会有事儿吧？"

自从女儿走了后，老人心里一直牵挂着她，女儿毕竟年轻，又是单独出门，做母亲的哪会不担心。看着老人那焦急的神情，李忱赶忙装出了笑脸，说："大妈，你放心吧，金草不会有事的。我听人家说了，东北那地方好着哩，那地方的人也特仗义……"

"你不会骗我吧，李部长？"老人还是不放心。李忱笑着哄她道："大妈，我能骗你吗！"

听完李忱的话，草儿母亲才重新拾起了筷子。看到老人慢慢平静下来，李忱这才又问道："大妈，我问你，金草离家前，有没有什么陌生人来找过她？"

"陌生人？"老人想了想，摇头道，"好像没有。""没有？""没有。""是不是有一个三十多岁的女人曾经来找过她？""三十多岁的女人？"老人点头，"有倒是有一个，可她不是生人哩。""谁？您老说说看。"

老人笑了起来："那哪儿是陌生人哪，她是你老婆。除了她之外，这些日子根本就没有外人来过我家。"

果然不出李忱所料！尽管这已在他意料之中，可是李忱现在听起来，仍觉得吃惊。

"大妈，玉贞在你家说了些什么？"李忱尽量显得语调平淡地问。

"她呀，人可好着哩，她也像你一样，买了新鲜的猪肉，还买了红糖和芝麻饼干，进门就叫我大妈，嘴甜得不得了，专拣我爱听的话说哩！"

"噢，她跟金草说了些什么？""草儿下田干活收工得迟，你媳妇一来就在我家的山前山后转，直说我们这儿空气新鲜风景又好，她说她真想住在我家陪我老婆子哩。"

"大妈，我是问她跟金草说了些什么?"

"唉，说来只怪我家草儿不懂事，在饭桌上，她可是一言不发，只顾低头吃饭。倒是你媳妇人好，她还一个劲地夹菜给我，我记得她们俩好像没说什么话。"

李忱已经明白了她们俩之间发生的事情，他于是再也没有问下去，很显然，草儿的母亲并不知道女儿怀孕的消息。他也就不好询问有关这方面的事情。

随着国家经济形势的发展，县城面积也在逐渐扩大，它已经包容了原来的城郊几个村，其中就有城东村。凤城县政府为了招商引资以及开发新城区的需要，已经将县委四大家东迁至城东村来了，就在城东村的土地上新建了一幢十二层的办公大楼，随着县委四大家的搬迁，一些职能部门和商业单位也随之搬迁到城东村来了。凤城县新建的汽车站就在这附近。城东村已经成为凤城县繁华的新城区。随着这片新城区的扩建，新开辟的道路四通八达，城东村也随之热闹起来了。张家的宅院正好处在新修的十字路口旁。每天大街上人来车往，周围商铺林立。于是张家也拆掉了面临大街的那堵围墙，并将一楼整层都扩建成商铺了。张玉贞原来是作为"土地工"被安排在城关一个街道工厂——棉织厂当工人的，她十几岁进厂，从学徒工一直干到挡车师傅。后来因为她们厂址地处老城区，在现在城建规划的红线区内，被县政府责令强制拆迁了。本来县政府也在城郊新开发区内划拨了一块土地给棉织厂，可是由于棉织厂的产品销售情况一直不好，工厂经济效益差，几乎一直是在负债运行，又遇上厂房拆迁这档子事，单位旧债未还，再要举新债建新厂，实在没有这个能力。工厂没有了实体，断了经济来源，工人工资都发不出来，所以一下子就宣布破产了。工厂一破产，玉贞她们这些工人就全部下岗了。回到家以后，玉贞就在自己家的一楼开了个杂货店。人说隔行如隔山，想她一个当工人出身的，哪里会经营。近两年的时间里，她的商店不仅没赚钱，反倒小赔了一笔。所幸后来随着县委四大家的东迁，城市商业中心往东扩展，张家一楼又正处在十字路口，而且面积还大，这儿很快便成了黄金地段，于是有人出高价租她家的一楼做生意。人家就在她这儿开了一家超市，由于经营得法，生意十分红火。张家现在光是租金收入就能过上小康日子。玉贞于是赋闲在家，每天除了打麻将，就是上街买菜，回家做饭。有时还被退休在家的老父亲拉着走上几盘象棋。而老父亲这辈子没别的遗憾，就是玉贞没能给他生个孙子。这让他多少有些郁闷。而且先前他也像李家父母一样，也把不能生育的责任定在李忱的身上。如今知道李忱外面的女人怀上了孩子后，他这才把责备的目光投向了自己的女儿，他甚至有好久不跟女儿拼象棋了。毕竟他已经六十多岁了，老之至矣！所以他格外地希望自己有个孙子。没有后人，他一辈子的辛劳，岂不是都白费了！

　　李忱离开眠牛村，乘车回到县城时，大街上已亮起了灯光。李忱出车站后，打出租车很快便回到了张家门口。一楼超市这时段的生意比白天还好，吃过夜饭的市民们已经在灯光明亮的大街上闲逛了。这家商店进，那家超市出。白天上班的工薪族这时也在超市里忙着采买商品。李忱从超市旁边那个不起眼的小侧门上了二楼。岳父坐在客厅里一边看电视，一边吸着闷烟。玉贞在剥着花生米。这是乡下亲戚送来的。是她父亲最喜欢的下酒菜。

　　玉贞明知道李忱是从眠牛村回来的，可是她并没有说什么，依然像个没事人一般，迅速放下了手中的活儿，十分关心地问着李忱：
"忱弟，你还没有吃晚饭吧？饭我给你热着哩，我现在就去炒两
个菜。"

李忱没有说什么，他刚下的车，也真的没有吃晚饭。

玉贞进厨房后，她的父亲张子清掏出香烟盒，抽出两支烟，丢
了一支给李忱，然后又掏出打火机，自己先点着了，又将火机丢给
了李忱。李忱本来不抽烟，自从进了张家门后，在岳父一来二去的
丢烟中，他也渐渐地吸起烟来。

"忱儿——"岳父唤了一声，语气很平静，而且显得有些慈祥。
自从知道这个家庭不能生育的是自己的女儿后，张子清一直感到有
些愧对女婿。他对李忱的态度好转起来。火爆脾气也改了不少。

张子清唤过李忱后，他吸了一口烟，似乎在下什么决心。然后
才接着说："有件事，我想与你商量一下。刚才你没回来之前，玉
贞对我提了一个要求，她说因为你很喜欢孩子，所以她想领养一个。
她有一个旧时的同学，住在农村，几年前已生育了一个男孩，现在
她又怀上了。按照国家对农村的计划生育政策，她可以生下这个孩
子，可是由于她和丈夫上有老，下有小，家庭生活比较艰难，于是
他们决定不要这个孩子。玉贞听说后，到乡下去找了他们夫妻俩，
想给他们一些报酬，让他们生下这个孩子，再由你们来收养。玉贞
刚才把这个想法对我说了，我也同意，就不知你的意见如何？"李
忱倚靠在沙发上，手上的香烟已燃了半截，他的面色含着愠怒，含
着痛苦，他什么也没说。

张子清将这一切看在眼里，他知道他肯定是想起了"住点"的
那个乡下女子和她的孩子。他于是说："至于眠牛村那女子，我想
这终究是不成气候的。一，人家女子年轻，不一定能跟你好得上岸。

何况她肚子里的孩子她已经自作主张处理掉了，这就是说她不想以后与你有什么瓜葛了。二，你是国家干部，你和她的事毕竟不是正大光明的事，幸亏目前你单位和组织上都不知道。倘若知道了，这可是违反党纪国法的事儿，你也得掂量掂量。你可以对不起我，对不起我家玉贞，可是你不能对不起党，对不起国家。人哪，同样的错误，一辈子绝不能再犯第二次。你说……"

岳父的话尚未说完，玉贞已端着饭菜进客厅来了："快吃，忱弟，你都饿坏了吧?"

李忱仍未作声，接过饭菜，埋头吃了起来。

夜晚回到三楼，玉贞拿着一床蚊帐来到李忱的房间。李忱走上前便质问她道："谁让你出这个馊主意领养孩子的? 贞姐，我告诉你，你别妄想我领养别人的孩子。何况金草的事我还跟你没完。金草打掉孩子和外出，肯定与你有关……"

"好了，忱弟，千错万错都是我的错，好不好。你今天跑了一天的路，肯定累了，还是早点休息吧。"天气已渐渐地暖和起来了，屋内已有蚊子飞来飞去，玉贞一边给李忱挂着蚊帐，一边说。

待玉贞回到她自己的房间后，李忱仍然坐在沙发上，一支接一支地抽着烟。玉贞在里间房内说："忱弟，我也知道，你是一个负责任讲良心的人，草儿毕竟怀过你的孩子，如今她又一个人在外地，下落不明，你终究有些不放心。我也想就此留个心，细细查访一下草儿的下落，然后我们再想办法安抚她。她家里不是很穷吗? 作为补偿，我可以给她一些钱。还有她那个老娘，只要金草同意出嫁，我愿意供养她母亲一直到老死。忱弟，你看这样总可以了吧。哦，还有一件事，我没有告诉你，今天白天于县长的秘书林丰曾到我家打探金草的消息。他也以为金草出去打工的事你知道，听我解释说你这一段时间一直不在家之后，他才走的。这倒是个挺不错的男孩，年纪轻，人长得帅，对草儿又是一往情深，只是因为你伤害了草儿，不知这个林丰会不会原谅她。"

　　玉贞不提这些还好，提起这些，倒使李忱的心更加地痛，他觉得自己真的对不起金草。夜已经深了，玉贞说着说着也不知不觉地睡着了，床上传来她断断续续的鼾声。凤城县毕竟是一个小城市，街道上的路灯一到夜晚子时，便全部熄灭了。随着路灯的熄灭，整个城市便也沉寂了下来。李忱盯着窗外黑沉沉的夜晚，长叹了一口气。

　　这个春天，真是稍纵即逝。人们刚刚脱下毛衣，马上便换上真丝绸、冰丝之类的夏装了。今年的夏季受厄尔尼诺现象影响，天气非常炎热。特别是六月和七月，白天刮南风，晚上却一丁点儿风也没有。满天繁星，闷热得出奇。人们好不容易盼到了立秋，天还是一个劲地热着，处暑过了，白露来了，一直到秋分，大地上还在滚着热浪. 直到国庆节，才从北方吹过来一丝丝凉风，这也是夜晚，白天的太阳还是照旧地毒。人们的感觉还是热。就在这个国庆节，林丰终于和于县长的女儿于琼举行了婚礼。县长的千金结婚，自然是热热闹闹。凤城县党政机关干部有不少参加了于县长独生女儿的婚礼。

　　李忱的家里这几天也是热闹非凡，他的妻子玉贞果真从乡下抱回了一个女婴。小女孩黑黑的头发，大大的眼睛，红扑扑粉嘟嘟的脸蛋，真是可爱极了。张子清一下子升了级，当上了爷爷。他天天乐呵呵地抱着小孙女，亲都亲不够。为了这个小生命，他甚至下决心戒烟。毕竟是吸了几十年的烟，想要一下子戒掉，也真需要毅力。

可是老爷子自从孙女进门后，他真的是一支烟也没抽了。他现在天天要么把孩子抱在怀里，要么守护在摇篮边，跟这个出生才十几天的孩子说着话儿，有时甚至还唱几句京剧给孩子听。玉贞更是没了往日的悠闲，成天围着孩子转。孩子抱进家，小床小被小衣小裤都置办齐了，奶粉也是买的市场上最贵的。怕孩子饿着，也怕她冻着。孩子吵夜，她就整夜地不睡觉，抱着孩子满屋子转。李忱本来对收养孩子不感兴趣，但他这几天也被孩子的天真可爱吸引住了，天天下班回家第一件事是要抱一抱孩子，逗一逗这个还什么都不懂的娇小的生命。

孩子什么都好，就只一样，爱哭！天天除了睡觉，就几乎哭个不停，日夜的吵闹，吵得一家人都吃不好饭，睡不好觉。孩子才来几天的时间，就消瘦了不少。小脸蛋原来是红扑扑的，现在变得焦黄焦黄，就像得了黄疸症似的。玉贞和父亲以及李忱都十分地揪心。

张子清常抱着孩子长叹，说怕是自家没有福分，载不住这么好的孩子。李忱有时也说，孩子这么小，哪离得开亲娘呢！玉贞自己没有生育，对于养孩子真的是一窍不通，哪知人生养儿是最艰难最苦累的。面对孩子的日夜吵闹，她简直也没有办法。说生气吧，孩子太小，什么都不懂，打又不能打，骂又不能骂。她张玉贞活了三十多年，还从没受过这般罪哩。

就在孩子来的第四天，她忽然发起了高烧，高烧40度不退，这可急坏了玉贞，她只好抱着孩子来到县人民医院就诊，医生一检查是新生儿急性肺炎，便立即紧急施救为孩子退烧。玉贞没办法，只好陪着孩子在医院住下了。这时的孩子声音已经哭得嘶哑了。昏睡间，她只是不时地抽搐着，偶尔虚弱地哭上一两声。玉贞只能守在旁边，眼巴巴地瞅着孩子那难受的小模样。

入夜后，孩子的哭声再次响起，李忱觉得孩子大概是饿了，他起身回家拿奶粉。

李忱刚走出医院大门，病房走廊的另一头，忽然跑过来一个身影。她趁着走廊里灯光昏暗，急匆匆地跑到孩子所住的病房门前，她伸出手轻轻地敲了一下病房的门。孩子在病床上有气无力地啼哭着，坐在孩子身边的玉贞以为是护士来了，她一脸倦意地打着哈欠起身打开了门。出现在她眼前的女子让她吃了一惊。

"草儿，你怎么来了？我们不是有约定，你不再看孩子吗？"玉贞的脸上浮起不快，语调中有些责怪地说。

草儿没有回答，却一下子跑到孩子的面前，双手抱起了自己的女儿，并掀开衣襟，将饱胀的奶头塞进了孩子的小嘴里。孩子在母亲的怀抱里只哭泣了一声，便含住奶头使劲地吸吮了起来。

"草儿，实在对不住你，我没有把孩子养好。"玉贞见孩子安然地在草儿怀里吃着奶，她有了一刻的舒心，她将屁股移到孩子睡的病床边坐着，脸上有些愧疚地说。

金草似乎怕有人看见地一直低着头。她低声说："贞姐，是我对不起你。你待孩子这么好，我不该违约来看孩子。贞姐，我这是看到孩子生病了，才来看她一眼的。你放心，孩子病好后，我再也不来了。我保证遵守我们的约定。"草儿说着，将怀里的孩子调换了一下位置，又将另一个奶头塞进了孩子的嘴里……

待李忱从家里拿来奶瓶，准备给孩子泡奶粉时，玉贞轻声地说："不用了，孩子已经睡了。"李忱上前一看，孩子果然在被窝里睡着了。李忱这时回过头来对玉贞说："贞姐，你现在就在孩子的身边睡一会儿吧，等会孩子吵起来，你又睡不成了。"玉贞却说："忱弟，你还是回家休息吧，这几天孩子吵得你也没有睡好觉。"

"还是你抓紧时间躺一会儿吧。我睡觉的机会比你多一些，不必多说了。"说真的，玉贞这几天的表现让李忱有些感动。他想，这女人为了拴住他的心，真可谓用心良苦。所以他现在执意要让她休息一会儿。可是玉贞说："忱弟，你放心吧，孩子今晚不会哭的，你看她睡得多香啊。""咦，这也奇了，这孩子吵了几天几夜都吵病了，她现在怎么会睡得这么安宁呢？贞姐，我们是不是该问问医生，这正不正常哦？"李忱现在不但不喜，反倒有些担心起来。

　　玉贞怜爱地看了丈夫一眼，"嗨"地一声说："你也太过虑了，孩子这不是打针吃药后才睡得好的吗？这是药的功效。这医生的药可真的巧了！"

　　说巧也不巧，孩子住了三天医院，只除了头一天晚上睡了一觉外，这两天仍然是又哭又闹的，只是在抗生素的作用下，她的高烧终于退了下来。考虑到孩子老是住医院打针也不是个办法，于是第三天，玉贞便抱着孩子出院了。

　　回到家里，孩子依然是不吃也不睡，哭得声音嘶哑。李忱这天因要陪单位来的客人，他没有回家吃晚饭。晚上是单位党员开会学习日，他一直要到很晚才能回家。孩子一直哭着，先头是爷爷张子清抱着孩子在客厅里、在阳台上转。后来他要睡觉了，玉贞便接过了孩子。玉贞左抱右抱，嘴里一个劲地叫着："好宝贝，不哭！啊！啊！"可是孩子仍然不停地哭泣着。玉贞为了不影响父亲休息，便抱着孩子上了三楼。最后又抱着孩子到了三楼的平台上。下弦之夜，繁星满天。张家四周也是灯光璀璨。孩子在玉贞不停的摇晃中终于迷糊地睡了。玉贞稍稍松了一口气。她也觉得人很累，便一只手抱住孩子，另一只手从阁楼里拿出一张折叠椅，放在平台上，然后她小心翼翼地坐了下来，生怕弄醒了孩子。孩子迷糊着，偶尔还要哭上一两声。也许是玉贞太过劳累太疲惫了，她坐上折叠椅不久，睡意忽然袭来。她打了两个哈欠，眼睛便不自觉地闭上了。玉贞这一下子竟睡得太沉，她的脑袋垂了下来，嘴角流出了口水。随后，她抱着孩子的双手也慢慢地松弛了下来，双腿也不由自主地朝两侧倒去，孩子一下子从她的怀抱里滑落下来，掉在了地上。随着"哇"的一声，孩子又大声地哭了起来，也许是孩子跌痛了的缘故，这一次她的哭声更急促，更响亮，那哭声简直是在惨叫！玉贞一下子从睡梦中惊醒了过来。

——与此同时，一条黑影从张家楼道上冲了上来，并冲上了三楼平台，且以极快的速度跑到孩子的跟前。她弯腰抱起了孩子，并将孩子紧紧地搂在怀中。很快地，她拉起了自己的上衣，从怀里托出奶头，急速地塞入了孩子的口中……就像闸门堵水一样，孩子一下子便止住了哭声。她顾不得身上的疼痛，只使劲地含住母亲的奶头，再也不愿松开。

此时的玉贞惊得张大了口，她叫了一声："草儿！"金草没有回答，她只是把孩子紧紧地搂在怀里。直到孩子吃得饱饱的，然后沉沉地睡去，她才低声说道："对不起，贞姐，我又来了。我这是最后一次来，我明天就回眠牛村，而且，我真的打算到东北去打工。贞姐，你能原谅我今晚的举动吗？"草儿最后的话，含着哽咽声。

玉贞愣了片刻。说真的，草儿一再出现，让她心里有些不快。毕竟她跟草儿有了约定。可是看到一直哭哭啼啼的孩子，吃过草儿的奶后，睡得那么香甜，她心里又有一丝感激。毕竟她今晚又能睡上一场好觉。唉，反过来想，自己没有怀过这孩子一天，现在虽然孩子天天哭闹，她也舍不下这个孩子，只要孩子睡着了，她便要把孩子那可爱的小脸蛋亲上一回，何况草儿怀了孩子近十个月，她怎不爱这个孩子呢。

玉贞想了想，最后说："草儿，你要回家我不反对，可是我请求你，再在县城待一天吧。这几天孩子一直生病哭闹，我也劳累得快要趴下了。孩子今晚吃了你的奶，她会安睡一整夜的。我今晚也会睡个好觉。可是明天，明天保不住孩子又要哭了。白天还好说，晚上太难熬了。我请求你，明晚再给孩子喂一次奶吧，这样我明晚还能再睡个好觉。草儿，没办法，我只得再求你一次。"

金草似乎犹豫了一下，然后说："明晚，我怎么来呢？明晚李大哥还是不在家吗？我怎么避开他呢？"

"这个好办，"玉贞胸有成竹地说，"你就顺着我家门前这条大街一直往东走，出了东门，便到了郊外，那儿除了一条宽阔的大马路外，还有一条不起眼的田间小道，你顺着这条小道往前走，不远处的山脚下有一片小竹林，小竹林旁边有一间小屋子，那是我家的屋子，因为那周围是我家的水田和山坡地，我爸当年建起这个小屋子是为劳作之余休息用的。这也是我家夏季的看瓜棚。不过现在早已经废弃不用了，一直锁着的。我现在给你钥匙，你明晚就去那儿等我吧，我到时会抱孩子过去的。我把孩子送到那儿，你再喂她一次奶，后天你就可以走了。"

金草听到这儿，点了点头，说："好吧，贞姐，我依你就是了。"

第二天傍晚，孩子依然哭着，玉贞抱着孩子在客厅来回转了几圈，然后对她父亲和李忱说："孩子总是这样哭，我想抱她到街上去转一转，说不定她好奇起来，哭得好一些。等她不哭了，我再抱回来。"父亲点头说："这样也好，这小把戏，说不定她也喜欢街上的热闹哩。"李忱却说:"她还小,懂得什么,街上车多人杂,空气污染严重,小孩子她受得了吗?""你看,你看,先开始还说不赞成我抱养孩子哩。这孩子才来几天,你就这么宠着爱着她,生怕她受委屈。"玉贞笑嗔着自己的男人。最后还是说,"我今天抱她出去试试,她若是不喜欢外边,我明天再也不抱她出去就是了。"说罢,给孩子披了一件风衣,便出了门。

玉贞出门便从怀里掏出两元钱,扬手叫了一辆三轮"麻的",很快地她便抱着孩子来到了东门。出东门不远处的山脚下,果然有一片小竹林。这是一处比较僻静的地方,没有车道,行人也少。玉贞小时候曾跟父亲来过这儿,在这片小竹林里捣过鸟窝,还在竹林旁的小河沟里捉过小鱼,所以她对这儿的印象比较深。已经多年不来了,幸好城市开发潮还没有伸向这儿。

金草大约早就等候在这里了。看见玉贞来了,她赶紧打开了小屋子的门。

玉贞抱着孩子走进了小屋子。金草先到这儿,显然是她打扫干净了屋子里的扬尘和地上的垃圾,凳子也抹得干干净净的。

孩子重新归入金草怀中。天色已晚,屋外密匝匝的小竹林使小屋子显得黑沉沉的。屋子里没有电灯,草儿摸索着将奶头移向了孩子的嘴边。由于这儿离公路有一段距离,附近没有人家,小道上也几乎没有行人,四周基本上是静寂的。不一会儿,孩子咂巴着奶头的声音便很清晰地传入了静坐在小屋子里的两位大人的耳朵里。

孩子渐渐地在母亲的怀抱里睡着了。草儿依然不肯将她从自己的怀里移开,何况孩子虽然已经睡着了,可小嘴巴还恋恋不舍地含着她的奶头,小舌头也还时不时地吸吮一下奶水。

在小屋子里已经待了不短的时间了,外面的天色完全黑了下来,不远处城市的灯光映照到小竹林里。玉贞终于问了一声："孩子已经吃饱了吧？""是的，她已经睡着了。""你抱累了吧，就将她给我吧。"玉贞说着，接过了孩子。她在孩子的小脸蛋上亲了一下说："你这个小东西，也有治你哭的良方吧。""什么良方，贞姐？"金草没听明白玉贞的话。她一边整理好自己的衣服，一边问了一声。玉贞笑了，说："你的奶就是良方嘛，能治孩子哭的毛病。"金草一听这话，也止不住笑了。当然她的笑声里更有着悲怆。她这时站起了身，对玉贞说："贞姐，我要走了，明天一大早我就乘车回家。过几天，我们村有人去东北打工，我也准备和他们一道去。"

"草儿，你去东北打工，是为了挣几个钱过生活，是吧。贞姐现在倒有一个想法，你能不能留下来，我给你租一间房，每个月给你开工资，你只负责每天晚上给孩子喂一次奶，行不行？"

金草一听这话，愣住了，她还没有想过这个问题。

"草儿，也不知为什么，这孩子她不像别的孩子，她吃惯了你的奶，喂她牛奶她不爱吃，成天地哭闹，吵得一家人不得安宁。所以我想，你还是在家门口关照一下孩子吧。你出门也是挣钱，在家门口也是挣钱哩。何况我也不会亏待你，我给你开的工钱也不会比你在外地打工少。为了孩子，贞姐我舍得花这个钱。"

见草儿还在犹豫着，张玉贞忽然说："草儿，你就答应我好吧。贞姐求你了。"

金草听到这儿，她的眼泪忽然涌出来了。她说："贞姐，你真是天底下最好最善良的人了。本来这事是我对不起你，可你非但不责怪我，反而给我和孩子这么多的宽容和爱，我怎么能拒绝你的要求呢？"

"草儿，这么说，你是答应我了？"玉贞惊喜地说。

金草含着泪，终于点了点头，说："贞姐，我答应你，只是工钱我不要，我不会要的。"

"傻妹子，说什么傻话呢。你不要工钱，你往后如何生活，又如何养活你娘呢。"

"贞姐，我只是晚上喂一下孩子，白天我还能找事情做呀。我能打工挣钱养活我娘的。"

"不，草儿，为了我的孩子，我愿意供你吃供你喝。草儿，你就答应我吧，不要出门做工，那太苦了，何况你做累了身子，孩子也会没有奶吃。"

草儿想了想，再没有言语。

张子清一辈子没什么爱好，就喜欢侍弄一些花鸟虫鱼之类的东西。过去他当村支书整天忙于工作，如今赋闲下来了，家道富足，不愁吃穿，他于是在农贸市场上买回一些鸟和鱼，在家饲养着。还从农村人手里买了一些老树桩回家，自己雕凿、盘枝、造型，做成一盆盆精致漂亮的树桩盆景，自娱自乐。玉贞抱养的孩子一天天长大起来，已经能对着爷爷笑了。如今张子清除了继续种养花鸟虫鱼外，最大的乐趣便是抱着孙女逗乐。随着年关一天天地逼近，玉贞忙里忙外地准备着打年货。李忱那是一向不大管家务事的，家里的一应采买都是玉贞的。钱，张家当然不缺，但年货的采买，得有人去做。按当地人的观念，年关的腊鱼腊肉，那是谁家的楼顶上挂得越多就越显得富有。玉贞自然不肯在这上面显得比别人家差。张家每年办的年货，堆得就像小山。一般直到第二年下半年九月十月还吃不完。有的甚至被虫蛀了，只好扔在大街边的垃圾堆里，让流浪狗啃去。可是一到年关，玉贞仍然照买不误。年年这样，年关疯买，第二年丢弃了也不觉得可惜。所以，每年的冬至节一到，玉贞便像要释放积蓄了一年的精力似的，上街拼命地买东西，除了猪肉和鱼。还有牛羊鸡鸭各种禽畜肉类同样要腌一些。如今农贸市场里还有不少野鸡野猪野羊野兔之类的山货，这些自然也受玉贞的青睐，她天天白天上街去采买，晚上在家加班熬夜地腌制，常常弄得自己精疲力竭。今年，玉贞家又多了一件事，她抱养的孩子就要过百日。按照习俗，孩子满百日那可是一个家庭的大事。请客办酒是必须的。玉贞一向爱面子，她三十多岁了，好不容易才得来这个孩子，自然不肯放过这个展示自己的机会。她于是准备在女儿百日那天大摆酒宴，广请亲朋。为了张家的热闹，她甚至不肯去酒店下单，而是要请厨师亲自到她家里来办宴席。而且她还请来乡下的亲戚，买来上好的糯米，打了几箩筐的糯米花粑，准备到时馈赠给亲朋好友。

玉贞一忙，李忱在家抱孩子的机会就多了。孩子一天天长大了，她好像特别爱爸爸似的，一看见他，便张开两只小手要他抱。他抱在怀里，孩子也特别喜欢对着他笑。粉嫩红润的小脸蛋笑起来真像一朵花。而且，最近李忱发现这孩子五官和脸型生得特像一个人。不是别人，而是金草。孩子那双漂亮的大眼睛，那弯弯如同柳叶一般的眉，还有那端正的鼻梁和小巧的嘴巴都特像金草。李忱常常盯着孩子发怔，不知是不是因为自己思念金草的缘故，他总觉得这孩子长得像她。

就在孩子做百日的头一天，张家在乡下的亲戚都已经来了。而城里张子清的街坊邻居，新朋旧友，昔日的上下级同事闻听张家孙女做百日，也都赶礼来了。张子清在凤城县城郊当了三十多年的村支书，认识的人不少，就连县委书记县长闻听此事，也凑份子让秘书送到张家来了。几天下来，张子清的收礼清单上，竟密密麻麻地登记了几百人。这样一来，张家宅院再大，也容不下这么多的人啊。于是张子清找女儿商量，干脆还是上酒店去。张玉贞这几天专门跑商店，跑超市，买烟买酒，糖果点心，还有回赠给每个客人的一份礼品。玉贞为这些事忙得几乎脚不沾地。孩子也一直让亲戚给抱着。已近年关，李忱单位这两天开年终总结会，每天都是吃了晚饭才回来。玉贞一向做事也不指望李忱，现在见他单位忙着，她就更不指望他。就在孩子满百日的头一天，李忱单位的年终总结会终于结束了。总结会开过后，单位几乎等于放了年假。除了家住县城的干部春节期间要轮流在单位值班外，家在农村的同志就全部回家过年去了。一位与李忱在一个办公室上班的同事，在开完年终总结会后也要赶回家去吃年饭。他的家住在离县城十多公里的一个小镇上。不巧的是单位的小车司机小张也已经放假回家。而单位里能开车的除了那位司机也只有李忱。尽管李忱知道家里忙，但碍于同事之情，他也只好送同事回家。小车出了县政府大院，在人民会场前面转了一个弯就往城东方向驶去了。不过二十分钟的时间，就到了同事的家门口。那位同事本来邀请李忱进屋坐一坐，被他谢绝了。

李忱没有下车，直接将车子调过头后，便朝县城方向返回了。

天气寒冷，又是傍晚时分，公路上几乎没有行人和车辆。李忱开着小车很快就行驶到了县城东路段。天色渐渐暗淡下来，天上还飘起了雪花。这时，李忱忽然透过车窗玻璃看见城市的边缘处有一间小屋。小屋顶上还飘着炊烟。如今城里人都烧上了煤气，最差的也是烧藕煤，屋顶上飘炊烟已经有些稀奇。这也许是拾荒者栖身的小屋吧，李忱暗自思忖着。这时，他忽然看见一个女子的身影自屋内走了出来。她掀开一张彩条布往屋外的柴垛上遮盖着，显然是怕下雪浸湿了柴草。这场景好熟悉！李忱忽然记起在金草家，那个雷雨之夜，他与金草一起扯开彩条布盖住她家柴垛的一幕。况且这女子的身影也好似金草。李忱这时放慢了车速，他按下了车窗玻璃。外面的寒风吹了进来，吹得李忱缩回手哈了一口气。

尽管李忱并不能确定那就是金草，（因为他所知道的是她去了东北打工）但好奇心还是让他将车子停了下来。他不仅是想看看那是不是金草，他甚至还想就算是拾荒人，他也想看看这个与城市有些格格不入的拾荒者是怎样在这儿生活的。

李忱站在小屋门口时，屋门已经关上了。他伸手敲了敲门，奇怪的是屋子里竟毫无反应。李忱刚才明明看见有人走进了小屋，而且屋子里还亮着灯光。他又重新敲了一下门，并问了一声："有人吗?"屋子里仍然没有回应。这时的李忱心里忽然跳上一个计谋，他大胆地喊了一声："金草!"

仍然的沉寂使李忱更确定屋子里的人就是金草。他于是大声地说道："金草，你不用躲着我，我刚才已经看见你了。"说完，更急速地敲着门。屋子里仍然沉默了片刻，然后才有一个声音传了出来："你走吧，我求你了!"声音有些沉闷，鼻音很重，似乎有些感冒。

"金草，你开门!"尽管屋子里的声音由于感冒已有些变声，但李忱还是听得出来那是金草的声音。他于是更增强了要她开门的决心。

"不，李大哥，请你原谅……"屋子里的草儿压低了声音说。

"金草!"李忱加重了拍门的力度，"我请求你把门打开，我要进来。"

外面的雪渐渐地下得大了，四周原野上已积存了不少的雪花。门外的雪地上清晰地显现着李忱修长的身影。由于寒冷，他立在雪地上的时间也有些久，他不断地搓着手并往手上哈着热气，声音都有些发抖。

屋子里的人隔着破旧的木门缝隙，将这一切看在眼里，终究有些心软了。她终于走向了门边，打开了那扇小门。

"金草——"当门在身后合上时，李忱终于看清楚了近一年来他几乎日日牵挂的金草。他有些冲动地一把拥住了她。但李忱的这一举动不仅没让草儿高兴，反倒让她非常紧张非常害怕。她觉得这一切都不是她现在想要的，因为玉贞马上就要送孩子到这里来。于是她在他的怀里挣扎着。可是草儿愈挣扎，李忱愈将她拥抱得紧。他抚摸着她有些颤抖的双肩，低头又吻住了她的唇。热吻使得草儿停止了挣扎，她终于像一头温顺的小绵羊，依偎在他温暖的怀抱里……

"金草，孩子是你生的，是吗？"李忱贴着草儿的耳朵，轻声问。

草儿闭着眼睛，幸福地点了点头。但她紧接着又说："哥，请你不要声张，贞姐对孩子那么好，我不能对不起她！"

"究竟谁对不起谁呢！"李忱极生气地说了一句。

"大哥，请你不要这么说，好吗？"金草终于睁开了双眼，她伸手轻轻堵住了李忱的嘴巴，"是我对不起贞姐，是我夺了她所爱，哥，你是她的而不是我的……"可是草儿后面的话又被李忱的吻堵住了："金草，婚姻自由，何况我与她只有姐弟之情，你才是我心爱的人！"

"说什么傻话呢，"金草抬起了头，看着李忱，"大哥，贞姐是天底下最好最好的女人，你一定要珍惜啊。"

李忱叹了一口气，说："金草，此事一句话两句话也说不清，相信以后你会明白我的心的。"

屋外的雪依然在下着，远处河堤上忽然传来了一声孩子的哭声。草儿就像在梦中被惊醒了一样，她忽然推开身边的李忱，急促地说了声："快，你快走。"

"为什么？"李忱不解，他依然抱紧了草儿，却被她一把推开了："大哥，我求你了，赶快离开这儿，你知道来的是谁？是你家贞姐！"

"她？她来干什么？"

"你就别问了，赶快走吧。"草儿再一次央求道。

"金草，你不用怕她。她现在来了正好，我正要问她，她为什么骗我！她骗我说，你不在凤城而是去了东北，还骗我说孩子……"

"我的哥啊！我求你了，赶快走吧。你不要怪她，一切都怪我吧，这一切都是我的主意，好吧。你只记住她是个好人就行了。"草儿说着，将李忱推出了门。看见李忱直接朝玉贞来的那个方向走，金草又急忙上前拉回他道："你还是从屋子的另一头绕过去吧。我的好哥哥，你就听我一句话，为了我，你就避一避她吧。"

看着金草那焦急、生气又楚楚动人的大眼睛，李忱的心软了下来，他再也没有说什么，而是遵从了她的意思，朝着小屋的另一头走去。

张家孙女的百日宴照样进行着。几百人的烟酒糖茶应酬，几十桌宴席，每席女主人都要代替父亲前来喝酒致谢。这一天下来，玉贞劳累得浑身的骨头几乎都要散架。可她还是坚持了下来，而且自始至终，她都是面带笑容，答谢着每一位前来祝贺的客人。

一直到晚上，酒宴和喜庆活动才算彻底完毕。陆陆续续地送走客人后，玉贞才感到浑身疲惫无力，她躺在沙发上便不想起来。老父亲已经睡下了。孩子也在摇篮里睡得很好。今天客人多，玉贞昨晚就让草儿今天以客人的身份混进张家来，偷空给孩子喂奶。显然她已经来过了。所以这时候的孩子睡得很好。

　　玉贞抱着孩子上了三楼。李忱也回到了自己的房间。外面到处都结着冰，屋子里也显得很冷。玉贞回到自己的房间后，掀开床上的被子，将孩子轻轻地放在床上。她并没有马上睡下，只是将双脚伸进被子里，然后倚坐在床头，随手翻开了父亲放在她床头柜上的今天收礼金的账单。她草草地翻看了几页，那被父亲登记在册的名单，密密麻麻地，她一下子也看不完，她便放下了手上的账簿。她这时的目光又移向了床头柜，那儿放着一大堆因为天黑尚未存进银行的现钞。父亲大概怕这些现钞被风吹散，将玉贞御寒用的一块大方巾覆盖在上面。

　　玉贞正数着钱，李忱坐在外间房的沙发上，对她说："你过来一下，我有话对你说。"

　　玉贞仍旧数着钱，并将已数好的一沓钱压在她的手提袋下面。她回了声："忱弟，我已经上床了哩，有什么话，你说吧，天有些冷，我不想起来。"

　　李忱这时走进了玉贞的房间，开口便责问道："贞姐，你告诉我，你为什么骗我？"

　　玉贞虽然没有再数钱，但也没有回答李忱的话，她低头沉默着。

　　"我问你，孩子究竟是谁生的？"

　　"你不是已经知道了吗？"

　　"我要你亲口对我说。"

"你明明知道，孩子就是草儿生的嘛。"

"既然是她生的，你为什么还要从她手中夺过来？"

"那是因为她当初告诉我，她已经决定了不要这个孩子。这孩子是我保下来的，是我求她给我生的。"

"她为什么不要孩子？这原因在谁的身上？你使用了怎样的手段才逼迫她说出不要孩子的话？"李忱极其生气地说。

"忱弟，你发什么火呀？我对你说，我才是你的婚配哩！现在倒好，什么都是我的不是了。"

"贞姐，你也知道，我与你并没有感情，离婚是迟早的事。你没必要拿婚姻来压我。"

玉贞叹了一声，继续语调平缓地说："忱弟，别的我都能忍受，只离婚这一条，我不能答应你。今天你也看到了，我爸在凤城县可是有头有脸的人物哩。他可受不了我俩离婚的耻辱，我也丢不起这个人。忱弟，算我求你了，求你看在你爸和我姆妈是亲姐弟的份上，不要提离婚这话吧，其余的任什么我都答应你。至于金草，我想让她以保姆的身份正式来我家。我们家的孩子她不喜欢吃牛乳，就喜欢吃奶。忱弟你放心，草儿虽然是以保姆的身份进我家的门，但是我会善待她的，我保证让她吃好的，喝好的，还按月给她结算工资。这样总可以吧。"

"我不同意，"李忱立即反对道，"你拿金草当什么人，当用人？当奴隶？"

"怎么会呢，我这也是为了草儿好呀，有哪个母亲不爱自己的孩子呢？她能天天与孩子在一起，她还会不乐意吗？什么用人？什么奴隶？她一个乡下女子，靠的是自己的双手吃饭，到哪儿她还得做事呀！"

"你别做这种损人利己的梦了。你以为我看不透你的心思吗？你就是想把金草系在你的身边，听你使唤，受你奴役。以这种方式来消磨她的青春和前程。你真是居心不良！"

　　"哎哟，我可真是好心被当成了驴肝肺，忱弟你就这么不理解我……"玉贞的声音里含着委屈和怨艾。

　　自从金草按照玉贞的安排，住进城郊这间简陋的小屋后，她就很少进城了。玉贞不让她进城，还叫她少出门，以免被李忱撞见。可是草儿是个农村姑娘，自小劳动惯了，现在让她闲吃闲住，她还真不习惯。玉贞不让她进城打工，她就想在乡下找些事做。现在的农村，年轻人大部分出外打工去了，家里只剩下老人和小孩留守。这些人老的老，小的小，多数是不能下地劳动的，所以农活儿倒是很好找。草儿挣下一些钱就汇回家里去。母亲的身体状况不好，她得了一种类风湿的慢性病，经常身上疼痛，需要长年吃药。草儿如今上牵挂着老的，下牵挂着小的。这两头她都不能舍弃。母亲虽然老了，但还能应付日常的生活，可女儿还这么小，多么需要她的关照。自从生下女儿的那个时刻起，她的心就紧紧地牵挂着这条小生命。这个柔弱的小人儿，她的每一声啼哭，都会撕扯着草儿的心。草儿白天在农人家劳动，一到天黑，她就盼望着女儿到来。每当她将女儿抱拥在怀里时，她几乎是用全部的身心去拥抱这个孩子的。看到女儿像条小饿狼般吸吮着她的奶汁，她的心里便斟满了幸福。当然，这种幸福常常是她伴着泪水来"品尝"的。

　　一连两天的下雪，将屋子外面变成了一片冰雪的世界。清晨的阳光刚刚照进草儿居住的小屋，她就起床了。虽然已是冬闲时节，农活儿少，但草儿会做缝纫活，裁剪缝补，她样样都会。于是找她做事的人不少，几乎天天都有约。今天，就在草儿包上头巾，准备出门之际，李忱和玉贞两个人一前一后地走进了她住着的小屋子。

"草儿，你要去哪里?"玉贞把草儿送进这个小屋之初，就已经吩咐草儿尽量不要出门，更不要出外去打工。看她今天这打扮，就知道草儿没听她的。

玉贞显然有些生气，口吻里带有责备的意思。草儿低下头来，轻轻地说了声："贞姐，对不起。"说着，她搬来屋里仅有的两张旧木椅，让李忱和玉贞坐。面对这两个人的到来，金草自然心里忐忑。她想，他们之中不管是哪个人单独来到这间小屋，她都是高兴的。而两个人同时来，草儿便感到惶然。为了掩饰自己的不安，草儿去靠墙边的小方桌上拿起了两只玻璃茶杯。她这里平常没有客人，所以连茶叶都没有。她有些不好意思地倒了两杯白开水，递到李忱和玉贞的面前。

"草儿，今天，我和忱弟一道来找你商量件事。"玉贞不想让草儿知道她和李忱之间曾经发生过矛盾，尽管她刚刚在来的路上还在同李忱争执，但在草儿面前，她要尽量表现出她与李忱是恩爱夫妻。于是她先发制人地抢在李忱开口之前，就表明了自己今天来的目的。

金草一听这话，愣住了。她最害怕的是玉贞说出让她离开孩子的话，于是她赶紧问了一句："贞姐，你，不是要我离开孩子吧?"

"当然不是!"玉贞回答着这话。她颇有些得意地瞥了旁边的丈夫一眼。然后回过头来说："草儿，我们不仅不让你离开孩子，还要让你和孩子住在一起。我们打算将你接到我家去住。反正我家人少房子多，有你住的地方。也省得我天天为了给孩子喂奶跑来跑去的。天晴还好说，下雨下雪时可就苦了我和孩子了。你看这样行不行?"

"不行!"还未待惊愕中的金草回答,一旁的李忱便断然一声,回绝了玉贞的话。他转过头来,直视着草儿道:"金草,你别听贞姐的,你今天就回家去。"

　　"草儿不能回去,"玉贞一听丈夫的话,马上反对道,"孩子这么小,她还要吃奶呢。广告宣传不也说牛奶再好,也没有母乳好吗?何况我们家的孩子她不喜欢喝牛奶。忱弟,这事儿你还是依我吧,就让草儿先上我家住着,待孩子过周岁能断奶时,再让草儿回去好不好?草儿你放心,贞姐是不会亏待你的。"

　　"金草,你不要听她的。你现在就离开这儿,回家去。"

　　"忱弟,亏你还是孩子的父亲哩。你应该为孩子着想呀。"

　　李忱没有理会玉贞的话,他只是对草儿说:"金草,你收拾好东西,现在就回家,孩子暂时就留在我身边。相信我,我会处理好一切的。"

　　"草儿,你还是要听我的,因为孩子离不开你呀!"玉贞听到这儿,叫了起来。

　　……

　　听了李忱与张玉贞两人的对话,金草立时陷入了两难境地。她知道自己应该听李忱的,他是为了她好。可是另一方面,她觉得玉贞说得没错,她也确实离不开孩子。为了孩子,哪怕是虎穴狼窝,她也要闯啊!她沉默了片刻,然后说:"李大哥,贞姐,你们不要吵了。我决定了,我还是听贞姐的,留在孩子的身边。贞姐,你放心,你对我对孩子这么好,我一定不会辜负你的。我将孩子奶到一岁后,就会走的,我绝不会连累你们。"

　　"草儿,你真是个心善的好妹子,贞姐在这儿谢你了。"玉贞赶紧接口道。又说,"你放心,我一定会对孩子好的,她好歹也是我忱弟的孩子，我会视她如己出的。"

"如此，我便要谢贞姐了。贞姐，只要你对孩子好，她就是你的亲女儿哩。"

"好，草儿，我就知道你是个重情重义知晓好歹的女子。贞姐佩服你。如此，我们就说定了，你在我家住到孩子满周岁，我每月仍然付工资给你。当然，我也不是没有良心的人，我看就让孩子认你做个姨吧，从今以后，你就是孩子的小姨。"

李忱见金草并没有听他的，不由得有些生气，扯过金草道："你真糊涂！你不要听信贞姐的好不好，她会安什么好心呢！"

草儿这时已是泪流满面，她摇了摇头，说："李大哥，我知道你是为了我好，可是，我今天还是要听贞姐的，为了孩子，什么我都认了。"说完，她毅然决然地转身动手收拾起自己简单的行李，然后便跟着玉贞一道出了门。

玉贞把草儿领回家里来，安顿在二楼住。张家一楼整体出租了，三楼除了一个种满花草的露天大平台外，就只有李忱和玉贞的两间连体房间。二楼才是一家人生活的中心。厨房，餐厅，客厅都在二楼。二楼有四间房，一间是带阳台的主卧，是玉贞的父亲张子清的房间。另有两间平时用作男女客室。凡张家来的客人，分男女就住那两间房。还有一间小一点的房是收捡屋。虽然张家现在已经被周围的楼房包围进了城市圈，也算是城里人了，但毕竟他家原来是农村人，家庭是农村户口，原本就是种田的出身，虽然现在也像城里人一样，没有了田地，可是家里那些锄头，扁担，铧犁甚至还有粪桶等农具都舍不得丢弃，堆了满满一屋子。玉贞和草儿收拾了大半天才将这间屋子腾出来，安顿草儿住。玉贞本来想让草儿用原来女客室里已经有的铺盖，但怕李忱说，于是索性给草儿买了新的。

　　草儿本来也没有什么东西，随身只带了几件替换的衣服。安顿下来后，玉贞对草儿说："你住在这儿，肯定会中意的。不过我爸年纪大了，脾气有点偏，而且他是毛泽东时代过来的人，思想观念大都停留在那个时代，喜欢用那个时代的眼光看人，所以你不要介意，你只不要惹他生气就行了。"

　　正当四九的天气，又刚下过雪。玉贞看到草儿身上衣着单薄，便又拿出自己的一些衣服来给草儿，说："我这衣服有些穿过了，也有些没穿。除了比你的衣服长一些外，也不太落后的。你正在哺乳期，也穿不出好的服装式样来，这些衣服你便将就着穿吧。贞姐没别的给你，这四季的旧衣服我有的是，尽可让你穿。"

　　金草本来也是个爱美的女子。她身段好，穿衣服也比较讲究，虽然出身贫寒，买不起高档衣服，但她穿的衣服总能显示出苗条秀美的身段来。对她来说，手中的钱的确不多，但这四季的衣服，她还买得起。可是今天，她听了玉贞的话后，立即在心里顺从了。她觉得玉贞毕竟是为了她好。她家境贫寒，能节省就尽量节省着吧。年关到了，草儿本来打算买一套新衣服过年，现在她也打消了这个念头。好在她会缝纫的活儿，玉贞的衣服她改小一些也能穿。

　　自从来到张家后，金草每天清晨就起床做饭，然后再上街买菜。县城的菜市场里大多是商家从外地调运回来的反季节菜。草儿是从农村出来的，觉得这些塑料大棚里种出来的菜就是不如农村人菜地里种的菜好吃。于是草儿每次去菜市场，总要多转一些地方，尽量选择当地农民种的菜。这不仅是为了张家人的健康，也为了她孩子的成长。

每天晚饭后，金草除了把厨房打理干净，还要把张家里里外外都清理打扫一遍。尽管她住在张家，每天除了偷偷地避开人喂孩子几次奶之外，孩子倒是很少让她抱，张玉贞每天都把孩子抱在怀里。还有张老爷子也喜欢把孩子捧在手心里。草儿每天除了做饭和打理卫生，张家人的衣服也都是她洗。张家本来有一台洗衣机，可是现如今的一些棉麻、真丝之类的衣服大多还需手洗。尽管玉贞有时也会说她家的衣服不用草儿洗。可是草儿知道她不过说说而已。自从她来到张家后，玉贞是很少做家务事的。

玉贞有熬夜的习惯，她有一个嗜好，就是喜欢打牌。家里几乎天天都有麻将声。玉贞刚开始打麻将时还是在外面打，或去熟人或去过去的同事家里打。因为知道女儿学会打麻将后，张子清非常生气。他骂着女儿说，麻将是旧社会腐朽没落阶级玩的东西，它是麻痹人民群众革命意志的，也是过去败家的玩意儿，所以他强烈地反对女儿打麻将。如此一来，玉贞就只好偷偷地在别人家里打。后来张子清见打麻将受到现代人的追捧，他的一些街坊老邻居也说，打麻将除了娱乐外，还能预防老年痴呆哩。于是，退休多年在家闲着无事的张子清竟也渐渐对这东西有了兴趣，于是女儿每天邀约一些"麻友"到家里来打麻将。每次打麻将，玉贞总是特意安排父亲在她的位置上抹上两圈。自从张子清痴迷上麻将后，他就再也不反对女儿玩牌了。女儿打麻将时，他还会守在女儿的身后，为女儿出牌出谋划策。

小女儿苗苗（李忱果然给女儿起名叫李苗）一天天地大了起来。转眼孩子便满周岁了。草儿本来打算给女儿断奶后，就离开张家。可是没得到玉贞的同意。女儿毕竟还小，除了会喊玉贞"姆妈"外，她还不会说其他的话。而且，她还不会走路，整个人还需要照顾。而且自从草儿来到张家后，玉贞就几乎不干家务事，成天沉溺于玩牌的娱乐之中，她哪舍得让草儿离开。

　　又一个年关过去了。张家的日子似乎没有什么变化。张子清除了偶尔打打牌之外，依然是成天围着他的花花草草转。冬季的花卉翻盆换土，春季的修枝整形。他天天戴着个草帽在院子里浇花修剪。玉贞仍然是离不开麻将桌。每天吃罢早饭，人还未离开饭桌便开始打电话约她的那些牌友。中午饭有时还让草儿送到牌桌上吃。如此成天地在麻将桌上度过，简直不知道晨昏黑白，窗外的四季。孩子现在大了些，能说会走了。但玉贞只要有空，还是喜欢抱着她。有一天，玉贞抱着苗苗站在阳台上看见院子里的紫薇花开了，便扭过头去问正在替她打牌的父亲道："爸，我记得紫薇花要到春末夏初时才开，今年怎么已经开了？"张子清正专注于自己手上的牌，说："什么开花不开花的，你爸我盼的是扛上开花哩。"玉贞笑了笑，依旧走到了父亲的身边。父亲面前的十三张牌，已经有十二张是清一色的索子了，另一张牌张子清放在面前的桌上扑着，玉贞拿起父亲扑在桌上的那张牌一看，是一张红中扛子。临到父亲抓牌了，玉贞便急不可耐地抢先伸出手去，抓起了父亲的牌一看，嘿，还正是父亲需要的"一索"，父女俩同时喊了一声："杠！"玉贞便把父亲面前的一张红中杠子丢了出去，在牌尾上抓了一张，嗨，太好了，正是一张"索子"。"一条龙和了！"父女俩几乎是同时喊了出来。

　　随着洗牌的声响，一张张钞票从另外三个人手里飞了过来，张子清眉开眼笑。张玉贞这时赶紧说："爸，该您下了。您看，您一把就进了这么多的钱！"张子清还想玩一圈，却被女儿赶了下来。他仍然乐呵呵地拿起钱，从女儿的手里接过了苗苗，嘴里说着：

"啊，啊，爷爷赢钱喽，上街买东西给苗苗吃喽。"说完，果真牵着孩子的手上街去了。

李苗已经一岁零七个月了，除了能喊爸爸姆妈，爷爷外，还能喊草儿"小姨"。不仅小嘴巴甜甜的，还常常给她爷爷拿保龄球，给爸爸拿书，给玉贞拿牙签盒。孩子这么可爱，玉贞也更是舍得在孩子身上大把大把地花钱，有时夜晚带孩子去逛商场，只要是孩子要的，她都要买。金草觉得这样什么都满足孩子，对孩子的成长不利。可是她的话玉贞就是不听。有时连孩子也说："小姨坏。"李忱当然更不会纵容孩子，每当孩子任性时，他便会虎着脸吼她几声。因为有玉贞宠着，李苗有时大声地哭叫，有时还倒在地上撒泼耍赖。李忱有时气不过，除了骂玉贞几句外，还要打孩子的屁股两巴掌。弄得一旁的金草也心疼不已。孩子毕竟是她身上落下的肉，她也心疼哪。尽管如此，她还是认为李忱教育孩子是对的。玉贞那样宠着孩子，才是不对。可是她不能开口。她虽然生了这个孩子，可是现在这个孩子是张家的。孩子有父亲母亲，她算个什么呢，她不过只是这个家庭的保姆罢了。

天气已经有些热了。张家一家人的衣服在这个季节里可不好洗。玉贞已经穿上了裙子，李忱是西装，而老爷子依然穿着冬季的衣服。而且现在这个季节，衣服天天换，天天得洗。就在一天早晨，草儿做好早饭后，站在二楼平台旁边的洗衣池里搓洗着衣服。李苗这时跑了过来，拉着草儿的后衣要吃奶。因为是星期天，李忱也在家里。他看见金草在给孩子喂奶，而洗衣池里的衣服还没洗完，他就上前清洗着衣服。看见草儿的身上脸上满是水珠和汗珠，孩子还在她怀里咂巴着那已经不多的奶水，他递过一条毛巾给草儿道："家里有洗衣机，你何苦要听贞姐的，非得用手洗呢？"

金草并没有出声，她一直低着头，并没有看李忱一眼。李忱拉起她的手，只见那双手因洗衣粉和洗洁精浸泡太多的缘故而显得十分粗糙，已经没有了往日的柔滑和光泽。李忱一阵心疼，说了声："金草，你太苦了，这都不是你该做的。当初你就不该进这个家门。"这时的孩子一边含着小姨的奶头，一边抬起双眼看着自己的父亲。孩子已经渐渐地懂事了。草儿看了孩子一眼，"嗖"地一下从李忱那儿抽回了自己的手。这时，大门口响起了玉贞的声音："草儿，快进屋吃饭吧，我的肚子都饿了。"

　　李忱回过头去，斥责玉贞道："你不要成天只顾打麻将，家务事一应都扔给金草，你还真把她当成这个家庭的用人哪！"

　　玉贞倚在门边，也许刚才的一幕她已经看到了，脸上明显地含着不悦，心里想着该如何回答李忱几句。她想说，草儿本来就是个用人嘛，我既发了她的工资，洗衣做饭这些事，是她应该要做的。可是话到嘴边，她又忍住了，想了想，最终也没有将它说出来。她只是又说了一声："你们到底吃不吃饭，我可是要吃了。"

　　金草放下了孩子，然后牵着孩子的小手，走进屋里，张老爷子正举起酒杯喝着白酒。这老爷子大概是当村干部时习惯了喝酒，现在仍然是一日三餐无酒不上桌。当然他喝得不多，每次只一小杯酒。他下酒的菜也简单，一盘红烧肉，一盘花生米。玉贞爱吃炒肉，她将一碗蒜苗炒肉端到了自己的面前。李忱一直等到金草坐下后，他才拿起筷子。他将金草喜欢吃的鱼汤放在她面前。草儿虽然上了桌，还不能自己先吃，要先喂孩子吃饭。待草儿将孩子喂饱后，张老爷子已经吃过了。他领着孩子下楼到街上玩去了。

　　桌上只剩下三个人。玉贞本来也已经吃完饭，但她吃过饭后有剔牙的习惯，而且她喜欢饭后就在桌前静坐十几分钟，她听人家说这样才养胃。李忱看见金草开始吃饭，他便夹了一些爆腰花放在她碗里。在张家，李忱喜欢夹一些好菜给草儿吃，玉贞对此举倒也没有异议。只要李忱能维持这个家，不提离婚的话，这些小节问题她都能容忍。张老爷子也只是把女婿的这一举动，当成他对保姆的同情和怜悯。毕竟草儿在他家养孩子做家务也够尽心的，吃点喝点啥的都不过分。

李忱放下饭碗时，玉贞已经坐了大约十几分钟，她正准备起身，李忱忽然叫住了她。他说道："从今以后有两件事必须改变。第一，李苗要坚决地断奶。孩子都这么大了，还在吃奶，不仅对她没有好处，还拖累金草受罪。第二，今后洗衣一律用洗衣机。各人需用手洗的衣服自己动手洗。"

玉贞听到这儿，扭头对草儿道："草儿，我忱弟的话你都听到了吧，你同意不同意？"

"她当然得同意。"李忱知道这是玉贞的计谋。那些本是她意思的话她却不直接说出来，让深知她心思的金草去表态。他于是首先发出了这样的话。

金草还在吃着饭，她瞧着自己的饭碗，没有理会谁。最后玉贞又催了她一句，她才说道："只要你们俩都同意这样，我也赞成。孩子也已经大了，这个家也不再需要我。我明后天就收拾东西回家去吧。我妈的身体不好，她也需要人照顾。"

"不，草儿，我不同意你回家，"玉贞听到这儿，首先对草儿回家表示了反对，"我知道，你妈尽管身体不好，她还能照顾自己的，可是苗苗还这么小，更需要你的照顾。下半年她又要上幼儿园了。也需要人接送。我看这样吧，你还继续在我家干几年，等孩子幼儿园毕业，能自己上小学时，你再走。你看如何？"

"贞姐，你为什么非得拖着金草不让她走呢？"李忱极其生气地说，"她有知识有文化，到哪儿都能找到一份体面的工作，而在你家就干洗衣服做饭这些婆婆妈妈的事，活得这么窝囊。你真是居心叵测，只图自己的安逸，却从来不为她着想！"

"哎哟喂，忱弟你这话我可受不起！如果贞姐我真这么歹毒的话，草儿她也不会跟我一起生活这么久的。我不过是想，草儿她出门在外也是打工呀，况且她在外面还得惦记着孩子不是。我留她在我家，也是为了她好嘛。"

"什么为她好？为她好你就放过她。"李忱大声道。

"好了，你们俩不用吵了，"金草放下碗筷，说了一声，"李大哥，你也不用生气了，贞姐说得没错，我也是离不开孩子的。她毕竟太小，还需要人照顾。我想，我还是按照贞姐说的，等她大一些再走吧。"

"金草，你——你真是太善良了。你就看不透张玉贞的心！"

亲情就是这样无私，金草一句应承话出口，她果然又在张家待了几年的时间。小苗苗已经六岁了，到了上小学的年龄。苗苗现在长得越来越像她的小姨，洁白晶莹的肌肤，一双灵秀漂亮的大眼睛。熟识的人便说这孩子也真巧，不像爸爸不像姆妈，偏像她们家的小保姆。玉贞在外人面前当然不会说这就是金草的女儿。她只是说，这有什么可奇怪的呢？人都说孩子跟谁像谁，哪怕没有血缘关系。我家孩子与保姆在一起待了几年了，孩子像她也算正常啊。人们也都宁愿相信玉贞的话。就连玉贞的那些牌友也都说这话有道理，毕竟孩子一直是跟着小保姆长大的。

苗苗上小学的第一天，李忱因公事出差外地还没有回来，玉贞也想孩子第一天上学，她应该送送。可是还未等她出门，她的那些牌友就已经来了。现在工厂下岗的工人多，而且往日的同事们也都知道玉贞家设有牌局，不仅打牌，还请有保姆专门做饭吃。于是，他们一有空便往玉贞家里跑。这天玉贞是打算送了孩子再回家打牌的，可是双脚还未迈出门，就被牌友们堵了回来。"嗨，小孩子上学又不是什么大事，有保姆送就行了。不然，我们三缺一，太难受了。"牌友们说。一般喜欢打麻将的人都知道，尽管玩牌是件休闲的事儿，多打几盘少打几盘也没什么重要，可是牌友们只要是凑齐了人，那是一刻也不愿意等的。上了牌桌，有时连尿也尽量憋着不去上厕所。现在大家都来了，也就不肯放玉贞走了。说出各种理由，只是想让保姆代劳。玉贞一边嘴里说着还是要亲自送孩子，一边那屁股不由自主地就坐到牌桌前的椅子上去了。没办法，金草只好从玉贞手上接过孩子的入学通知书，牵着苗苗的手，送她去上学。

张家离学校不太远，大约十几分钟的路程。城内并没有公交线路，只有一些下岗工人开的"麻的"车，在大街上跑来跑去地招揽客人。所谓"麻的"车，其实就是一种安装了顶篷的三轮摩托车。乘"麻的"虽然方便，每乘坐一次也只需要两元钱。但草儿不想让孩子这么小就只知道享受。于是她牵着苗苗的手，沿着街边人行道，走到了县实验小学。今天是学校开学的日子。随着凤城城区逐年扩大，城市人口也在逐年递增，上小学的孩子也越来越多了。而县实验小学的校园建筑还是几十年前的老样子，几幢老式旧楼房。因为地处城区中心地段，周围到处都是楼房，要想扩建也是不可能的。于是，这所凤城最有名的小学只招收户口在城区的孩子。幸亏苗苗是随她父亲上的城市户口，不然，她是根本进不了这所小学的。

早晨七点不到，学校那不大的操场上已经挤满了学生和家长，今天是开学的第一天，学校来的新生自然个个都有家长陪着，就连那些已上二三年级的小学生们也大都有家长带着。一般来说，有家庭就有孩子，平时家长们为了生计忙忙碌碌，只有在孩子上学的第一天，他们才会抽出宝贵的时间，陪孩子到学校来会会老师，找找教室。现在的孩子大多是独生子女，养得娇贵，父母珍爱的程度不亚于小皇帝。

学校教学楼共有四层，一年级新生因为年纪小，上楼不方便，所以学校每年的新生都安排在一楼上课。

草儿很快便为孩子找到了教室。苗苗的班主任老师此时正在教室门口迎接着新生的到来。老师是位年纪比较大的女教师，她自我介绍姓胡，当她看到苗苗时，便称赞了一声："好漂亮的孩子！"说过之后，她便从草儿手上接过孩子，将苗苗送到课桌前面第一排的空座位上，然后对孩子说："李苗，跟妈妈再见。"苗苗听了老师的话，便马上叫了起来，"老师，她不是我姆妈，她是小姨。"

"啊！"老师显然有点吃惊，但她马上又说，"这么像。也难怪，是小姨呀。"苗苗"嗯"了一声，接着又说："老师，因为我姆妈要打麻将，她便让小姨送我来上学，小姨是我家的保姆。"

女教师听了这话，不由得抬起头来将信将疑地又看了草儿一眼。

金草从学校出来后，便直接去农贸市场买菜。这是她天天都要做的事。自从金草进了张家的门后，玉贞为了图安乐，买米买菜这些事情都是草儿做的。草儿一算不错账，二不会贪污玉贞的钱，倒是玉贞信得过的好管家。每天吃完早饭，玉贞便把当天需用的菜钱交给草儿，让她上街去买菜。今天早晨草儿出门时，玉贞还将家里的一本活期存折交给了她，嘱咐她把孩子送到学校后，顺便去银行取些钱回来。已经是九月一日了，玉贞要付草儿的工资。金草刚来时，玉贞就定了规矩，每个月的月初给草儿发上个月的工资。玉贞掌握着家里的财政大权，每月的开支，除了礼尚往来的应酬和家里的生活支出，玉贞还有一项重要的开支，那就是打麻将。生活宁愿差一点，打麻将的钱那是不能少的。不过她毕竟打了多年的麻将，又常常是很熟悉的几个"麻友"，平时输赢变化并不是很大。有时输几千块钱，有时又赢回来了。由于这些原因，张家每个月的月初便要上银行取一次钱。一般情况下，这钱都是由玉贞到银行去取，但有时就像今天一样，她在麻将桌上抽不开身，她就找出一份存折交给草儿，吩咐她自己去取。共居一室已经多年，在经济方面她还是十分信任草儿的。知道草儿从来也不会乱花她的一分钱。

草儿买菜回来，顺便掏出钥匙将楼下的报箱打开，将张老爷子每天订的报纸拿了出来。草儿今天打开报箱，她突然意外地发现里面有一封信。她拿了出来，原来是任贵儿从南方寄给她的信。回到家里，草儿并没有马上看信，因为她每天上午有许多事情要做。她将贵儿的信放在房间的枕头底下后，便出来做家务事。她首先将张家的卫生打扫了一遍，将菜择好，放在自来水池里漂着，然后便动手做中午饭。

下午五点钟，金草准时到学校将苗苗接回了家。孩子是第一次到学校上课，在新的环境里，她觉得什么都新鲜，一回到家里，她便连忙对爸爸和姆妈叙说着今天在学校的见闻。李忱出差外地，刚刚才回的家。玉贞见李忱回来了，她便停了晚上的牌局，草儿在接苗苗前，就已经做好了晚饭。见女儿回来了，玉贞便起身端饭吃。在饭桌上，玉贞听苗苗说她们班那个年老的女班主任像个老巫婆，今天上午她还动手打了一位不听话的男生。"要是这样的话，我们的苗苗就应该换个班主任！"玉贞一边往孩子碗里倒着她喜欢吃的番茄鸡蛋汤，一边对李忱说。见李忱没有作声，她又说："忱弟，你听见没有？这样爱打人的老师，保不准哪一天也会打我们苗苗的。我要告诉学校校长，谁敢碰我们孩子的一指头，我就跟她拼命。""你呀，真是杞人忧天。当老师的会没有分寸吗？只要是为了孩子好，我认为打也应该，受教育嘛，"李忱回答说。张子清这时也开口道："忱儿说得没错，我们是要培养社会主义的接班人，而不是温室里的花朵。儿童是祖国的未来，他们就应该经受得起大风大浪的锻炼。"

"你们翁婿俩倒是一个鼻孔出气。我可是一小老百姓，我管它什么教育和未来，我只说一句，我的孩子就是花朵，谁敢碰她谁就是我的敌人。""姆妈，你把耳朵伸过来，我要跟你说话。"苗苗这时说。"乖孩子，你说吧。"玉贞果然将耳朵贴近了女儿。"姆妈，我还要吃番茄蛋汤。""哎呀，你个傻孩子，我说什么要紧的事，原来是要吃番茄蛋汤，这还不容易嘛。"玉贞说着，转过脸来一看，桌上那碗番茄蛋汤早已经吃光了。原来刚才玉贞倒了大半碗在苗苗碗里后，其余的李忱都倒在草儿的碗里了。他知道金草也是最爱吃这道菜的。李忱听了女儿的话，用筷子指着桌上其他的荤素菜对她说："小孩子，不能养成挑食的习惯。这桌上的菜你都要吃一点。这样才能保证身体成长的需要。"苗苗一听这话，那眼泪就下来了，将筷子往桌子上一丢，说："我就不吃，我就要吃番茄蛋汤，我就要吃番茄蛋汤嘛。""啊哟，我的孙女儿乖，听爸爸的话，好吗。你爸爸说得没错，你看这满桌子都是好菜嘛。"张子清也出面说道。"呜，呜，我就不，爸爸偏心，总把我喜欢吃的菜给小姨吃。"苗苗仍然不依不饶地一面哭着一面说。"你吃不吃？不吃就上一边去。"李忱有点生气了。"我的宝贝女儿，听话，啊。"玉贞忙捡起桌上的筷子,递到女儿的手中。"你别惯着她,饿就饿点。"李忱的语气仍很重。张子清虽然也有些看不惯孙女的任性,但他现在又生出一种护犊的心理,出面打圆场道:"好了,好了,我的乖孙子不要哭了,就让小姨再给你做一碗好吧。反正家里番茄和鸡蛋有的是,我们家不缺这些。""不行!"李忱断然拒绝道,"苗苗,你再这样无理取闹,爸爸就要揍人了!"

吃过早饭,草儿洗涮碗筷过后,回房间整理了一番。苗苗自小便是和她一起睡的,这孩子,自小就没有收拾床铺的习惯。早晨起床后,总是将睡衣乱丢在床上或是地板上,玩具也丢得满房都是。草儿将苗苗的布娃娃从床头边收拾起来,放在她的小枕头边。又将丢了一地的小人书收拾起来,将她昨天穿的皮凉鞋擦干净晾在窗台上面。因为窗户是朝北的,几乎长年没有阳光。一整个夏天,张老爷子怕他那些心爱的花草被盛夏的阳光灼伤,于是便把一些娇嫩的花草摆在草儿房间的阳台上。这其中有一盆三角梅,此时花儿开得格外鲜艳。草儿本也是十分热爱花草的,只是她平时没有多少机会欣赏。今天,玉贞亲自送苗苗上学去了。而且她还答应顺道到菜市场将张家一天的菜蔬买回来。于是草儿便有了一点空闲。昨天,玉贞发了她上个月的工资。她准备收拾好房间后,就到药店去给母亲买点药。母亲身体不好,患有类风湿的病,需要长年吃药。草儿每月的工钱,除了母亲的生活费和医药费外,几乎所剩无几。三角梅的艳丽只让草儿逗留了不到一分钟。她实在没有工夫在这种美丽面前多逗留。马上玉贞回来了,她又要洗菜做饭。中午说不定还要她去学校接苗苗。她折身回房,打开床边的衣柜,从柜子里边掏出了她装钱用的小袋。这还是当年李忱去江浙参观时,在扬州给她买的一只绣花绸面的小布袋。她一直十分地珍爱。平时都将它放在衣柜的最里边，只在玉贞给她发工资时，她才拿出来用一下。几年过去了，这只小布袋几乎还是新的。草儿从那里面掏出了钱，可就在拿出钱的一刹那，她愣住了。玉贞昨天给她发的上个月的工资，一共是四百元，她明明将钱放进了小布袋，今天竟然只剩下三百元。她有些不相信自己的眼睛，又连忙去找放小布袋的地方，那里除了玉贞给她的几件平时替换的旧衣服外，几乎什么也没有。虽然一百元钱对于常人来说并不是什么大事，可是对于金草来说，它却不是一件小事。她在张家干了几年，一直领的是四百元的工资。而她又没有一点别的经济来源。上次回家，看到母亲的类风湿病越来越严重了，疼痛难忍不说，手指骨关节还都肿得变了形，平时就连做饭都比较困难。草儿见到这些，心里非常难过。她就想等这个月工资领到手后，再给母亲多买点药。可是今天，她看到手里只剩下三百元钱，她真是懊悔不已，责怪自己太粗心了，她不知自己将那一百元钱掉哪儿去了。

中午吃饭时，金草几乎没有咽下几口饭。玉贞吃过饭后，又上了麻将桌，张子清照例午饭后要午休，因此他也回房了。草儿在厨房洗着碗，由于她还在惦记着那一百元钱，洗碗时就有些分心，忽然失手将一只碗掉在了地上。由于张家铺的是瓷砖地面，瓷碗掉在地上摔碎了的声音显得特别响。玉贞马上从牌桌上抽身起来看了看，看见被摔碎的是她几年前买的一套景德镇瓷碗，她立即心疼地叫了起来："草儿，你太粗心了。多可惜啊，我的景德镇瓷碗！"她还想埋怨草儿几句，忽然看见李忱走了进来，她就噤了口。当着李忱的面，她是不好再埋怨草儿的。而牌桌上，她的那些牌友又在喊她了，一个说："张玉贞，你莫在那儿磨叽了，误了大家的牌兴。"一个说:"张玉贞你真啰嗦,一只破瓷碗值几个钱啦?你昨天输的钱要买一大箩筐这样的碗吧。"玉贞这才一边说着"来了,来了",一边走了出去。

桌子上又响起了洗牌的声音,李忱拉起草儿的手看了看。掉地上的那只碗本来就有一个小缺口,掉地上之前,草儿伸手想抓住它一把没抓住,反倒把自己的手也划破了,这时正滴着血。"金草,你今天怎么了,是不是病了?"李忱伸出另一只手摸了摸草儿的额头,"你中午饭吃得那么少,显得心事重重的,为什么?"草儿从李忱那儿抽回自己的手,摇了摇头,却没有说什么,仍然弯腰去收拾地上的碎瓷片。

李忱找来一块创可贴,给草儿包扎好伤口后,又问道:"金草,告诉我,到底发生了什么事情?"

草儿又摇头,说:"没什么,我只是不小心,才摔碎了碗,对不起,李大哥!"

"一只破碗算什么。只要你没事就好。"李忱说。

玉贞的牌局今天散伙得早,她于是又去接女儿。县实验小学就是以前的城关一小,在解放初就已经成立了。玉贞自小就对这所学校十分向往,她小时候,也读过几年书,只是不在这所小学读的。虽然她的家离这儿很近,但过去非农业户口和农业户口有所区别,她是农业户口,农业户口是进不了这所小学的。她只能在自己户口所在地城东村小学读书。由于学习成绩不好,经常受到老师的批评。她后来就决定不再读书了,任她父亲母亲怎样好说歹说,她也再不肯上学校的大门。张家父母没有办法,只得由着她。反正农村女孩子读书的也不多,她不愿意读就不读吧。张玉贞那时候还想,她们村那所小学的老师大多是民办老师或代课老师，文化水平和素质都太差。她若是能到城关一小这样的学校来，说不定成绩也会好的。因为城关一小的老师没有一个是民办老师，全部都是国家师范院校毕业分配来的，不仅教学质量过硬，他们素质也高。每年从城关一小考入全县重点中学的学生最多，成绩也最好。对于玉贞来说，她的家离城关一小这么近，她却不能上这儿来读书，倒也是今生的一大憾事。现如今，她的女儿苗苗终于实现了她这一生再也无法实现的梦想，上学的第一天，就走进了这所全县最好的小学，这真是女儿的幸运啊！

当玉贞从班主任胡老师手中接过女儿的小手时，她不禁一把抱起了女儿，并在她的小脸蛋上亲了一口，说了声："我的好女儿，你肚子饿了吧，姆妈给你买炸薯条吃。"没想到苗苗搂住姆妈，在她的脸上亲了一口，说："我才不要吃炸薯条哩！""唔，苗苗，你以往不是最爱吃这东西吗？今天为什么不要吃？"玉贞随口问。想不到苗苗弯下头来，贴着玉贞的耳朵小声说："姆妈，以前是以前，现在是现在，我现在就是不想吃了！""为什么？莫非你已经吃过了？""对！我今天不但吃过了炸薯条，我还买了好多好多的果冻，也分给我的同学们吃了。大家都说李苗真好。""啊，真有这回事？想不到我的女儿这么小就会搞社交了，你可真了不起。"玉贞高兴地吻着女儿说。

李忱因为今天单位里有应酬，晚上没有回家吃饭。草儿把碗筷洗了，然后又坐在缝纫机前给玉贞改两件内衣。玉贞本来就胖，现在天天坐着打麻将，活动得少，加之人也已经四十岁出头了，到了发福的年龄，就显得更胖，她的内衣草儿是一改再改，总也还是嫌小。玉贞这人也像城里别的女人一样，喜欢讲究衣着打扮，一年四季的衣服，只看材料和样式，不论价钱，只要是新潮时髦的，管它价钱再高，也要买。她的脸上一年四季也只涂抹那些高档名牌的化妆品，这也是不讲代价的。但她有一个特点，那就是只喜欢表面的东西，比如她搽抹化妆品时，也只是在脸面上涂上厚厚的一层。因为她的脸上有几颗白麻子，化妆品需得涂厚一点才能掩盖那些瑕疵，至于下巴下面，颈脖子上，那是不会涂抹的，她认为涂抹那些地方只会浪费那些高级化妆品，那毕竟是她花大价钱买来的。在穿衣方面，她也只要最外面的那件衣服好就行，里面的衣服就很随意，只讲便宜。她的内衣有的穿了好几年都不肯换，衣服小了就叫草儿给她改大一些，有时还把两件旧的合缝成一件，凑合着也要穿两年。对于家里其他人，她也是这样安排的。老父亲的一件棉马夹都穿了二十多年了，她不肯给他换。李忱的内裤破了，她也只是让草儿给他补一补再穿。所以草儿平时除了张家的家务事，她还要给玉贞做这些琐碎的事情。

　　窗外飘起了小雨，小雨点落在草儿房间的窗玻璃上。她起身打开后门，将晾晒在阳台上的几件衣服收了进来。这都是张老爷子的衣服，草儿于是折叠好送到了张子清的房间里。孩子正在客厅的灯下写字。今天老师给孩子布置的晚上作业是将她白天教的几个字各写五十遍。张老爷子坐在一旁的沙发上看电视。玉贞就坐在孩子做作业的小桌子旁，一边看着电视，一边织着毛衣。她一年四季，除了打麻将外，几乎总在织毛衣。当然，她织的毛衣很少是新的。不过是把旧的毛衣拆了洗，洗了再织。她织毛衣的速度慢，一件衣服，她能从上半年织到下半年。这不过是她为了在家里找一点事情做罢了。草儿回到自己的房里，等她把缝纫活儿干完时，已是晚上十点钟了。张家人都已经睡了。草儿终于打着哈欠上了自己的床。

秋天的雨，到底是下不长的。第二天，依然是艳阳高照。这天是星期天，苗苗没有去上学，李忱也难得地在家休息了一天。在张家，只要是星期天，玉贞的牌友很早就要来的。玉贞早晨还在睡觉，就有牌友打电话催她起床。于是她只洗了一把脸，就被牌友拉到了牌桌上。早餐还是草儿送到牌桌上让她吃的。

　　吃过早饭，苗苗便吵着要爸爸带她出去玩。凤城县城小，连个公园都没有，能上哪儿去玩呢。于是李忱说："苗苗，我带你到文化馆儿童乐园去玩好不好？""不嘛，不嘛，那些个电子琴和碰碰车都不好玩。""那能去哪儿呢？你才一个星期天的时间，我总不能把你带到省城去玩吧？"

　　这时，坐在牌桌上的玉贞听说女儿要出去玩，回过头来说："忱弟，不如你带苗苗到天堂湖去玩吧，听说那儿最近新买了几艘豪华游船，挺好玩的。"天堂湖是凤城县在二十世纪六十年代兴修的一座水库，库容量很大，周围的风景也很美，近年来，从省城及周边城市前往那儿游玩的人很多，于是凤城县政府因地制宜，将它开发成一个旅游景点。那儿离县城也不太远，只有一个小时的车程。苗苗一听姆妈的话，便也吵着爸爸说："爸爸，我昨天听到好几个同学都说天堂湖好玩，我们今天也去好不好？"

　　"好，我今天就带你去。"李忱见女儿实在想去，便也答应了，说过之后，他便抱着女儿出了门。

　　李忱走后不久，玉贞忽然记起来孩子没带吃的。她知道李忱除了出差外，平常很少带钱，今天是星期天，天堂湖肯定很热闹，去那儿玩的孩子肯定也多。在这种场合，自己的女儿如果没有钱买东西吃，是很没面子的。而她自己现在又抽不开身给女儿送钱去。她想了想，于是喊草儿道："草儿，你过来一下。"

金草正在厨房里忙活着。她刚刚洗过碗，现在正用拖把拖洗着地板，听了玉贞的话，她放下手中的活儿，走出来问："贞姐，有事吗？""草儿，你现在去天堂湖一趟，忧弟和苗苗他们爷儿俩走时没带钱哩，你就给他们送一点去吧。""哎呀，贞姐，天堂湖那么远，我中午还要做饭哩"。张玉贞此刻的心正在麻将牌上，听了草儿的话，她便有些不耐烦地说："哎呀，叫你去你就去呗，中午的饭就不要你负责了。我们都商量好了，今天中午谁赢了钱，谁上餐馆请客。老爷子我就带了去。"玉贞那些牌友为了少耽搁时间，也嚷着对草儿摆手道："你快走！快走！"

草儿没奈何，只得回过身去迅速地将地板拖完，然后洗了洗手，便走出了厨房。她来到玉贞的身边。玉贞正关注着自己面前的牌，眼睛盯在牌上，手却伸到身旁的凳子上，拿起她装钱用的包，从里面拿出一百元钱来递给草儿说："叫她爸节约点用吧，不能由着苗苗乱花钱。""哎呀，你真是啰嗦，张家又不是没有钱，还怕孩子花多了吗？你真是个吝啬鬼！""打牌，打牌，玉贞，该你出牌了。"牌友们嚷了起来。

金草走出东门，正准备去车站买票乘车。忽然一辆破旧的单骑驶到了她的面前："大妹子，你是去天堂湖的吧，我送你去好吗。"草儿抬眼一看，原来是一位五十多岁穿得比较寒酸的乡下老头，草儿看见这老头忽然就想起了自己的父亲，大概这老人家境也不太好吧，这么大的年纪了，还在外面挣钱。草儿动了恻隐之心，她于是一口答应了下来。

经过一个多小时的颠簸，终于到达了天堂湖。当骑车老人带着草儿从高高的堤坝上经过时，金草看到这儿真是热闹。大坝堤面以及两侧到处都是人。今天是星期天，从县城到这儿来游玩的人本来就不少，现在从外县市，还有省城来的游人也很多。人们大多是带着孩子到这儿来游玩的。女孩一般扯着花花绿绿的风筝，在大坝上面来回跑动着，男孩则喜欢玩遥控电动飞机。各色各样的小飞机在天上飞来飞去，孩子们在地上欢呼雀跃。草儿这时候看到，天堂湖水面上那几艘新购置的豪华大游船在众多的小游艇中间显得特别抢眼。乘坐豪华游船的游人也非常多，几乎趟趟都是爆满。由于天堂湖水面宽阔，湖中央有几十个大大小小的湖心岛。湖面上那些游船几乎都是开往那些小岛上去的。骑车老人为感谢草儿照顾他的生意，尽心尽力地骑着单车带着草儿满大坝地跑着寻找着李忱父女。

在如织的游人中，草儿终于听到了一声"小姨"！草儿辨认出这是苗苗的声音，她跳下了老人的单车。此刻，李忱父女俩正在游船售票处前面排队等待买票。苗苗眼尖，一眼看见了乘坐在单骑上的小姨，她立即高兴地喊了一声。

金草很快地来到了李忱和苗苗的身边。她将玉贞给的一百元钱递到李忱面前，说："贞姐见你走时没带钱，怕苗苗要花钱，叫我送钱来了。""是吗，"李忱回了一声，然后说，"我走时是忘了拿钱，不过苗苗身上有钱，是贞姐给她的。"李忱说着，从苗苗身上挂着的一只红色塑料袋里掏出了几十元钱。

"既然你们有钱，这钱是给你，还是我仍然拿回去呢？"草儿拿着玉贞给她的那一百元钱问。

"怎么，你就要回家吗？""是的，贞姐是叫我送钱来的，我现在就回去。""金草，难得你出来一趟，你今天就和我们一起玩吧。""不了，"草儿推辞道，"你们玩吧，我回去了。""不行，今天你就得在这儿和我一起陪女儿玩。"李忱说罢，拉住了草儿的手。

已经临到李忱买票了，一旁的苗苗兴致勃勃地从爸爸手里拿过钱，转过灵巧的身子，在售票处买了三张票。她回过头来也拉住金草道："小姨，我也不要你回去。你今天就在这儿陪我玩好吧？"

李忱说："金草，你看，孩子已经给你把票都买好了，你再不要推辞。"

金草见女儿挽留，也有些心动了。她不忍拂孩子之意，于是便答应了李忱一声："好吧。"说完，她弯下腰亲了亲心爱的女儿。女儿虽然是她生的，可她在人前从来不敢流露出对女儿的爱。在张家，她一直遵守着对玉贞的承诺，也从没忘记自己小保姆的身份。永远与女儿保持着一定的距离。今天，她走出了张家的门，和李忱以及心爱的女儿在一起，她感到格外高兴。

不一会儿，李忱带着金草和苗苗跳上了他租来的一条小游艇。这条游艇是自助艇，需要人踩着轮子前进。李忱下船后，手握方向盘，脚踩着水轮子慢慢地朝湖心驶去。李苗是第一次乘坐这样的小艇在水上游玩，她非常兴奋。天堂湖面上的一切对于苗苗来说，都是新鲜的。她将双手缠在爸爸的颈脖子上，不时地指着天空上自由飞翔的苍鹰和在水面上游动的水鸟，一个劲地问着爸爸，这是什么？那是什么？毕竟她是一个才几岁的孩子，这世界上的一切在她眼里都是新鲜的。李忱一边踩着脚下的水轮子，一边不时地回过头来亲一下女儿。李忱每亲一下女儿，便要看一眼金草。他那深情的眼神仿佛在说，金草，真感谢你，给我生了一个这么好的女儿！

上午的时间并不多，他们转了四五个小岛便到了吃饭的时间。李忱将游艇驶向了一座湖心岛，这是天堂湖中心最大的一个岛，总面积有近一平方公里。中间是一座圆形的山峰，四周边沿则是一些比较平缓的斜坡地。湖心岛上建有几家饭馆。李忱带着金草和苗苗上了湖心岛后，找了一家饭馆坐下，李忱点了几样菜，他还喝了一听啤酒。给金草和苗苗叫了两样饮料。走出饭馆，苗苗忽然听见两只小鸟正在一棵大树的枝头鸣唱，婉转动听的声音让苗苗高兴不已。她欢叫了一声，便直奔大树而去。转瞬间，两只小鸟飞进了高处的山林里，苗苗竟吵着要去找那两只小鸟。草儿哄着她，她完全不听。李忱发现那山峰虽有些陡峭，但山上古树葱郁，景色秀丽，他忽然也产生了要去爬山的想法。正值晌午时分，阳光强烈，空气十分地燥热。山上的树荫也正是乘凉的好去处。于是，他便和金草一起带着苗苗往饭馆后面的山上爬去。

三个人在绿荫里爬了一会儿山，草儿原来还担心苗苗爬不动。可是这小东西似乎对爬山很感兴趣，她也不要他们抱，一个人反倒跑在了爸爸和金草的前面。但小孩的耐性毕竟是有限的，苗苗爬着爬着，爬到一棵巨大的古松树下，她便爬不动了。她回过头来喊了爸爸一声说："抱我。"李忱来到苗苗的身边，苗苗便张开双手扑进了他的怀里。草儿走上前来，她抬头看了一眼这棵千年古松树，只见它枝杈苍劲，雄霸一方。这时的草儿也觉得有些乏，她刚刚在大松树底下坐好，苗苗便又钻到了她的怀里。苗苗大约是爬山爬累了，也可能是她在学校习惯了午睡的缘故，她钻进小姨怀里不久，便静静地睡着了。这孩子，自小到大，她就习惯在金草的怀抱里睡觉。

苗苗睡着了，李忱和草儿再也没法爬山。两人只好就这么坐着。山林里真是静寂。李忱看了一眼熟睡中的女儿，他俯下头来在女儿光洁的额头上亲吻了一下。抬起头来，他看着草儿，说了声："金草，你看，孩子长得多像你……"

"这只是表面，"金草低着头，目光一直未离开她怀中女儿熟睡的脸，"她性格像你，太直率，对人对事，毫无一点遮掩与修饰。"

"这很正常哦。她是我的女儿，肯定有与我相同的地方。"

"哥，有件事，我还得和你商量一下。"金草仍未抬头，说。

"什么事，你说吧。"李忱看着草儿。

"前些日子，我收到了贵儿的一封信，她邀我到南方去。刘鸣和贵儿的珠宝生意越做越大了，他们已经在深南市的黄金地段盘下了一层店铺。她要我去帮她，她说不要我干别的，只要我管账就行。"

李忱沉默了一会儿，叹了一口气，说："金草，比起任贵儿，你不知要比她优秀多少倍，只可惜，现在的你，却生活在社会的最底层。我知道，这都是我的错。为了我和孩子，你付出的太多太多了！

"不！你别这么说，"听了李忱的话，金草忙摇头，"一切都是我自愿的。人都是命。也许，我就是这个命，我不会怨谁的。"

"我从不信命，我认为这一切都是可以改变的。金草，外面的世界真的很精彩。我支持你到南方去。我知道，以你的知识和为人，你很快就会改变自己的命运。我在南方有两位战友，以前我们在部队时，就是很要好的铁哥们。他们已经在南方扎下了根。他们还多次打电话给我，让我辞掉工作到南方去发展。我现在就介绍你去他们那儿，我让他们给你安排一份工作。你先在南方安定下来，待我处理好与玉贞的关系后，我再辞职，去南方找你。

听了李忱的话，金草半天没有吱声。她又低头看了看自己的女儿，眼睛里忽然盈起了泪花。她摇了摇头，轻轻地说了一声："可是，我思来想去，还是觉得孩子太小，我不放心她。再说，贞姐她对我、对孩子都这么好，我不能做对不起她的事情。哥，只怪我们今生没有缘分，不能在一起……"

"说什么傻话呢，人的命运是可以改变的。我们有孩子，这就是我们的缘分。"

"可是，哥，我实在不忍心拆散贞姐和你呀。"

"你呀你，你让我说什么好呢?"李忱抱怨一声，"你就是这么心软，事事都要为他人着想，错过了一次又一次改变自己命运的机会。"

"大哥，人活世上，最重要的就是要有一颗善良的心。我想，如果贞姐她对我狠一点，毒一点，那我也会对她死心的，可是她没有。本来在你我关系的问题上，是我对不起她，可是，她不仅没责怪我，她还处处都为我和我的孩子着想。像她这样有度量的人，我想世上也是极少极少的了。哥，我想对你说，我……真的不想夺贞姐之爱。我很清楚，她是非常爱你的。"

"金草，我也知道贞姐她对我好，可她对我的只是姐弟之情。金草，你完全不知道我和贞姐婚姻的内情。我和她之间不仅没有感情，我们的夫妻关系也形同虚设。她是个有生理缺陷的人，基本不能行夫妻生活。我们早已经分房而睡，只有夫妻之名罢了。她不肯离婚的原因也只是为了面子——她是个好面子之人。可是我——我是个正常的男人哪。我想有自己的爱情和幸福。想有一个正常的家庭。金草，你明白我的心吗?"

听了李忱的话，金草有些诧异。真的，李忱说的这些内情，她以前并不清楚。他今天如此坦诚地说出来，让金草感到震惊。她抬起头，直视着李忱。从李忱的脸上，她品味出的是悲伤，是痛苦。眼前的他，是她最爱的人，她为他的快乐而快乐，亦为他的痛苦而伤心。此刻的她，心里充满的是怜悯与柔情。

无需言语，一切都在不言中。李忱也只是轻唤了一声"金草"，便张开双臂，将金草还有他们的女儿紧紧地抱拥在怀。少顷，草儿感觉有泪滴在她的肩头。她也不禁心酸不已，这个平时最正统最坚强的男人，也有如此脆弱的一面啊！

　　两人不禁相抱在一起，无语而泣……

　　"爸爸，你和小姨在做什么？"金草怀里的女儿忽然醒了过来。她瞪着一双大眼睛，诧异地瞧着还在紧紧相拥的两个大人。

　　李忱和草儿终于从爱和痛苦中惊醒了过来。他们双方松开了紧抱着对方的手。

　　李忱带着金草和苗苗乘上了最后一班车返回县城。车窗外的山林和田野都是黑黝黝的，远处星星点点的有一些农户人家的灯光。进入县城后，如同进入了另一个天地，大街上华灯齐放，商家门口的霓虹灯，还有街道上穿梭如织的大小车灯，简直使人眼花缭乱。

　　回到家里，玉贞正坐在沙发上边看电视边织着毛衣。看见李忱他们回来了，她首先喊了一声草儿，然后说："饭我已经用电饭煲蒸好了，你去炒几个菜就行。"说完，她随手将毛衣往沙发上一丢，叉开双手将从外面回来的女儿抱在怀里，重重地在她的额头和脸蛋上亲了几口。苗苗一天没有见到姆妈，见了她非常高兴，她抱住姆妈的脖子，向她一一述说着今天的见闻。

　　不一会儿，草儿便将饭菜端上了桌子。李忱对苗苗说了一声："去，喊爷爷吃饭。"苗苗正要往爷爷房间跑，被玉贞叫住道："苗苗，不要喊了，你爷爷不在家，他被邻居赵爷爷邀去逛夜市去了。"

　　"那，他不是没有吃饭吗？"草儿说。

　　"他已经吃过了。我中午上街吃饭时，遇到一个农村人卖野生甲鱼，我便买了一只，煨汤给他吃了。"玉贞说着，端起了饭碗。

吃过饭后，金草便把早晨玉贞给她的钱拿了出来，放在了玉贞的面前。

玉贞还是老习惯，吃过饭后坐在桌前还没有移身。只是她一边坐着养胃，一边拿着牙签在剔着牙。一看草儿拿出的钱，她便诧异道："怎么回事，钱没有花吗?"见草儿没有应声，她便抬起头来，对正在收拾桌子的李忱说："忱弟，你早晨出门时，不是没带钱吗?"

"怎么啦?"李忱回了一声。

"我上午让草儿送钱给你，你们今天怎么没有花?"

"那还不是你宠爱孩子，给她大把的钱花吗?"李忱没好气地说。

"嗨，你真是冤枉我，我那里给过她那么多的钱呀。"

"不是吗，她身上掏出来就是几十元钱。小孩子，一下子给她那么多钱做什么?"

"真有这样的事?"玉贞回头问苗苗。此刻的苗苗正坐在电视机前看动画片，对于姆妈的话，不知她听没听见，反正她还在一门心思地看电视，并没有回答姆妈的话。

"苗苗，我在问你哩。"玉贞又说了一声。

苗苗仍然没有回答。女儿此刻的表现让李忱顿生疑窦，他断定女儿这钱来路不正。他立即走到茶几旁，拿起遥控器一下子就将电视关掉了。他将女儿拉到自己的面前，厉声问："李苗，我问你，你身上的钱是从哪儿来的?"

苗苗一向在家里是被大人们宠着爱着的，听了父亲的话，她竟还说了一声："你别管!"

"什么，我别管？"李忱一听这话，更加生气，他吼了一声，"说，你这钱是从哪儿来的？"

也许是李苗从来没有被爸爸这么训斥过，她此时有些胆怯又有些撒娇，那眼泪便从小脸蛋上掉了下来。

"你这么大声做什么，不要吓着我的孩子了。"一旁的玉贞忙护着苗苗，回头对李忱道。

"你让她说！"李忱一下子推开了玉贞。

李苗从来没见过父亲这样发怒，现在有点吓坏了。她低下头，有些不知所措地，甚至还有些颤抖地将她白天挂在身上的那只装钱的小塑料包递给了爸爸。

"你老实交代，这是谁的钱？"看到苗苗的表现，李忱虽然也心疼女儿，但他的口气依然没有一点松缓。

苗苗经不住爸爸的严厉呵斥，终于抽泣着说："是……小姨的钱。""什么，小姨的钱？是她给你的吗？"李忱逼问道。苗苗犹豫了一下，然后摇了摇头，说："不是。""那小姨的钱怎么会在你这儿？"苗苗啜泣着不敢作声。李忱又吼了一声："说！"

在李忱的威逼之下，苗苗终于哭着说了出来："是我……从她的包里拿的。"

"拿了多少？"

"一百元钱。"苗苗抽泣着小声道。

李忱想不到女儿竟然这么大胆，未经允许，竟敢私自拿金草的钱。他于是更加气愤，吼着苗苗道："你哪只手拿的？把那只手伸出来！"李苗刚刚伸出小手，只听"啪"的一声，李忱的巴掌便重重地落在了那小手上面："你哪只手拿钱，我就打你哪只手！不知痛哪知耻，你给我牢牢记住了！"

随着苗苗的一声尖叫，玉贞忙将女儿搂进怀里。玉贞从来也不舍得打女儿，今见女儿受苦，她实在是气极了。又不便训斥李忱，便回过头来责怪金草道："草儿，你丢钱为什么不告诉我，非得要让忱弟知道？你又不是不知道，他当兵的出身，脾气暴躁，他打女儿你就不心疼吗！"

"你糊涂！"李忱骂了玉贞一句。

"我是糊涂。可女儿是我一个人的吗？"玉贞说着，从怀里掏出一百元钱，重重地拍在茶几上，对草儿道："不就是一百块钱吗，我现在就给你。一百块钱算得了什么，我楼下房屋一年收的租金就是二十万元哩，区区一百块钱值得你们这样对待我的孩子吗？"

草儿从未见过玉贞发这么大的火。她这时也有些心忱。说实话，苗苗拿她的钱，是在她的意料之外。本来她与女儿共居一室，她丢钱后，应该想到可能是女儿拿去了。可是她从来也没有朝这方面想。只是怪自己大意丢了的。今天，李忱问出了这件事情后，尽管他对女儿的态度强硬了一些，但金草也认为对于孩子的不良行为，严厉教育很有必要。而玉贞这么袒护女儿，倒是不应该。这不单单是一百块钱的问题，而是关系到孩子终其一生的品行素质问题。孔子曰："少成若天性，习惯如自然"。少时形成的不良习惯，长大成人后则很难改变。孩子现在还小，她就像一块可塑之泥，为人父母若要将她塑成正才。就要教育她什么是对的什么是错的。培养她优秀的品质、剔除她身上的不良习性。毕竟，在漫长的人生道路中，优秀的品质便是立身之本。

当然，对于玉贞今天表现出的在平日里罕见的态度，金草心里也有些诧异，更有着后怕！她想对玉贞说一声，李忱教育孩子没有错。可是话到嘴边她又缩了回去。她觉得此时自己是难以说话的。

毕竟她的身份不同，她不应该在主人发怒的这个节骨眼上再火上浇油地去指责她或是孩子。她准备等这场风暴过去后，再慢慢地教育苗苗对与错。

而李忱也没待她出口，便大声地斥责着玉贞道："贞姐我告诉你，你不要以家境优裕为由，惯着孩子，教育孩子非小事。像你这样，不分对错，一味地袒护着她，这不是爱她，而是害了她！"

"忱弟！"玉贞听了这话也忍耐不住了，她终于大声地对他说，"你这话我可接受不了，你也看到了，自从有了这个孩子那天起，我为她操了多少心，受了多少的累？我这样劳心费力地养育着孩子，你还认为是我害了她，我……我可真是好心没好报，好心被当作了驴肝肺啊！……"玉贞坐在沙发上竟哭了起来。

李苗看见姆妈委屈地大声哭着，她这时已经忘了刚才的疼痛，跑到李忱的面前说："爸爸，您真是个坏蛋！姆妈对您那么好，可是您总对她冷冰冰的。我知道您爱的是谁，您爱的是小姨！"

李苗的话，把一屋子的人都镇住了。玉贞松开擦泪的手帕，抬起头来，看着李忱。金草一时间也呆立在那儿，不知所措。只有李忱倒还镇静，可他什么也没说。

倒是玉贞从惊愕中醒过神来了。她斥责了女儿一声："苗苗，看你，尽瞎说些什么。"

"姆妈，不是我瞎说，爸爸真的爱小姨。今天在天堂湖，我看见他老是拉着小姨的手。"

"哎呀，小孩子，你懂得什么？那是小姨走累了，你爸拉把她。"听了苗苗的话，玉贞尽管心里不悦，但她还是这样说着。

"就不是！"苗苗一听姆妈的话，有些急了，又说，"爸爸和小姨还抱在一起哩，我都看到了。"

苗苗这话更让屋子里的人惊呆了。玉贞站起了身，她看了看李忱，又看了看草儿，然后叹了一口气，说："看看，你们俩做的好事儿，在女儿的面前！"说完，她走到苗苗的面前，抱起女儿便走出了客厅。

吃过早饭，李忱上班顺道把苗苗带到学校去了。草儿收拾好碗筷后，准备出门去买菜。她走到玉贞的面前，向她讨要今天买菜的钱。

玉贞虽然还没有离开饭桌，但她已经剔完了牙。她随手拿起了放在身边的小坤包，拉开拉链，从里面掏出零碎的十几元钱交到草儿手里，说："忱弟走时说过，他中午单位有应酬，不回来吃饭，老爷子昨天的甲鱼汤还够他吃一餐的，中午就剩下我们三个人，菜可以随便些。我只喜欢吃炒猪肉片，你挑一些新鲜的瘦肉回来就是。苗苗的喜好你也知道，她就喜欢吃番茄鸡蛋汤，当然你也爱吃，你就多买一些西红柿回来吧。鸡蛋家里有。你记住，每次做这道菜你就多做一点，免得孩子老是跟你争。你也要注意跟孩子搞好关系哩。"

玉贞说完这些，她又从小包里面掏出了两百元钱，递给金草："草儿，这是给你的钱。"

"什么？"金草见玉贞拿这钱给她，有些诚惶诚恐，她盯着玉贞说，"我的工钱你不是已经给过了吗？""是给过了，不过，因为苗苗拿了你的钱，这钱就作为补偿吧。以后，我每月给你涨一百块钱的工资。""不，不，贞姐，你待我这么好，你给我的钱已经足够了。我不要你加工钱的。""呃，我对你说，区区几个小钱算得了什么，只要你不嫌弃我贞姐，眼里有我这个贞姐就行了。"说完，她起身将钱丢在草儿的菜篮里。外面已经有人来打牌了。玉贞赶紧推着草儿说："你快去买菜，中午放学时还得你去接苗苗回来。你看，我的牌友们已经来了呢。"

玉贞的牌局一直到晚饭前才散。李忱打电话回来说他晚上也不回来吃饭。草儿于是拿块抹布将桌子抹干净，然后端饭菜上桌了。张老爷子又喝了一杯酒，一盘花生米他一个人包了。金草在苗苗吃的番茄蛋汤里面加了一些肉丝，孩子正是长身体的时候，光是吃一点蛋汤是不够的。看来苗苗也很喜欢吃这样的菜。平常金草煨的猪肉汤她是一点也不吃的，今天金草将猪肉丝放在番茄蛋汤里面，她竟吃得一点不剩。玉贞晚上吃得并不多，不是她吃不下，而是为了减肥。现在社会上的女性流行瘦身，玉贞也觉得自己实在不能再胖了，她已经有一百六十多斤了。而且人一胖就显老，她现在跟李忱站在一起时，不知道的人还以为他们是娘儿俩。所以她觉得自己非减肥不可。而今社会上那些减肥的广告满天飞，价钱当然也不菲。虽然也有人劝告玉贞不要听信那些谎言，可也许是病急乱投医的心理起作用吧，玉贞还是信其真，不信其假，她还是要上街去买。每一种减肥药问世，她都要试一试，以至那些药店的售药员都认识她了。经常会有人打电话到她家里来，向她推销最新的减肥药。

可是，正如劝告她的人说的那样，减肥药似乎并不给她面子，除了有时吃的是泻药，让她拉上几天肚子，减掉了两三斤体重外，其他的减肥药在她身上几乎没什么效果，而且那些泻药当时倒是减掉了几斤体重，可是药一停，体重马上就会反弹起来。玉贞现在又相信饿肚子的办法，人家都说这种方法奇效。也许是的，人长得胖，不都是自己吃进肚子里去的吗？玉贞也相信自己的肥胖是吃多了。她以前一直胃口很佳，很能吃的。她家的生活条件又好，只要是自己想吃的，就没有吃不到嘴的。现在，倒是要管管这张嘴了。于是，就算玉贞看到满桌子的山珍海味，她也要控制住自己的嘴巴，尽管她经常还没到夜晚睡觉的时候人便饿得发颤，但她还是严格地限制了自己的晚餐。

张家今天晚上没有牌局。玉贞吃过晚饭后就到三楼平台上去做健身操。金草在苗苗的身边督促孩子做作业。苗苗是个聪明的孩子，老师布置的晚上作业，她一个题不漏地很快便做完了。金草一检查，居然一点也不错。她夸奖了孩子几句，然后走进浴室，打开太阳能水龙头，把水温调好，再喊孩子去洗澡。把孩子送到床上后，苗苗很快便睡着了。草儿把床前小台灯的灯光调弱了一些，以免影响孩子睡眠。接着她又拿来一把扫帚放在孩子的床前，这是老辈人传下来的习俗，是给小孩子单独睡觉时壮胆用的。金草做完这一切，她便上楼找玉贞去了。

张家的房屋原来是这一片住宅区里最高的建筑。一共是三层。以前这里都是农村，住房最好的也就做了两层，张家老爷子那时候在村里当支书，家里人口少，经济条件比较好，他在旧宅基地上重新盖新楼房时，便让城建设计人员给他设计了这幢三层高的楼房。往日玉贞特别喜欢到三楼平台上来，因为她的家比旁边的人家都高，站在楼顶上，一眼便能看到很远的地方，她觉得周围格外开阔，空气也格外清爽。登高四处一望，她甚至有高人一等的得意。夏日的晚上搬出凉床躺在三楼平台上，能看见满天的繁星。冬天的时候，楼顶上又是晒太阳的好地方。不过现在这种优越感已经没有了，随着县政府的东迁，房地产开发商看准了这儿的商机，于是张家周围一幢幢六七层，甚至二三十层的高档楼盘如雨后春笋般耸立起来了。

张家的房屋已被挤进了城市的中央。而且四相比较，张家的房屋现在明显地矮了许多，房型的设计布局和装修也显得陈旧落后，几乎与这个新兴的现代化的城市有些格格不入。这尚且不说，现在张家的楼顶上再也看不到过去的田园风光。夏天的夜晚少了过去那样清爽的凉风，冬天也几乎不能够晒太阳了。玉贞现在只是在不打麻将时，偶尔到三楼平台上来做做健身操，活动活动筋骨。

金草上到三楼时，玉贞正做着收腹操。看见草儿上来了，她也并没有停下来。只是边做操边问草儿道："有事儿吗？"

"贞姐，我，是有一点事情想与你商量一下。"草儿显得有些拘谨，慢慢地才说了出来。

"哦，什么事？说给我听听。"玉贞依然没有停下锻炼，有些漫不经心地说。

"贞姐，我想到南方去打工。"草儿终于鼓起了勇气说。

"噢，你怎么会有这种想法呢，草儿？"

"贞姐，我们先前不是已经说好了，等到孩子上小学的时候我就离开这儿吗。"

"那时是这么说的，"玉贞听了草儿的这个话后，她终于停止了锻炼，转过身来看着草儿说，"可是草儿，那时是那时，那时怎会预料到现在的事呢。你看，我可是万万也没有料到，我一直到现在还是如此地痴迷这个麻将。我以往总觉得我这个人做任何事都难以长久的。比如说跳舞吧，我在工厂上班时，厂领导为了丰富工人的文化生活，常常在厂里举办舞会，厂领导那是积极地鼓励大家跳舞。我于是也跟着厂里的姐妹们学跳舞，可是，自从工厂破产，我回到家里后，就再也没有去跳舞了，没兴趣了。后来我们这些下岗的工人们成天没有事做，就在一起玩，我们学会了打扑克，什么打升级，打"拖拉机"，过三关，五、十、k，玩的花样可多了。可是玩着玩着，我又没兴趣了。人家都说我是三分钟的热情。刚开始学打麻将时，我也认为这个东西并不比打扑克好玩，我想要不了多久，我也会对它没兴趣的。可是，草儿，你看，我现在打麻将已经几年了，我对它不仅没有厌烦，反倒越来越有兴趣了，牌瘾也是越来越大了。草儿，你是不打麻将不知道这东西厉害，你只要学会了它，就像吸毒一样有瘾，再想改掉也难。我有时候输钱输得太多了，我也恨不得剁掉一个手指头呢！可是看看麻将圈里有的人即使是剁掉了手指头，过不了多久，还是照样上牌桌，还是改不了。我也奇了怪了，现在的狗都能改掉吃屎了，我们这些人竟然还是改不掉赌的恶习！怪不得那些吸毒的人变得人不人鬼不鬼的时候，也还是照样要吸，可不就是这个'瘾'字在作怪吗。当然，我已是四十多岁的人了，已经是日暮西山，今生今世，这个恶习是再也改不掉的了。可是问题是我们的女儿现在还小，她还需要人照顾。她虽然上了小学，可她才只有六岁，正是需要人照顾的时候。你也知道，那些新闻报道上，不是经常有小孩被拐卖，甚至被偷了去，打残了再让孩子在大街上给他们讨钱的吗！你说，你这一走，你放心女儿吗？你走了，女儿交给谁照看呢？再说谁照看也不如你照看不是？"

见草儿低着头，并没有作声，玉贞又说："草儿，我知道你一定是生女儿的气，她不该不给你面子。可是女儿她毕竟还小，什么事情都不懂。"

"可是孩子一天天在长大，我怕她知道了过去的事情对她对你和大哥都不好。"

"这你放心吧，她的身世只有你我和忱弟我们这三个人知道，就连我爸和你的母亲都不清楚哩。这事情只要我们三个人不说，女儿她永远也不会知道的。"

"可是贞姐，我还是想……"草儿话还未说完，忽然楼下响起了开门声。草儿知道这是李忱回来了，她终于咽下了尚未说出口的后半句话。

李忱进得屋来，将外套搭在沙发上，倒头便睡。草儿给他沏好了一杯绿茶，又去倒了一脸盆热水送到他的面前，让他洗洗脸。草儿一走近李忱的身边，便闻得一股酒气。她知道他又喝酒了。草儿将毛巾绞了个半干，递给站在一旁的玉贞说："贞姐，他喝了酒，你给他洗个脸吧。"玉贞叹了一声，接过草儿手里的毛巾，一边给李忱洗脸，一边抱怨道："唉，忱弟，你就是这么不顾身体。这酒喝多了有什么好？伤胃又伤肝。你看你，喝得个醉醺醺的样子，真不像话哩。"说着，她又回头吩咐草儿道："你去把老爷子晾在阳台上的鱼腥草拿进来，到厨房里煎一些水给他喝吧，那东西败火。他酒喝多了，火重哩。""贞姐，他平常一喝酒，你就让他喝那东西，可是我觉得那好像也没什么解酒的功效，而且味道也不好。我还是去冲一杯蜂蜜水给他喝吧，这东西能解酒味道又好。"玉贞听到这儿，心里想，这小妮子倒是存了心地要对这个男人好。当然她的嘴里没有把这话说出来，她只是说："这样也好，你快去吧。"

草儿很快便端来了冲泡好的蜂蜜水，送到玉贞的面前。玉贞这时从沙发上扶起了李忱，她一边接过草儿手里的杯子，一边继续埋怨着李忱道："你看你，草儿已经劳累一天了，这大夜晚的还要伺候你。你呀你，你为什么要喝这么多的酒呢?"

李忱这时微微睁开了眼，他看了草儿一下，说了声："对不起!今天县政府开'招商引资'会，我们单位派我去参加，为了吸引外资，我喝多了酒。实在没办法。"

"那你就不能少喝一点吗？"玉贞还是埋怨着说。

"你懂什么，招商招商，要想吸引外资，首先比拼的就是喝酒。酒不到位，人家就认为你没有诚意。谁还肯来投资呢？"

"嗬，那些个县领导倒会想办法，用你们这些当兵的身体来往他们的脸上贴金！"

"有什么办法，我想下海可是你和你爸都不干。"

"绕来绕去你还是想说这句话。你在政府部门任职不好吗？也只有喝酒这一档子事儿不尽如人意，别的那一样不好？你捧的可是金饭碗哩，我听说，如今的大学生想进政府部门都非常难哩！"玉贞回敬了他一句。

李忱没再理会玉贞，只吩咐草儿道："我明天一早还要出差，金草你给我找两套替换的衣服好吧？"

"到哪儿出差？"玉贞问。

"上海。"

"啊，还是招商引资吗？"

"嗯。"李忱说完，便又倒头睡了过去。

第二天一早，李忱就走了。金草将苗苗送到学校后，就转身到农贸市场去买菜。张家的食油也已经吃完了，草儿买完菜，又转到粮油店里买了一壶调和油。

就在金草带着苗苗出门后不久，玉贞家的牌局就已经开始了。说起来，玉贞的牌友有十几个，其中常来的也有七八个，都是她原来工厂里的工友。其中三个是玉贞最铁的牌友，两个女的一个男的。几乎只要玉贞家有牌局，他们就要来。草儿都已经认识他们了。男的叫赵先，老婆在县城老城区的黄金地段租有门面，带着一双已成年的女儿做服装生意。家里挺有钱的。赵先因为是工人出身，单纯实诚，不是做生意的料，老婆根本就不让他到店里去，怕他卖亏了她的衣服。这老赵也乐得悠闲，穿名牌服装，喝上等好酒，成天不做事，光打牌。另外两个女的，一个叫方来宝，一个叫朱大觉。这个朱大觉，一直被厂里的工人们叫着她的谐音朱大脚。那方来宝倒还是一个性情比较温顺脾气比较好的女人，打牌时总是不急不躁，不多言不多语的。任是输赢都能泰然处之。据说她有一个亲舅舅在国外，每年都要给她家不少的钱，所以对于打牌的输赢她一般不会很计较。而朱大脚就不同了。朱大脚夫妻俩都是棉织厂的下岗工人，一个儿子正在上高中。刚失业时，他们夫妻俩也像别的工人一样，领了两年的失业救济金。后来就完全依赖他们过去的一点存款过日子。当然这样的日子是过不长久的。于是朱大脚的男人就买了一辆三轮"麻的"在大街上揽客。每天起早贪黑，也能挣个百八十块钱的。又幸亏他家是老城区的居民，家里的房子也同样被县城建规划部门划进红线之内拆迁了。由于是私宅，拆迁后县政府按规定给予了补偿。不仅在城郊给他家分了一幢房子，还补偿了他家二十多万块钱，也算暂时缓解了他家的困境。说起来这个朱大脚虽是一个女人，长相和性情倒像是一个男人，人长得又高又瘦，尖嘴猴腮。而且她的性格也像男人，又抽烟又喝酒。那烟比男的还抽得厉害，一天两包甚至是三包。打牌时几乎是一支接一支地抽。她这个人还有一个特点也像男人，就是生性不安分。也可能是经历过缺钱的痛苦吧，她只要有一点钱在手里，便要寻找发财的机会。她就是凭那二十几万块钱的底气来玉贞家参赌的。当然她的手气还算不错，每年都能赢一些钱。平常张家的牌桌上几乎都是这几个人。其他牌友那都是临时补缺才来的。可是今天张家的牌桌上少了一个赵先，却多了一个陌生的男人。这个男人也是一边打牌一边吸烟的。他就坐在方来宝的上手。大概是打牌还比较生疏，他不时地还要将牌移到方来宝的面前，问她下一张该怎么打。若说以前张家的牌桌上除了朱大脚抽烟抽得凶之外，那个赵先到还抽得不太多，而且他吸的都是高级香烟。可是今天的牌桌上，除了朱大脚之外，这个新来的男人抽烟也抽得非常厉害，完全不亚于朱大脚。两个人拿烟对着吹，张家的牌桌上今天可真是烟雾缭绕。方来宝被桌上的烟雾呛得直咳嗽。她非常厌恶地皱起了眉头，一边用手扇着飘在她面前的烟圈，一边说："哎呀，我就讨厌你们这些烟民，成天地吸你们吸过了的烟毒，说不定哪一天得上肺病，我还没地方叫苦去！""活该！谁叫你们这些婆娘成天没事干光打牌。"那男人回敬了她一句。"嗳，邬师傅，我说你呀也别不听劝，你若是想找老婆我看最好还是要少抽烟。我对你说，女人哪，是最讨厌抽烟的。"张玉贞这时也伸出嘴来说。那个姓邬的男人听了这话才不情愿地灭掉了手中的烟蒂。但他还是说："你们这些婆娘，也真是管得宽。我跟你们说，我邬朋再找老婆，我绝不会找像你们这样啰里啰嗦爱管闲事的女人。"正嚷着，忽听客厅的大门"吱呀"一声被推开了。众人回过头去，只见是张家的保姆草儿回来了。对于张家的这个保姆，那两个常来打牌的方来宝和朱大脚都是熟悉的，因此她们也不觉得奇怪。立刻便回过头来，双眼仍然盯在了自己的牌上。只有那个新来的打牌客邬朋看见草儿走进门来了。他立时便停住了打牌的手，双眼一直盯着草儿看。这边玉贞见草儿回来了，便吩咐她给客人们倒茶。草儿给那两个常来的女客送茶时，她们像往常一样，基本上看都没有看她一眼，她们的心思完全是在打牌上。只有那个邬朋看见草儿端着茶杯向他走来时，他连忙欠起身来谦恭地对她笑了笑。笑过之后，他那双眼睛又定定地盯着草儿看。玉贞这时指着他对草儿介绍道："这是我原来厂里的水工师傅邬朋。草儿，你中午多做些饭菜，我的这些牌友中午都在我家吃饭。"金草点了点头，便走进厨房去了。就在草儿走后，她听到牌桌上传来了叽叽咕咕的声音，似乎在对她指指点点，又似乎在开什么玩笑。

　　也不知为什么，金草走进厨房后，满脑子都是那个姓邬的人的面孔。他大约三十七八岁的样子，除了背稍微有些驼外，模样并不难看，人也显得憨厚。可不知为什么，草儿在心底里对这个人并没有好感。她不仅不喜欢他，甚至还有些厌恶他。也许，看一个人能从一些细微之处，就比如一句话，一个眼神里看出他的品位来。金草从这个男人定定的眼神里看到的是一种庸俗，一种猥琐。这是一个令人生厌的男人。草儿想到这儿，忽然摇了摇头，责怪自己道，他就像玉贞其他的那些牌友一样，只不过是她的旧同事而已，关你什么事？草儿想到这里，赶紧驱逐掉了满脑子那些奇怪的想法，专心致志地干起自己的家务活儿来。

　　星期六的下午，实验小学放了假。苗苗一回来，便吵着要姆妈带她上街买皮鞋。国庆节即将到了，城关一小要举办"庆国庆歌舞晚会"，苗苗也是老师选中的小演员。学校要求这些小演员们每人买一双红色的皮鞋参加演出。

　　玉贞这时正拿着水杯，在吞两片止咳药。她近段时间经常咳嗽。已是深秋了，天气忽凉忽热的。玉贞想是自己受凉了，就去街上药店买了一些止咳药回来吃。听女儿说她要参加学校的节目，玉贞十分高兴。吃过中午饭，她就上楼拿了几百元钱，然后和草儿一起带着苗苗上街。玉贞先在自家门口看了几家鞋店，终不如意。为了女儿，她决定还是到老城区去。玉贞扬手叫了一辆"麻的"。很快地，她们三人便来到了位于县城中心的老百货商场。比起周围那些新建立起来的高楼大厦来，老百货商场的四层楼房显得有些陈旧。但不知为什么，玉贞就是对这家商场特别青睐、特别有感情。曾记得她小时候也很喜欢到这儿来。那时候它还是叫百货商店。在那个物资匮乏的年代里，整个县城几乎只有这家百货商店货物齐全、品种繁多。从布匹鞋袜到钟表电池，还有笔墨纸砚，它几乎囊括了所有城市和农村普通人家所需的各种各样的商品。那时候只要一有钱，玉贞就喜欢上这儿来，挑选她所需要的东西。比如木梳，头油，雪花膏，照脸用的小镜子，扎头发用的橡皮筋，等等。虽然如今老百货商店附近已是商铺云集，新装修的大型超市富丽堂皇。各色各样的商品更是应有尽有，品种多得令人眼花缭乱。但是玉贞只要进老城区买东西她还是喜欢到老百货来。不光是因为商品的质量有保证，更因为她对它过去的那份深深的情结。

老百货几乎还是老样子，卖的也还是钟表鞋袜文体器材大小锅瓢电提壶热水瓶，等等。玉贞走到鞋柜前，她看中了一款红色猪皮鞋，拿到女儿脚上一试，大小正合适。苗苗也吵着说要这一双皮鞋。玉贞忙拦住了女儿的话。她不是不想买，而是怕鞋柜的售货员看见小孩子要买而抬高价钱。要是过去那个老售货员，玉贞倒也认得，那价钱也好说。可是那个老售货员已经退休了，现在站柜台的都是一些年轻人。因而玉贞故意装作可买可不买的样子，对售货员说："你谈一下价，价格好的话我就买，价格太高我就不考虑了。反正这种款式的鞋满大街都是哩。"售货员是一位年轻的姑娘，她听了玉贞的话，便说："阿姨，您这话可不对。这种牌子的鞋就我们店有哩，是我们专卖。当然市面上也有这种款式的，不过您仔细看看，那都不是这个厂家生产的。都是一些'水货'鞋，质量哪儿有我们店的好。当然您也不止一次来我们店，所以价钱嘛，好说，我们尽量给您优惠就是了。""你怎么晓得我不止一次来你们店？我可不认得你哩。""阿姨，就算您说得不错，可是我们一回生二回熟嘛。你们都是我们的衣食父母，我们今后的生意还靠您帮衬捧场哩。"那姑娘倒是伶牙俐齿，嘴巴挺甜的。不过玉贞听了这些话倒是满心喜欢，她认为这女孩子比她过去认识的那位老售货员还要好。那老售货员熟是熟，可脸上总是冷冰冰的，自认为好像高人一等，有点瞧不起农村人。这女孩的态度和话语倒令玉贞觉得又亲切又舒服。这也使玉贞添了以后常来这里的心。当然，这些玉贞都没有表现出来，她还是怕在价格上吃亏。她于是便说："那好，你说，优惠多少？"女孩似乎想了想，然后说："阿姨，这鞋的标价您也看到了，是两百八十元哩。要不这样吧，您哪，就给两百六十元，再不能少了，再少我们就亏本了。我们的进价就是这个价呢。"

玉贞一听，真好。现在小孩子用的东西都贵。她刚才在那些水货店里问的价，大都也在两百八十元以上，那质量明显地不如这鞋的质量，价钱还高。她心里暗暗地高兴，今天真是不虚此行。可是，玉贞在表面上仍然没有表现出来，而是说："你莫蒙我哈，这鞋最多也就两百三十元吧。再多了我也不要。""哎呀，阿姨，我还会骗你吗？我可以拿进货的账本给您看。"说着，她果然要去拿账本。玉贞说："你不用拿了，你那个账本我也是不会相信的。这样吧，我给你加十元，两百四十元，怎么样？""哎哟，阿姨，我是看你人好，我才说的这个价，我今天真是亏本了。要不这样吧，两百五十元，再少，我真的不卖了。"她说着，脸上有些不高兴，走开去接待别的顾客去了。玉贞一见这样，才又说："那么，两百四十五吧，这个数你卖就卖，不卖算了，我们走人。"说着，拉扯着苗苗，叫上草儿，真像要走的样子。玉贞这样一来，草儿不说，那个不谙世事的小孩子苗苗倒是急得不得了，以为姆妈真的不给她买鞋子。她瞪着一双清澈的眼睛，望着姆妈，任凭玉贞怎样拉扯，她就是不肯走。"哎呀呀，阿姨，你这又是何必呢。"那售货的女孩子一见这样，又连忙走了过来："阿姨，为了自己的孩子，你就破费这一回吧。阿姨，看在孩子的份上，我还给你少两块钱，二百四十八元。就算我买支雪糕给小孩子吃吧。"

"那就两百四十六元吧。我回家还得坐两块钱的'麻的'哩。"玉贞边说边从自己的小坤包里掏出了两张百元大钞，然后又抽出了四张十元的，另外六元钱的零钱她也找出来了。售货员再也没有说什么，只是摇头。说了声："阿姨，我这次真的亏卖了，只是图您下次来照顾我的生意哩。"说罢，收了玉贞的钱。新鞋到手后，苗苗欢喜得不得了。玉贞心里更是喜滋滋的。但她还是说："小同志，俗话说得好，只有亏买的没有亏卖的。今天是我的孩子要，没办法，让你赚钱了。二回我再来，你可真得给我优惠喽。""当然！当然！"那售货员脸上也满是笑容，她连忙回答着玉贞的话。并一再说着："阿姨您慢走，欢迎您再来！"

一走出老百货商场，玉贞便喜形于色，重新掏出那双小红鞋来里里外外仔仔细细地看了一遍，口里说着："老百货就是老百货，进货渠道不同，东西就是不一样。质量好不说，价钱也便宜得出乎我意料之外。草儿，你记住，二回买百货类的商品，还是要到老百货来。"

"张师傅，什么事儿让你这么高兴？"玉贞没注意，忽然一个声音将她从无比的喜悦中惊醒了过来。金草这时也正盯着玉贞手上的那双鞋看。听见有人喊玉贞，她也抬起了头。喊玉贞的不是别人，原来是那天在玉贞家打麻将的那个姓邬的水工师傅。此刻，他穿着一套满是污渍的旧工作服，左肩上背着一个破旧的帆布包，右肩上扛着一把水工用的大铁钳子。蓬乱的头发和满脸满腮的胡子茬，使他显得比那天苍老。草儿记得，她那天看见他时，他的头发顺直，脸颊和下巴也都是光溜溜的。显然是理了发剃光了胡须才上的张家。金草不知怎么对这个人不感兴趣，不管他人是修饰过还是没修饰，她都不愿去看他。她于是赶紧借故弯下身子拉起了苗苗的手。可是此时，那个姓邬的师傅虽然嘴里喊着玉贞，一双眼睛却一直盯着金草看。也不知怎么，草儿虽然没有再看他一眼，她却感觉到他的一双眼睛正死死地盯在她的身上。如同芒刺在背，草儿有些不自在起来。她扯住苗苗的手，急速地往前走了几步。她的身后，传来了玉贞和那个人的对话声：

"邬师傅，你怎么在这儿?"

"老百货的水管坏了，我刚修好水管出来的。张师傅，你带女儿出来买东西吧?"

"是啊，我女儿要参加学校的文艺演出，我来给她买双鞋。"

"今天没有打牌?"

"上午我有事，我就推到了下午。怎么，邬师傅，你还想不想来?"

"想是想，可惜身上的银子不够。张师傅，你们的牌玩得太大了，我这个下岗工人承受不了呀!"

"莫哭穷，谁不知道你拿着一把水工钳，走东家，串西家，天天大把的钞票往怀里塞哩。"

"你莫笑话我，现在哪有那么多的事儿可做。工厂不管我们了，我也只能是东家讨一碗，西家讨一瓢，凑合着过日子罢了。不然，我一家三口还不得喝西北风去!"

金草拉着苗苗，一直走到听不见他们说话的地方才停了下来。旁边有一条窄街，许多做小生意的小商贩在那儿摆地摊，卖些针头线脑牙签手机袋什么的。苗苗拉着小姨的手，要到窄街里面去看看。反正总是要等玉贞的，金草便依了她。她们来到一处地摊前，苗苗忽然看中了一只两个小孩接吻的小闹钟，便吵着要小姨给她买。金草一问价钱也不贵，只要五块钱，她于是就买下了。待草儿和苗苗重新走出窄街时，玉贞已经走了过来。

　　玉贞似乎还沉浸在刚才与邬师傅的谈话之中。看见草儿，她便"唉"了一声，说："这个邬师傅也真有些可怜。说起来，他年轻时也是一表人才，同厂里的一个女工徐丽丽结了婚。这个徐丽丽长得很好看，当年是我们厂的厂花。我们这个工厂的工人大部分都是女的，男同志并不多，大概也就二三十个人吧。就是这为数不多的男同事们只要是没有结婚的，都想着要找徐丽丽做老婆。虽然我们女工都知道这个徐丽丽是个水性杨花、心性不一的女人，但那些男人就是喜欢她。大家追来追去，最终还是被邬师傅追到了手。先头几年，徐丽丽也收心跟邬师傅过日子，还一连给他生了两个儿子，大的叫大虎老二叫二虎。可是后来，随着工厂的破产，工人们都下岗了。尽管邬师傅有一门技术，可毕竟这也不是好赚钱的行当。一天到晚，走东家串西家的辛苦，也搞不来几个钱。而且他家里还有两个读书的孩子，一家人的生活过得比较艰难。而这个徐丽丽又是个只贪图享受不肯吃苦的人，她见邬师傅人老实，搞不来钱，于是滋生了不劳而获的想法，瞒着邬师傅做起偷人的勾当来了。可是，这样的事做一回两回或许人家不晓得，做多了总有败露的一天。时间一长，邬师傅也渐渐从别人异样的目光中察觉到了什么。终于有一天，他使了个小计，把自己的老婆和她的奸夫赌在了屋子里。狂怒中的邬师傅当场把那个人暴打了一顿。事后，他那个老婆再也没有回家，他也不愿意出去找。两年后，他老婆向他提出了离婚，他二话没说就签了字。徐丽丽也不要他的家财，也不要孩子，就跟着一个南方商人跑了，从此以后再没有回来。可是男人毕竟是男人，又要挣钱又要养孩子，忙了外头的还要忙家里。你看他现在成了什么样子？还不到四十岁的人，已是老气横秋，一身的邋遢。唉，这家庭里还是少不得一个女人哪！"

张子清的生日就要到了。他今年是七十岁大寿，这是张家的一件大事。为了庆祝父亲七十岁寿辰，玉贞这些日子一直在忙碌着。张家除了苗苗的生日年年都要办酒宴庆贺外，玉贞和李忱的生日很少办酒席。往往生日过了才记起来。张子清平常过生日，也不肯请客。老人总以共产党员自律，极力反对年年办生日酒宴。只是今年是他的七十岁大寿，女儿坚持要办，他便也默认了。

玉贞的咳嗽一直没有好，虽然吃了不少的止咳药，却并不见成效。近段时间，她更是觉得自己畏冷畏寒的总不舒服，浑身慵懒无力。她是一个好强的人，尽管身体不舒服，她也不愿意对别人讲。近几天为给父亲庆生，她更是强撑着自己。张子清生日那天，李忱出差还没有回来。家里的应酬都是玉贞的。玉贞的那些牌友早早地就来了，不过玉贞今天没有打牌。她到酒店订了几桌酒席。张家的乡下亲戚都来了。另外城东村的几位村干部也到老支书家祝寿来了。张子清今天格外高兴。老人没别的爱好，也只是喜欢玩点小牌。不过家里的自动麻将机早早地就被玉贞厂里的那些个旧同事占住了。他于是就邀上那几位村干部到酒店玩牌去了。

今天，玉贞原来厂里的那个水工师傅邬朋也来了。他今天照样将自己打理了一番，满脸的络腮胡子刮了，衣服也换了一套干净的。一件灰色的衬衣配一条蓝裤子，虽然显得有些不协调，但也不是特别扎眼。他今天没有上牌桌，他来迟了，麻将桌早让他那些个旧日同事占了。于是，他就成了众多的旁观者之一。桌旁的观众可比桌上的鏖战者多得多了。桌上的人每和一盘牌，围观的这些人个个便要评论一番，叽叽喳喳的声音吵爆了屋子。有的人甚至还动手给打牌者取牌或者出牌。来的人多了，桌子旁边已是里三层外三层。大家这时甚至埋怨玉贞不该只备了一张麻将桌。场外看不到牌的人干脆打起扑克来了。

中午的酒宴办得极其丰盛。棉织厂的工人们虽然大多已经下岗，经济条件都不是很好，但朴实和义道是他们这个阶层的人最大的特点。正因为如此，玉贞的父亲过生日时，他们差不多都来了。当然，作为玉贞来说，她也知道怎样给他们回报。在过去的人生岁月里，玉贞就是三班倒的工人。她的人生阅历、社会活动也主要是在这个阶层。所以她的身上或多或少地也留下了这个阶层的人的性格烙印：虽然有些小心思，而且也常常打经济算盘，但在旧同事面前她还是表现得非常朴实豪爽。这些过去的同事们坐在一起，谈起下岗后的生活，也大都不如意。大家或多或少地都有些郁闷。在酒席上，大家是大碗喝酒，大口吃肉，为的是一醉方休。玉贞为了让她过去的同事们喝个酣畅淋漓，吩咐酒店老板不断地上酒上菜。吃饱喝足后，她还给每人装上一盒高档香烟。

酒席散了后，客人们不管是醉了还是没醉的，都走了。就连乡下的亲戚也都走了。玉贞提着个月亮型的半大提袋在酒店的收银台前结账。金草按照玉贞的吩咐正在收拾酒席桌上剩余的一些菜肴，准备带回张家留着二餐吃。

金草正在酒桌上打包，忽然看见旁边桌子上也有一个人在忙活着。她很快就看清楚了他就是那个姓邬的水工师傅。这时候的邬师傅也抬起头来冲她笑了一笑。草儿忙收回了自己的目光，提起已经打好的包，很快便离开了酒桌。邬朋这时候急忙赶上草儿说："小金，你看，我这也是送到张师傅家去的。"他扬起了自己手上刚打的包。

"哦，那谢谢你了。"草儿听他这么一说，觉得没有拒绝他的理由，她只得勉强挤出一点笑容，客气地说了一声。

"不用谢。"邬朋终于与金草并排走在一起了。这时候他的脸上浮起了满面的笑容："小金，我听张师傅夸你人好，又贤惠又能干。"

也不知为什么，金草看到这个姓邬的人靠近她，竟然有一种生厌的感觉。她本来不愿意跟他走在一起，也不想回答他的话，可是对于他的这些奉承话她又不得不回应。于是她说："是贞姐人好。是她不嫌弃我这样的乡下人。""乡下人有什么不好！没有乡下人种粮食，我们这些城里人还不得喝西北风去！"邬朋说得有点义愤填膺。

金草没有再作声。街道上的行人很多，她也专拣那些人多的地方走，而且脚步很快。她这样做的动机是为了避免与那个姓邬的人并排走在一起。而邬朋在她的后面亦步亦趋地紧跟着她，两人就这样一前一后地往张家走去。

草儿很快地走进了张家楼下那扇铁门。并顺着窄窄的楼道上了二楼。她身后那个人也像幽灵似的跟了上来。草儿心里一阵紧张，幸亏张老爷子已经回来了，他此时正在院子里给一盆绿菊浇水。草儿进屋后，直接将手里提着的菜肴和两瓶已经开了盖但没有喝完的白酒送到厨房里，邬朋这时候也跟了进来，将他手里的一大包剩菜往草儿手上送。

草儿有些烦，心里想，你真是多事，要拿的菜我都已经拿回来了，你又乱七八糟地弄了这么多的剩菜回来。再说你要放就直接往灶台上放呗，何必非要送到我的手上。她于是嘴往灶台那儿一挑，说："你就放那儿吧。"草儿说完这话，赶紧抽身出了厨房。玉贞这时候也回来了。草儿上前从她手里接过了提袋，又沏了一杯茶递给她。邬朋也从厨房里出来了，他也不要人请，一屁股压在沙发上，从口袋里掏出一盒劣质香烟，抽出其中的一支并将香烟的过滤嘴那头放在自己的大拇指甲上磕了磕，然后掏出打火机点燃了。立时，客厅里充斥着刺鼻的烟味。

"邬师傅，你又不是没有钱，还抽这种烟？"玉贞由于近段时间经常咳嗽。闻到这股劣质烟味后，她咳嗽得越发厉害了。她这时连忙用手扇着飘荡在她面前的烟雾说。邬朋笑了笑，有些不好意思地灭掉了手里的香烟，并抬头瞟了草儿一眼。金草的脸上毫无表情，她放下给邬朋的茶便转过了身子。

"我知道，你老邬抽这种便宜烟是为了省几个钱。告诉我，你存了多少钱？"玉贞喝了一口热茶，然后问。

邬朋的脸上仍然挂着笑，说："能有多少，我积了几年的钱，总共也才不过两三万，哪能跟腰缠万贯的张师傅你比呀？"

"哟，还可以哈。老弟，想不到你的存款已经有这么多了。怪不得人家说家财万贯，不如一技在身。技术工到底是技术工，挣钱容易。你看我们厂原来那些上三班倒的普通工人，现在除了出去打工外，在家里的就只有给人送矿泉水送牛奶还有就是开'麻的'

车，一天能挣几个钱？只不过填饱肚子罢了。”

随着玉贞的话音，邬朋的脸上有些得意，他又看了草儿一眼。金草干脆到厨房提了一只红色的塑料小桶，走到门外帮张老爷子浇花去了。

傍晚的时候，金草正在厨房做饭，玉贞走了进来。她进门后自己拉了一张小凳子坐下，似乎有些生气地说：“金草，你看，这个邬师傅他竟然看上你了。我对他说，他这是癞蛤蟆想吃天鹅肉哩！别看我们家草儿是个保姆，她的心性高着呢！我可以说全凤城的男人没几个是她瞧得上眼的。可是他说，只要功夫深，铁杵也能磨成针。他今生就是看上你了，这辈子非你不娶。他还说他要拼命地挣钱，来养活你和你的老娘，让你今后的生活过得舒适安逸，绝不会再让你给人家当保姆！这老邬的话说得我都有些生气了，难道草儿你在我家生活得不好吗！”

此时的金草正在灶台上忙碌着做晚饭。米饭已经蒸好了，菜也切好了，她正在热锅里烙着香葱饼。玉贞说这些话的时候，她并没有停下手里的活儿，也没有抬眼看玉贞一下。

“草儿，我说的话，你都听见了吧？你能不能放下锅铲，回答我一声。”玉贞见自己说了半天的话，草儿却一直没有吱声。她心里有些不高兴，再加上铁锅里翻来翻去的铁铲声让她觉得有些烦，她终于忍耐不住，提高声调说了一句。

金草其实早已听明白了玉贞的话。近期那个邬朋一再出现，不得不让她疑心这是玉贞的用意。莫看她现在嘴里这么说，能将草儿嫁出去，也许才是她最大的心愿哩。

面对玉贞的催问，草儿这时叹了一口气，然后说：“贞姐，你就告诉他，我现在是不会考虑嫁人的！”

草儿的话，让刚才亢奋着的玉贞神情暗淡了下来。她嘴角流露出了一丝不自然的笑。当然，她知道自己并不能强求草儿。她这时反倒说了一句："好哇，草儿，你这话正中我意。我也不想你离开我，我们就这样做一辈子姐妹，该有多好！"

没想到，玉贞这话一出口，草儿却摇了摇头，她说："贞姐，不用了，我真的要走了。我准备到任贵儿那里去。我们是少年朋友，她对我也是很好的。她让我去帮帮她，我没有不去的道理。再说……"

"草儿，我可不想让你走。"玉贞听到草儿想去任贵儿那里，她又忙摇头。玉贞不是没有自己的考虑，草儿能嫁是万全之策，退之，草儿便只能留在她家。如果草儿去了南方，李忱必定会跟了去，要想留住李忱，就只能打消草儿到南方去的念头。"草儿，你想过没有，你那个朋友她现在靠得住吗？我听人说深南那地方是个大染缸，人，特别是女人到了那儿就变坏了。说不定那个任贵儿为了自己的利益，会在你的身上打什么主意呢！"

"她？不会的，我了解她，她是我同乡，又是我的同学。她不会这么做的。""那倒不见得！"玉贞说，"我原来有一同事，她下岗后，也是听信了朋友的话，到南方去打工，结果被她那个朋友出卖了，骗到当地一家'发廊'里，明里是做美容美发生意，暗地里干的却是卖淫的勾当。草儿，不是我瞎说哩，像你这样又年轻又美貌的女子，到了那个地方，不掉进染缸里面，我还不信哩。"

金草轻笑一下，说："贞姐，任你怎么说，我现在都打定主意了，我要到深南去。我不信贵儿是这样的人。再说，我离开了大哥和孩子，对你也是有好处的。我不想因为自己而影响你的家庭。我想趁大哥现在不在家就走，你也不要告诉他我去了哪儿。这样他也就找不到我。贞姐，这事就这么定了。我也没有别的说，我只谢谢你这几年对我的宽容和关照。我想，今生若不能报答你，那就来生吧!"

听草儿这么一说，玉贞便站了起来："草儿，怎么我的几句话就得罪你了? 你现在是怪我不该说那些话是吧?" 她叹了一口气，"草儿，我知道，你不为别的，就因为我不该告诉你邬朋想找你做老婆这句话吧? 那好，我明天就去找老邬，我去告诉他，叫他彻底死了这份心。我说我们家的草儿是绝不会随随便便地嫁给他这样的人的。草儿，这样总可以吧?"

听了玉贞的话，尽管金草心里别扭，但她不愿再说什么。

"姆妈——我回来了。" 大门外传来了苗苗清脆的声音。玉贞满心期待地指望草儿能够回答她的话，不曾料到女儿这个时候回来了。她只得对草儿说了一声："草儿，你再考虑考虑我说的话吧。留在我家，我会善待你的。" 说完，她转身扭动着肥胖的屁股，快步从厨房走了出去。

玉贞一边走一边亲切地对刚走进客厅的女儿道："苗苗，我正准备去接你哩，你怎么一个人跑回来了?" "姆妈，是爸爸接我回来的。" 苗苗手里拿着一支冰淇淋，她一边吃着一边甩掉脚上的鞋子，然后跳上沙发，拿起电视遥控器，打开了电视。"你看你，一回来就看电视，作业什么时候做啊?" 玉贞嚷着女儿，然后又问，"你爸哩? 没见他的人呀。" "我买冰淇淋他付钱，等着人家找钱哩。" 苗苗的眼睛一直盯在电视上，嘴里回答着。"你这孩子，你爸没有零钱就不要买呗。" 玉贞说着，抬起头来，果然看见李忱一手拉着旅行箱，一手拿着女儿的书包，从外面走了进来。

李忱出差快十天了，今天才回来，单位的小车送他回家时，他顺便把女儿接了回来。李忱在沙发上坐下后，玉贞沏上了一杯茶。他对玉贞说："你把箱包清理一下，出外的时间太长了，一箱包的脏东西。"说着，他便把女儿抱在了怀里，在她的小脸蛋上亲了又亲。离家十天了，他很想念女儿。玉贞打开了李忱的旅行拉箱，掏出了他出差用的洗漱用具，还有那些脏衣服。她又从隔层里拿出了一只毛茸茸的布娃娃。外面的塑料薄膜还包着，显然这是李忱买给女儿的。苗苗就喜欢这样的东西。她一看见就忙伸出了手，从姆妈那儿要过了布娃娃，抱在怀里。玉贞又从箱包里拿出了一顶白色的宽檐礼帽，知道这是带给她父亲的。老爷子早就想有这样的一顶礼帽。走亲访友戴着它显得又气派又大方。这种东西也只有上海这样的大城市有，在凤城县这个小地方是根本买不到的。玉贞这时又翻出了一个四四方方的大纸盒，拿起来沉甸甸的。她不知道这是什么东西，打开盒盖，上面有一张纸条，写着"减肥药"几个字，还有用量和用法。不用说，这肯定是李忱带给她的。他知道她喜欢买减肥药。玉贞拿起一盒来看了看，那上面的字她一个也不认识。大约是英文吧，还是进口的哩。玉贞心里自然非常地欢喜。她又翻到了箱底，就在箱底，她拿出了一个极精致的纸盒，里面装着一方丝巾，这肯定是给草儿买的。玉贞拿在手里左看右看，极其喜爱的样子。她觉得这方丝巾非常好看，她自小到大还没用过这样好的丝巾哩。十七八岁时，她也是一个喜欢漂亮的女子，尤其喜欢买丝巾。可是她平常买的丝巾都是摆在街市旁的那些大路货，十元钱能买两三条，一个冬季尚未过去，那些丝巾便破了。而李忱今天买的这方丝巾可是上等杭州丝绸面料精纺而成的，真是又漂亮又高贵。玉贞简直爱不释手。她于是捧着那方丝巾蹭到李忱的面前说："忱弟，这是你买给我的吧，真好看哩。"李忱回过头来，看见玉贞手里拿着的那方丝巾，便说："不是，这是买给金草的。你那么胖，颈脖子又粗，扎这样小巧的丝巾怎好看？太不相称了！""可是我喜欢嘛！我的熟人多，这样高贵的东西我戴出去，人家还不对我刮目相看。""我说你戴上不好看你又不相信。那好，你若实在想要，下次出差我再给你带，这次是给金草的。"李忱说完，举目一看，没见金草在客厅里，他记起来自他进门到现在，还一直没有见到金草。以前他每次出差回来，金草可都会在客厅里笑脸相迎，并给他沏上热茶的。可今天他一直没有见到她。"贞姐，金草呢，她不在家吗？"李忱急着问玉贞。"你呀，一回来不问别的，就急着问她，若我说她已经离开了这个家呢，你怎么办？""什么？"李忱没听明白玉贞的话，便先急了，声调立即提高了几度，"她走了吗？她去了哪儿？"回头他又问女儿："苗苗，你小姨呢？小姨她去了哪儿？""爸爸，我去找小姨吧。"苗苗说着，便从爸爸的身上跳了下来。她跑进厨房，没有看到小姨，便又跑到她和小姨住的房间里。看见她正低着头坐在床沿上，她便上前拉起她的手说："小姨，我爸在找你哩，你快答应他一声，他还以为你不在哩。"

此时，金草刚做好晚饭回房，正坐在床沿边叠着她和苗苗的衣服。玉贞刚才在厨房说的话一直回响在她的耳旁。也不知为什么，她一想到那个邬朋心里就不痛快，刚才玉贞的话也让她心里特憋屈。此时，她不想出去见李忱。可是听了女儿的话，想到李忱对她的牵挂，她的眼泪就扑簌簌地掉了下来。偏偏今天苗苗也特别乖，看见她流泪了，她连忙掏出小手帕给她擦着眼泪说："小姨，你为什么哭呀，是不是我姆妈惹你生气了？我等会告诉我爸去，让他批评姆妈好不好。""乖孩子，不关你姆妈的事，是我自己忽然心里难受。现在好了，我已经不哭了。"草儿边说边擦掉了脸上的泪，并和苗苗一起走出了房门。

李忱这时走进厨房来了。他进来看见金草在厨房里，便上前叫了一声"金草!"灶台上一盘黄酥酥的香葱烙饼飘出了诱人的香味。李忱马上走上前去，取出筷子便夹起一块烙饼往嘴里塞。一边吃一边说："真香，都十天没有吃到这样好的东西了"。草儿听见这话，那眼泪又下来了。苗苗看见爸爸一进来就夹烙饼吃，她说了一声："爸爸只顾自己吃，没看到小姨哭了吗?""是吗，金草?"李忱放下筷子，走到了金草的面前。草儿低下头来轻声地说：

"没什么，已经好了。"

玉贞这时也进来了，只有她心里清楚草儿为什么会哭，当然，她此时也不能说什么，只是对李忱说："忱弟，老爷子还没回来，他又不知上哪儿串门去了。我们等一会儿再吃晚饭好吧。"见李忱并没有应声，她便拉起苗苗的手，走出了厨房。

"你刚才为什么哭?"玉贞一走，李忱便盯着金草轻声地问。草儿低头说了句"真的没事"。"是不是贞姐惹你生气了?"李忱仍不放心地追问了一句。只见草儿依然摇头。李忱上前拥抱了她一下，并低头给了她一个深深的吻。

尽管有着对李忱的依恋以及对女儿的不舍，但金草还是决心离开这个家。

就在张子清生日后的第二天，草儿将张家楼上楼下的卫生彻底地清理了一遍，她还把苗苗夏、冬季的衣服都拿出来洗晒了。此时的玉贞一边咳嗽着一边疲惫地倚靠在沙发上。看着草儿忙碌的身影，她好几次像有什么话要对草儿说，可是张张口又咽了回去。草儿看在眼里，也不想问。她认为这是玉贞又在想什么理由来挽留她。她现在可是打定了主意要离开张家。毕竟这儿不是她的家。而且她的母亲老了，身上的病痛越来越多，真的很需要钱治病。而她自己也老大不小了，今后的生活没有着落，不趁现在年轻出去打工挣一些钱，母亲的病如何治，自己的后半生又如何过呢？吃过午饭，金草将苗苗送到学校后，回来又将张家客厅里的家具彻底地擦洗了一遍。玉贞依然慵懒地躺在沙发上，不时地咳嗽几声。下午三点多钟，昏睡着的玉贞忽然睁开了眼睛，她对正在面前抹茶几的金草说："你去拿个体温表给我量量体温好吧。"金草听玉贞这样说，她又关心起她来了。她立即抬起头来问玉贞道："贞姐，你不舒服吗？"。边问边放下了手里的活，来到了玉贞的身边。看见她面颊通红通红的，她便伸手去摸了摸玉贞的额头。急说道："哎呀贞姐，你在发烧哩。"玉贞又咳嗽了一声，然后说，"唉，草儿，可能我真的病了哩。"玉贞说着，摊开了她一直握在手里的那方手帕。草儿清楚地看到，那手帕的中央，有着鲜红的血迹，不知是玉贞手上出汗还是那血原本就没有干，它还是湿漉漉的。草儿吃惊地望着玉贞："贞姐，这——这是怎么回事儿呀？""我咳血了！"看着草儿惊吓的眼神，玉贞又说，"草儿，我也没料到，我会得病。我一向身体很好，从小到大很少生病……""贞姐，我们现在不说这些话，我马上收拾东西，送你上医院。"金草焦急地打断了她的话说。玉贞这时依然没有动，说："草儿，说来也许你不信，我这人平时很少生病，虽说现在四十多岁了，可是对于上医院，我还真有些害怕哩。""贞姐，这不是没有办法吗。"金草这时候倒像个大姐姐似的哄着玉贞，"再说，还有我陪着你哩。"玉贞听了这话，无奈地起了身。草儿进房提了个小包，然后扶着玉贞下楼了。

到了医院后，金草将玉贞扶到门诊部内走廊的塑料靠椅上坐下，然后她就去挂号。因为是下午，诊断室里来看病的人并不多，很快便临到玉贞的号了。医生简单地询问了玉贞几句后，便开了一张单子，递给站在玉贞旁边的草儿说："你是病人家属吧，你现在带她去做个'胸部拍片检查'，然后把结果拿来我看一下。"

等玉贞做完检查出来，医生便给玉贞开了住院单。

金草将玉贞送到住院部住下后，她便回了张家。李忱已从学校接回了苗苗。大概看见草儿不在家，李忱进厨房准备做晚饭。他刚刚插好电饭煲，草儿就回来了。她一回来就从墙壁上取下做饭用的围裙扎在腰间，然后又从李忱手里接过切菜刀，一边熟练地切着菜，一边对李忱说："你到楼下超市去买一只保温盒回来吧。""要保温盒做什么？"李忱瞧着她问。"贞姐病了，住进了医院，我等会还要给她送饭。"草儿说。她将切好了的萝卜丝装进菜盘里，然后打开了煤气开关。"什么，贞姐住院了？"李忱惊讶道，"她不是一直好好儿的嘛！"草儿从冰箱的冷藏室里拿出一盘切好了的猪肉丝，抓了一把放进已经烧热了的油锅里，煤气灶上的火腾地一下便蹿上了油锅，草儿一边快速地翻炒着，一边说："哎呀，贞姐这病得的也不是一天两天了，只怪我们大家都粗心。怎么早没劝她上医院呢！"草儿看见锅里的肉丝已经炒得差不多了，她又将萝卜丝倒了进去，大火炒了个半熟，然后兑了一点水，盖上锅盖准备焖一会儿。

就这片刻的工夫草儿又从冰箱里拿出一块猪腿肉，准备煨些汤给玉贞喝。李忱立即取过砂锅并拧开水龙头放了半砂锅水。草儿将砧板上已经切成块的猪腿肉放进砂锅后，李忱便打开了煤气灶的另一个打火开关。"金草，贞姐得的什么病？""医生诊断是肺结核。""怎么会得那种病，严重吗？""医生说挺严重的，肺都已经穿孔了。""这个贞姐，她平时就是要强，有病也要硬撑着，谁的话她都听不进去，拖到现在这么严重了，她才肯上医院。"李忱说。"大哥，现在说这些还有什么用，现在要紧的是给她治病。"草儿说。炒菜起锅了，草儿一边往盘子里装菜，一边又催促李忱到下面商场去买保温盒回来，她要趁热将饭菜装进保温盒，医生说玉贞这样的病是最吃不得冷的。

饭桌上，李忱和草儿一边吃饭，一边商量着到医院照顾玉贞的事。苗苗听说姆妈病了，急得不得了，吵着要小姨带她去医院看望姆妈。张子清因为耳朵有些背，原先还不知道女儿为什么到现在还没有回来，他还以为她上别人家打麻将去了。这时听苗苗说要去医院看姆妈，他才弄清楚原来女儿患了肺结核住进了医院。老人立即说："我知道她迟早会得这个病的。""为什么呀，爷爷？"小苗苗不解地瞧着爷爷问。"她呀，整天就只知道打麻将。你想，她那些个牌友，男的女的，香烟是一支接一支地抽，麻将桌上成天被烟雾笼罩着，这样的环境，哪有不得病的？"见小孙女儿吵着要去看玉贞，张子清立即阻止道："苗苗，你姆妈这是传染病，住在传染病房，小孩子不能去。"李忱也说："苗苗，听话，你不能去那样的地方。""不，我就要去。"苗苗看着她爸爸，小嘴巴噘了起来。"不让去就是不让去，小孩子哪能这么不听话？"李忱有些生气，他斥责了女儿一句。苗苗的眼里即刻盈起了泪花。她放下了筷子。李忱看着女儿的眼泪掉了下来，他又心疼了，在她的小脸蛋上亲了一下，接着又夹了一只咸鸭蛋放在她碗里，哄了一声："乖，听话！"苗苗的脸上还挂着泪水，她不情愿地又拿起了筷子。吃了一口，她忽然扭过头去，将嘴巴贴在草儿的耳旁小声地说："小姨，您跟我爸说个情，就让我去看看我的姆妈好不好？我知道他最听您的话了，您一说，准行。"李忱盯住女儿道："苗苗，我告诉你，你今天求谁都不行，今天的情况特殊，我是不会答应让你去医院的。"

草儿已经放下了饭碗，她吩咐苗苗去做作业。李忱收拾好桌上的碗筷进厨房洗去了。草儿上三楼拿了一些玉贞的衣物和洗漱用具。走进厨房后，她对李忱说："你也去看看贞姐吧，她病得那么重。""好吧。"李忱回答着，将洗净了的碗筷放进消毒柜里。然后拿干净的毛巾擦了擦湿漉漉的手。边擦边说："金草，你也要注意些，贞姐这是传染病，染上就不得了了。""平常注意些就是。我倒不怕，哪有那么严重？"草儿回答着。李忱正色道："你记住，这真的不能大意，你懂知识的，不需要我多说吧。"草儿说，"好了，我注意就是了。""另外还有苗苗，你一定不要让她与贞姐接触，小孩子抵抗力差，千万不能染上这种病。"草儿低下头来，思忖了片刻，然后轻声地说："大哥，我看今天还是让苗苗去看看贞姐吧。贞姐平常对她那么好，知恩图报是做人的本分。我们就要培养孩子的爱心，让她做一个善良的人。也难得她有这样一份孝心，你就让她去吧，我会让她注意避免传染的。"李忱思考了一下，然后说："那好吧，仅此一次。"

经过医院的精心治疗，玉贞的病情终于稳定了下来。

玉贞的病是慢性病，需要治疗的时间长，在医生的建议下，她终于出院回到家里静养。由于玉贞患病需要照顾，金草又在张家待了下来。

经过这场病痛的折磨，玉贞人消瘦了一些，但气色比过去好多了。现在的她基本能像正常人那样生活。除了经常到户外活动外，她又开始打起了小牌。当然，前车之鉴，她现在再不敢邀请那些烟民来家里打牌。那些抽烟的牌友就算来了，也主动地隐忍着不在牌桌上抽烟，实在忍不住了，就上厕所里抽一两支。这一段时间，那个抽烟最厉害的朱大脚也很少出现在张家的牌桌上。当然，她还是经常到张家来，不过不是来打牌的。也不知道她是来做什么，反正她每次来都是神神叨叨地将玉贞叫到房间里私语一阵子，然后就走了。就算有往日的牌友邀请她上牌桌，她也是连连摆着手，说："没兴趣！没兴趣！你们玩。"大家都有些奇怪，难道这个赌徒又看中了什么别样发财的路子吗？问张玉贞，张玉贞也不说，问急了她就说不晓得。"你只管打自己的牌，管人家什么事？"这就是她的话。

春季几乎是在雨水里度过的。到了五六月份的时候，更是暴雨连连。李忱已经调到县农业局工作。他一上任，首要的任务就是下乡帮助农民防洪抗灾。小苗苗真是不负众人所望，她的学习成绩非常好。这个孩子还有一个特长——会唱歌。也许是金大路遗传的基因吧，苗苗有唱歌的天赋。在凤城县最近举行的儿歌大赛上，她夺得了金奖。

眼看着玉贞的病情已经好转，苗苗也已经大了些，不再需要大人过多的操心了，金草的心里又升起了出外打工的念头。恰在这时，金草又得到了任贵儿要从南方回来的消息。贵儿和她的丈夫刘鸣在南方打拼，多年来一直未曾回家。这次是她父亲六十大寿，她特意回来为父亲祝寿的。就在任贵儿准备回家之前，她打了一个电话到玉贞家，告诉了金草她要回来的消息。

玉贞近段时间似乎总有什么心事，常常愁眉不展。特别是她往日那个牌友朱大脚每到张家来一次，玉贞便要沉闷好几天。最近，金草有时还隐隐约约地听见玉贞好像在与朱大脚争吵。当然她们的声音都压得很低，又是在三楼玉贞的房间里，草儿根本没有听清楚她们在吵什么。但最近几天，那个朱大脚倒是没有来，可是不知为什么，她没有来，玉贞反倒显得更发愁。她常常不自觉地说一句："这个朱大脚，她怎么不来呢?"

听说任贵儿要从南方回来并到张家拜访后，张玉贞显得兴奋起来。玉贞是最爱面子之人，李忱当年在眠牛村蹲过点，与任贵儿的父亲任江山非常熟识，而任贵儿在外面混得又不错，听说光是豪华别墅和高级小轿车这样的固定资产，加上做生意用的流动资金足有几千万元。玉贞一向对特别富有之人是十分羡慕又非常敬仰的。作为李忱的妻子，她不能怠慢任贵儿这样的客人。自从草儿接到任贵儿的电话后，张玉贞便到酒店订下了高档酒席，然后吩咐父亲把家里的花花草草精心地修剪整理一番。而且她还到花鸟市场上买回了几盆比较名贵的树桩盆景，在客厅摆上两盆，大门口也摆上了几盆。

对于任贵儿这次的回来，金草感到非常高兴。她心里本来就萌动了要去南方打工的念头，正好趁贵儿归来之机，她要好好地和她商量一下。就在任贵儿回凤城的头一天晚上，玉贞就特意叮嘱李忱道："任贵儿明天中午回凤城，你上午提前一会儿下班吧，顺便把你们单位的小车借用一下去接接她。虽然车站离我们家不远，但总不能让人家走来吧。再说有个小车接一下，也显得有面子些。这样也算对得起眠牛村的任支书。"

第二天早晨，李忱从楼上下来走进客厅时，金草已做好了早饭。张家的早餐总是零零散散地吃。李忱要上班，他一般吃得早一些。张老爷子喜欢晨练，他总是归来再吃。而张玉贞喜欢睡早觉，一般起得比较迟。这时的草儿看见李忱走进了客厅，她立即从自己的房间里拿出一套熨烫得笔挺的西装，让李忱换上。然后又从鞋架上拿过一双擦得油亮的皮鞋放在李忱的面前。李忱本来就是一个身姿挺拔的人，平时无论是在家里穿休闲服，还是上班时穿西装，他的穿着都显得非常得体且大方。当然这也是金草的功劳，是金草给他巧心安排，一手布置打扮的。

李忱穿戴好了后，草儿已经将饭菜端上了桌子。吃过早饭，李忱提着包准备上班，刚走到大门口，玉贞披散着头发一边扣着衣扣，一边从楼上赶了下来，她叫住李忱道："忱弟，你中午开车去接任贵儿之前，还是先回来接一下草儿吧，让她跟你一道去接任贵儿。这样显得我们有礼性一些。"

尽管玉贞已经在酒店订了酒宴，草儿不用为任贵儿的到来而忙着买菜做饭，可是一上午她仍没闲着。张家地处临街十字路口，车多灰尘大。而张家房子多、家具也多，还有每间房子铺的都是地板，需要打理的地方很多，天天都要洗要抹要拖的。吃过早饭，草儿洗过碗筷后，她便上三楼打扫阳台，给玉贞整理房间。李忱大概是因为在部队养成的好习惯，也可能他是为了减轻草儿的家务负担吧，他的房间总是收拾得干干净净、被子折叠得整整齐齐的。可是玉贞的房间就不同了，头天收拾过的房间，第二天依然凌乱不堪。床上的被子、枕套、睡衣、披巾还有正在编织的毛衣杂乱地堆了一床不说，地上的皮凉鞋、休闲鞋、拖鞋还有脏衣服脏袜子丢得到处都是。草儿将这些一一收拾整理好。回到二楼后，她到处洗洗抹抹，洗衣拖地，一上午都没有闲着。玉贞今天哪儿都没去，就坐在沙发上一边织毛衣一边等待着远方的客人到来。她家墙壁上那悠悠摆动着的时钟刚刚指向十一点，玉贞便不自觉地紧张起来，急忙提醒草儿道："草儿，十一点钟了，忱弟马上要回来。你洗洗手，准备去接任贵儿吧。"苗苗这时候也在家里，学校已经放暑假，她在家里闲着没事，一天到晚就坐在沙发上看电视。在张家，只要是苗苗在家，家里的电视就没有别人的份。她也不看别的台，就看中央电视台 14 频道的"少儿"节目。她这时候听了姆妈的话，马上就说："姆妈，我也要去。""爸爸和小姨是去接客人，又不是出去玩，你就不要去了。"玉贞望着女儿说。苗苗快七岁了，她是一个非常漂亮的小女孩。随着她慢慢地长大，她长得越来越像草儿，唯一与草儿不同的，是她的性格里面少了一份草儿所特有的忧郁与温润，多了一些大胆和任性。

正如一些有钱人家的孩子一样，苗苗不仅任性，还有些目中无人。不过，这多少是由于玉贞的宠爱造成的。当然玉贞宠爱女儿的原因，除了女儿长得漂亮，读书聪明外，苗苗会唱歌也是她的骄傲。每次学校开演唱会，玉贞都会受到学校邀请去看女儿的演出。而女儿出色的演唱，总会让她收获许多羡慕的目光，这也让她的虚荣心得到了极大的满足。于是，女儿要什么，她就给什么，自己生活节俭，可为女儿大把大把地花钱她从不痛惜。几百元钱一个的玩具，上千元的衣服，只要是女儿点头要的东西，她连眼睛都不眨就把钱给付了。

"喔，不嘛，我就要去，成天待在家里面简直要把我闷死了!"听了姆妈的话，苗苗立即不高兴地回答道。

"你爸和小姨他们马上就要回来的，只不过一会儿的工夫，我的好女儿，你就不要去了好吧。"玉贞依然说着。她也没别的意思，只是认为车站离她家太近了，小孩子没必要跟着跑来跑去的。

"就不，我就要去，我要去!"苗苗即刻翘起了嘴巴。

"你这孩子，怎么连姆妈的话都不听了呢。"一旁的金草有些看不过眼，她埋怨了苗苗一声。不过最后她还是对玉贞说："贞姐，你今天就让她去吧，贵儿的儿子刘恺也回来了，她去也正好接一下那个小孩。"

"呸！哪儿来的乡下人，而且还是一个男孩子，我才不要理他哩。"苗苗立即竖眼道，口气里满含着不屑。

"你这孩子，哪能这样说话呢！"金草说，"无论是城里人还是乡下人都是平等的，大家只是居住地不同而已，人格和尊严都是一样的！苗苗，你要记住，人没有贵贱之分，无论什么时候，无论对待什么人，你都要懂得尊重别人！"

可是苗苗哪里听得进金草的话。她回过头去白了她一眼，那眼神分明是在责怪她这个保姆多管闲事。草儿见苗苗并没有听进她的话，心里不免有些着急。这时，却见玉贞插嘴道："苗苗，我也不许你这样说哩。你不晓得，这个男孩儿可是从南方大城市来的，而且他家还是大富大贵的人家，家里有几千万元的家财，可了不得的。你不要什么人都瞧不起。在凤城县我家还算富裕人家，可在今天的客人面前，我们可不敢比，真的是小巫见大巫。苗苗，我告诉你，能结识这样的有钱人，可是我们的幸运哩。"

玉贞这样教育孩子，金草当然觉得不妥。教育孩子，既要让她懂得尊重别人，也要让她懂得自尊。可是还没等她开口，就听见楼下响起了汽车的喇叭声，显然是李忧在下面催她。

李忧的小车很快地开到了车站附近。任贵儿乘坐的大客车这时也到站了。由于下车的人多，金草一下子难以在人群中分辨出任贵儿的身影。倒是刚下车的任贵儿首先发现了站在车站一侧正在寻找她的草儿。她高兴地大喊了一声："金草！"草儿听到这一声喊，马上将目光转向了任贵儿那儿。这时，只见一个衣着时髦的女人，手上牵着一个小男孩，快速地向她走了过来。若不是任贵儿的声音还让金草熟识，她几乎认不出她来了。等到任贵儿跑到金草面前时，草儿更加惊讶。真的是，现如今的女性，先天相貌差一点已经不重要了，后天的整容术能将宽脸变窄，塌鼻子垫高，单眼皮割成双眼皮，这都是非常容易的事情。而眼前的任贵儿显然已经过了上述的种种整容术，再加上一身的珠光宝气，她已经变成了一个雍容华贵，光彩照人的贵妇人！

"怎么，不认识我吗？"任贵儿大笑地瞧着草儿说。

站在金草面前的任贵儿穿着韩国冰丝面料的紫色套裙，头上梳着高高的发髻，脚蹬七寸高跟鞋，手指甲涂着厚厚的紫色指甲油。特别引人注目的是她的项链、耳环、手链，全都金光灿灿。除了声音没变外，她浑身上下几乎没有了过去那个任贵儿的踪影。

"是的，是快让我认不出来了！"金草戏谑了一句。她向贵儿伸出了手。就在金草伸手的同时，任贵儿也伸出了她一双白嫩的手。当草儿握住贵儿的手时，她只觉得贵儿的手细腻光滑温润如玉。这时候的草儿倒还有些怕自己的手硌着了贵儿的手。而此时，在任贵儿的眼里，金草的变化也很大，从前那个清纯美丽，仿佛不食人间烟火的仙女儿似的金草，已经变得平凡了，平凡得就跟大街上过往的那些普通女人没什么区别。身上穿着已显过时、面容也显疲惫，目光更失去了往日的光彩和神韵。

真是造化弄人，岁月竟如此无情地消磨着金草身上过去那些美丽的光环！

李忱已将小车开了过来。客套几句后，他从任贵儿手里接过了她的孩子刘恺。这是一个长得很壮实的小男孩，稍有点肥胖、虎头虎脑的。年龄就跟李苗差不多。苗苗先还说不理睬新来的小男孩，可是两个孩子见面后，小刘恺的活泼好动似乎感染了苗苗，不一会两个小人儿便玩到一块去了。本来小车前面的副座是苗苗占着的，可是刘恺说什么也要和苗苗挤在这一个座位上。李苗先前还不肯让刘恺挤在自己的身边，可是小刘恺天生好动爱说爱笑。他可不管苗苗肯不肯，就黏在了苗苗的身边。"你看看，我这个见面熟的小人精都挤到李部长女儿的身边去了。"坐在小车后排的任贵儿对身边的金草说。"贵儿，时光过得真快，你的儿子都这么大了。"草儿有些感慨地说。"也是哦，金草，我和刘鸣去深南已经七八年了。你看看，一转眼，我家的小刘恺都已经七岁了。"任贵儿也有些唏嘘地说。"他长得很像他的爸爸。"草儿依旧瞧着刘恺说。"嗨，你还莫说，这孩子呀，相貌是像刘鸣，可是愚蠢却像我。别的什么都好，开朗活泼，能说会道，善交际，可就是读书不行，一见了书本他就头痛。学校组织的什么演唱会，体育运动会，还有一些社会活动，他哪，都是积极分子，而且处处表现出色，只是学习成绩老是排在年级的末位！"

"妈——您不要老在别人面前说我的坏话好不好？我不爱听。"小刘恺听了母亲的话，扭过头来反对道。

"难道不是吗？"任贵儿接过了儿子的话，你若是想听好的，你就从学校拿个好成绩回来给我看看，我保准说你的好话。我这人没别的奢望，就想你拿个一百分回来。"

"哼，我才不要拿一百分呢。"也许是被母亲揭短心里不舒服，特别是在苗苗这个美丽的小人儿面前，刘恺回过头去白了母亲一眼。

小车停在了一个装饰豪华的酒店门口。玉贞正站在那儿等候着，看见李忱的车停了下来，她的脸上马上堆起了笑容。她瞄准了任贵儿所坐的位置后，立即快步上前为贵儿打开了车门。

"哎哟，任小姐，大驾光临，蓬荜生辉。任小姐真是一个美人儿呀!"想不到玉贞今天也能说出这样文雅的客套话——虽然这话用在这儿并不适宜。只见玉贞边说边把任贵儿往酒店里请。"李太太,您好!"任贵儿显出很优雅的样子,对玉贞微微点了点头,也做了个谦让的手势。她觉得在张玉贞面前就不能像在金草面前那样随随便便。金草毕竟是她的发小、儿时的朋友,她们之间是可以随意的。而她与张玉贞只是初次见面,彼此生疏,她因而显得矜持一些。"啊不,你还是像草儿一样,叫我一声'贞姐'吧,那样倒显得亲热一些,像是一家人。"玉贞赶紧说。贵儿回头看了草儿一眼,看见草儿点头,她便说了一声"贞姐好!"于是,在玉贞的热情邀请下,宾主很快便进入了酒店的包间。

用过午宴后,任贵儿便带着儿子先回去了。当然是玉贞让李忱将她们母子俩送到天堂乡的。金草已经有一个多月没回眠牛村,她本来想等贵儿回来后与她一道回家去看看母亲,顺便为贵儿父亲的六十寿辰送一份贺礼。毕竟任支书一向对金家不错,草儿虽然没有能力报答他的恩情,在他六十岁大寿时送一份微薄的礼物,这也是草儿早就有的一份心。只是贵儿父亲的生日还要等几天,而且草儿还有另外一件事情要办,她就没有跟随贵儿一道回去。

吃罢晚饭,张家一家人正在客厅看电视,草儿却回了自己的房间。玉贞昨天上街买了一块真丝面料让草儿给她做一件衣服。玉贞本来长得高而且壮实,街上的服装店很难买到适合她穿的衣服。她只好每次看准了那个款式的衣服,便买了布料回来让草儿给她做。草儿的缝纫活那是没得说的,做出来的衣服不仅不比街上服装店卖的衣服差,而且她还会在一些相关部位安排一点小装饰。比如说腰间或者是胸前或是在一侧肩膀旁边,弄几颗小布球或是一朵花儿或是一条小布帘什么的。这些小小的装饰,总会使玉贞穿出来的衣服显得与众不同。而且一算账，做的衣服比买的衣服可是便宜了不少。于是玉贞更喜欢让草儿给她做衣服。真丝绸衣服穿着舒服，但它的布料软，衣服特难做。下午送走任贵儿后，草儿回来便将这块布料拿出来洗了。幸亏今天是个难得的好天气，草儿洗好布料并做了上浆处理后，便将它晾在屋檐下的阴凉处，小半天的时间布料就已经干了。

晚饭后，金草将布料放在自己的床上铺开，正拿着剪刀在细心地裁剪。这时，只见李忱手里拿着一只削好的苹果走了进来。他递过苹果给草儿后，看见她在给玉贞做衣服，李忱便有些生气，说："你白天劳累一天了，晚上还要做衣服。这个贞姐她总会变着法子让你不得空闲。你也不要老听她的。"

草儿示意李忱将苹果放在一旁，她一边继续裁剪着衣服，一边说："大哥，你来得正好，我想与你商量一件事情。"只因为在这个世上少有亲人，一直以来，金草总把李忱当成她的亲人，有什么事情，她喜欢找他商量。听了金草的话，李忱便坐了下来。他盯着她说："好吧，你说吧。""我已经跟贞姐请好假了，准备过几天回去看看我的母亲，顺便陪贵儿住两天。""那好，你有一个多月没有回家吧，也该回去看看你妈。""是啊。今天上午贵儿回来后，我看到她为父亲祝寿而买的大包小包的东西，我就想到了我的母亲。说来，我母亲的生日也快到了。她老人家今年正是满六十岁哩。贵儿的父亲比我母亲还小一岁，今年是五十九。按我们那儿的习俗，就是'男做九，女做十。'也就是说男的是逢九做寿，女的是逢十做寿。只是因为家贫，我的父亲母亲一次寿也没有做过。父亲现在不在了，就不用说了。可是母亲今年六十整，花甲之年。她一向身体不好，也不知能活多久，因此，我也想给她做一次寿。""好。金草，等你母亲生日那天，我也去，还带上我们的苗苗。"草儿听到这儿，摇了摇头说："你工作忙，倒是不用去，如果贞姐同意的话，我带上苗苗就行。""再忙，你母亲的生日我也会去的。金草，你看我们需要买些什么孝敬老人，我明天就可以去办。"草儿摇头道："母亲已经老了，吃也吃不了多少，喝也喝不了多少，需要什么呢，只不过是需要一点亲情罢了！我回家后给她做一点好吃的，陪她住两天，她就会感到满足的。她老人家，过得可真不易哩！"草儿想起自己可怜的母亲来，那眼眶便不由得湿了。父亲在世时，那么看重母亲，对她那么好，可是父亲去世后，撇下她一个人孤单寂寞。而草儿一直在张家做事，很少回家，完全没有照顾到她。草儿因此而心里难过。"金草，你不用伤心，我们今后多回去看她就是。"一旁的李忱安慰着她说。草儿抬头看了看李忱，心里真有说不出的痛苦。在金家人的心里，李忱就像一棵大树，一直是金家人的主心骨和依靠。而金草的心里更是对他有着深深的依恋，可是他毕竟不是她的丈夫啊。

李忱见金草眼中含着泪，知她除了可怜母亲外，还猜测是与他有关，他心里也很难过。他拿出手帕给她擦泪，并安慰了她几句。最后他又说："金草，我有一件事情要告诉你，我要到江苏去工作一段时间，是单位外派的。"

"啊！"草儿感到有些意外，她抬起头看着李忱，"那——得工作多长的时间呢？"

"一年左右。"

"你什么时候走？"

"从眠牛村回来后，我就要走。"

草儿这时想起了自己也要走的事。她不过是想挑一个适当的时机，再对李忱和玉贞说。

"金草，我不在的这一段日子里，你一定要照顾好自己。贞姐如果对你不好，你一定要忍耐，一切等我回来再说，好吧。"

草儿的眼泪又出来了。想到李忱这一走，她也即将离去。也许人世间最痛苦的便是两个相爱的人长久的别离吧。金草想到她与李忱自此一别，将天各一方，也许今生便没有再见之时。就算能见面，也不过陌路而已。想到这儿，悲切即刻浸透了她的心。李忱见金草流泪，他心里也酸酸的。当然，他并不知道金草已经决定了要离开这个家，他还认为这是金草知道他要去江苏那么长的时间而心里难受。他说了一声："金草，你不用难过，我会经常回来看你和孩子的。"草儿没有答话。她只是抬起头来对李忱说："你去休息吧，明天还要上班。"看见草儿脸上还挂着泪珠，李忱站着没动。然后，他又伸手抹去了草儿脸上的泪水，轻声说了声："你也早点睡吧。"

在张家，张老爷子因为有早睡早起的习惯，一般他吃过晚饭后不久就睡下了。李忱前些日子一直在乡下参加防洪救灾，只有这几天因为天气转晴了，河里的水位降了一些，他才回了城。因为白天要上班，所以他一般也睡得比较早。他从草儿身边出去后，在浴室冲了个澡，便也上楼睡了。玉贞和苗苗还在客厅里看电视。草儿因为玉贞的那件衣服还没有完工，她还在灯下踩着缝纫机。待到衣服做好时，草儿连着打了两个哈欠，她这时觉得好困。于是放下了手上的衣服，打算纽扣明天再钉。

金草刚要起身，忽然苗苗跑了进来，拉住她说："小姨，你能不能帮一回我？""噢，要我帮你什么？"草儿亲切地问。看着心爱的女儿，她的眼睛里充满了柔情。

"小姨，我想要一只手机！""啊——"金草听了这话，不由得吃了一惊。她没有料到女儿竟会提出这个要求。她有些不相信地问了一句:"你说什么,要手机?""是呀,小姨,你就帮我做一下我爸的思想工作吧,我就想要一部手机。""你还这么小,怎么能要手机呢?"金草惊诧地望着女儿。就在这时,玉贞也走了进来说:"是呀,我也跟她说,就连她爸都还用的'小灵通'电话哩,她现在就要手机,是不是有点早。""贞姐,你答应她了吗?""有什么办法,孩子要嘛。她也是今天看到人家任贵儿的孩子有手机,她才向我要的。我想,一只手机也不过几千元钱,我家又不是买不起,何必让孩子觉得自己不如人呢?"玉贞说到这儿,忽然一眼看到她的衣服已经做成了。她连忙上前拿了起来,前看看后看看。看见衣服左侧肩下点缀着一大一小两朵花,十分中她的意。她立即很高兴地说,"哎呀,草儿,这衣服真好看,我现在就想穿上哩。"说着,她真把那衣服往自己的身上套,穿在身上后,她又摸了摸肩下那两朵点缀的花,扯扯左肩膀上的缝线,又拉拉右边衣服的下摆,称赞着说。"草儿你的手真巧,这衣服穿在我的身上大小正合适。也很贴身,真是好极了。"

就在玉贞说这些话时,金草的心却完全没有在这上面。她几乎没有将玉贞的话听进耳朵里去,她的心还在玉贞刚才的话上。她于是说:"贞姐,莫非你认为别人家孩子有的东西,苗苗也非得有吗?这是一种攀比的思想,这种思想对教育孩子很不好。我知道你疼爱孩子,可是总不能说,孩子要天上的月亮,你也得给她摘下来吧。""哎呀,草儿,那可是我不能办到的事情,而买手机却是我能够办到的呀。"玉贞依然左看右看地欣赏着自己的新衣服,嘴里这么轻描淡写地说了一句。

"这不行,这绝对不可以。"金草觉得这种攀比思想会害了孩子。她见说服不了玉贞，便转过脸来对苗苗说："苗苗，你就打消这个念头吧，我想你爸爸也是不会答应的。"

苗苗一听这话，知小姨是不会帮她的了。立时，沮丧与怨艾充满了她的眼神。她恨恨地说了一声："小姨，那是因为您不答应！"

苗苗毕竟还是小孩子气性，虽然她最终也没有得到她想要的手机，可是几天后草儿回家，她还是嚷着要跟她一道去。她以前也去过天堂寨她爸爸李忱的老家——鸬鹚小镇，和两个叔叔的孩子玩得很熟。除了有些怕大山里的黑夜外，白天她和叔叔们的孩子一道在他们家门前的树林里捉迷藏，在河道里放牛，放羊，摸鱼虾，玩得很是开心。她知道小姨的家也在天堂寨，她还是想去那个地方玩。当然还有一个更重要的原因是她想找刘恺玩。

李忱本来打算在金草母亲生日时请一次假去眠牛村看望老人，顺便也到任江山家走一趟，毕竟他以前在眠牛村蹲点时，与任江山的关系不错。李忱有了这个想法后，第二天他到单位上班一翻日历，碰巧那两天正是双休日。于是那天吃过早饭后，李忱便带着苗苗和草儿一道上了眠牛村。苗苗原以为小姨家也和她叔叔家一样，是住在大山深处的小河边。不曾想小姨家的路比到她叔叔家的路要难走多了，主要是山道更曲折更陡峭。而且大客车也只到天堂乡，从天堂乡到小姨家还得爬半天的山道。好在小孩子矫健，苗苗第一次走山道居然一点也没有落后，她还常常跑到了爸爸和小姨的前面。走了一个多小时，当苗苗又爬上一个山头时，她忽然听到前面山岗上有个声音在喊她。她抬眼一看，原来是小刘恺和他的妈妈正站在前面山岗的一棵大松树底下对她招手哩。苗苗一阵高兴，立即回过头去朝后面喊了一声："爸爸，小姨，你们快来呀，刘恺接我们来啦。"

李忱和金草听见女儿的呼喊，也立即加快了脚步。

毕竟任贵儿家是在金草家的前面，李忱他们到达眠牛村时，先在贵儿家歇了一会儿脚，顺便喝了一杯茶。任江山明天生日，他今天接他的老丈人去了。老丈人八十多岁了，身子骨还挺硬朗，离任江山家也不太远。任江山去接他，纯粹是一种礼性。人哪，就这样，你就算活到一百岁，只要你的老岳丈还在，你就还是个小字辈。请老人来吃你的生日酒宴，你就得亲自去请。李忱喝过一杯茶后，便和金草一道带着苗苗回到了后塆。当然刘恺这个小人精也缠着苗苗一道到后塆来了。

虽然正处于盛夏的季节，由于今年的雨水多，天气一直也不太热。况且这又是在大山里，山路两旁的高大树木遮天蔽日。山风阵阵吹来，倒使人觉得凉爽无比。若不是小道两旁的山林间蝉声不断，还会让人觉得这是在春天里。

金草的家还是老样子，几间旧式土砖房。由于长时间的日晒雨淋，又没有人修理，显得比以前更破旧。屋檐下有些檩条烂掉了，雨水就从那儿流下来，冲刷着土砖墙的墙体。在那些被雨水冲洗过的地方，有些已经开裂了。看来，旧房子已渐渐地不能挡风也不能遮雨了。

金家屋旁的那棵大紫薇树还是枝繁叶茂，紫红色的花朵开满枝头。也许是已经从贵儿那里知道草儿今天要回家，草儿的母亲吃过早饭后，就一直坐在这棵紫薇树下，双眼不时地朝前面山坳口眺望着，盼望着女儿回来。

今天正好是母亲的生日。草儿一回到家里，就忙着动手做饭。她已经给母亲带回了一盒生日蛋糕，准备中午给母亲办一个生日烛光宴。李忱将草儿的母亲背进了家门后,也挽起衣袖和草儿一道做起菜来。鱼肉荤菜都是他们从县城带回来的。农村人办酒席也不要什么花样,实实在在地做点老人喜欢吃的东西就行了。苗苗和刘恺就在金家门口的稻场上玩耍。也许是从来没见过老人用的那种木拐把子。他们这时候一人拿了一根,将一只脚搭在拐把子上,一步一拐,嘻嘻哈哈地围着稻场转起圈来。

吃过午饭后,任贵儿提着一只单反相机来到了后塝。两个孩子吵着要到金家屋后的山涧边去玩。贵儿也觉得那里的景致很美,于是李忱、草儿还有贵儿三个大人带着两个孩子就到金家屋后去了。任贵儿一边走一边用相机拍摄着四周的花草树木。几只在树上跳跃着的小松鼠被她摄进了镜头。还有两只一大一小的野黄羊只是在树林深处倏忽而过,但也被她抢拍了下来。两个孩子早跑到那块大青石板上面去了。今年的雨水比哪一年都多,那块大青石大部分浸在水里,裸露在外面的也有一些潮湿。可是两个孩子哪管这些,只觉得这上面太好玩了。那刘恺眼尖,一下子看见大青石旁边的山涧里有小鱼在游来游去,他高兴极了,立即跳下水去摸起鱼来。大青石这一带地势比较平缓,又长年流水不断,水里的小鱼倒是不少,特别是有一种石花鱼,又多又肥,可是这些小鱼大多藏在山石缝里,一般人是很难捕捉到它们的。像刘恺这样在大城市长大的孩子,根本就没有捉鱼的经验,更是难以逮住它们。可是小孩子偏偏天生爱捉鱼,小刘恺一下午就在这条山涧里奔来跑去地追逐着那些可爱的小鱼,满头满脸都是泥沙和汗水。其实鱼也并没有捉到多少,可是他仍然乐此不疲。而苗苗也一直追随着他,跟着他大喊大叫,还拿自己的太阳帽当鱼篓,专门替他保管着那些好不容易捉来的小鱼。

就在小刘恺和苗苗忙着逮鱼的时候,贵儿和草儿似乎为了寻找儿时的足迹而跑到了大青石后面的山林里。不远处一株山板栗已经成熟了，这是一株桂花香板栗，满树的栗球张开了嘴向草儿她们散发出诱人的香味。几乎是同时，两人撒腿便向那棵树跑去。说起来，这棵桂花香板栗还是她们俩小时候发现的。那时候山里人普遍比较穷，经常是半饥半饱地过日子。她们俩放学回来一同到山上放牛，同时发现了这株山板栗，俩人高兴得不得了。那时候这棵树还比较小，她们俩戴着草帽手脚并用地爬到树上，两人抱住树干拼命地摇，直到把树上的栗球全都摇了下来。接着她们跳下地，捡起石块砸了栗球的壳，然后去了皮，然后就坐在地上吃。直到把那一堆栗子吃个精光。晚上回到家里，肚子疼了一夜。第二天早晨上学时一说，两人便都笑出了眼泪。现在记起这些儿时的往事，两人还是笑个不停。

"金草，你现在过得好不好？"笑过之后，贵儿便问草儿。草儿已经收住了笑，想了想，说："贵儿，我过得好不好，你已经看到了，跟你那是不能比了。"草儿说这话时，神色有些黯然。"唉，金草，几年前我就让你到我那儿去，我也不晓得你中了什么邪，一直没有去。我先前还以为你在家乡找了个如意郎君日子过得很惬意哩，后来才听我爸说，你在李部长家当保姆。""贵儿，不是我不想去你那儿，只是贞姐她对我太好，她不放我走，我也不好意思非要走。""如此说，你不会是打算在她家过一辈子吧？"贵儿有些不解地反问着草儿。"那倒不会，我已经决定了离开张家。""你说的是真话？"贵儿面露喜色，立即问草儿。看见草儿点头，她又说："那好，你这次就跟我一道去深南市。刘鸣要回来接我的，等他回来时，我们就带上你一起走。"听了贵儿的话，金草低头沉默了一会儿，并没有马上回答。"哎呀，你老是满腹心事的样子，这次该不会又让我失望吧？"任贵儿强调了一句。"不会。可是贵儿，你打算让我做什么事？我对你说，我从没走出过家门，社会经验少，好多事情我都做不来。"草儿说。"哎呀，只要你能答应我，我肯定会有事给你做的。而且这件事你一定能做得好。""那好，你说，什么事？""当然是让你去给我理财。金草，你也知道，我做的是珠宝生意。在深南，这可是来钱的买卖。要知道深南市有钱人多的是哩，只有你不敢赚的，没有你不能赚的。可是生意好还要会理财，眼下我正缺少一个会理财又值得信赖的人哩。金草，我告诉你吧，在深南市，寻找工作的大学生多着呢，可做我们这一行的，不是特别值得信赖的人，我可是不敢用的。我觉得只有你才是我管账理财的首选人哩。我只不晓得你肯不肯赏老同学的薄面？""贵儿，你的意思我懂，我帮你站柜台守店可以，可是让我给你理财，你还得容我考虑一下，毕竟这不是件小事情。一来我以前从来没有理过财，二来经手经济工作责任重大，我怕我胜任不了。"草儿说。"你看你，太自谦了不是？别人不了解你，我还不了解你吗？以你的能力和聪明才智，闯天下都没有问题哩！你现在只不过是龙搁浅滩罢了。我相信，给你一块枕木，你还真能撬动地球哩！"

"贵儿，你太高抬我了。我只想出门打工挣点钱养活母亲和我哩。""那就说定了你这次跟我一道去深南。""贵儿，能不能跟你一起去深南，我现在还说不准，这事我还得跟我妈商量一下。她毕竟年纪大了，离她那么远，我还有些不放心。而且我在贞姐家做了多年，我真的决定要走，也要告知她一声。"看到草儿这么说，贵儿就有些急了，连忙说："你呀，你，金草，我也不晓得到底是什么拉扯住了你的腿，竟让你这个往日极爽快的人现在这么犹犹豫豫的，缺少主心骨。"任贵儿皱起了眉头不高兴地说。

草儿低下头，想了想，说"这样吧，在你回深南之前我一定给你个准信。好不好?"任贵儿"哎"了一声说："有什么办法，你只莫让我空欢喜一场就行。"

草儿和贵儿回到大青石旁李忱的身边时，小刘恺已经捕捉了二十多条小鱼。任贵儿举起相机，拍下了不少儿子捉鱼的镜头。她这时看见李忱和苗苗蹲在大青石上正在看刘恺捉鱼，而草儿也在他们的身边，三双眼睛都盯着刘恺的手，那神情十分专注。任贵儿赶紧举起相机，把镜头对准了他们三个人。

又玩了一会儿，任贵儿便要回去。她要回家帮助母亲准备明天父亲的生日酒宴。临走时，她喊刘恺跟她一道回家，可是小刘恺正在捕鱼的兴头上，哪肯随她去。喊了几遍没有效果，任贵儿也就罢了。她回头对草儿说："金草，刘恺要在这儿玩，我也不忍心扫他的兴，就让他在这儿玩吧。天黑时我再让我爸到你家接他。"见草儿点头，她又说："金草，还有一件事，明天我家客人多，我一个人应付不过来，我还指望你明天能早点来我家帮帮我哩。""好，贵儿，我明天早晨一定来。"草儿挺爽快地回答道。

两个孩子不走，李忱和金草当然也不能走，他们于是也只好陪着孩子在这儿玩。一直等到天快黑了方才回家。

当李忱和草儿带着两个孩子回来时，任江山已经坐在金家了。他依然吸的是山里人种的那种烟叶，对于女儿带回来的那些高级香烟，他简直有些不屑一顾。接过手后，他便将它置之一旁，说是留给客人抽。其实他是嫌那烟味太淡，没有他自己种的烟叶吸得过瘾。他就这么吸着烟，跟草儿的母亲聊着话。直到看见刘恺和苗苗两个孩子出现在金家大门口，他就知道李忱回来了，连忙捏着烟斗站起身，走到门外去迎接李忱。

草儿回到家里，为任支书和李忱沏了两杯茶后，她便动手做晚饭。

任江山在金家陪李忱吃过晚饭后，便带着小外孙刘恺回家去了。刘恺走后，苗苗从带来的书包里拿出纸和笔，坐在灯下做了一会儿作业。然后瞌睡就来了。这时草儿端来一盆热水给苗苗洗澡。苗苗困得实在睁不开眼，三两下洗完澡后，草儿便将她送到母亲房里睡下。母亲的床是一乘老式大床，挂着已经发黄的旧蚊帐。竹垫底下铺着干稻草，睡在上面又软和又舒服。苗苗一上床便沉沉地睡去。农村的夜晚十分寂静，草儿怕苗苗害怕，就将母亲房里的电灯一直亮着。

草儿走出房门，只见母亲在灯光下择着毛笋干。这是春天的时候，母亲拄着双拐来到自家屋旁的竹林里挖的。她腿不方便，便坐在地上挖。然后剥去外壳，洗净晒干后一直留到现在。每年的四季，她都要备下一些山里的土特产和干货让草儿带给玉贞。

草儿来到了母亲的身边。只见母亲的脚旁放着一只装食品用的大尼龙袋，她右手拿着一把剪刀，左手从面前的一大堆笋干里翻找着最好的笋干。看见母亲只剪一些最嫩的笋尖放在一旁的大尼龙袋里，草儿说："妈，你这又是让我带到贞姐家的吗？""是呀。""妈，你只挑笋干前面那么一点点笋尖，丢掉的那些岂不可惜了？"母亲笑着说："怎么会丢掉呢，留下的还有我吃哩。"

"妈，你也真是的，这些笋干本来就是上好的笋干，不用择了。随便装一些就是了。"

"草儿，送人需送好，何况李部长有恩于我们！"

草儿有些心酸，想到母亲本来腿脚不方便，现在双手也因患类风湿而变形，常常疼痛难忍。她每移动一下脚步，每做下一件事情都是那么艰难。她还事事处处都为别人着想，真是难为她老人家了。草儿一边帮母亲挑着笋干，一边说："妈，我又给你带了一些药回来。""唉，草儿，你每次回来都带那么多的药，那得多少钱哪。妈真是拖累你了！""妈，您快别说，这都是女儿应该做的。您生养了女儿一场，吃了多少苦，只可惜女儿没出息，不能给予您更好的东西，更不能让您过上好日子，这还不说，还要让您为女儿操劳。女儿真是对不起您。"

"草儿，水总是往下流，有哪个母亲不为自己的孩子着想呢。"

"妈，我问您，贵儿邀我到她那儿打工，你说我去还是不去呢？"

"你是说去贵儿那儿？妈不反对。不过你的事情还得你自己决定。"草儿的母亲虽然身体残疾，见的世面不多，但她却是一个开明大度的好母亲。对于女儿的一切决定，她几乎都赞成。她一向认为女儿读书多，有知识，说话办事是没有错的。

"妈，我是想，这样一来，我就离您老人家远了。若您老有个三病两痛的，我不能及时赶到您身边照顾您，我终是放心不下的。"

"这个倒也不怕，我这病也不是一天两天了，就是死也要拖几天哩。草儿，我只是有些担心你的终身大事，你都二十多岁、奔三十的人了，村里像你这么大年龄的女子都嫁人了，贵儿的孩子也这么大了，可你的婚姻还没个着落，这终究是妈的一块心病哪！"

这时，李忱洗过澡出了房门。他拿张椅子坐在草儿母亲身边和她叙了一会儿话。李忱还是被草儿安排在她的那间大房里睡。草儿进房间铺好床后，便让李忱去休息。草儿母亲说："李部长，我这寒门陋舍的，哪有你家里好，只委屈你了。"

李忱临睡前，拿出五千块钱给金草的母亲。两千块钱作为给她祝寿的贺礼。三千块钱是让草儿修缮她家的房屋漏水。可是草儿的母亲执意不肯收，老人虽然贫穷，人却很硬气。当年李忱掏钱救助她女儿上学，虽然女儿最终没有去成，可这份恩情她一直记在心里。再加上李忱后来给予金家诸多的帮助，这都让老人感激涕零。如今她岂肯再收他的钱呢？退让了好久，草儿最终还是让母亲收下了。

李忱这次上眠牛村的动机其实主要是为了金草。他知道，任贵儿的发达与金草目前的境遇，已形成了鲜明的对比，毫无疑问这种人生的落差将会给金草的心灵构成深度痛苦。金草之所以落魄至今天这个境地，李忱心里清楚完全是由于他的缘故。他也因此而感到自己对不起金草，所以对于金草的母亲，他觉得自己应该好好地孝敬她一番。虽然再多的钱也不能够弥补金草为他的付出，但多少也是他的一点心意。

夜晚，草儿睡在母亲的身边，娘俩一上床就絮絮叨叨地叙着话。提到苗苗这个孩子，母亲突然说：

"草儿，我听贵儿说，李部长的这个女儿长得有些像你。他这个女儿是他老婆抱养的，贵儿怀疑这个孩子是你的。我开始还不相信，我说我女儿还没嫁人哩，哪会有孩子呢？贵儿说那可不一定，也许你在外面有个相好的哩。草儿，尽管我老眼昏花，我今天看到苗苗，也觉得她像是你的女儿，她的身形面相，行为举止，真的像极了小时候的你哩。草儿，妈倒是希望这个孩子是你的。尽管你没有男人，若是有一个孩子也好哇。妈不是担心别的，妈是担心你往后老来无靠哪！"

"妈，您就不要多想了吧。我还年轻，我也有自己的双手，我会用自己的双手养活您和我自己的。这您放心吧。"

草儿跟母亲几乎叙了半夜的话，也不知何时她才沉沉地睡去。

但草儿大概也只是睡了一会儿就醒了。她醒来后扭头看了看窗外，窗外是一片漆黑。正是月末的时候，天上又没有月亮，也不知现在到了什么时间。母亲和苗苗都在睡梦中，草儿因为昨天答应了贵儿的话，今天要去她家帮忙的缘故。她想早些起床给母亲做饭吃。也就是心里有了这点事，所以草儿才醒得特别早。她这时披衣坐了起来，伸手摁了一下床头的电源开关，床头灯不亮。草儿又下地去拉了一下白炽灯的开关，也不亮。农村不像城里，拉闸限电是常有的事。草儿只好摸黑来到厨房。她伸手在灶台上摸到了火柴，划了一根点燃了灶膛里的柴火。毕竟屋子很黑，做饭不太方便，草儿想找一支蜡烛点燃，可是她找遍了整个厨房也没有找出一支像样的蜡烛来。最终，草儿还是在土灶台旁边的砖墙缝里找到了小半截黑乎乎的蜡烛头。这是平时节俭的母亲舍不得丢弃的。想到母亲的艰难，草儿心里一阵难过。点燃那小半截蜡烛后。小屋子顿时亮堂了起来。草儿于是便开始洗菜做饭。

　　草儿做好早饭后，天还没有亮。灶台上那小半截蜡烛终于燃到了尽头，小屋子即刻又陷入了黑暗之中。只有灶洞里还残存着些许暗火。这时的草儿不知道自己是仍然回房睡觉还是就这样坐等天明。正在犹豫间，忽然李忱走进厨房来了。"金草，你怎么起得这么早?"草儿有些不好意思地说："我不知道时间，起失晓了。大哥，不知现在到了什么时候?"李忱把左手伸到灶洞前，就着那微弱的炭火看了一下手表，说："离天亮还有一段时间哩，金草，你还是睡一会儿吧。""好吧，我就去睡。"草儿说着，站起身准备回房去。就在这时，李忱忽然伸手拥住了她。他低下头亲吻着她，然后贴近她的耳朵说："金草，我想要你。"草儿只有片刻的犹豫，然后便含着羞怯点了点头。

苗苗由于昨天跟刘恺在一起疯玩了一下午，晚上做作业又睡得比较晚，所以她一晚上都没有醒。清晨，金家屋后的树林子里传来了鸟儿的鸣唱声，声音清丽婉转悦耳动听。这使得喜欢唱歌的苗苗一下子就从睡梦中惊醒了过来。"姥姥，姥姥，您听那是什么鸟儿在唱歌，真好听！"苗苗摇醒了还在睡觉的老人。草儿母亲看见窗外才有一点白，她忙对苗苗说："好孩子，天还早哩，快睡觉吧。""不，姥姥，您听那鸟儿唱得多好听啊！"老人侧耳听了一会儿，说："这是黄鹂鸟在唱歌哩。苗苗，我对你说，这大山里会唱歌的鸟儿多着呢，每天早晨它们都在那儿唱。你要爱听，就在我家多住几天吧。"苗苗一听果然又有别的鸟儿在唱歌。她忽然跳下地来，搬过一张大木椅子搭在又小又窄的窗台前，双眼朝窗外望去，窗外一片朦胧，密密匝匝的树叶子更是挡住了苗苗的视线，她哪里能看得清楚树上的鸟儿呢。她于是又跳下地来，跑到老人的床前说："姥姥，姥姥，我要到外面去看小鸟。""那可不行。苗苗，天还未大亮，山里有野兽呢。""那就让小姨带我去找小鸟好不好？小姨是大人，她肯定不怕野兽。"苗苗依然缠着老人说。她这时忽然看见小姨并不在床上，于是便问老人道，"姥姥，小姨呢？""小姨？"老人看了看身边没有女儿，她随即说了一声："哦，她是起床做饭去了哩。""那好，我去找她。"苗苗说着，便跑出了房门。

　　屋子里还比较暗。苗苗跑进厨房，只闻得灶台上的饭菜香，却不见了小姨。她于是又跑向了爸爸睡觉的那间房，她想让爸爸带她到屋后的山林里去找小鸟。她一下子推开了房门，正准备喊爸爸，忽然看见小姨正在她爸爸睡觉的床沿边穿衣服。七岁的苗苗朦胧中意识到了什么，她惊叫了一声："哎呀，羞死人了！"边说边用双手捂住了自己的眼睛，转身便跑开了。

这时，草儿的母亲也已经起床。这毕竟是在大山里，山里的野兽大都是在夜间出来活动，特别是那些野猪还常常跑到金家门口来找东西吃。老人担心苗苗任性一个人跑到外面去不安全，她这才连忙穿衣起床。正当老人拄着双拐，艰难地将身子移到房门边时，只见苗苗呜咽着往她这边跑来。她不知道孩子受了什么委屈，连忙喊了一声："苗苗，你为什么哭啊？"话未说完，只见李忱从房间里出来了。他上前要抱起正在哭泣着的女儿，只见苗苗挣脱开他的手，回过头去怒视着他道："爸，我恨你！"说完这话，她又冲着呆立在一旁的草儿道："小姨，我也恨你！"

从眠牛村回来后，接连几天一直下着大雨。李忱因为马上要去江苏，单位已经放了他的假，让他在家休息几天。任贵儿也要回深南去，刘鸣开着他家的高级小轿车专程回来接她们娘俩。临走前，刘鸣和任贵儿夫妇俩在县城置办了一桌丰盛的酒席，除了回请张家一家人外，刘鸣的主要目的还是想请金草到深南去。

玉贞并不知道草儿要去深南。因为草儿事先嘱咐过贵儿，不要将她要去她那儿的事告知张家的任何人，包括李忱。为了不伤害年幼的女儿，她决定了断绝与李忱间不明不白的关系，离开张家。

任贵儿这次回来的目的，主要是要金草去深南她那儿，由于她对金草另有打算，所以对于草儿决定今后不与张家的人有任何来往的事，也正合她意。于是她很爽快地答应了草儿的要求。

送走任贵儿后，李忱也要走。苗苗自眠牛村回来后，就一直没有主动与小姨说过话。草儿有些事情非要对她说时，她还有些不耐烦。孩子已经大了，金草又不好解释。

李忱出行的日子终于到了。天依然下着大雨，因为单位早已经为李忱订好了火车票，吃过早饭后，他就动身踏上了去江苏的旅程。李忱一走，草儿就决定离开张家。她准备先回家一趟，安排好母亲的生活后，再去深南。外面的雨一直在下着，草儿像往常一样收拾好碗筷拿去洗了，又将张家的卫生彻底地清扫了一遍。然后对玉贞说："贞姐，我今天要回家去，而且我决定自今天起就辞工，不再来你家了。""怎么，草儿，你还是想离开我？""贞姐，我谢谢你多年来对我的关照。我想我总不能在你家待一辈子吧。"

"想去哪儿呀，草儿？""去外面打工。""你，不是要去江苏吧？"玉贞满脸的狐疑，话里有话地盯着草儿说。"当然不会。李大哥并不知道我要离开你家。"知道草儿不会撒谎，玉贞便没再说什么。她只是沉默了一会儿。知草儿去意已决，再挽留也无济于事，于是说："草儿，你实在要走，我也没有办法。只是今天外面的雨太大了，你能不能等到雨停了再走呢？"玉贞说得没错，屋子外面的雨确实很大。这个天，就像被谁捅破了似的，那密集的雨水是一刻不停地下着。客厅的电视里一直在播放着凤城县关于紧急防洪抢险的各种新闻报道，一些乡镇的村庄已经被水淹了。草儿看到这些报道，更是心急。想到她家那破旧的土砖房，不知能不能抵挡这连续的暴雨。她着急母亲那残废的双腿，万一遇上什么不测，她老人家可就危险了！草儿想到这儿，更是急着要回去，哪怕是银河倒泻，她也要走啊！"不，贞姐，正因为雨下得大，我更要走，我担心我妈一个人在家哩。"草儿说完，进房收拾自己的衣物准备回家。玉贞知道再劝也是没有用的，于是她坐在客厅的沙发上发呆。

这时，从外面的大雨中匆忙地走进一个人。玉贞抬头一看，那不是别人，而是她想见又怕见的工友朱大脚。朱大脚一走到张家的门口，便将手里的那把破雨伞往张家大门旁的墙旮旯里一扔，再把脚上一双打了补丁的水胶鞋脱下甩在了门口的地上，然后赤着双脚走进了张家的大门。看到朱大脚一副沮丧的样子，玉贞下意识地回头往草儿房间那边望了一眼，立马站起身来，冲着朱大脚十分紧张但又压低了声音问："怎么样哦？还是在降吗？"朱大脚一屁股坐在沙发上，说："先莫问，给我口水喝。"玉贞接了一杯桶装水递给朱大脚，然后坐在她的身边，眼巴巴地看着她。看到她一仰脖子吞下那杯水后，她才紧张得几乎发抖地问："你告诉我，还是在跌吗？""跌、跌、跌，狗日的，我看它还能跌到什么时候！"玉贞一听这话，几乎哭出声来了："哎哟，我的钱哪！"她干嚎着，看见朱大脚依然用那发黄的双指夹着香烟，不紧不慢地在那儿吞云吐雾。她忽然气急了，一把扯下朱大脚嘴上的香烟，狠狠地摔在地上，然后喊了一声："你个死朱大脚，当初我不愿意，你非得要将我拉进去。人说隔行如隔山，人家大城市里那能人多的是哩，我们这些乡巴佬，哪懂得什么期呀货的。这不，你的钱打了水漂不说，你又拉上我了，害我赔进去二三十万哪！我可真是倒了血霉了，听信了你的谗言。我现在真是连肠子都悔断了！""哎呀，你呀，也不怕被你家保姆听见。怎么了？当初你随我赚了几万块钱时，眼睛都冒金光了。现在赔了，你就哭丧着脸。人家早就说了，股市、期货都是有风险的，有赔也有赚，有赚也有赔。这是规律！""去你娘的规律吧。朱大脚，没有你的鼓噪，我哪会赔这个钱？现在倒好，你把我的家底儿都赔进去了。我，我到如今都还没有跟我家忙弟说，也怕告诉我爸哩。我一直以为就像你所说的，有赚有赔，有赔有赚，我一直就等着那个'赚'字哩！你如今倒好，每次来，都是那个字'赔！赔！

赔！'赔你娘的个头哟！"张玉贞又要哭。

　　草儿已经走出客厅来了，她本来就没有什么东西，现在走出客厅，手里也只提着一只尼龙袋，里面装着几件旧衣裳和洗漱用具。她刚才在房间里已经听见了张玉贞和朱大脚的对话，听到玉贞炒期货的事情，她顿时感到万分的惊讶。虽然以往每次朱大脚来，玉贞都会把她拉到房间里，两人言谈举止显得神神秘秘的，但草儿并不知道她们是在炒期货。像玉贞这样对股市一窍不通的人，哪能炒期货呢！可是这话，现在说还有什么用。再说草儿现在也要走了，她再也不想管她们家的事了。于是这时的草儿，只好装作什么也没听见。她只是故意将脚步放得很重，以便引起玉贞的注意，表示她出来了，好让她停止与朱大脚之间的谈话。朱大脚果然再没有作声了。玉贞还在啜泣，毕竟她一向将钱财看得很重，这时当然是十分地痛惜钱了。

　　茶几上的电话铃声响了，玉贞也懒得去接。草儿本来也不想接，可是她忽然想到了自己的母亲，毕竟雨下得这么大，她放心不下啊！于是她走近茶几，拿起了话筒。

　　"请问你找谁?"

　　电话那头传来了一个粗重的男声，显然他打电话之前来得太急，电话里还能听见他喘气的声音。他"喂、喂"两声之后，便急着说："你，你就是草儿吧，我是任江山，我要找的人就是你……"

　　玉贞刚刚还在哭泣，这时看见草儿拿起了电话，她的注意力就转移到她这儿来了。

　　也仅仅只是片刻，玉贞忽然发现草儿的脸唰地白了。她整个人呆立在那儿，双手木然地放下了电话。"么回事，草儿，是谁的电话?"玉贞立即关心地问。只见此时的金草泪流满面，她忽然一下子跌坐在沙发上，大声地哭了起来。

"草儿，究竟怎么回事，你说呀？"张玉贞喊了一声。见草儿如此痛哭，她还以为李忱在外遇上了不测，于是赶忙问。"你告诉我，是不是忱弟出了事啊？"问了半天，只见草儿摇头，哭着说了一声："贞姐，是我妈——我家的房屋倒塌了，我妈被埋在里面了！""啊！那你就快点回家吧。哦，草儿，你不要着急，我和你一道去，我们马上就走。"玉贞说着，回头对朱大脚说，"你现在就走吧。记住，赚了你再来告诉我。"说完，她就急着要去找雨具。草儿忽然扯住她道："贞姐，你不用忙了。任支书他们已经将我妈送下山了，他只说我妈被砸得很重，已经叫了县人民医院的 120 急救车。我马上到县医院去等他们。"

"草儿，我也去。"

"贞姐，我谢谢你了！"危难之时，玉贞的一句暖心话，让金草感激不已，她哭着说了一声。

在金草的焦急等待中，凤城县医院的 120 救护车终于鸣着刺耳的警笛驶进了医院。后车门打开了，医生和护士还有眠牛村的任江山从车上下来了。草儿的母亲被放在一张简易的担架上，几个人推着她就往医院内跑去。

母亲很快便被推进了手术室，玉贞陪着草儿在走廊上等候着手术室里的病人。手术室的门一开一合，护士们一直在忙忙碌碌地进进出出，对于草儿和任支书的询问她们根本不做任何回答。几个小时后，母亲终于被推出了手术室，但她仍然像进去时一样，一直处于深度昏迷之中，对于草儿的声音，她一点反应也没有。

草儿在医院的抢救室里陪伴母亲度过了第一个不眠之夜。看着昏睡中的母亲，草儿的眼泪一直在流着，除了对于母亲生命的担忧，她还有着一种深深的自责。她叹自己太自私了，为了每月的那几百块钱，为了她的孩子苗苗，她完全没有尽到自己做女儿的责任。她为母亲考虑得太少了。母亲毕竟年迈，身残体弱，她应该留在母亲的身边，为她尽孝，为她养老送终，而她总是在考虑自己，考虑自己的孩子。要知道自己和孩子的人生路毕竟还很长，而母亲却是一盏即将熄灭的残灯，是经受不起风雨袭击的啊！

就在草儿悲痛万分地后悔并抱怨着自己时，任江山在一旁也是自责不已："草儿，这事情说起来也怪我啊。其实上次李部长去眠牛村，临走时专门找过我，对我说了你家房屋需要紧急修缮的事。可是我因村里琐事太多，一时疏忽了这件事，后来想安排人修时天又一直下雨。我哪里晓得，这住了几代人的老房子它说垮就垮了。我后悔都来不及了，啊！啊！"老人边说边哭出声来，对天长悲道，"老金哪老金，我辜负了你对我的托付，我没有把你老婆照顾好！老哥，我对不住你呀！"

玉贞昨天已经回家去了。张老爷子近些日子也病了，一直卧床休息，苗苗又小，家里也是离不开人的。

草儿一直守候在母亲的身边，不时地要呼唤一下母亲，希冀母亲能忽然睁开眼睛回应她一声。但是这种奇迹一直没有出现。窗外的天空出现了一抹粉色，白天快要来了。母亲依然在昏睡。草儿忽然想起来应该为母亲擦擦身子。母亲一向爱整洁，以往在家时，她每晚都要洗澡，不洗澡她就睡不着觉。草儿于是绞了把热毛巾，准备给母亲擦擦身子。可是她又怕触碰了母亲身上的伤痛，便想到只能给母亲擦擦手和脚了。草儿于是从被窝里拉起了母亲的手，她忽然发现母亲的手是紧握着的。草儿想给她擦擦掌心，于是便慢慢地扳开了母亲的手。她这时发现母亲的手里竟攥着一样东西，她拿过来一看，原来是一张小照片。这是她那天回眠牛村，任贵儿在她家屋后的小溪旁抢拍的一张照片，是她、李忱以及苗苗三个人在一起的照片。草儿看到这儿，眼泪顿时夺眶而出。也许，这张照片母亲不知看过多少回，临到家里的房屋倒塌时，她还紧紧地攥住这张照片不放。母亲啊，母亲，您的心女儿懂啊！

草儿正在这儿悲声哭泣，忽听身后有人轻轻地咳嗽了一声。她惊讶地回过头来，却发现原来是玉贞厂里的那个邬师傅来了。此时，他的手里提着一只不锈钢保温盒，面对金草眼里的疑问，他显得有些嗫嚅。最后还是说了一句："金草，我、我给你送吃的来了。张师傅她父亲病没好，孩子也要人照顾，她分不开身，就让我给你送点吃的来。"人在危难时也考虑不了许多，再说是玉贞让送的，所以草儿也没有多想。她这时只是道了一声谢。

草儿的母亲在入院后的第四天，还是悄无声息地离开了人世。在任支书的安排下，在草儿的悲怆声中，母亲仍然被抬回了金家的后山，就在草儿父亲的身边安葬了。

父母都不在了，家也彻底地毁了。金草拖着一双疲惫的腿又重新走出了大山。

草儿又走进了玉贞的家，当然她这次并不是要继续留在张家，而是来向玉贞告别的。草儿走进张家的时候，坐在客厅里的除了张玉贞，另外还有朱大脚和那个邬师傅。草儿进门后，二话没说，便在玉贞的面前跪了下来。她说了一声："贞姐，我现在也不能说别的了，只能向你道一声谢！""哎哟，你谢我什么呀？"张玉贞有些诧异。末了又加了一句，"我并没有为你做什么呀。""你不用说了，贞姐，一切我心里清楚!""哎呀，草儿，你简直把我说糊涂了，你清楚什么呀?""贞姐，在我母亲病危住院时是你帮助了我，给我送吃的送用的，还为我支付了我母亲住院后的一切费用。我当时一心都在我母亲身上，并没有考虑到她的治疗费用问题。只是后来我回眠牛村后，才听任支书说，他也并未给我母亲垫付医疗费用。这样一来，我母亲的医疗费用肯定都是你支付的。贞姐，我现在只问你，这费用一共是多少? 我现在不能还你，将来我一定要还的。你给我报个数吧，好让我心里有个底，将来也好还你。"

玉贞从沙发上站了起来，她弯腰扶起金草，说："草儿，说来惭愧，我如今倒霉着哩。这朱大脚经常到我家里来，其缘由你也已经知道了。啊哟，我张玉贞就是个败家子儿哩，我现在哪有能力帮你! 我对你说罢，你要谢就谢邬朋吧，自你母亲进医院救治的那一刻起一切费用可都是他支付的。草儿，你现在什么也别说了，来，我扶着你，就磕他一个头吧。"说着，果真将草儿的身子扳向了邬朋的那一边。

玉贞的话，让金草吃了一惊，这可完全是出乎她意料之外的。自从在任支书那儿知道他并没有为她垫付这笔钱后，草儿就认为是玉贞代她支付了。这些年来，草儿一直在张家当保姆，一直是领着每个月几百元钱的工资，而这些工资，除去母亲的生活费和医药费，几乎所剩无几。母亲住医院的钱，草儿肯定没有能力支付。但是，如果玉贞看在草儿多年来一直尽心尽力地为张家做事的分上，给她垫付这笔钱，尽管草儿日后会如数归还给她，但草儿心里仍然会对玉贞感恩戴德一辈子的。

可如今，她却听说母亲住医院的钱不是玉贞给垫付的，这当然让草儿吃惊，也让她心寒。而更让草儿心寒的是玉贞明明知道她不喜欢邬朋，竟还让她欠下邬朋的这个人情债。

金草知道这一切后，不禁悲从中来，泪水夺眶而出。但倔强的她一句话也没说，只是坚定地转过了身子，毅然决然地跪在了邬朋的面前。此刻的邬朋，还有些发愣，他没有想到金草竟然一下子便跪在了他面前。他有些惊慌失措地要伸手扶起草儿，又觉得有些不妥，他于是"哎"地埋怨了张玉贞一声，说："张师傅，你看你，针尖大的事儿，你何必要让人家下跪呢？你叫我……好难堪哪!"说完这些，他转而又急着对草儿道："金草，你快不要这样。你起来，快起来。"见草儿没有动，他扭头又对玉贞说，"张师傅，你快让金草起来吧!"

玉贞一听这话，也想拉起草儿，可是金草的双膝像粘在了地上似的，任凭玉贞怎么拉扯，她就是不肯起来。她低着头，问了邬朋一句："邬师傅，请你告诉我，你为我妈一共垫了多少钱?"

"嗨！什么钱不钱的，你就不用问了。就当我邬朋这些年来吃了喝了赌了吧!"

"邬师傅，究竟是多少？你说出来!"金草仍然坚持道。

邬朋显然被金草跪得不自在，只拿抱怨的眼神盯着玉贞说："张师傅，都是你多事，何必让她知道这事情呢？我说过的，我平常也用不了多少钱，这钱用了我也不后悔。你就是不应该让她知道。"

"哪怎么行呢，草儿她也不会答应呀。她这人最重的就是情义，谁的恩她都不会忘。哪怕你邬朋再有钱，你的就是你的，她也一定要想办法还你。"

"张师傅你又来了，什么还不还的。我今天当着你和朱大脚的面说一句，我绝不要金草还钱。张师傅你再说还钱的话，那就是打我脸了！"

"邬师傅，你说一声，究竟是多少钱？"金草并未被邬朋的话所打动，她还是执意让邬朋说出钱数来。

"好了，草儿，你也不用跪了。你就是从现在跪到天黑，邬师傅他也不会说的。还是我来告诉你吧，这次你妈从入院到去世，邬师傅一共垫付的钱是两万七千七百四十一元，你若是想还他的话，记住这个数就是了。"

草儿终于站起了身，她重新回到自己在张家住了几年的小屋。虽然这个不大的房间曾经给过她一些挡风遮雨的温暖，但现在她觉得一切都是那么陌生。她已经一刻也不想在这里待了。她的衣物是原来就已经收拾好了的，除了这些，这房间里所有的东西都是张家的。她在床沿边稍坐了坐，环顾四周，这里已经没有什么值得她留恋的了。最后她的目光落在了床头柜上，床头柜上有一只小相框，里面是苗苗的一张照片。草儿小心翼翼地收拾起那张相片，然后提着自己的衣物袋，走了出来。客厅里，朱大脚已经走了，只有那个邬朋师傅还在。看见草儿提着个袋子走了出来，他立即问："金草，你要去哪儿？"

毕竟眼前这个人有恩于她，于是草儿勉强露出一丝笑容说："我要走了。邬师傅，你的大恩大德我金草记下了！我知道，你的钱也来得不易，你放心，只要我金草还有一口气，就是拼命我也会还你钱的。多谢了！"草儿朝邬朋一鞠躬，然后转身朝大门那边走去。

张玉贞这时从楼上下来了，她有些吃惊地喊着草儿道："草儿，你真的要走吗？你真的就忍心撇下我和苗苗吗？"

金草已走至大门口，听见玉贞提起苗苗，她的眼泪就不自觉地涌了出来。可是她强忍住了自己的泪，只回头说了一声："贞姐，保重！"说完，她毅然转过身子，坚定地走出了张家的大门。

草儿出了张家的门楼，邹朋也已经跟了出来。他走到门外扬手叫了一辆"麻的"车，转身对草儿说："金草，我送你去汽车站吧。"此刻的草儿还沉浸在心酸之中，她无意识地点了点头。

已是九月初，正值暑期结束，返校的学生很多，凤城汽车站显得十分地繁忙。在车站售票厅，邹朋代替草儿排了长队，好不容易才买到了一张直达深南市的长途客车票，开车的时间是下午三点钟。邹朋抬头一看车站墙壁上的大挂钟，现在还是上午十点半。乘车的时间还早，而邹朋的家离车站不远，于是他要金草到他家坐一坐，顺便弄点吃的。可是草儿没有应允。她宁愿就在车站等。邹朋于是就在车站外买了几斤水果送给金草，让她路上吃。在车站蹭了一个多小时后，邹朋又在车站旁的小吃食摊上叫了两个菜，然后自己又开了一瓶啤酒，陪草儿吃一顿饭。对于金草来说，她本来对邹朋这个人无甚好感，只是因为他有恩于她，她对于他一上午的殷勤容忍了下来。毕竟她现在也只是在车站待上几个小时，然后就要走的。

邹朋一辈子节俭，但抽烟喝酒这两样他是改不掉的。只是他抽烟喝酒依然不忘节约，他吸的烟是廉价烟，喝的啤酒也是当地市面上卖得最便宜的。当草儿低头吃饭时，他那里拿着一只透明的塑料杯，慢慢地、一小口一小口地、就似乎在品味人间最美味的东西。好菜他几乎没吃，一次次地用筷子夹起菜，却都是送到了金草的碗里。等到他终于喝完那瓶啤酒时，草儿的饭也已经吃完了。她已经放下了碗筷。也许是乘着酒性，邹朋这时说话的声音也大了些，他瞪着一双眼睛瞧着草儿说："金草，有句话我刚才不敢讲，现在我喝酒了，我觉得我有些胆子了。我想对你说，钱，我是绝不会让你还的。不过，假如你同情我的话，你能不能留下来，给我支撑个家呢？说来惭愧，我家里没有个女人那哪儿还像个家哟。简直就跟猪窝狗窝差不多。我那两个儿子，现在都在读中学，他们也像我一样，没人疼没人爱的，实在是可怜得很哪。"

见草儿默然，他又乘兴说道："你放心，你到了我家就是女主人，我什么都听你的。在外面挣的钱我一分不少每天我都交到你的手上。家里的开销都由你说了算。我这人没别的本事，老实、勤俭，而且，我会疼你，爱你，一辈子……"

"邬师傅！"草儿终于说话了，"你酒喝多了，我叫辆'麻的'送你回家吧。"草儿说着，站起了身。她刚一招手，便有一辆"麻的"开了过来。邬朋见了，赶紧起身对那"麻的"车主抱拳道："谢谢这位师傅，实在对不起，我还有点事，一时还走不了哇。"

"你还有什么事，邬师傅？"草儿不解地问。

"你不是要到南方去吗？我还要送你上车哩。"他说。

草儿无言。

"刚才我错了，我不该强人所难。金草你既然不愿意留在我身边，我也不会为难你。车票都已经买好了，你还是按时乘车吧，我只要送送你就行。"

听了邬朋这话，草儿不知怎么忽然对面前的这个男人有了一丝同情。想她平常从没给过他好脸色，几年了，他却一直没有放弃对她的追求。特别是这次为了抢救她的母亲，邬朋在医院里出钱又出力，天天就在那儿守着。草儿本也是个善良的女子，她的心也不是铁打的。只是因为她的心里有着李忱，她才毫无别念，也算辜负了眼前人吧。

草儿生出这些对于邬朋的愧疚之心后。一下午，她没有再拒绝邬朋的相陪。三点钟到了，金草终于挤在上车的人群中，登上了去深南的大客车。等到把金草送上客车后，邬朋又在车外等了一会儿。直到客车快开动了，他忽然想起了什么，连忙从上衣口袋里掏出纸和笔，匆匆地在上面写下了一串数字。然后通过车窗口，他将那张纸条递给了草儿，然后说："金草，这是我家的电话号码，如果你有什么事情需要找我，你就打个电话给我，好吧。"大客车已经开动了，看到邬朋从车窗外边跟着车走边往上递过来的纸条，金草刚想推掉，可又一想，自己不是还要还钱给他吗，有个电话号码将来也好联系。于是，她收下了那张纸条。

金草终于离开了凤城县，带着心灵的创痛和无限的辛酸，奔往了南方。

大客车跑了四十多个钟头才终于在第三天到达深南市。一出深南汽车站，她就看见任贵儿和刘鸣正在路边等着她。刘鸣抄着手斜靠在他的私家轿车旁，西装革履、一副"款爷"派头。贵儿也打扮得贵妇人似的，正朝草儿来的方向张望。当她看见金草后，马上就飞奔了过来，张开双手拥抱了草儿。

坐上刘家小轿车后，虽然金草的心情还有些抑郁，但任贵儿的笑脸与热情感染了她。于是两人在车后排座上说着话儿，倒显得比儿时还亲热。窗外那些生机盎然的热带植物：那一排排高大的椰子树、大片大片修剪整齐的绿篱以及许许多多不知名的花草，这一切都让金草有一种新鲜感。离开张家，离开凤城那块小天地，来到了祖国的南方，一切都是那么新颖新奇。金草觉得眼界大开。也许，新的环境新的希望给予了草儿一种全新的心态。她的心情渐渐舒展开来。

刘鸣的车终于停住了。金草走下车来，她的眼前忽然一亮——哇，大海！出现在金草眼前的是一片蔚蓝色的大海。刘鸣的家就在大海边一个坐北朝南的半山坡上。整天都可以沐浴阳光。草儿张眼四看，这儿有迷人的沙滩，有大片的别墅群。毋庸置疑，这儿住着的都是富人们！

贵儿将草儿领进了自家的院门，刘家院子里有一位五十多岁的妇人正在给几株鲜艳的三角梅浇水，贵儿进来后指着她对草儿介绍道："这是我家保姆陈妈，四川人，是刘鸣从劳务市场上招聘来的，你以后肚子饿了时，喊她一声就行。"任贵儿说完，领着金草走进家门并直接上了楼。贵儿一边上楼，一边对草儿介绍道："我家的一楼是会客厅兼餐厅和厨房，二楼是我们一家的卧室，你来了就住在三楼。昨天我已经让陈妈将三楼收拾干净了，卧室里的东西全都是新的。我想，这样大概不会委屈你的吧。"说着，她已经领着金草上了三楼。果然就像任贵儿所说的，三楼收拾得非常整洁。整个楼层都铺满了地毯，窗明几净。小客厅前面是巨大的落地玻璃窗，面朝着蔚蓝色的大海。室内电脑电视一应俱全。宽大的卧室里床上铺的盖的全都是新的。草儿看到这些，心里忽然有了一丝欣慰。这些年来，从来都是她当保姆，伺候人家。今天来到任贵儿家，贵儿却待她如同上宾。金草一边在心里感激着，一边却也有些惶然，毕竟不是亲姐妹，何况她是到任贵儿这儿来打工的，贵儿不应该对她这么好啊！

没容金草多想，任贵儿这时走上前来，将草儿手上提着的那个她从家乡带来的，装着旧衣物的塑料袋接了过去。她并没有把它放在房间一角，而是一下子便将它扔进了垃圾桶里。她说："金草，你来我这儿，一切用的东西我都给你置办齐了。就连你的衣服，不管是上班穿的还是下班穿的，我都给你配好了。都是上好的衣料，保你穿着满意。这些旧东西就不要了，我作主，丢掉算了。"

任贵儿刚把草儿带来的那包东西丢进垃圾桶，草儿却上前仍然将那包东西拎了起来。她拍了拍塑料袋上面的灰尘，说："别看它们旧，可都是我从家乡带来的，我还是觉得用它们亲切。贵儿，有件事我也要说明一下，你的好意，我心领了。可是我毕竟是出来打工的，我想我们不能坏了规矩，我不能住在你家，我还是要在外面租房住。""什么？"任贵儿惊讶一声，"金草，是不是你对于我的安排不满意，你才要到外面去住？你真的是没出过远门，不知道外面的世界有多复杂。你知道这是哪儿？这不是我们的家乡凤城县！我们的家乡民风淳朴，世道清平，是全国有名的平安县哩。可你现在是在深南，深南是开放城市，各色各样的人都有哩。我让你到深南来，我就要为你的安全负责。倘若你在我这儿出了点什么差错，我可担当不起责任呀。"草儿一笑，说："你看你，说得那么严重，我就不信，光天化日之下，我一个大活人还能出什么事儿。""哎呀，金草，你别不听我的好不好，我可是说的大实话哩。你……"任贵儿还想说什么，可是被金草一把堵住了话头，"贵儿，你什么都不用说了，你也知道我的脾气，我决定了的事情，你是说服不了我的。就这样吧。我现在就出去找房。"

任贵儿当然知道金草的个性，她拗不过她。两人走下二楼时，刘鸣半倚在二楼小客厅的皮沙发上正在看一部外国录像。看见金草走了下来，他掉过头来说："金小姐，坐了几十个小时的车，你也累了吧，怎么不在楼上休息？""哎哟，刘鸣，你莫提了，金草她我

· 223 ·

是留不住的，她还是要自己出去租房住。你说这深南人多复杂、治安又不好，她一个单身女子在外面租房住，我还真的不放心哩。我劝也劝不了。刘鸣，金草大概是见你这个主人还没有发话吧，你现在就说一声，让她住我们家吧。"刘鸣接过了贵儿的话头，说："金小姐，你就听从任贵儿的安排吧，我家房子多，足够住的。"任贵儿也赶紧说道："金草，你看，刘鸣他也留你了吧。我告诉你，我家房多人少，孩子又住在寄宿学校。刘鸣经常天南地北地到处跑，我一个人在家挺寂寞的，你来了正好和我做个伴呀。"

可是金草依然没有停住自己的脚步，她只是回过头来露出一笑，说："谢谢你们俩的好意，我明天早晨就到你们店里上班。"

刘鸣夫妇俩住在深南市的郊外，他们的珠宝店却是在深南市繁华的闹市区，珠宝店的面积并不是很大，但店内装饰得金碧辉煌。金草来到店里后，在刘鸣的授意下，她接管了珠宝店的财务工作。除此之外，她还担当起了珠宝店店长之职。据任贵儿说，自从有了儿子刘恺之后，她在家的时间就多一些，有时并不能照顾到珠宝店里的生意，平常店里的一切事务就只有刘鸣一个人打理。那时候，刘鸣又要负责销售又要负责进货，他一个人忙不过来，贵儿就想到了要请金草过来帮忙。可是草儿并没有来，近两年，随着珠宝店生意逐渐扩大，店里急需一个会经营能理财的人，贵儿就又想到了草儿。千盼万盼，如今才终于把金草盼了来。

金草没有辜负刘鸣和贵儿对她的期待，尽管一开始她缺少经营和理财的经验，但她毕竟是一个聪慧灵秀之人，对于珠宝店生意上的往来以及会计科目，通过一段时间的财会学习和刘鸣的点拨，她很快便掌握了要领，日清月结的账目做得清清楚楚。这让刘鸣省了不少的心。

刘鸣为生意大部分时间在外面跑。云南、香港，内地好多省份都有他的足迹。珠宝店他就托付给金草掌管。金草不仅学会了理财，她还通过学习和钻研，很快熟悉了珠宝店的业务，真正担当起珠宝店店长的职责，深受顾客好评。平常，任贵儿只是偶尔进店来看看，对于金草的经营和管理，她也几乎完全放心。在刘鸣这儿，金草有一种被重用被信任的感觉。她常怀感恩之心，她认为只有加倍努力地工作，才能对得起刘鸣和贵儿。她于是更加刻苦地学习经营知识、认真地练习专业技能。

自从刘鸣的珠宝店新来了金草这样一位敬业、热忱且又年轻漂亮的女店长后，珠宝店这几个月的营业收入一直在走高，乐得刘鸣和任贵儿喜笑颜开。为了感谢金草，贵儿一般在每个月的月末，或逢节假日，便要把草儿接到她家，姐妹俩聚一聚，顺便弄点好吃的来款待金草。

一转眼，金草来深南市已经四个月了。今天，金草又领到了这个月的工资。为了节约钱还债，金草的日子一直过得很清苦。今天领到工资后，她只留下房租和吃饭的钱，其余的准备下班后跑一趟银行，将这钱给郐朋汇过去。欠了人家那么多的钱，没有办法，只能这样慢慢还。

下班的时间到了，金草处理完手头上的事情，便挽着小提袋准备离开珠宝店。她刚刚出门，忽然看见任贵儿的车来到了珠宝店门外。贵儿倚在车窗口叫着草儿道："金草，我在等你。""贵儿，有事吗？"金草问。任贵儿摇头道："没别的事，就是邀你上我家吃饭去。""贵儿，今天既不是月末，也非节假日，有何事要我上你家？"金草不解地问。"哎哟，你还非得等到那些日子才肯上我家吗？我告诉你，今天我高兴！你知道吗，刘鸣刚从广州打电话回来了，他呀，今天在广州接了一单大生意。""生意是他做的，与我何干？"金草诧异道。"金草，说真的，自从你来到我们珠宝店后，我们的生意便非常好。这几个月的销售额一直在上升。今天，他又接了一单大生意。刘鸣认为这是你给我们带来的好财运，他让我今天无论如何，也要把你请到我家去，让我好好地犒劳犒劳你。"

虽然任贵儿这理由牵强，但金草还是上了她的车，毕竟她们是好姐妹，刘鸣不在家，她去陪她吃餐饭也未尝不可。几分钟后，车子驶到了一处银行的门口，金草忽然喊贵儿停车。"干嘛？"任贵儿不解地看着金草。"我要汇点钱回去。"草儿边说边打开了车门。贵儿也下了车。她跟在草儿的身后问："你在家乡不是已经没有亲人吗？你还汇钱给谁？"草儿又不好说是寄给那个贵儿并不认识的郐朋，只好说："以前欠人的，现在还人家的钱。""欠？你怎么还欠了人家的钱？你不是一直在张玉贞家生活吗，总不会是欠她家的吧？""当然不是。"金草边说边走上了银行前面的几级台阶。"那是欠谁的？""哎呀，贵儿，你别问了。""金草，你欠了人家多少钱？"任贵儿三两下跑上了银行门口，她挡在了金草的面前。"哎呀，你别问了，这不关你的事儿。"贵儿这时一把拉住草儿的手，强行将她拉下了台阶："走，金草，上车再说。"

深南的傍晚，繁华热闹的街头到处都是霓虹灯闪烁。车子穿过一段闹市区后，很快便驶向了相对比较安静的海边别墅区。不一会儿，任贵儿的家便到了。

陈妈做得一手好川菜，好酒好菜端上桌时，贵儿将两瓶茅台酒都开了盖，一瓶留给她自己，一瓶递给了金草。草儿本不想喝酒，经不住贵儿再三相劝，她也只好拿起了酒杯。当然她不过是陪陪贵儿而已，本来就只有两个人，一个人喝酒一个人不喝也有些说不过去，而且贵儿那里又是一个劲地劝。两人就这样一边说着话儿一边对着饮酒。草儿有些饿，她吃的菜多一些，酒她其实饮得并不多。而任贵儿大约是已经习惯了饮酒，她的那一瓶酒饮了个底朝天。饭后，贵儿又邀草儿到她家浴池去沐浴。草儿准备回出租屋去，于是回答说："不了，贵儿，我不陪你了。明天我还要上早班呢。""金草，我要你今天在这儿陪我。我等会儿打个电话到店里去，你明天的班就不用上了。金草，我准备明天带你出去玩儿。""哎呀，又不是休息日，我哪能丢下工作不管出去玩呢？再说，我既然到深南来了，还愁没有机会玩吗？"草儿说着，站了起来，但不知为什么，她也只是喝了大半瓶酒，竟感觉头有些晕。"不，金草，我们明天不在深南玩，我们去香港，好吗？""香港？"草儿一听这话，人就觉得有些清醒。在家乡时，人们都觉得香港遥远得就像是在天边一样，去那儿是多么难的一件事。想不到在深南，去一趟香港就犹如走一趟亲戚那样容易。所以金草一听这话，还真有些刺激。她有些心动了，可不知为什么，又一阵头晕袭了过来。她已经站起来的身子竟有些摇晃。她赶紧用手按住了自己的头。草儿此时的心里有些奇怪，按她平常的酒量一瓶白酒绝对不会让她头晕，今天她只不过喝了大半瓶，竟会有头晕的感觉。

经不住任贵儿的执意挽留，加之也有些头晕，草儿终于放弃了走的念头，留在了贵儿家。

在贵儿家的鸳鸯浴池里，当满池的玫瑰花瓣浸没了草儿的身体时，她感到有些兴奋也有些陶醉，她终于舒服地闭上了眼睛。草儿刚把眼睛合上，就听得浸泡在浴池另一头的贵儿问她道："金草，你告诉我，你欠了人家多少钱？"也许是酒精在起作用吧，草儿的话也多了起来。于是，关于她母亲的死，关于欠邬朋的钱，一股脑儿地从她的嘴里流了出来。说到伤心处，草儿还淌下了泪。

当草儿披着浴巾在贵儿的帮扶下走进三楼卧室时，她一下子便瘫软在床上了。这时，任贵儿走到摆放在房间一角的保险柜前。她打开了保险柜，从里面拿出了一摞现金。走到床边，她数出了一个数，然后将它放在了草儿枕头边，说："金草，明天我们去香港前，你先去趟银行，把欠邬朋的钱还了。""钱？什么钱？"草儿似乎用尽了全身的力气才迫使自己抬起头来，问了贵儿一声。可是还没等她看清楚床头边的那些钱，她便觉得整个人像失去知觉般地昏睡了过去……

夜，已深了。海面上传来了远洋货轮的鸣笛声。刘家三楼卧室，装饰精美的墙壁上幽幽地亮着粉红色的壁灯。草儿还在昏睡之中，房门忽然被人轻轻地推开了，一个体态健硕的男子走了进来。他转身关上房门，然后走至床边，伸手撩开了白色圆顶蚊帐。蚊帐内的金草还在昏睡，美丽的容颜令人心动，男子情不自禁地俯下身子深深地给了她一个吻。

这时候，受到刺激的金草忽然动了一下，她将头扭向了一边。也许是酒后的极度干渴使她喊出了一声"水"。男子一听这话，转身从饮水机上接了一杯纯净水，然后扶起草儿，让她喝了几口。草儿依然头脑晕重、浑身绵软无力。她只闭着眼睛断断续续地说了声："贵……儿……，谢了！"喝完水后，她又倒下昏沉睡去。

这时，男子倚在草儿身边，他又亲吻了她一下。草儿呓语呢喃地说了声："贵儿，别……胡闹，我好困……"可是她的话没说完，那吻便如雨点般落了下来。草儿忽然有些清醒，但她依然闭着眼睛，嘟哝道："贵儿，你变态啊？你以前……并不是这样的！"草儿不高兴地侧过了身子。

这时候，草儿身后的男子又将她的身子扳正了过来。草儿有些生气了，说："贵儿，你有病啊！"草儿一边说，一边推着身边的人。可是哪里推得动。草儿终于睁开了眼睛。

"你、你不是贵儿？"草儿虽然睁开了眼睛，但大脑尚不清醒。在微弱的灯光中，她竟没认出眼前的人是谁。

那人并没有说话，只是动手解她的衣带。

"你是谁？"草儿说着这话，浑身一个激灵。她终于从梦寐中惊醒了过来，瞪着一双大眼睛盯着眼前的人，虽然那人背对着光，但草儿还是认出他来了，"你、你是刘老板？"她惊讶地说了一声。

"是我，刘鸣。"

草儿一听这话，立即从床上坐了起来，并用双手紧紧地抱住了自己的被子。她诧异道："刘老板——你、你不是在广州吗？怎么又在家里？"

"广州离深南只有两百来公里的路程，我要回来还不容易吗？"刘鸣笑了一声。

"刘老板，你和贵儿住在二楼，怎么跑到我这儿来了？"草儿双眼盯住刘鸣问。

"因为我喜欢金小姐！"

"你胡说！"

"真的……"

"你要干什么？"

"我要让你成为我的夫人。"

"这可能吗？"

"当然可能！"

"刘老板，我跟贵儿是朋友，你这样做，对得起贵儿吗？"

"爱，不存在对与错！"

"贵儿可是跟你一起打天下的结发妻子。"

"这与爱无关！"

"她那么爱你，全身心地支持着你，呵护着这个家。"

"金草，任贵儿她不是个坏人，可是，我和她之间早就没有爱情了。自从见到你之后，我心里一直忘不了你。"

"荒谬！任贵儿哪一点不好？"草儿忽然有些愤慨，为贵儿鸣不平。

"'鸡在中庭鹤在云'，任贵儿任什么都无法与你相比！"

"刘老板，你不用说了，请你出去，不然，我喊贵儿了。"

刘明忽然爆发出一声笑："喊吧，金草，你尽情地喊。不过我可告诉你，一切都是她安排的，你喊也没用。"

"什么？她安排的？"草儿摇头，"不会！绝对不会！我知道贵儿，她绝不会是这种人！"

"不信，你以后问她去。"刘鸣说罢，又伸手欲将草儿搂进怀中。

"你无耻！"草儿抱紧被子，蜷缩着的身子移向了床头。

"金草，我真的爱你。只要你顺从我，我的一半家就是你的。"刘鸣说到这儿，逼近草儿的身边。

"贵儿！任贵儿！"草儿突然大声地叫了起来。可是，除了刘鸣的嘲笑，整栋楼没有一点其他的动静。草儿的泪流了下来，她再也不说什么了。她这时猛地推开了刘鸣的手，然后跳下床。直接跑下了二楼。

当怒气冲冲的金草推开任贵儿的房门时，她发现贵儿正倚靠在床头发呆。很显然，她刚刚哭过，直到此时，她的脸上仍是湿漉漉的。草儿这时忽然发现，贵儿不化妆的面孔确实非常难看。这大概是她平时妆化得太浓，皮肤受到伤害的缘故。她的脸色焦黄、粗糙且浮肿，简直有些惨不忍睹！当然此刻的草儿顾不得去想这些，她现在的心里只有对任贵儿的怨和恨。因此，现在的贵儿在她的眼里更显得丑陋不堪！

看见金草闯了进来，任贵儿什么话都没说，她无话可说。

看见贵儿像个木头人似的呆坐在床头沉默不语，草儿心里真是又气又恨。她叫了一声："任贵儿，你——还像个朋友吗？"

"金草！"羞愧难当的任贵儿要去拉金草的手，却被草儿甩开了。

贵儿的眼泪又出来了："金草，你听我解释好吗？"

"任贵儿，你什么也不用说了，什么解释都是多余的！我说我怎么才喝了那么一点酒就头晕，原来是你们夫妻俩合伙算计我！"

"金草，我，我现在也没别的说了，我只请求你，原谅我，好吗？"贵儿一脸凄苦，"金草，因为我的自私，我才伤害了你。我告诉你吧，刘鸣他现在腰缠万贯，吃喝嫖赌抽样样都来。在他眼里早就没有我了。是我苦苦哀求，让他不要与我离婚。我对他说，除了离婚，其他的一切要求我都可以答应他。我知道，这个色鬼他早就看上了你。他在我面前承诺如果我想办法让他得到你，他就不会抛弃我。金草，我也是没有办法，才答应了他。我想，我和你自小情同姐妹，如果现在能在一起共同过上荣华富贵的生活，不也是一种很好的结局吗？"

金草此刻的心里真是翻江倒海，任贵儿的所作所为太让她痛心了！本来，父母已逝，她又不得已离开了李忱和女儿苗苗，来到贵儿的身边。她已经视贵儿如同亲姐妹，把她当成自己这一生中最好的朋友与依靠。可如今，就是这个她视作亲人般的朋友，让她伤心至极！失望至极！

"贵儿，我真为你难过！"草儿恨恨地说了一句。

任贵儿的脸上浮起了一丝苦笑。她说："金草，你刚从凤城那个小县城出来，历经的世事还太少。在深南这种地方，哪个有钱人没有几个小蜜和情人呢！这可是见怪不怪的事儿。"

"任贵儿，我现在什么也不想说了，我真没想到，你会变成这样！"

"你瞧不起我是吧，金草？"任贵儿叹了一口气，"金草，其实你仔细地想一想，女人哪，不就是那么回事儿吗？而据我观察，你也已经不是几年前那个清纯如水的金草了。你不是也跟李忱好过，而且还在他家住了几年？要知道，他也是有老婆的人哩。再怎么说，我跟你的关系总不会比李忱的老婆差吧？我们家刘鸣他现在可是千万富翁哩。而那李忱也不过一清水衙门的穷小吏而已。我倒觉得，无论哪方面刘鸣他都不比李忱差呀。金草，你就听我一句话，珍惜这来之不易的机遇吧。'朱颜那有年年好'，不如趁现在年轻美貌，好好地享受享受生活。"

听了任贵儿这一番话，就像贵儿得了侏儒症似的，她的形象在金草心中骤然矮了半截。这真是个可怜又可悲的女人啊！草儿再也没有说什么，转身就往楼下走。任贵儿追下楼来，可是草儿早已走出了她家的大门。

吃过早饭，金草便在珠宝店等待着办移交手续给刘鸣。她不顾任贵儿的苦苦哀求，执意要离开珠宝店。

"金草，我求了你这么久，你还是要走吗？"任贵儿有些不甘心地问。

草儿双眼盯着窗外，沉默着没有回应。是啊，走？自己好不容易离开了张家，来到这个向往已久的南方城市，如今却又要走？她现在又该往哪儿去呢？家已经没有了，她甚至没有一个亲人，她从今往后又该如何生活下去呢？当然，离开任贵儿，已经是铁定了的事情。任贵儿这儿她现在一刻也不想待了。若不是珠宝店的账目还没有移交，她恨不得早一分钟离开。

刘鸣出现了。就好像他们之间什么事情都没有发生一样，他依然面带笑容，神态自若地出现在金草的面前。倒是任贵儿看见刘鸣来了，立马起身离开了这里。

刘鸣依然一副油头粉面的样子，向后梳理着的头发纹丝不乱，银盆似的大脸上闪现出一副志在必得的神情。他进来后，什么话也没说便将一大串钥匙放在了草儿的面前，说了一声："金草，这是你别墅的钥匙，你不是爱看海吗，这幢别墅的位置就正对着海。"

"另外，你要移交珠宝店的业务手续也可以，从今以后你也不用来上班了。任贵儿不做的事情，你也不用做。你放心，你今后的生活只会比贵儿好，绝不会比她差。你会成为我真正的太太。"

金草就如同一尊冰雕的人儿般端坐在办公桌前，丝毫不为之所动。对于那串钥匙她甚至连看都不曾看一眼。她是一个生活在社会最底层、最贫困的女子，她也向往财富、向往上等人的生活。但她更懂得什么叫自尊，什么叫良心。任贵可以对不起她，但她不能对不起任贵儿，对不起任支书。"不义而富且贵，于我如浮云。"她此刻正是这样一种心境。于是她冷冷地说了一句："刘老板，你什么也不要说了，办移交手续吧。"

由于地处南海的边缘，深南市的气候真是多变。早晨出门时还是彩霞满天，可是等金草移交完珠宝店的业务手续后，窗外已刮起了大风下起了暴雨。只见这时的狂风裹挟着雨丝，像扭麻花般地在这个城市的上空移来滚去。在狂风暴雨的肆虐下面，蜷缩着的是目前尚无法与天抗争的人们。而金草并没有被窗外恶劣的天气所吓倒，她办完一切手续后，不顾刘鸣和任贵儿的极力挽留，立马便离开了珠宝店。

此时的风太狂雨太大了。金草步履踉跄地来到大街上，一阵狂风吹来，差点将她掀倒在地。她立即用双手紧紧地抱住了街道旁的一棵行道树。旁边是一家大型服装超市，为了躲避风雨，金草只好暂时躲了进去。超市靠窗边放着一排蓝色的塑料座椅，透过巨大的落地玻璃窗，能清楚地看到街面上的一切。金草双眼盯着玻璃窗外，希冀能打辆出租车离开这里。大街上基本没有行人，偶尔有一两辆出租车匆匆经过，里面都是坐有客人的。像这样的风雨天，出租车简直成了出行的宠儿。没过多久，金草忽然看见有辆出租车缓慢地从服装超市门前驶过，并很快地停在了不远处任贵儿的珠宝店门前。出租车一侧的门打开了，显然是有人在那儿下车。草儿立即跑向了超市的门口，她扬起手想叫那辆车。可就在这时，她忽然发现从那辆车里出来的人有些熟悉。她甚至非常惊讶，那个身影就像是李忱。不过她又一想，李忱此时应该还在江苏工作，他哪里会找到这儿来呢。草儿正在想，忽然那人在转身交钱给司机，差不多是面对着她的。金草这会真真切切地看清楚了，他就是李忱。不过此时的李忱并没有发现金草就站在离他不远的地方，大概他此时的注意力完全是在任贵儿的珠宝店里，以为金草还在那儿上班。因而他的眼睛根本就没往服装超市这边瞧。而这时的金草也很快地转过身子，依然回到了服装超市里。

外面依旧雨骤风狂，丝毫没有停歇的意思。据国家气象台的天气预测，深南市这两天有超强台风经过。深南市各机关单位和学校已经放了假。而此刻的金草心里更是爆发了一场巨大的暴风骤雨。李忱的到来让她的心顿时翻江倒海起来。无疑，他此刻来这儿肯定是在寻找她的。金草想到这儿，那眼泪便不由自主地涌了出来。此时此刻，孤身一人无依无靠的她多么需要他的温暖和安慰啊！可是，她也知道，这是不可能的。她好不容易才离开的他，好不容易才用理性约束住了自己的情感，她岂能再走回头路呢！

深南市毕竟很大，金草离开任贵儿后，她从深南市的南区来到了北区。她觉得自己不能就这样回凤城去，人都是有自尊的，她不想如此落魄地回到凤城。除了不想在玉贞面前失去尊严外，她也不知道怎么去面对曾经关心她帮助过她的任支书，贵儿是贵儿，任大叔是任大叔，贵儿对不起她，可任大叔有恩于她。这次来深南市之前，离开眠牛村时任支书送了她很远，一再地叮嘱她，要她帮贵儿的忙，打理好她的珠宝店。她如果现在就这样回去了，在任大叔面前也不好交代。另外，还有一个极其重要的原因，那就是她不想欠下邬朋的人情债，她要想办法来还他的钱。趁着自己年轻能做事，她要挣钱还债，还要过生活。

金草来到深南市的北区，很快便找到了工作，是在一家小酒店打工。草儿干的是迎接客人、端盘子等杂活。虽然干这些活辛苦、劳累、上班的时间也长，可是这家酒店的老板夫妇对她很好。而且自从草儿进了这家小酒店后，小酒店的生意慢慢地红火了起来，回头客也渐渐地多了。这些都使老板和老板娘乐得合不拢嘴。新年很快就过去了。开春后，前来南方打工的人特别地多，小酒店的生意也一直很好，可是，就在金草暗自庆幸自己找到了一个好去处时，却又发生了一件令她意想不到的事情。

一个春日的黄昏，金草正在收捡客人餐后的菜盘子和碗，小酒店里忽然走进来几个三十岁上下的男子，他们进门便点了鲍鱼等菜肴，还要了人头马洋酒。一顿海吃海喝之后，一个脸上有一块斜疤的人掏出大把的钞票丢在草儿端菜的托盘里，并盯着她说："我的乖乖，好靓呵！钱不用找了，给你作小费好了。"说完，打了个响指，叫着同伙们："走!"一伙人摇头晃脑地正准备出门，斜疤脸却在酒店的旋转门边又回过头来。他抬起刺着青龙的手臂指着草儿，对正在吧台上数钱的老板娘道："明天夜晚，叫这位妹子给我们送几份外卖，就送到江南大酒店十一层1188号房间，记着，菜单就跟今晚一样。"

虽然金草不愿意送这趟外卖，但老板不舍得丢掉这笔利润丰厚的生意，第二天下午三点半钟他就指挥着厨师开始办菜，四时半他便准时地将草儿送上了的士。

金草到达江南大酒店时，暮色已悄然笼罩在城市的上空。大街上华灯初放，各营业场所彩灯闪烁，城市正处于一天中最繁华热闹的时段。草儿乘电梯上了十一层，来到了1188房间。她放下右手上已打好包的菜肴，腾出手轻轻地敲了一下门。门很快地开了一道缝，草儿双手不闲地挤进了那扇门。房间里面烟雾缭绕，茶几上堆满了烟头、易拉罐和水果皮。红色地毯上也是一堆堆的开心果壳和瓜子壳。除了没见到那个斜疤脸外，昨天去小酒店的其余三个人都在。

他们围在一起玩着扑克牌，各人面前都放着一大沓大面额的钞票。草儿放下手里的饭菜后，说了声："这是你们昨天叫的外卖，老板让我送来了。"说罢，便立在一旁等待着他们付款。"唔，大哥还没来，你就在这儿等一会儿吧。"一个光着头嘴角叼着香烟的年轻人斜眼盯着草儿说。

"对不起，我来时老板叮嘱过我，让我早点回去，晚上客人多，小酒店也就靠晚上的生意哩。"

"啰嗦什么！你们酒店的生意关我们什么鸟事。我们可是听大哥的，大哥让我们怎么做，我们就怎么做。"一个瘦猴精模样的人说。旁边另一个矮胖且有着一脸横肉的人白了草儿一眼，眼露凶光。草儿不禁打了个寒噤，这三个人她一个也惹不起。这时，那个光头的手机响了，他一看来电显示，便说："大哥的电话。"说罢，便把手机贴在耳朵上。对着电话，他只说了一声"来了"，然后便鸡啄米似的"嗯、嗯、嗯"点头。

放下手机后，光头对另外两个人说："胖子、老猴，大哥让我开车去接一下他，你们两个看住这小娘们，别让她跑了。大哥说，等他来了后，大家都有赏！"

草儿一听这话，吃了一惊，她不过一酒店打工女，又无钱财，他们为何要扣住她呢？眼看着光头就要出门，她忙上前扯住他道："我不过一送外卖的，你们为何要将我扣留在这儿？"光头转过脸来，瞅着草儿狡黠地一笑："我告诉你吧，出主意让你来是我大哥的意思，你要走运喽！"说罢，大笑着开门而去。草儿不明白光头的话，但这种不祥的预感让她害怕。她伸手就要去拉那扇刚刚合上的门，但被她身后那个叫老猴的人扯住了。"放我走，光天化日之下，你们要干什么？"草儿生气地叫了起来。

"少废话，叫你在这儿，你就得老老实实地在这儿待着。"老猴说了一句。

"为什么？这到底是为了什么？"草儿大叫。

"你是不是欠揍？"一脸横肉的胖子也来到了草儿的面前。凶巴巴地吼了一句。

看来，自己今天是落入坏人之手了。草儿倒抽了一口冷气。她这时反倒冷静了下来，显然，硬拼是没有什么结果的，她斗不过这两个泼皮，要想逃生，只有另想办法。

金草露出害怕而驯服的样子，老老实实地重新回到沙发上坐下。

老猴见草儿再没有提出要走的要求，他转脸挤出笑容道："这才对。小姐，我告诉你，我们大哥看上你了。你放心，他不会亏待你的，他从来不会亏待他看中的女人。除非那女人不听他的话。"

老猴的话，让草儿听得心惊。看来，她非得逃出这个房间不可。她张眼环顾了一下四周，除了门、窗，此房别无地方可走。可是门，这两个歹人是不会让她开的。窗户呢，她看到窗户除了玻璃关得严严的外，窗外还装有防盗网，又有这两个恶人在，她金草真是插翅难飞。

怎么办，草儿心急如焚，可她表面还得装作镇定。她无奈地将眼睛又在这个房间里转了一圈。

当草儿的目光转到那唯一的窗台边时，她忽然发现就在那厚厚的落地窗帘旁边还有一个不起眼的小门，这大约是个卫生间。因为在这种高档酒店的房间里，一般都会配有一个卫生间的。不过不知道这个卫生间里有没有窗户，有窗户也不知通不通外面。哎，就算有窗户也能通外面，可是那坚固的防盗网也只会使草儿望而却步！金草感到自己的双手在冒汗。

老猴和胖子又在玩扑克牌。他们起先还谨慎地不时盯着草儿，可随着老猴面前的钱越码越高，胖子大概有些急了，他已经有一会儿没朝草儿这边看了。老猴呢，他这时候心里得意，瞧草儿也少了。不过，因为他们就坐在靠门边的沙发上，草儿要想越过他们的面前出逃肯定很难。草儿的目光这时又盯向了那个卫生间的门，她忽然转过脸来说了声："我要出去一下。""什么？"老猴和胖子几乎是同时叫了起来。"我要上卫生间。""啊，"两人又是同时一声，"上厕所还不容易？"老猴嘴角往窗台边那扇门一挑，"去，不要耽误我发财！"胖子也不耐烦地说："女人就是事多。"老猴又戏谑了一句："到厕所去把大小便都拉干净，等会大哥来了有事儿你做。"

　　金草起身打开了卫生间的门。这个卫生间很窄小，仅有一扇窗。草儿按捺住自己扑扑乱跳着的心，轻手轻脚地走到窗台边。玻璃窗上面安有一个手把，草儿伸出手去将窗户轻轻地一推，窗户竟然打开了。外面还是防盗网，不过草儿惊喜地发现，这防盗网上面竟然开着一个小窗。这大约是酒店预防逃生用的。而特别让草儿惊喜的是，就在她所在的这个卫生间的隔壁竟然也是一个卫生间。而且那个卫生间也像她这边的卫生间一样，防盗网也开着一扇小窗，且那小窗正对着她这边的小窗，中间的距离不过半米左右。这显然是一种人性化的逃生通道设计。就是这逃生通道，让金草看到了求生的希望。而这时，房间里那两个赌徒的叫喊声不时地传进草儿的耳朵里。那个所谓的大哥，大概也快来了吧。事不宜迟，草儿一咬牙，就爬上了窗台。这毕竟是在十一层楼上面，草儿的眼睛根本不敢朝下边看。而且对于防盗网的安全性她也并不清楚，一切只能听天由命！她这时只在心里喊着："爸、妈，保佑你们的女儿吧！"然后，便开始了冒险之举。幸亏草儿身子轻盈，行动敏捷，她很快便钻出了面前的防盗网。并将双手牢牢地抓住了对面防盗网的小窗。

草儿的双脚终于实实在在地踏在了隔壁卫生间的地上。这儿的客房是空的，并没有客人。当然草儿不能在这儿逗留，她必须立即离开这里，因为隔壁房间那两个恶人发现她不见了，马上便会循迹而至。

金草于是来到了客房的门边。她将耳朵贴在房门上听了听外边的动静，然后悄悄地开了房门。走廊上并没有人，金草赶紧溜出了身子。

金草踏着走廊的红色地毯，一溜小跑地往酒店的电梯那边跑去。可是她刚跑出不远，忽然电梯那边静寂的转角处传来了粗重的脚步声。紧接着草儿听见了那个差不多已经熟悉的声音："大哥，你不要急，慢点走吧。"这是那个光头的声音。

草儿的神经本来就是绷着的，她这时更是紧张到了极点。她惊恐地朝走廊两边张望了一下，那些客房的门几乎都是紧闭着的。一条直直的走廊，根本就没有藏身之处。慌乱之中，她只好赶紧折转身仍然回到了她刚刚走出来的那间房子里。

当金草背靠着那扇合上的门时，那两个恶人刚从门外走过。

隔壁房间的门被重重地关上了。金草没有丝毫的犹豫，她立即打开了身后的房门，更以冲刺的速度往电梯那边跑去。

当金草走出电梯时，她不敢有片刻的停留，并很快地离开了江南大酒店。热闹的大街上，人来车往，川流不息。金草立在街头，踌躇了一会儿，她不知自己现在该往哪儿走。回到她打工的小酒店去，这念头马上被她否决了。她知道，她今天送的这趟外卖价值不菲，如今她两手空空，如何能回酒店去呢？再说，有了这几个恶人，她回了小酒店，小酒店岂能安宁呢？可是别的地方，她又能往哪儿去呢？

还是离开这座城市吧，离开这个是非之地。毕竟这儿给她的伤害太深了，她这样想。并立马伸手拦了一辆出租车。

金草终于又来到了深南市长途客运站。当她走下出租车时，已是夜半时分。好在深南是个不夜城。车站广场上灯光明亮，站内站外，拉着大包背着小包的人们依然络绎不绝。

南来北往的人们大都是有目的的出行，可是金草此时却不知道自己究竟该往哪儿走。离开深南，这是她心里已经决定了的。可是离开深南，她又该往哪儿去呢？

一辆辆豪华大巴自金草前面开过，这都是开往祖国各地、天南海北的车。金草毫无目的地在站台上走了一会儿。忽然一辆绿色大客车开了过来，金草一抬头，看见大客车驾驶室前面的玻璃上印着"深南市——苏南市"几个红色的字样。苏南市——苏南市是个什么地方？金草完全不知晓。她只知道那儿是江南。金草读书时就知道江南是中国最美丽最富饶的地方。晚唐诗人杜牧的诗句"南朝四百八十寺，多少楼台烟雨中"就是描写江南的。而白居易一首赞美江南的词："江南好，风景旧曾谙。日出江花红胜火，春来江水绿如蓝。能不忆江南？"就曾让年少时的金草对江南充满了憧憬和向往。

现在去江南的机会在她眼前，不如就去那儿看看吧。

金草没有犹豫，她立即买好了去苏南的车票。

由于高速公路夜晚二至五时禁止带客大巴车通行，草儿乘坐的大巴车到达苏南市时，已是第三天的早晨。苏南市长途客运站地处市郊，金草走出客运站出站口，展现在她眼前的是一望无垠、辽阔而平坦的绿色原野。蓝天下面，一栋栋白墙黛瓦的小楼掩映在绿树之中，小桥曲廊，流水悠悠，一派清明祥和的景象。这就是古人所说的"上有天堂，下有苏杭"的人间天堂苏南大地啊！

出车站不远处，便有几家装修古朴的快餐店。草儿这时忽然觉得肚子有些饿，她便选择了一家大排档走了进去。

金草刚刚坐下，店外传来一个卖报人的声音："卖报，卖报，今天的苏南早报。"

草儿初来苏南市，对这儿的一切都是陌生的。她现在急需了解一些苏南的情况，她于是掏出一枚硬币，从卖报人手里买下了一份报纸。

草儿一边吃着面条，一边双眼在报纸上浏览着。头版无非是些时事新闻之类的报道，看过之后，草儿又翻开了报纸的第二页。这时，她的目光忽然被一条醒目的新闻吸引住了："苏南市劳动力市场大型招聘会今天上午九点钟在市人民广场举行"。

看到这儿，金草有些兴奋，她没有想到自己一来到苏南市便遇上了这样的大型招聘会，也许这是一个好的开端吧。她心里有些高兴。可是，当她问及此地离苏南市人民广场有多远时，她又一下子犯难了。大排档老板告诉她说，他们这儿地处苏南市的郊外，离市中心的人民广场路程比较远，且没有直达的公交车，需转几次车才能到达。此刻的时间已经是上午八点钟了，而招聘会召开的时间是上午九点钟。若是乘公交车去，一路上公交站点多，上车下车，走走停停，很费时间。且现在正处于上班的高峰，倘若遇上堵车，便不容易赶上这场招聘会。

当然，金草不想失去这个找工作的机会，她还是准备去乘公交车。

大排档老板见她执意要去，便善意地提醒道："不过，这事情也好办，你可以乘出租车去嘛。"

是啊，乘出租车是个不错的选择。尽管贵一些，但如果能找到工作，也值。草儿想。

吃完早餐，金草便来到宽阔的大马路旁等出租车。也许正值上班的高峰吧，一辆辆出租车竟然都载有乘客。金草等了一会儿，见打不着车她不免有些着急。她想，再打不着车，她就只好改乘公交车。反正她今天上午是一定要赶到招聘会上去的。就在草儿犹豫间，忽然一辆红色出租车驶到她前面不远处停下了，看来是有人要在这儿下车。金草一阵惊喜，她赶忙跑上前去。出租车的车门打开了，一位六十多岁的老太太从车内走了出来。老太太鹤发童颜、衣着华贵，只是她的神情显得有些疲惫。待老人下车后，金草便上了这辆出租车。

红色的士载着金草沿着宽阔的沥青路飞快地往市中心驶去。幸好，一路上遇到的绿灯多红灯少，而且几乎没有遇上堵车。出租车到达苏南市人民广场时，九点差一刻。草儿付费后便准备下车。大都市的出租车总是那么繁忙，金草刚刚打开车门，只见一对恋人模样的小青年已经候在车旁了。

金草下车后，只见前面宽大的苏南广场上，彩旗飘飘，人头攒动。大红的横幅"苏南劳动力市场大型招聘会"高高地悬挂在广场中心。用人单位的摊点已全部铺开，招聘会马上就要开始。金草来不及看看这个城市广场周边的景致，她的心已经完全专注在招聘会上了。

然而就在此时，金草忽然听得身后传来了"喂"的一声喊，那声音显然是冲着她来的。她回过头去一看，原来是刚上出租车的那个男青年和他的女朋友在车窗口向她招手，并指着放在地上的一个棕色大提包对她喊道："美女，你的提包掉车上了。"草儿有些迷茫，其实她刚才在出租车上也已经看到这个提包了，可是她以为是出租车司机的，便没有问。她刚想说，那不是她的包，可是那辆出租车已经载着那对恋人飞快地开走了。

　　这本不是草儿的提包，草儿亦不是贪财之人，遇上这样突发的事情，草儿一时竟不知怎么办才好。周围满是人，就在金草犹豫着没有上前之际，已经有人在向那只提包靠近。金草知道，倘若她不去拿那提包，提包肯定马上就会被人提走。金草突然觉得自己还是应该拿这个包，看看里面有什么，然后再做处理。

　　金草于是走上前去，伸手挽起了提包。提包有些沉，草儿不知道那里面究竟装的是什么。离开围观的人群后，她来到广场一个花坛处，准备打开提包看一下。她是想，如果这提包里面没有什么重要的东西，她就丢弃它算了，毕竟她还要参加招聘会找工作。

　　可是当金草打开提包后，她大吃了一惊，那里面竟是满满一提包现金。都是一扎一扎捆好了的，究竟有多少，她没有去数。因为怕被人盯上，她仍然拉上了提包的拉链。此刻的金草，面对如此巨款，心里面忽如狂涛巨浪般翻腾了起来。她来到这个世上二十多年，还从来没有见过这么多的钱。真是天上掉金蛋啊，她的手里忽然有了这么多的钱。这对于一直生活在贫困之中的她来说，吸引力真是太大了！想当初她就是因为没有钱，不能去北京读大学；也因为没有钱，她的父母才死于贫病；还因为没有钱，让她欠下了邬朋的人情债。

钱啊钱，钱给她留下的痛苦记忆实在太深了，而她对于钱的渴望又实在太大了！

　　可是这钱毕竟不是她的！

　　在经过一番痛苦的思想挣扎与灵魂洗礼之后，金草终于做出决定，去找钱的主人，把钱还给人家。金草抬头看了看热闹的招聘会场，她相信这样的招聘以后还会有的。她当务之急是找到钱的主人，把钱还给人家。她想，人家既然一下子就拿了这么多的现金，必定是有要紧的事情要办。说不定，丢钱人现在都急晕了头吧。

　　可是这钱到底是谁的呢？是谁有这么多的钱落在出租车上呢？草儿在理顺自己的记忆，她记得她临上出租车前下车的是一位白发老太太。草儿当时就觉得那位老人虽然神情显得疲惫，但从她的气质和衣着打扮上来看，她就不是一个普通人，说不定这钱就是她的。

　　草儿想到这儿，立马又犯起难来了，虽然她相信这钱就是那位老太太的，可是她们毕竟萍水相逢，来去匆匆，她现在又该上哪儿去找老人家呢？

　　草儿又想，老人既然是从她来的那个地方下的车，她会不会就住在那儿？或者她是去那儿办什么事情？

　　不管怎样，草儿还是决定回到她刚才乘坐出租车的那个地方去找老太太。

　　为了尽快返回她刚才来的那个地方，以便早点找到失钱人，金草仍然叫了一辆出租车。回程的路没有去时那样顺利，不仅红灯多且常有堵车，当金草返回她原来打出租车的地方时，时间已到了十点半钟。宽大的马路两旁，林荫树下，行人来来往往，大都行色匆忙。金草在那儿站了一会，左顾右盼，根本就没有老太太的身影。金草觉得自己这么等也不一定有结果，她觉得还是应该打开那个提包看看，从里面找一找失钱者的信息。如果万一找不到，她就只好把它交给当地的派出所。金草于是再次打开了那个棕色的提包。扒开那一沓沓的钱，左找右找，她终于在提包的底层找到了一份文件。打开一看，是一份苏南市新区园林绿化工程招标文件。整个文件都是电脑打印出来的，只在文件的最后一页有一个应标人的手写签名：叶筠。

这个叶筠是谁？她是不是那个白发老太太？还有这钱跟这份文件是否有关联？金草带着这些疑问从头仔细地看起手中的文件来。

从文件的内容看，这钱跟这份文件确有直接的联系，它是这个招标项目的保证金，整整五十万元。看来是这个名叫叶筠的人将她的五十万元投标保证金遗忘在出租车上了。金草再一看投标报名截止时间，正是今天上午十一点钟，地点就在苏南市海北区招投标中心。

"苏南市海北区招投标中心"金草嘴里念叨着，她抬起头来四处张望了一下，就在马路旁边不远处，有一幢高大雄伟的银灰色大楼。楼顶上面一排巨大的蓝字书写着的正是"苏南市海北区招投标中心"。金草心里一阵惊喜，这正是她要找的地方。她知道，若要找到那个叶筠，她就得走进这幢大楼。

金草提着那只沉重的棕色大提包，毫不犹豫地走进了海北区招投标中心那幢银灰色的大楼。在门卫的指点下，金草乘电梯来到了十八楼的招投标交易中心。透过眼前巨大的玻璃门，金草清楚地看到，墙上的时钟正指向十点五十五分。一位工作人员走了过来，他向她说了一声："你好，请你留步，"然后将她挡在了玻璃大门外，他礼貌地说，"对不起，现在正是招投标报名的时间，与此无关的人员一律不得入内。"

"哦，我可以不进去，可是我要找叶筠女士，请你通报她一声好吗？"

"对不起，我不认识她。"那位工作人员彬彬有礼地回答道。他这时又抬头看了一下墙上的挂钟，然后说："现在离报名结束的时间只剩下几分钟，你就耐心地在外面等她一会儿好了。"

恰在这时，金草忽然听见玻璃门里面有人对这位工作人员喊了一声："你让她进来。"金草进门后，看清那是一位五十岁左右的中年人，大约是这个招投标中心的负责人。此时，只见他问金草道："你是'叶氏公司'的人吧，是不是叶总让你送投标保证金来的？你看，离报名截止时间只剩下三分钟了。这个叶筠，她把时间计算得精准，再晚来三分钟，'叶氏公司'就会失去这次投标的机会。"

金草终于心情轻松地离开了十八楼的招投标交易中心，走出了苏南市海北区这幢银色的大楼。苏南的天是那么蓝，云朵那么白，海风轻轻地吹着，阳光温和得几乎让人陶醉。

一个原本贫穷的女子做了一件连她自己都感到吃惊的事情，将已经到手的五十万归还给了人家，并为之争取到了投标竞争的机会。尽管金草自己依然是两手空空，可是她心里踏实。路要靠自己走，钱要靠自己挣。凭着自己年轻，她不信自己挣不来钱。

草儿终于又来到了马路边，她想乘公交车仍然回到苏南市内去。那儿的招聘会大约已经散场了，不过，她还是想去那儿，寻找一些招工的信息，争取早些觅得工作的机会。

金草站在蓝色的公交站牌下，前面一辆公交车刚刚开走，她得耐心地等待下一班公交车。

公交站亭的人越聚越多了。这时，忽然一辆银色的小轿车开了过来，开到公交站亭旁边停下了。一位满头银发的老太太走下车来，她举目在人群中搜寻了一遍后，便大声地问了一声："请问哪位是金草？"

此刻的金草，正站在公交站亭一侧，双眼眺望着马路的尽头，急盼公交车的到来。听到这一声问，她才回过头来。她认出了这就是早晨乘出租车的那位老人。

"你就是金草？"老人走至草儿前面，满面笑容地问。

"我是叶筠。我要找的人就是你。"老人说完这话，她便上前拉起了草儿的手："金草，不要等公交车啦，你要去哪儿，我送你去。"

"叶总，谢谢您！我要去的地方远着哩，就不用劳烦您了。"金草赶忙拒绝道。草儿是觉得，一来她要进城，的确路程很远。二来她也不想劳烦人家，何况眼前是位老人。另一个重要的原因，是她刚给老人送回了钱，她不愿人家是为还情而来。她还钱是她本性使然，她并不想图人家的回报。

"不让我送也行，可是我想请你吃顿午餐，这总可以吧？"叶筠说。

"我早餐吃得迟，现在还不饿，这也请叶总免了吧。"金草回绝道。

"这可不行。金草，你帮了我，我不谈回报，可是请吃一顿便饭，无论如何你也得答应我。"老人不由分说，拉着金草便上了她的车。

小车是叶筠自己开，她技术娴熟而轻快。看到金草吃惊的样子，她微笑着说："金草，你是怀疑我上午为什么带着那么多的钱不开私家车而打出租吧？我告诉你，我今天早晨本来是开着私家车出门的，但出门后不久，我的车子出了一点问题。没办法，我只得将车子丢在了附近的4S店维修。当然，今天是'苏南市新区园林绿化工程'招投标报名的日子，我是个生意人，我不愿放弃这次投标的机会。于是，我就带上投标保证金打了出租车。只是这几天我伤风了，一直在吃感冒药。上了出租车后我有些迷糊，昏昏欲睡，以致下了车我也忘了拿提包。等我下车后，让凉风一吹，头脑清醒过来时，出租车早没了踪影。"老人说到这儿，自嘲地笑了一声。"金草，后面的事情，你已经知道了。我两手空空地走进了海北招投标中心，只是说了声，我筹钱去了。便折转了身子。我是想，我这回损失的何止是五十万，也可能是五百万、五千万哪！金草，我告诉你，我手里的金钱有时是要用几何级数方式来计算的哦！"

小车在宽阔的马路上快速地行驶了一会儿，然后便进入了热闹的市区。在一家非常气派的大酒店门口，车子停了下来。叶筠一边锁车一边对草儿说："我这人哪，一激动病就好了，我本来感冒几天了，几乎没怎么吃饭。现在我忽然觉得肚子饿了，我想吃了。金草，你陪我喝点酒。"

金碧辉煌的大酒店，豪华舒适的包间，一桌丰盛的菜肴，一瓶法国红酒。叶筠拿起精致的高脚杯与金草对饮。

"金草，请问你现在在哪儿上班？"

金草一听叶筠的问话，便据实回答道："我刚来苏南市，还没有找到工作呢。"

"哦，你是才来苏南的？"

"是。"

"你想要找什么样的工作？"

金草一笑，回了声："只要我能干的就行。"

"有没有学历？"

"高中毕业。"

叶筠"嗯"了一声。拿起杯子又要金草喝酒。

叶筠放下杯子，又继续问着金草，成家没有？孩子多大了？父母还健在吧，家里还有些什么人……等等。

待金草一一作答后，叶筠又自我介绍道："我原来在苏南大学工作，是园林艺术学院教授。退休后自己办了一家园林工程公司，也就是"叶氏公司"。经过近十年的打拼，现在已小有规模。我的丈夫和儿子十几年前就已经移居美国。我丈夫姓郝，他原来是苏南大学法律系教授。退休后才去的美国。我儿子叫郝大卫。他们父子俩在美国开了一家 Lee's law firm。我退休时，他们父子俩也想我去美国定居，可是我愿意在国内做生意。叶氏公司是我独资开的，生意上的竞争，是一种乐趣，我喜欢。"

叶筠说完这些话后，转而又问草儿道："金草，你初来苏南市，如果没有其他工作意向的话，我想问你，你可以来我的公司工作吗？""去'叶氏公司'工作？真的？"金草抬起眼睛看着老人。只见老人"嗯"了一声，然后点了点头。看到叶总期待的眼神，金草真是喜出望外。她没想到，这么快，老人便给予了她工作的机会。

叶筠思考了一下，然后说："你先做我的文秘，工资我们另议，吃，你就随我一道吃，住，你也不用租房，就住在我家里。我一老太婆，住一大宅子，正想有个合适的伴呢。你的人品让我看好你。金草，行不行，你说话。"

金草觉得自己真是很幸运，一来苏南就找到了工作。而且老太太给她开出这么好的条件，完全出乎她的意料之外。依她的本意，她并不想老人因为还钱的事，才对她这么好。她觉得自己只是做了应该做的事情。正直善良是大别山人应有的品质，也是她金草的天性。无论多穷多苦，她都不想得意外之财。她只想通过自己的双手挣钱还债，挣钱养活自己。这也是她做人的原则。当然，她来苏南是为了找工作，她并不想失去叶总给她的这次机会。于是她郑重地点了点头。

　　"叶氏公司"的办公地点在苏南市中心，这是一栋六十八层高的现代化建筑，叶氏公司租用的是大楼的第六十层靠东头一侧。新的工作，新的环境，这儿的一切对于金草来说，都是新鲜的。

　　金草来到叶氏公司的第一件事，便是帮助叶总为一个月后竞标"苏南市新区园林绿化工程"做准备。新接手的工作对于草儿来说完全是陌生的。当叶总把她从四处搜集来的国内国外富有特色的园林绿化样板图案放在金草面前时，草儿立即被这些纷繁复杂但精致漂亮的图案吸引住了……她很快便喜欢上了这里的工作。

　　这些天来，叶筠一直处于紧张的忙碌之中。她带着金草跑上海、南京、苏浙鲁皖。搜集苗木信息，掌握市场行情，为竞标做好充分的准备。

　　眼看着竞标的日期越来越近，叶筠还在为标底的价格和设计方案大伤脑筋。这是此次竞标的关键，是需要突破的两大难题。

　　一连几天，叶筠都睡得很少，也吃得少。这一整天，金草发现叶总几乎没有出过她的办公室，临到下午下班时，金草发现她还是坐在办公桌前，面对着眼前的一堆设计图纸发怔。那是公司设计员根据叶总的意图设计的图纸，摆在叶总的办公桌上已经一天了。

"叶总，该下班了。"金草上前提醒道。

"哦，时间怎么过得这么快！"叶筠在老板椅上动弹了一下，并张开双手伸了一个懒腰。但紧接着她又拿起了笔，在面前的设计图纸上写画着什么，嘴里却说着："噢，金草，你再等我一会儿，好吗？或者，让我在这儿加一会儿班。我……总觉得事情做得很不顺。我需要加班。"

叶筠毕竟年纪大了，长时间这样的劳神劳心肯定对她的健康不利，金草于是坚持要她下班："叶总，还是回家休息吧，再忙也得休息。不是离竞标的日期还有几天吗。"

叶筠没有再坚持，她也知道自己毕竟年纪大了。

叶筠开着小轿车，穿过几条繁华的大街，出海口沿着海滨大道行驶了一会儿，然后又驶入了一条很深的小巷子。小车在小巷子里折来折去地转着弯，最后才来到了一处高高的院墙边。车到门前，遥控电动门自动开启了。小车缓缓驶进车库后，叶筠一边锁车，一边对草儿说："金草，参加完这次竞标后，你的第一件事情就是报名参加苏南大学园林艺术专业的函授学习，第二件事便是拿驾照，你看，我又忙，还要自己开车，简直累死了。"

叶筠的家是一幢两层的私家小别墅，尖顶圆窗，里里外外全是精致的罗马柱，完全欧式建筑。楼房前面有一口弯弯的月亮形的水池。水池的一角养着两株睡莲花，池内几条凤尾小红鱼在悠闲地游动着。虽然身处闹市区，但有周围的高墙阻隔，这里不仅显得雅致，也显得静谧。

金草进门便扎起围裙下厨做饭。

不一会儿，一碗热气腾腾的鸡蛋面端到了面前，叶筠忽然觉得肚子真有些饿了。她也不客气，端起面条便往嘴里送。一边吃一边双眼还在盯着那些被她带回家的图纸看。

"金草，我也做了多年的园林绿化生意了，不瞒你说，以前有许多的生意我都是托我学生的福才做来的。我总觉得我很笨，脑筋呆板，不是做生意的料。现在做生意越来越规范，招投标终将让人情生意退出历史舞台。我们现在必须面对现实。'市场的竞争，就是智慧的较量'，这是世界知名的'经营之神'——日本企业家松下幸之助先生的一句名言。"

金草收拾碗筷走进了厨房。叶筠闭上眼睛小憩了一会儿。草儿走出厨房后，她又醒了。

"金草，你把电脑打开，我要重新看一下这次园林绿化设计草图。"叶筠在卫生间里一边洗着手一边吩咐草儿道。

"好吧。"金草答应着，随即走进电脑房打开了桌上的电脑。

"好了，谢谢你。金草，天天这样占用你的下班时间，对不起。"叶筠走出了卫生间。她说着，来到了电脑房。她的习惯，每次遇上招投标项目，她回到家里还要办公。

草儿走进了浴室，她准备洗个澡后就去休息。

草儿刚刚脱下衣服，并伸手打开淋浴喷头开关准备洗澡，忽听得叶筠在电脑房里喊她，声音还有点急切："金草，金草，你快过来一下。"听到叶总这么急迫的声音，草儿还以为老人出了什么事，她赶忙关掉水龙头，顾不得擦一下身上的水珠，便披着一条大浴巾跑了出来。

看到金草这个样子从洗浴间跑出来。叶筠又不好意思起来，她歉意地笑了笑，说："金草，没什么急事。是我看到电脑上有一套设计图案，不是公司设计员的，这肯定就是你的设计喽。我一看这图案就觉得设计挺新颖，一时高兴，忘了你是在洗澡。对不起！请你洗浴过后，到我这里来一下，好吗？"

经过大半年的紧张施工，"苏南市新区园林绿化工程"很快就要完成。这些日子，金草一直在为这项工程的实施奔波忙碌着。几个月前，经过激烈的竞争，"叶氏公司"终于中了"苏南市新区园林绿化工程"的投标项目。工程设计图案基本是按照金草的构思来实施的。金草现在已能熟练地开着小车四处奔忙。跑施工现场，跑苏、浙、鲁、皖采购苗木。在叶筠的言传身教下，原本聪慧的她已经能与人谈生意了。而且通过大半年来的园林艺术专业的函授学习，她的业务水平正在逐步提高。

在"苏南市新区园林绿化工程"结束的最后一天，金草回到了叶总的家。这十几天来，为了按照招标合同如期完成施工任务，金草吃、住都在工地上，直到园林绿化工程完工，她才回来。叶筠对金草这几个月来的工作表现和工作业绩十分满意。看到一直在外面忙碌的金草终于回到家。她很高兴，问了金草一些有关此次工程完工的情况后，她亲自带金草去泡了温泉，并亲手做了几样好菜，慰劳金草。饭后，她指着桌上的一封信，喜形于色地对草儿说："金草，今天我好高兴，'苏南市新区的园林绿化工程'圆满地竣工了。而我的儿子大卫也要从美国回来看我呢。"

"哟，那真好！"金草今天心里本来就高兴，"苏南市新区的园林绿化工程"从接标到施工完成，金草一直积极地参与其中，且工程项目的设计图案主要是采用她的构思来实施完成的，工程完工后，主管部门对于工程效果非常满意，这是金草来到叶氏公司后参与设计并施工的第一个园林绿化项目，小试牛刀，便取得了骄人的成绩，这让金草很有成就感，也增添了她的自信心。也许自己这辈子与园林工作有缘吧，她觉得干这一行是那样的得心应手。从前在家里绣花时，她只是在那咫尺之间描龙绣凤，如今在苏南这方天地里她可以大显身手，将她的聪明才智发挥到极致。多少年来，她从没有像今天这样扬眉吐气过。而这一切，她知道都是因为叶总给予了她机会。她如今从心底里把叶总当成了自己的亲人。平时，她看到叶总孤身一人生活，独自为生意操劳，觉得老人挺不容易，特别是她觉得老人身边的亲情实在太少了。如今，见她的儿子准备从美国回来探亲，她为老人感到由衷的高兴。

　　"叶总，郝大卫什么时候回来呢？"金草关心地问。"快了，快了，最迟也不会超过年关。他会回来过年的。中国人的情结，还是看重春节这个日子！"说毕，她又抬起头来问草儿："金草，今年春节七天假，你打算怎么过？你父母都不在了，你可以陪在我的身边吗？""叶总，你儿子不是要回来吗，有他陪你嘛。"草儿笑答道。"金草，你说这话莫不是想到别的地方过年吧？或是想回你那个凤城老家去？""不是，"草儿忙摇头，"我没别的想法，我只想利用春节假期，再到江、浙、沪各苗木基地去走一走，看一看，对于园林艺术这一块，我觉得我需要了解和学习的东西太多了。""金草，你有这些想法很好，我很高兴。可是春节期间各苗木基地大都放假了，你现在下去恐怕也很难达到目的。金草，我这样想，'叶氏公司'今年的工程项目都已基本完工，鉴于公司今年业绩不错，春节期间，公司所有员工包括你在内，统一放假七天。大家想回家的回家，想外出旅游的外出旅游，让大家开开心心地过个好年。开年后，在开始新的工作之前，我们再一起到周边各省市的大型苗木基地去考察考察，摸摸市场行情，掌握第一手资料，这对于应对明年的市场竞争肯定十分必要。"

"好的，叶总，既然如此，这件事我们就等到春节以后再说。"金草一听叶总说得在理，她便不再坚持自己的意见。其实草儿原想在春节期间离开叶总的家，最大的原因也是出于中国人的传统观念，不好意思待在叶家过年。另一方面，她也是为叶总着想，她知道叶总一家平时分居在大洋两岸，而叶总一年到头也总是忙忙碌碌，缺少亲情和关爱，而今好不容易盼到了年关，她的儿子要回来了。为让叶总和她儿子在一起好好团聚团聚，亲亲热热地过一个快乐年，草儿也觉得自己应该离开叶家。

听了金草改变主意的话，叶筠很高兴，她立即说道："那你就在这儿陪我过年，好不好？大卫回来过年，我高兴，你在我身边过年，我也高兴。我爱我的儿子，我也爱你。"

金草听到这儿，心里忽然酸酸的。想她一个孤身女子，在这世上缺少亲情，是叶总给予了她温情和关照。这份情，世上难觅。她此刻无语凝噎，任凭感动的泪水溢出了眼眶。她再也没有说什么，只是使劲地点了点头。

年关，说到就到了。今年公司的经济效益好，员工们都得到了不少的奖金和分红。金草虽然来叶氏公司的时间不足一年，但是鉴于她为公司作出了重大的贡献，公司也给她发了三万块钱的奖金。

拿到奖金后，草儿首先想到的是给邬朋寄钱。三万块钱，她一点没留，全部汇给了邬朋。并在留言里写下了这样一句话："邬师傅，十分感激你在我最困难的时候帮助了我。欠你的钱我现在给你汇了过来。请你查收。"

给邬朋汇过款后，金草感到了一身的轻松。

叶总的儿子果然从大洋彼岸回到了他在中国苏南的家。

在他回来那天，金草开着车，和叶总一道去机场迎接。

金草今天穿着一件玫红色上衣和一条深色的弹力裤。脖子上围着一条纯白色长绒毛围巾。进入苏南机场前面宽阔的绿草地后，金草便将车子停在了一旁，她和叶总一道往机场出口处走去。

此时，叶筠的儿子郝大卫拉着旅行箱，已经从苏南机场出口处走了出来。这是一个阳光帅气的大男孩，大约三十四五岁的样子，身高近一米九。此刻，他在接机的人群中发现了自己的妈妈，他便高兴得丢下了拉着的旅行箱，叉开双手，朝母亲飞奔了过来。跑到叶筠的身边，他便像个小孩子般在他妈妈的脸上又亲又吻。放开妈妈后，他向站在母亲身边的金草伸出一只手，说："你好！你就是金草吧，妈妈常在电话里夸你。"

金草以往也常听见叶总念叨她这个儿子。今日相见，发现他果然是个极优秀的男子。她也回应着向郝大卫伸出了手，说了声："郝先生好！"

腊月二十四是中国南方传统的小年，叶筠放了员工一天假，而后适逢双休日，一连三天，叶家母子一直处于相聚的欢乐之中。从腊月二十四那天起，郝大卫亲自开着车，带着他的妈妈，还有金草顺着广袤的江南平原转了一整圈，去上海登了492米高的环球国际金融中心，去杭州游览了西湖，去南京看了中山陵和国民党的总统府。其实，除了上海国际金融中心外，其他的地方叶筠以前都去过，不过儿子亲自陪她玩，处处享受儿子对她的关爱，那感受又不一般。而金草则完全是第一次到这些地方。在上海国际金融中心观光大厅看美丽奇幻的大上海，在"上有天堂，下有苏杭"的杭州看西湖美景，在南京参观孙中山先生的陵墓，还参观了充满着神秘色彩的国民党总统府。这一切让草儿感到又新奇又快乐。中国的江南，不仅处处有着如画般的景色，美不胜收；那厚重的历史人文景观，更让草儿惊奇惊叹，只觉得祖国的江南太神奇太壮观了！

　　星期一的早晨，金草吃过早点后，背上背包准备出门。大卫还端着碗，他上前道："金草，等等我。""金草是去上班哦。"尚在饭桌上吃早餐的叶筠提醒儿子道。大卫回过头去对母亲说："妈，我知道叶氏公司年内接了一单生意，金草是到工地上去的。我也想跟她一道去。""她去工地是工作，你去干嘛？""我离开家乡这么多年，现在苏南的周边都在开发，我也想去看看苏南的变化嘛。再说，我跟在金草的身边，也可以见识一下她的工作能力。"大卫拉扯着理由。见母亲没再作声，大卫便喜滋滋地陪着金草一道出了门。他们刚走出门外，叶筠又喊住他们道："你们俩开车去吧，我今天要去市园林局开会，那儿不好停车，我准备打出租车去。"

　　郝大卫到底是男士，开车的速度特别快。前几天出外旅游时，是因为沪宁、沪杭都是双向八车道的高速公路，道路宽敞。可是今天他依然开着车在大街上的车流之间穿梭，甚至一边开着车一边嘴里哼着小调。有好几次他们的车差点碰上前面的车，弄得金草一路上胆战心惊。直到车子开出城，开往苏南郊区的宽阔大道，金草的心才放了下来。也不知为什么，郝大卫跟金草在一起就特别兴奋，话也特别多。谈到当前中共中央对于党内腐败分子"零容忍"的态度，大卫不禁竖起了大拇指。谈到政府终止了持续三十多年的独生子女政策，二胎政策终落地时，大卫又鼓起了掌。当然是右手拍在了握方向盘的左手上。话匣子郝大卫，谈了国内谈国际，这时的他，又滔滔不绝地谈论起了马航MH370客机失联事件，298名乘客生死未卜。谈论这些事情时，郝大卫还不时地夹杂着英语与金草交谈。

金草虽然离开学校已多年，但她读书时英语是她的强项。所以大卫说英语时，她基本能与他交谈。不过，她不太喜欢说英语，这毕竟是在国内，他们又都是中国人，她于是要求大卫还是说中国话。郝大卫发出一声诡秘的笑，然后又用嘴巴吹了一声口哨道："金草，想不到你的英语说得这么好。"

当然，金草说过之后，大卫便一直用中文与她交谈，态度也变得端正起来。谈到不久前完工的苏南新区园林绿化工程，郝大卫开口道："听我妈妈说，那项工程投标的单位一共有九家，竞争十分激烈，叶氏公司能够打败其他几家对手，完全是因为你的设计图案新颖，吸引了发包方的眼球，从而让叶氏公司中标的。""也不完全是这样，"金草说，"这次叶氏公司能中标，主要是叶总报的总造价起了决定性的作用，这才是硬道理。""这个是肯定的，但图案设计同样重要，如果没有新颖的图案设计打动投资方，一样难以夺标。金草，你初涉园林艺术这一行，怎么会有这么新奇的图案构思呢？莫非你是一个天才的图案设计师？"金草一笑，说："哪敢称天才，我自小便跟着我妈妈学绣艺，如何在一块洁白的绸布上描绘出各种各样精美的图案都是她教给我的。我妈妈虽然身有残疾，但她人聪明，双手也特别巧。她能描绘出上千套的绣花样品哩。"郝大卫"哦"了一声，然后说："金草，原来你有一个伟大的母亲！她真了不起。"大卫竖起了大拇指。提起母亲，金草心里又涌起了痛楚，她低下了头。见金草低头无语，郝大卫知道是他的话触动了金草内心深处的思母之情，他歉意地说了声："金草，对不起，惹你伤心了。""没事，大卫。"金草终于抬起头来，对大卫说了一声。看见金草脸上恢复了平静，郝大卫很高兴，他马上转移话题道："金草，我告诉你，你为叶氏公司做出了很大的贡献，我妈妈非常高兴，她说她没有看错人。金草，我妈妈喜欢你，她不会亏待你的。"

夕阳西下时，郝大卫和金草才返程回家。

苏南的春节，倒不比金草的家乡凤城热闹。大城市不准放鞭炮，也就少了年的味道。幸亏有大卫和金草两个年轻人，叶家倒比平常热闹多了。郝大卫出生在苏南，他的学生时代都是在苏南生活的。只是攻读法律硕士学位时，他才去的美国。春节一过，郝大卫的同学们便把他邀了去，连着玩了几天几夜。直到初六的晚上，同学们才把喝醉了酒的郝大卫送回叶家。夜已深了，妈妈和金草都已经睡去。郝大卫回到自己的房间，便也倒头就睡。直到第二天的早晨，郝大卫才清醒过来。他于是去卫生间洗头洗澡，弄了半天，才除掉了一身的酒气。当大卫走进厨房时，只见叶筠正在做早点。"金草呢？"大卫走进来便问妈妈。"噢，金草呀，她大清早就出去了。哪像你呀，大卫，连着玩了几天不是。"

大卫并没在意母亲的调侃，他只是关心金草的去向，追着问妈妈："她去哪儿玩呀，怎么不邀上我呢？"

"她上班了。我看见她带着相机和平板电脑出去的。"

"我说叶总，您老搞清楚没有，今天才正月初七，金草她怎么就上班了？连中国法定的假日都没保证，您这个老板是不是太厉害了？"

"不是呀，儿子，金草她是自己主动要求工作的。"

"她去哪儿了？"

"唔，大约是去了苏南城市公园吧。"

"去那儿干什么？"

"公司去年底接了两单生意，其中之一是一项城市景观工程，也就是一座中型花园的绿化亮化工程。金草是位非常敬业的员工，自从公司接单后，她就在操心着这两件事。这不，年前你随她去的那个地方，她已经对如何施工，心里有底了。今天她去的是城市公园，她到那儿考察去了。"

　　"好吧，妈妈，我知道了。我现在要吃饭。"

　　"早餐已经好了，现在我正在做甜点。"

　　"哦，还这么麻烦？妈妈，我就要出去，我吃点面条好了，甜点就不用了。"

　　"大卫，你今天还要去你的同学那儿吗？"

　　"我明天就要回美国了，今天我肯定不去同学那儿。"大卫一边吃着面条一边说。

　　"那你要去哪儿？"

　　"城市公园。"

　　"找金草？"

　　"是的。"

　　"大卫，你还是不要去吧，你去了只会给金草添乱，她现在正在工作。"

　　可是妈妈的话儿子哪里肯听，叶筠的话还没说完，大卫已经放下碗筷对她扬起手说了声："叶总，拜拜！"。

　　苏南城市公园位于中心城区，占地面积十万平方米，这个城中之园周围是人造山丘，种满了各种名贵树木。山丘中间环绕着一池清澈见底的湖水，山中林木茂密，水里游鱼穿梭，环境十分优美雅致。

　　昨晚刚刚下过一场小雨，今天初阳高照，天空十分明净。因为这儿靠近上海，每隔几分钟，蔚蓝色的天空上便有一架银色的飞机飞过，或向东或向西，有时还在天空中划下一道长长的白色"尾迹云"。

雨后的公园，绿草如茵，树木也格外青翠。祖国的江南阳光明媚，气候温暖，雨后的空气更是格外温和、清新。

金草一早便来到了这儿，肩上挂着单反相机，挂包里装着平板电脑。她一边将公园的布局，园内精致有特色的图案，以及各种树木花草之间的协调搭配——摄入镜头，一边在平板电脑上记录着一些绝配花木的品种、规格以及它们之间的特性。作为公司新项目的借鉴之用。

金草转过一处林间小道，将她手中的单反相机对准前面一处绿草地正准备拍摄时，忽然发现郝大卫从草地的另一端走进了她的镜头。

"金草，春节刚过，你就上班了。倒是挺有上进心哈。"郝大卫见面便调侃道。

"叶氏公司开年就接了两单生意，不忙也得忙哦。"金草一边拍照一边回答着郝大卫。

"叶氏公司今年真的是'开门红'，元旦一过，便接连中得两单生意，今年的形势好着哩。金草，我妈说，你是个福星，她的好运气是你带来的。"

"瞎说。叶氏公司的好运气是靠叶总运筹帷幄得来的，她有着过人的眼光和魄力，所以她的生意才做得这么好。"金草立即回答道。

"昨晚，我看见你房间里的灯光亮了很久，看来，你早在为叶氏公司的生意操心喽！"

"为公司操心的是你妈妈，她太辛苦了！"

"金草，我妈欣赏你，她最看重的是你的人格品质，当然，还有你的聪明才智——这一点妈妈非常钦佩你。她认为，你的设计思路和理念都超过她的。我们都相信，随着你对园林园艺知识的逐渐增长，还有你积极主动的进取之心，你很快便会成为生意场上的一匹黑马，在园艺市场中脱颖而出。"

"我哪有那么好。"金草笑了起来。

时光已近中午，公园里的游人多了起来，金草收拾好相机和平板对大卫说："我们回家吧。"

"你的工作已经完成了吗？"

"是的。"

郝大卫上前接过了金草手上的大包。然后跟随着她，穿过城市公园宽大的绿草地，往公园出口处走去。

金草似乎在考虑着生意上的事情，她一直默默无言地走在大卫的前面。看着眼前金草纤长灵秀的身影，郝大卫不禁有些心动。他以前就从妈妈那儿知道，金草是一个十分敬业且聪明能干的女子，她一心扑在工作上，忘我地为叶氏公司工作着。通过这一段时间对金草的了解，他觉得她不单单是一个称职的好员工，更是一个现代社会少有的聪慧善良的好女子。她历经人生坎坷，却始终用一颗善良的心对待身边的每一个人。这使大卫不仅敬佩她，也从心底里改变了自己的想法。郝大卫本是一位"独身主义者"，三十多岁的他还徘徊在男女恋情之外。可在这时，看着眼前金草的倩影，有种情愫在他心中暗生。他的感情世界里忽然出现了一片新天地，心中有一种蓝天白云般纯净的感觉，并且很希望这种感觉能够天长地久！

时光疾忽而来，又匆遽离去。几度春秋，吴淞江边花红柳谢，燕来雁往。大自然更以她神奇的力量悄无声息地变换着人间景色。

苏南的夏天，阳光充足，海边的风不时地吹拂着这片美丽的土地。金草参加完苏南大学函授学习毕业考试出来，她的心情特别愉快。叶筠今天也回到了苏南大学，一来陪金草考试，二来回原单位办一些事情。金草考试完毕，走出学院大门时，叶总已在轿车上等着她了。四年的大学函授学习即将结束。金草这次毕业考试通过后，便可以拿到大学文凭。这也圆了她多年的梦想。更重要的是，她学习了园林艺术专业知识，掌握了专业技能，在今后的工作中，更会得心应手，如鱼得水。

第二天吃过早餐后，金草在办公室处理了一下案头的工作，然后拿起车钥匙准备去正在施工的工地检查进度。这是前不久叶氏公司中标的一项工程，叶总毕竟年岁大了，不管生意大小，工程施工得保质保量，金草只有亲自监督施工，她才放心。

要去施工现场，金草当然得告知叶总一声。她刚刚敲了一下叶总办公室的门，便听见叶总急切地说："是金草吧，快请进。"

金草走进叶总的办公室，她刚合上身后的门，只见叶总指着办公桌上一份文件对她说："金草，这是一份招标文件，这次可是个大客户。""是红旗广场吗？""正是。金草，你是从网上搜到的信息吧。""是的，我也正在关注它的动态。"叶筠一听这话，脸上呈现出赞许的笑容。

"这可是一块香饽饽啊，想吃它的人很多，竞争将会十分激烈。金草，你现在不能去工地，我们俩还是去红旗广场实地察看一遍，然后磋商一下，看如何能拿下这块蛋糕。"

半个钟头后，金草和叶总来到了红旗广场。下车后，叶总便指着眼前一大片开阔地对草儿说："金草，我们现在是站在苏南市的高新区，是市政府新开发的项目。你已经看到了，这周围的高档楼盘已如雨后春笋般发展起来了。你看，这一片片的别墅群，还有别墅群后面几十层高的花园楼房。还有这沿着十字路向外延伸的商业区，市政府是要将这里建设成为苏南市的附中心。我们眼前的这一大片土地，已经被城建部门规划为四通八达的大型环岛。以环岛为中心，向周边辐射，除了宽阔的大马路，其余的便都是绿化美化区。市政府是要把它打造成又一个城市公园、市民乐园的。"

金草的办公桌上零乱地堆放着招投标所需的文件、投标书还有决算方案。自从叶氏公司取得了这次红旗广场的竞标资格后，金草便一直埋头在这里。这次标的工程量比较大，要想在竞争中取胜，得有十足的把握。金草自加入叶氏公司以来，已经参加过多次的商业竞标，但这次尤为艰难。光是计算标底的合理价格，就让她费尽了脑筋。她这一段时间很少回叶家，除了正在施工的工地常常需要她去督促、检查、把握质量关外，为准备红旗广场投标的事，她近段时间几乎全泡在办公室里。饿了就叫一份外卖，或泡一碗方便面。累了便在办公室的沙发上小憩一会儿。特别是最近这几个夜晚的加班，使她有些疲惫，所以她一直没有回到叶总家。

近些日子，为了红旗广场投标的事，叶筠也一直在操劳，休息不好。她本来就是个有事便难以入眠的人。投标的事虽然有金草操心，她也相信金草的能力，但这是笔大生意，金草毕竟年轻，经验尚不足，她怕这事万一有闪失，所以有些放心不下。

尽管如此，但这几天，叶筠没有进金草的办公室，也没有打电话询问金草有关投标方面的事。她知道，在金草没有拿出方案之前，她不便去打扰她。她怕这会影响金草的心绪，给她添加无形的压力，因而扰乱她的思路。而且，她知道，金草一旦拿出了方案，定会马上呈送给她看的。

又是一天过去了，眼看着离投标的日期越来越近，叶筠的心情也越来越紧张。这几天，金草一直睡在公司的办公室里没有回家。叶筠心急上火，食不知味，她回家也吃得很少。她以前喜欢看每晚中央电视台的新闻联播节目，这几天也不看了。也不知是累了，还是有些感冒，她这天回到家后，便觉得十分疲惫，回家倒在沙发上便不想动弹。金草不在家，她也懒得起身去做饭，就这么躺着。直到夜晚九点钟了，叶筠才觉得肚子有点饿，她便起身煮了一碗面条。吃罢，她来到了浴室，打算洗个澡后再上床休息。

天气有些热，室内的空调温度开得很低。叶筠在浴室里打开了热水器开关，温度是早已经调好了的。叶筠脱去了衣服，将疲惫的身心浸入了浴池中……

金草今天又去了即将完工的工地。她绕着施工现场转了一整圈，工地上的草坪已经铺满地，板块绿化正在修剪，大树也全部移栽到位了。看来，按照预定的工期完工没有问题。金草看着又一片美景从自己的手下布局完成，心里很愉悦，这真是个美丽的事业啊！

当然，新的项目还在期待中，容不得金草现在开心。她看过即将完工的工地后，便准备返程。

这时，一辆黑色的雅阁轿车开进了施工工地，并停在了金草的小车前面。金草的车子已经启动了，她轻轻地按了一下车喇叭。可是那车并没有走，而且从那车里走出一个人来。这个人大约四十多岁的样子，戴着窄边太阳帽，挺着大腹肚，他径直走到了金草的小车跟前。

金草认识这个人，他是叶氏公司的供货商——绿园公司老板乔友德。她摇下了车窗玻璃。

"你好，小金。"乔友德走上前来，扬手对金草客套一声。

"什么事，乔老板？"金草因心里挂着投标的事要急着赶回公司，而且她一向不太喜欢乔友德这个人，认为他功利心太强，少有人情味。于是不冷不热地回了一句。

"小金，不是我没礼貌故意要挡你的车，是因为我有事儿要找你帮忙。"

"什么事儿，你说。"毕竟此人是叶氏公司的供货商，金草也不想得罪他，于是问了一声。

"小金，目前，我的公司因货物积压过多，资金周转出现了一点困难，我想请求叶氏公司给予一些援助。"

"什么意思？"金草盯着乔友德。

"小金，我的意思你懂的。"乔友德讪讪地说。

"乔老板，叶氏公司可是从来也不拖欠绿园公司货款的。"

"当然。我现在说的是'借'！"

"你要借多少？"

"不多，只要两百万就能解我燃眉之急。"

"你是卖方，我是买方，我们之间可只有买卖关系。"

"这我知道，我这还不是因为有困难吗……"

"困难大家都有，叶氏公司也是被债务拖着，这你清楚。"

"可是你们毕竟是大树，我们只是小草。"

"不要叫穷。"

"还真的是这样。"

"乔老板，要借钱找叶总去，这不关我的事。"

"小金，我还不是不好意思向叶总开口吗，她太严厉了，我都有些怵她。"

"那你就来找我？我是什么人？我只是叶氏公司一名普通员工，是为叶总办事儿的。"

"这我知道，可我也知道，只有你才能帮我，叶总她会听你的。"

"乔老板你抬举我了。"金草脸上有些冷。

"真的，小金，我的员工都三个月没发工资了，他们也要养家糊口啊。求你看在他们的分上帮我这个忙，绿园公司的员工会记住你这份情的。"

"乔老板，我只能答应将你的话转告给叶总，其他的就不关我的事了。"

"好的，好的，拜托了。"乔友德知道金草在叶总心中的分量，见她应承了他的话，就知道这事儿成功了一半，他脸上堆满了笑容，连忙抱拳道。

金草回到苏南市时，已是晚上七点多钟。她在公司办公大楼底下的小吃摊上买了一碗素粉，还额外买了一只烤山芋，然后回到了办公室。烤熟了的山芋透着诱人的香味，惹得草儿放下了手中的炒粉，便先要吃它。记得小时候家里穷，山芋常常是家里的主食。只不过家里的山芋是简单地蒸着吃的，为了填饱肚子而已。可如今她手中的山芋却是奢侈品，这金黄的色泽和诱人的香气，实在招人喜爱。

吃完简单的晚餐，金草去卫生间洗了洗手，便又开始了紧张的工作。她昨晚一直加班到零点，标底决算结果已经出来了，她只是没有声张。因为她考虑到自己太过劳累，怕计算不准，便决定今天重新审慎地复查一遍。这次工程报价的计算方式与以往不太一样，难度很大，所以必须谨慎。

直到晚上十点多钟了，草儿才轻轻地合上了投标书。当然，装投标书的黄色纸袋她并没有封口，因为她还要让叶总过目。像往常一样，让叶总看过并核对后，再由她亲手密封。

金草此刻的心里感到了一阵轻松。虽然能不能中标那是后面的事，但她现在圆满地完成了叶总交给她的任务，自然心里高兴。她起身站在了窗前，这是第六十层楼的窗口，城市的灯光几乎都在她的脚下。她抬头展望天空，黑色的天幕上繁星闪烁，不时地划过一道流星。也许是近日太过劳累，也许是完成工作后放松了身心，草儿忽然觉得阵阵睡意向她袭来，她连着打了两个哈欠，真想睡觉啊。

她离开了窗口。重新又来到了办公桌前，准备把刚才收拾好的投标书放进靠墙边的文件柜里。走到文件柜前，她又犹豫了。叶总这些日子一直在为投标书的事着急，她好不容易才把它完成了，还是早一点把它送到叶总的手上吧。金草看了一眼手机上的时间，已经快接近子时了，金草了解叶总的睡觉习惯，若在平时，她一般夜晚九点钟左右便要上床睡觉，但像现在这样为了投标的事过于操心，十一二点上床也是常有的事。金草想到这儿，便打定了主意马上回到叶总身边。而且她除了想将这份已做好的标书早点送到叶总的手里外，她还想回去好好地洗个澡，去除这一身的疲倦，然后在自己那宽大舒适的席梦思床上好好地睡一觉，睡到明天日上三竿再起床。

金草于是转身将投标书放进了自己的大提袋里，收拾好办公室里的一切，然后下了楼。

苏南的夜晚真是美丽！虽然已经夜深了，但灯光如海，树影婆娑。商市依旧繁华，娱乐场所也依然热闹。街道上的车辆也仍然川流不息，只是没有白天的拥堵。金草开着车驶过了街灯璀璨的城中大街，然后驶向了出海口，并沿着宽阔的海滨大道缓缓前行。在海滨大道的左侧，有一家电影城此刻正在上演好莱坞大片《教父》。大约是新的一场电影快要开场了，一对对的少男少女或挽着胳膊或搂着腰，兴致勃勃地迈上了电影城前面的那几级汉白玉台阶。而海滨大道的右侧则是一片人造沙滩。正值暑季，虽已至午夜，但海滩上的人们仍然多得数不清。人们大都自带了帐篷，或坐着或躺着，享受着海边的清凉和滋润。近海处，甚至还有一些人带着救生圈在海边的微波细浪里尽情地畅游。

温馨而浪漫的一段路程很快过去了。金草开着车经过七弯八折的城中小巷子后，终于回到了叶家小院的门前。她拿起放在车座旁的一方小巧的遥控器，轻轻地按了一下。叶家一楼车库的电动门便缓缓地开启。草儿将车开了进去。停稳后，她便拿过放在副驾驶座上的包，然后锁好了车库门。

金草提着包离开车库来到了大门前。叶家的门灯依然亮着，这是叶总给金草留下的灯。因为她不确定金草什么时候回家，只要金草夜晚没有回来，这灯就永远亮着。这时的门灯清晰地映照着叶家大门前的一切，只见弯弯的月亮形的小池塘一角，几株睡莲白天开放，晚上又闭合了，只留下圆圆的叶片漂浮在水面上。也许是闷热的缘故，一只小红鱼从水里跳了起来。草儿看了一会儿莲花和鱼，然后转过身去掏出钥匙打开了大门。

客厅里的灯也依然亮着，屋子里静悄悄的。夜，毕竟已经很深了，叶总大约已经睡了罢。草儿放下了手上的包，她想倒点水喝。

走了两步，她忽然觉得屋子里有些不对。不仅室内温度极低，而且空气里还似乎有异味。莫不是厨房里的燃气阀门没有关吧。金草想到这儿，赶忙进厨房查看了一下燃气阀门，果然没关。她赶紧伸手关上，并打开了厨房的窗子。这时，金草又发现燃气热水器的所有开关都打开着，指示灯也亮着。叶家的厨房紧挨着卫生间，而卫生间的门是紧关着的。这么晚，叶总不会是还在洗浴吧！想到这儿，金草吓了一跳，她马上走上前去，喊了一声："——叶总!"

里面并没有人应，叶总应该不在里面吧。草儿想。但她还是不放心地打开了卫生间的门。

让金草担心的事果真发生了，此刻的叶筠半躺在浴桶里，一动也不动。草儿上前叫了她几声，她并没有回应。很显然，叶总是由于长时间使用燃气热水器，室内又开着空调，关门闭户导致氧气不足因而引起燃气中毒。草儿这时虽然受到惊吓，但她并没有惊慌失措，她做的第一件事便是立即打开了叶家一楼所有的门窗，并拨打了120急救电话。然后，她便从浴桶里抱起了昏迷不醒的叶筠。好在叶筠不高也不胖，草儿完全能抱动她。金草将叶总抱到客厅的沙发上，用浴巾吸干了她身上的水珠，然后给她穿好衣服。等了一会儿，120急救车就来了，在医务人员的帮助下，叶筠被推上了救护车。

因为是深夜，路上的车辆和行人已稀少。120救护车并没有像白天人车多时那样大声地鸣叫，一路上虽然车速很快，但几乎是悄无声息的。草儿陪伴在叶筠的身边，看着昏迷不醒的老人，她的心里充满了焦虑和心酸。

医院抢救室里，医护人员正在对叶筠实施一系列的抢救措施。而在门外等候着的金草，此刻心里却如刀割一般难过。记得她刚来苏南时，在这儿举目无亲，是叶总给了她工作的机会，并视她如同亲人。在生活上呵护她，工作上信任她，不仅给了她这个苦命的女子生活的希望和勇气，还给了她施展才华的机会以及做人的尊严，使她的命运从此得以改变。如今的她与几年前那个受尽命运折磨的女子相比，完全两样！

想不到叶总这样一位好人，这样一位可敬的长者，今天会遭此磨难！在公司员工眼里，叶总是一位办事干练、精明睿智并严厉冷峻的人。她虽然年近七十，却从来不服老。跟公司普通员工一样按时上下班、穿工作服，吃工作餐，工作起来一丝不苟。在公司里，是没有人敢在叶总面前毫无顾忌地坦言说话的，除了金草。平常，看到叶总不管不顾，拼命地工作，金草也不知劝过她多少回。显然，她今天也是因为红旗广场投标的事情操心太过，思虑太多，一时疏忽大意才忘了使用燃气的注意事项、忘了洗澡的时间，导致昏迷。

红旗广场绿化美化工程招标的日期已经临近，尽管金草已经按照招标文件的要求，做好了一切准备，但她心里还是十分忐忑。毕竟这是公开招标，在未开标之前，各竞争对手都不能保证自己胜券在握。

每次招投标，对于投标单位都是一次智慧的竞争，这样的竞争对于金草来说虽然辛苦但也有乐趣。她现在也像叶总一样，习惯了这种竞争，也热衷于这种竞争。

设计，构图，精确地计算，经过几年的磨砺与实践，金草已能很熟练地操作这一切。按照叶总的要求，她每次都能出色地完成项目的策划和投标任务。

每次付出紧张的脑力劳动之后，金草心中便有一种愉悦，更有一种期待，不仅是对竞标的期待，更有对证明自己能力的期待。金草在叶氏公司已经工作几年了。对她来说，这几年是她已经过去了的人生中最忙碌的几年，也是她最舒心的几年。祖国的江南经济发达，日新月异，叶氏公司的生意也做得风生水起。看着那一处处荒芜的土地变成了绿茵茵的芳草地，那一个个杂乱无章的建筑场地变成了美丽的花园，莫不让人欢欣。毕竟这些精彩美观的绿色作品，大部分出自叶氏公司，主要是出自她之手。每当想到这些，金草便有一种成就感。自信充满着她的心间，自豪有时还溢出了她的颜面。

　　金草就是怀着这样愉快的心情，接手一项又一项辛苦的工作，忘了白天黑夜，忘了年轻人应当享受的快乐和幸福。一年三百六十五天，她就像一个陀螺，不停地为工作忙碌着。每当紧张的脑力劳动结束后，她便要戴着草帽，拿着铁锹去工地参加劳动。金草来自农村，勤劳是她的本分，也是她的爱好。当然，如今的金草担负着公司重任。除了以上理由之外，她参加劳动还有一个重要的原因，那就是她要亲自到工地上去察看、监督工程进度和工程质量。"保质保量，诚信办事"是叶氏公司的宗旨，这宗旨也牢牢地记在金草的心中。

　　这天傍晚，金草刚从工地回来，忽然接到了叶总打来的电话。那次叶筠燃气中毒，幸亏金草发现及时，才让她逃过一劫。医院施行一系列的抢救措施后，终于把老人从鬼门关上夺了回来。老人出院后，因身体尚待恢复，她一直在家里静养。最近才偶尔到公司看看。今天的叶筠在电话里并没有说别的，只说了一句："金草，你刚从工地回来，还没有吃晚饭吧？我已在'蓝色之梦'大酒店订了餐，你现在就过来。"不过年不过节的，不知叶总为什么要在酒店请客。金草有些奇怪。而且以往在公司上班时，就算她没有吃饭，叶总也总是带她去外面那些小吃摊吃大排档或炒米粉之类的，今天叶总却约她去苏南市很有名的高档酒店——蓝色之梦大酒店吃饭，要知道，那里的消费高得令人咋舌，可不是一般市民能常去的地方。

金草到达"蓝色之梦"大酒店时，一位服务生问明了她的身份，便带着她乘电梯上了楼。走进叶总订的包间时，叶总早已经等在那儿了。

反正只有两个人，叶总也只点了四样菜：一个清蒸大闸蟹，一个香煎大明虾，一个板栗烧仔鸡——这是叶总特意为金草点的她家乡的风味菜，最后一道是叶总和草儿都喜欢吃的甜点。

看见金草进来了，叶筠示意她在自己的身边坐下。随后，酒店服务生捧着一份大蛋糕走了进来。草儿忽然"哇"的一声叫了起来，原来这是她最喜欢吃的水果蛋糕！而最令草儿惊奇的是蛋糕上面写的字：金草，祝你生日快乐！

"叶总，太谢谢您了！"金草对叶筠能记住她的生日深为感动。"怎么样？金草，今天是你的生日，我为你高兴，也为你庆贺！"叶筠说着，起身在金草的酒杯里斟满了一杯酒，然后，她也为自己倒了小半杯红酒。她首先举杯对金草说："金草，上次相救，没齿难忘！我先干了。"

金草知道叶总病后不宜喝酒，想上前制止，可是叶总已经饮干了杯中酒。

金草于是举起酒杯，站在了叶筠的面前。她恭敬地向老人鞠了一躬，说了声："叶总，您不用这么客气，这都是我应该做的。没有您就没有我的今天。"说完，她也举杯一饮而尽。

叶筠忙摆手，说："孩子，酒不要喝得这么急，慢慢来。我今天高兴，所以开戒喝点酒。而你今天还有更高兴的事儿！"她说完，从身边提包里拿出一只大号信封，放在了草儿的面前：

"金草，这是你苏南大学非全日制园林艺术专业毕业证书，是苏南大学刚刚寄过来的。"

"是吗，我真的太高兴了！"金草双手捧起了那份她盼望已久的苏南大学函授毕业证书。

"是的，金草，你顺利地从苏南大学函授毕业了，我也高兴。今天，我在蓝色之梦大酒店请客，一是庆祝你的生日；二是庆贺你顺利地从苏南大学园林艺术专业函授毕业；三，我还有一项重要的决定要向你宣布。"

金草看着叶总，她不知道老人家还有什么决定要向她宣布，但她觉得应该再没什么大事了。她于是坐了下来，看着摆在面前的那一大盘板栗炒仔鸡，忽然觉得好口馋，拿起筷子便先夹了一颗板栗尝了尝。香香的甜甜的，虽然没有她的家乡凤城县的桂花香板栗烧仔鸡好吃，但在这儿，在江南城市苏南能吃到这样的东西也不错。她感激地看了叶总一眼。拿起旁边搁着的一双备用筷子，夹了一只大螃蟹放在叶总面前的盘子里，她知道叶总这个江南人最喜欢吃这个。

叶筠没有动筷子，只是又拿过了放在她身边的提包，从里面拿出了一摞文件袋。接着便从文件袋里拿出了一叠文件，草儿转过头去一看，原来是她早就准备好的有关红旗广场的投标书。叶总这时拿出它来，无非是要夸奖她一番而已，她觉得没有什么，便又转过头去了。

"金草，你再看看这投标书有什么变化？"叶筠这时戴上白色的塑料手套，拿起了金草刚放在她面前盘子里的那只大螃蟹。

金草一连吃了两颗板栗，眼睛盯在面前的菜盘子上，只回了一句："叶总,我自己做的东西我清楚,我都检查一百遍了,现在没什么变化了。"边说边夹了一颗板栗放进嘴里。

"你还是看一下吧。"叶筠用手撕开了那只螃蟹,露出里面一团金黄色的蟹黄来。

"不是离投标的时间还有两天吗,现在看它干什么。"金草嘴里说着,眼睛还是朝那份红旗广场投标书上看了一眼。看过之后,她便惊讶地叫了起来:"叶总,我清楚地记得,我做的那份投标书上,企业名称为叶氏公司。这上面怎么变了呀?"

"你不要吃惊哦,是我改的。"叶筠这时的眼神也只盯在她面前的那团蟹黄上面,嘴里轻轻地说着。

"金叶公司?"

"对,金叶公司!"

"什么意思?叶总,我不明白。叶氏公司作为这次红旗广场的投标人,不是已经按照程序报到招标办去了吗?您这样一改,那投标的事怎么办?"金草依然不解。

"你放心,一切手续我都已办妥了,该更改的我都更改了。"叶筠依然埋头品着蟹黄的美味。

"叶总,我还是不明白您老的意思?"

"金草,你不用奇怪,我只是用你我的姓氏将公司的名称变更了一下而已。股份我仍然得大头,你百分之四十,我百分之六十。"

"为什么?"

"这是我的决定,也是你应该得到的。"

"不,叶总,这我不能接受!我只是公司的一名普通员工,而叶氏公司是您经营多年,辛辛苦苦创办起来的……"

"可是我愿意!"未等金草说完,叶筠便果断地打断了她的话,

"我是私营业主，我的企业我说了算。"

金草急着还要说什么，却被叶筠扬手止住了："金草，自你送还我那五十万开始，我便视你为叶氏公司的股东了，那五十万便是你的入股资金。经过几年打拼，你以你的能力和智慧为公司的发展立下了功劳。自你来公司后，公司接下的每个工程的利润我都按你的入股累进金额与你的付出计算出你的收益，现在汇聚在一起，就占了整个叶氏公司百分之十的股份。另外百分之三十是我赠与你的。金草，你现在什么也别说了。赠与手续我已经通过律师办好了，而企业变更我也已经在工商局办理了登记，叶氏公司百分之四十的股份已经变更到了你的名下。而且这一切我都已经在公证处办了公证。所有相关的手续我都已经办好。金草，这件事情现在就这么定了，我现在只希望，我们金叶公司能够获得这次红旗广场的招标项目，为我们新成立的公司来个'开门红'！"

终于等到了红旗广场招标的那一天。早晨九点，艳阳高照，苏南市海北区招投标中心一楼的大门刚刚开启，十几家参加投标的企业人员鱼贯而入。电梯径直将大家送上了十八楼的招投标交易中心。当金草走到那已经熟悉的大玻璃门前时，她心里不禁感慨万分。她想起了几年前，她第一次走进这扇玻璃门时，她还是一个极其穷困的、被命运所折磨的女子。那时候，她刚刚带着一颗创痛的心以及一身的疲惫来到苏南，又鬼使神差地来到了这扇玻璃门前。也可能是幸运之神眷顾她吧，就是从那个时候起，让她遇上了好人叶筠。她的生活从此得以改变，她的人生也由此而走上了正轨。此后，为参加一次次的工程投标，她跟着叶总一起经常进入这道玻璃门。但那时，她都是以叶氏公司一名普通员工的身份跟随着叶总来这里的。

而今天，她却是以公司股东的身份来参加这次红旗广场工程的投标。

叶筠尽管身体不好，但她今天还是陪同金草一道参加红旗广场的投标。这时的金草还站在玻璃门前沉思，却听到已经走进这道门的叶总在向她呼唤："金草，快进来。"

招投标大厅主席台上的麦克风也传来了喊大家进场的声音。

十几家工程投标企业，几十号人坐在大厅里，鸦雀无声。一位四十多岁的招投标中心负责人首先上台讲话，强调了这次投标的重要性和合法性。然后由主持人宣布投标开始，于是，十几家企业代表陆续将投标书送上前台。就在这时，叶筠忽然在送标的人群中发现了一个熟悉的身影。她大为吃惊。待到金草送完材料从前台回来后，她马上低声对她说："金草，不好，我们这次真的遇上对手了。"

金草坐了下来，她不解地看着叶总，说："今天来的都是我们的竞争对手呀。叶总，您说的是华林公司吧?"金草刚才也看到了叶氏公司的老对手，在竞争场上与她们实力相当的华林公司老板来参加投标。"华林公司虽然实力很强，但我们也不弱，我们不用怕他。"金草说。

"不是!"叶筠连忙回答，"华林公司我倒不怕，但看到的这个人，我怕。"

金草抬眼看了一下陆续从台上下来的人说："谁呀，我认不认识?"

"你当然认识。你看，他已经从前台下来了，他大约怕见我，绕道到离我们远一些的地方去坐了。"

"谁?"金草还是不解。

"我们的供货商，绿园公司的负责人乔友德。"

"他怎么来了?"金草有些奇怪地低声问叶总。

"跟我们竞争来了。"

"他本来就是我们的供货商,凭什么还要跟我们竞争?"

"这就是现实,我们必须面对。"

主席台上传来了主持人的声音:"请大家肃静!送标完毕,现在请评标成员、专家以及公证处公证人员各就各位,唱标开始。"

随着唱标程序的结束,主席台前的大屏幕上显示了这样的结果:金叶公司和绿园公司总分并列第一。

"完了,完了。"叶筠连着叫了两声。

金草凭着几年的投标经验,也知道自己的公司虽然总分与绿园公司并列,但中标的肯定是他们。因为他们的总报价肯定比金叶公司低。毕竟他们是苗木产出企业。

果然,最后主席台大屏幕上出现的中标单位是绿园公司。

参加投标的人陆续走出了玻璃门,叶筠仍然坐在原地没有起身。

"走吧,叶总,您不是常说,'胜败乃兵家常事'吗。"金草看见叶总一脸的沮丧,想到老人对红旗广场投标的期盼和她为此所付出的种种努力,还有她大病尚未痊愈的身子,金草心有不忍,一边安慰着她一边伸手扶她起来。

叶筠抓住金草的手,勉强站起了身,嘴里回应道:"只是这次,我心有不甘哪,我们的总分是一样的,只不过他们的苗木报价比我们低一点,这个乔友德,他是专门来拆金叶公司台的,如果没有他的出现,这次中标的就是我们哪!"

从电梯间出来,走在一楼空荡荡的大厅里,叶筠感觉自己浑身无力,人好像有些虚脱。她将求助的手伸向了金草:

"我怎么了?浑身都没劲,金草,我还真的老了喽!"她说。

金草伸出手用力地挽住她的胳膊，说："叶总，为了这次投标，您付出的心血太多了，您也太劳累、太紧张了。今天，投标结果出来了，您老一下子释放了紧张的情绪，所以感觉有些虚脱，没事儿，休息休息就会好的。"金草竭力安抚着老人。

大门外，来参加投标的人几乎都走了，除了金草的宝马车还停在那儿，另外就只剩下一辆黑色雅阁车没有走。金草和叶总刚走到那辆车旁时，那辆车的车门忽然打开了，乔友德从车上走了出来。原来这是他的车。

"金草，我们走这边。"叶筠显然对乔友德有怨气，她拉住草儿往一旁走。

"叶总！"乔友德赶上前来，喊了叶筠一声。

"哼！"叶筠不屑地哼了一声，仍然昂头往前走。

乔友德又赶上前来，脸上堆满了笑容："叶总，您不要生气，听我解释好不好？"

"解释什么？说你有理！"

"叶总，我已在这旁边的金阳酒店订了座，请您和金总用个便餐，顺便跟您说件事，行不行？"

"不行！"叶筠毫不客气地回绝道。

"叶总，我知道，说别的您也不想听，我只说，虽然这次我中标了，但生意还是金叶公司做。"

"你什么意思？"叶筠说着，脚步却不由得放缓了下来。

"叶总，我刚才说的那话你应该想听吧。那好，我们还是去金阳酒店谈吧。"

金阳酒店不过是个小型酒店，客人并不多，乔友德及助手把金叶公司两位客人请上楼后，酒菜便已经端上了桌。乔友德亲自给叶筠和金草倒上酒，然后便把自己面前的酒杯也注满了。助手也在一旁陪着。

金草知道叶总不能喝白酒，她于是倒了一杯红酒放在叶总面前。看到乔友德眼中的疑问，她说了声："放心，乔老板，叶总的这杯白酒我代了。"说完，她把叶总那杯白酒拿了过去。

"叶总，您先请!"乔友德伸出手恭敬地说着。

叶筠在未动杯前，便要乔友德说清楚他刚才说过的话。

看到乔友德嗫嚅着，叶筠说了声："乔老板，我这个人就喜欢直来直去，你有什么想法最好直接说出来。"

"叶总，我们还是先喝酒好吧。您放心，我说生意由金叶公司做，就一定会让你们做。"

叶筠想看看乔友德葫芦里到底卖的什么药，她于是端起了杯子。

席上除了叶总是喝红酒外，乔友德和他的助手一直陪着金草喝白酒。三个人，两瓶五粮液很快就见了底。乔友德又要助手去开。叶筠止住他道："再不要开了，开了我们金总也不会喝的。乔老板，现在该你说话了。"

乔友德虽然知道金叶公司的金总喝酒是海量，但他也知道在今天这种情况下，多劝无益，他们还要谈正事。他于是也就依了叶筠，停止了劝酒。

放下杯子后，乔友德首先抱拳道："叶总，今天真的对不住您和金总，多有得罪，还请包涵。"

"乔老板，现在说这些还有什么用。我现在只问你一句话，找我们来的目的是什么?。"

"叶总，您既说到此，我就实话实说吧，我今天把您和金总请来，主要是请你们帮忙。"

"帮什么忙?"

"把我们中标的这个工程接过去。"

"你发烧了?"

"没有，没有，叶总，我说的真话。"乔友德忙赔着笑脸。

"说说你的想法。"

"叶总金总，别人不了解我们绿园公司的情况，你们了解。我们呢，真人面前不说假话，虽然这次我们绿园公司中了标，但我们的实力不足，这么大的工程我们确实弄不了。"

"哼!'搀行夺市'时，你怎么没想到这些，看见别人赚钱你眼红，你以为钱是那么好赚的。"叶筠没好气地顶了乔友德一句。

听了叶筠抱怨的话，乔友德便诉起了苦："叶总、金总，我乔友德今天使出此招，实在是有我的苦衷啊。只因今年气候不好，天大旱，我们的苗木减产，公司资金周转困难。我现在不仅买农药化肥的钱不够，甚至连员工的工资都发不出来，所以我才出此下策，亲自来参加投标的。而实际上，红旗广场这么大的工程对于我们公司来说，不仅没有施工经验，资金投入更是大问题，我们现在最主要的就是没有资金周转。"

"乔老板，你最好不要在这儿叫穷。没有资金投入你还会在招标会上'霸王硬上弓'吗?"

"叶总，我的家底儿您是清楚的。我们还是前不久向贵公司借了两百万才稍稍缓解了一下公司的燃眉之急。而现在我们面临的不只是几百万几千万的问题，而是需要几个亿的垫底资金。不然的话，工程不能按期完成，这后果叶总和金总都十分清楚，这个法律责任我负不起。我想，如果我们有金叶公司那样雄厚的资金实力，我今天笑都笑不过来，我还会这样发愁吗?"

"不要在这儿灌迷魂汤，把你最想说的话说出来。"叶筠说。

乔友德拿起桌上的杯子喝了一口水，然后说："叶总，其实我的心思您最清楚。"

"我不清楚。"叶筠看都不看乔友德，冷傲地说了一句。

"叶总，说来还是一句话，我们绿园公司太穷了。"

"乔老板，你不用绕来绕去地费这么多话，直接说出你的目的吧。"

"叶总，您，是个聪明人。您也知道红旗广场的价值。我们绿园公司的要求不高，只要求金叶公司把红旗广场工程款的百分之三打到我们账上，然后把我上次向金叶公司借的那两百万借据拿回来就可以啦。"

"好大的口气哦，乔老板。红旗广场工程造价的百分之三，外加两百万！乔友德，你还有没有德，你抢呀！"叶筠没好气地回了一句。

"叶总，红旗广场那可是近十亿元的大工程哪，您计算一下，您赚得的是多少？我这可只是九牛一毛哪。"

叶筠从鼻孔里"哼"了一声，双眼冷冷地盯住乔友德道："乔老板，我终于弄明白你跟我竞争的目的了。乔老板，我要说，其实这次红旗广场投标的合理价格，我们金总已经计算得很准确了。若不是你们绿园公司的出现，挤兑了我们的苗木造价，此次中标的将是我们金叶公司喽。你今天在招标现场也看到了，最接近绿园公司投标价格的就是我们。我要问乔老板，你这是跟谁竞争呀？我清楚地记得你曾经说过的话，金叶公司是你们的衣食父母！没想到，你现在杀鸡取卵，就在衣食父母的碗里抢饭吃。你呀，还真是短见哪！"

"叶总,您骂也骂了,现在该消气儿了吧。我也知道,您大人大量,不会跟我计较的。况且,这生意还是让你们做不是。叶总,您现在能考虑我的条件,答应我的要求吧?"

"你认为呢?"

"我知道叶总您非凡人,您的主意大着咧!"

"甭恭维,我受不了。我是孙悟空,你还是如来佛哩!"

乔友德有些难为情地"嘿嘿"两声。很快又说:"叶总,我知道,您是答应我了。"

"乔老板,这个问题你还是问我们的金总吧,只要她点头,我答应你的条件,并立马让财务科长给你送收据。"叶筠说着这话,将目光转向了金草。

金草一直在旁默默无声,她没想到叶总这时却将这件大事交由她来处理。当然她知道,这是叶总对她的信任,也是叶总教她做生意。她低下头,稍微思考了一下,然后说:"乔老板,生意场上的竞争,通过招投标,便是公平公正的竞争,它合理合法。当然,这也包括贵公司今天与我们金叶公司的竞争。只是因为绿园公司以前是我们的供货方,也就是说,是我们生意上的合作伙伴,你们今天与我们竞争,不合情理。当然,它合法。因此,我不能说你们什么。但是,对于你刚才的要求,要将绿园公司中标的工程项目转包给金叶公司,我们不能答应你。理由一,你们今天的行为,不合常规,我们不赞成,更不能支持。理由二,金叶公司做生意,是严格地按照国家的法律法规、按照《招标法》的程序来做的,你这种将中标工程转包的行为,不符合我国关于建设工程施工合同的法律规定。不合法的事情我们金叶公司不会做。"

金草的话音刚落,叶筠面露赞许的目光,她举起双手,边鼓掌边说了一句："我完全赞同金总的话。'君子务本，本立而道生。'我们生意人，更要牢牢地记住这一点。"

乔友德还想说什么，叶筠已经站起了身。她对金草说："金总，付三千元钱给乔老板，算作今天中午的菜金，酒水钱当然要由乔老板自己出喽。

上午还是骄阳满天，中午吃饭时，天边却卷来了乌云。刹那间，窗外炸雷阵阵，暴雨倾盆，大颗大颗急骤的雨点密集地扑打在窗台上，窗玻璃立即如水泼般。可是这雨来得快也去得快，只是吃顿饭的工夫，天上又依然是白云飘飘，艳阳高照。海边的气候就是这么变幻莫测。叶筠和金草从金阳酒店出来，感受到雨后的空气清新而湿润。金草走到车前，打开了后座靠左侧的车门，让叶总坐了进去。然后她在驾驶室系好安全带后，启动了车。

小车沿着苏南大道径直往城里开去。由于刚刚下过雨，沥青路两旁的花坛里绿篱青翠，红花娇艳。花坛中央高大的乔木树叶上还不时地滴下一两颗圆润的水珠。

"你看今天的乔友德，那德性，那嘴脸真像演戏般变化得快。上午还在铆着劲地跟我们竞争，下午却像乖孙子般求着我们。这种人，我还真看不惯。"坐在后排的叶筠，显然对绿园公司今天与金叶公司竞争的举动不能释怀，她愤愤地说。

"叶总，这次投标的情况您也看到了，苗木价格是我们公司发展的瓶颈。我觉得，公司要得到发展，必须要有自己的产业基地。"

"金草，这个想法我不是没有过。只是以前我因自己年龄的原因，在生意上有短期思想。现在我的身体不好，更不会考虑这件事了。但是你年轻，你有这个想法很好。金叶公司最终会是你的。凡是有益于公司的事情，你都得考虑。我支持你。"

叶总的话，金草并没有往细里想，她只是仍然顺着自己的思路说："当然，要实现这个目标并非易事，首先是土地制约着我们。在苏南，也许最困难的是获取土地。"

"这个问题不难解决。我在政界有一些人脉关系，找找他们，或许不是大问题。再说，现在政府有招商引资项目，金叶公司是投资嘛，这个应该能获得政府的支持。"

"是啊，现在国家为支持非公有制经济'专心办企业，安心谋发展'，在资金、土地、市场等资源配置上，对所有企业有一视同仁的方针政策。积极地支持这些企业的发展。这是国家给予企业的红利，我们应该……"金草话没说完，忽然听得后座上叶总的手机响了。叶筠对着手机问了一声。"喂，你好，请问你是谁？""哦，你是苏南市海北招投标中心？请问找我什么事？"叶总依然问着。"什么？"显然对方的话让叶筠有些吃惊，她这时的声调提高了八度。当金草听到"苏南市海北招投标中心"几个字时，她也连忙侧耳听了起来。听到叶总吃惊的声音，她连忙问了一句："叶总，什么事？"叶筠并没有直接回答她的话，只是自言自语地说了声："哼，乔友德，没有金刚钻，你也敢揽瓷器活！""什么话？"金草不解地从前面侧过头来问。叶筠笑了笑，只是说："没什么，小心开你的车，"顿了顿，叶筠又说了声，"哦，金草，前面找个能调头的地方将车子调头，我们回海北招投标中心。"

金草听从叶总吩咐在红绿灯处按电子指示将车子调头，然后依原路返回了。她刚把车停在海北招投标中心停车场，叶筠便在车上欣喜地对她说："金草，我要告诉你一个特大好消息。"

"什么好消息？"金草不解地看着叶总。叶筠扶了扶鼻梁上的老花镜，还带着病容的脸上满是兴奋的笑容："金草，在这次红旗广场的竞标中，绿园公司被废标了！"

"啊——"金草惊得张大了口。

"真的？"她问。

"真的。"

"理由呢？"

"绿园公司企业资质证书不合格，他们是挂靠资质，被发包方发现后申请招投标中心中止了合同。"

"叶总——"金草一听这话，兴奋不已，连忙说，"如此说来，中标的可就是我们金叶公司哦！"

"是啊，金草，真是苍天有眼哪！"叶筠颜面上带着惬意的笑容，嘴里却骂着乔友德，"乔友德这个王八蛋，跟我们竞争，亏他想得出来。"

金叶公司终于拿到了红旗广场的绿化美化工程，这真是太好了。金草一扫心里的阴霾，沉浸在无比的喜悦之中。要知道，为了能拿到这份工程合同，她吃了多少苦，跑了多少路，费了多少脑筋，度过了多少个不眠之夜。还有叶总，这位老人付出的几乎是生命的代价啊！

"金草，刚才苏南市海北招投标中心打来的电话，就是让我们金叶公司现在就到招投标中心签订红旗广场园林绿化中标合同。""叶总，看您这么急地让我将车子调头赶回招投标中心，我心里就猜测，是不是今天的招投标发生了什么变化，原来还真的是这样。""是呀，当时你开着车，我怕你太高兴了，影响安全，所以不敢告诉你。""哎呀，这真是太好了！"金草掩饰不住自己内心的激动，高兴地说。两人走进海北招投标中心大门，金草挽着叶总的手臂，一同走进了电梯。在电梯上升的过程中，叶筠说："金草，你记住一件事，明天上午，你亲自去绿园公司一趟，把我们的两百万要回来。乔友德，我看他还能耍什么花招！"

第二天上午，因公司接手了红旗广场的工程项目，有些紧急的事情需要做，金草只好抽出下午的时间去了一趟绿园公司。她回到叶总家时，已经是夜晚八点多钟。叶筠坐在客厅里，一直在等待着金草回来。叶筠已经在公司吃过盒饭了。草儿回来后，自己下厨做了一碗面条，一边在餐厅里吃着，一边向叶总汇报着她下午的行程。

"看样子，你是没有讨回钱？"叶筠不动声色地说。

金草仍在埋头吃面，她回了一声："是的。"

"为什么？是那个可恶的乔友德难缠吧？"

"也不完全是。"金草诚实地回答。

"那是什么？"

"是我没有开口让他们还钱。"

"噢！为什么？"叶筠有些吃惊地看着金草。

金草将吃完面条后的空碗往餐桌中央推了推，又抽出桌上的纸巾擦了擦嘴。然后说："我想回来跟您商量一下，我们还是不讨这笔钱算了。"

金草的话，让叶筠沉默了。其实没有讨回钱，这已在叶筠的意料之中。她知道绿园公司的空虚，钱到了他们的手里，如同羊羔进了饿狼之口，岂有回来的道理。但令她想不到的是，今天竟是金草主动地央求她放弃这笔钱的回收。

"谈谈你的想法。"叶筠意外但冷静地说。

"叶总,我去绿园公司调查了一下,今年开春以来,受气候的影响,绿园公司的苗木生长情况很不好。销售也因此而受阻,经济效益一直处于下滑的态势,目前真的有些难以为继。工人欠薪,买农药、化肥的钱他们都是向我们借的。叶总,我是这么想的,我们想有自己的产业基地,可这只能是远期规划,三两年之内,我们的苗木还得依赖绿园公司供货。因此,我们的关系还得存续下去。我们付出的这两百万元钱,对于他们来说,真正是雪中送炭,解了他们的燃眉之急。我想,尽管绿园公司因为钱而在生意上与我们竞争的手段不对,但为了他们企业的发展,也为了我们公司今后有稳定、充足的供货来源,我们付出这两百万,算经济账是值的。

　　"金草,我明白了,你这是想放水养鱼对吧?"叶筠停顿了一下,然后点了点头,"嗯,这也未尝不是一件好事。说来,这绿园公司跟我们打交道多年,以前还真没有发生过类似的情况。现在,在他们困难的时候,我们伸手拉他们一把,也算尽人道主义吧,嗯,我赞成。"

　　金草没想到叶总这么快就理解并支持了她。她深为老人的大度而感动,她说了一声:"叶总,谢谢您,金草在您这儿学会了处世与做人!"

　　新的一单生意到手了。金叶公司上下员工便又忙碌了起来。金草的设计图纸虽然已经很好了,但她仍然在进一步地完善中。因为红旗广场是苏南市新开发出的标志性广场,金草希望把它打造成苏南市园林样板工程。金草就是这样,坚持一丝不苟地工作,她要让每一样出自自己之手的工程都成为精品,她要让金叶公司成为苏南市园林界名副其实的品牌公司。

虽然早在投标之前，金草就已经多次去过红旗广场，进行实地勘察。但接标后，为了万无一失，她还是带着园林施工队队长又一次去了施工现场。详细地了解施工工地现场情况。对于进场道路，苗木储存、机械装卸等等诸多的事情，她都了然于心。

苏南的暑季，阳光充足。虽然有着海风的滋润，但中午的阳光还是让人觉得酷热难当。金草戴着草帽，穿着凉鞋，长裤腿向上挽了起来。年轻的施工队长孙强手里拿着一把铁锹，一直跟随在金草的身后。对于金草事必躬亲的工作态度，他非常钦佩。在观察施工工地的种植土层情况时，孙强拿着铁锹，用心地试铲着脚下沃土层的深度。金草则蹲在地上用手试捏着种植土的质量。

"江南的土地属第四系沉积物，土层深厚土质细腻，但透气性能稍差一些。这会给我们的苗木养护带来一定的影响。"金草一边用力地将手中的土团捏碎，一边说。

"还真是这样的。"孙强收起了铁锹，笑着说。

"小孙，你是哪儿人呀？"

"金总，说起来，我跟你可是老乡哩，我也是凤城县人。"

"哦，"金草再看了孙强一眼，高兴道，"怎么这么巧，我在苏南还碰上老乡了。小孙，你是怎么到苏南的呀？""我是两年前大学毕业应聘到金叶公司工作的。"

"原来是这样。"

"金总，说起来我们的家乡离这儿并不太远，才只有几百公里的路程。只不过我们那儿是内地，苏南是沿海经济发达地区。我们的家乡受区域条件的制约，经济发展远远比不上苏南。就土地这方面而言，苏南的土地几乎是寸土寸金，而在我们的家乡，成片的土地被撂荒闲置是很常见的事。"

"是啊，还真的是这样。"金草忽然沉思起来。她由此想到了她和叶总谈过的思路：发展自己的产业基地。尽管金叶公司也可按国家的政策，以投资的方式在苏南取得相应的土地租用权，但可以想象，在苏南获取同量土地需要的资金，将是她家乡凤城的几倍。能用最少的投资，获取最大的利益，这是生意人的理念。而更重要的是可以将家乡闲置的土地利用起来，既使企业获利，也使家乡的父老乡亲得到收益，这可是双赢的事情！

金草想到这里，不禁抬头朝内地方向看了一眼。有了这个念头，金草便打算在适当的时候，向叶总提出来。有了土地，金叶公司就有了企业发展的坚实基础，有了土地，她们就再不会受制于绿园公司这样的无良企业了。

虽然窗外已是冬季，可是金草的办公室里却是四季如春。她喜欢春天，喜爱大自然，她办公室的墙壁上描绘着春天的河床，潺潺流水和开着小花的绿草地。工作稍有闲，她便要盯着这些花草欣赏，就如同置身在蓝天之下，大自然之中，放飞她的梦想……

红旗广场的工程已经竣工验收，工程款项也已经按照合同如期地打到了金叶公司的账上。这时的金草目光又在寻找着下一个目标。

随着年关的逼近，金叶公司今年的工程也已基本结束。公司员工大都已经放假，金草感到了一丝清闲。但她依然坚持天天按时上班，天天在新闻媒体、网络信息上搜寻着新的目标、新的项目。

天，下雪了。苏南属亚热带季风气候，冬季虽然寒冷，但下雪的时候极少，这还是金草来苏南几年见到过的第一场雪。也许城里人不太喜欢下雨下雪的天气，但草儿喜欢。她打开窗户，向窗外张开了双手。看着一片片洁白的雪花落入她的手中，她想起了自己的家乡天堂寨，想起了家乡的美景"天堂积雪"。记得在家乡时，每到冬季，纷纷扬扬的大雪便会从天上飘来，慢悠悠地落入人间。洁白的雪花覆盖着家乡的山峰沟壑，天堂寨的山山岭岭便如粉妆玉琢，幽深迤逦的山野更如仙境般清丽。借用家乡文人姑送郎先生的话，那真是"银装玉砌，景色清绝"。可是在苏南这样的南方城市，是很少能欣赏到家乡那样清绝的雪景的。因为地表温度的缘故，苏南的飞雪是不会在地面上积存的。

金草在办公室的窗口站了一会儿，遗憾地看着雪花从天空飘下，又没于城市的人海车流之中。她回过了头，决心不再去看窗外的雪，而将自己的身心投入到工作之中。她来到电脑桌前，拿起了鼠标。

冬日的时光，夜间长，白昼短，一上午的时间，很快就过去了。伏在案前的金草忽然觉得肚子有点饿。她看了一下电脑右下角的时间，已是中午十二点钟了。公司没有食堂，公司员工的早晚餐都是自理，中餐一般由公司负责叫外卖。自从员工放假后，金草以及公司因业务需要留下来的少数员工的中餐，就由各人自己解决。就在草儿准备去楼下买盒饭时，她的目光忽然被电脑上的一则新闻吸引住了。她发现了一条重要信息。这条信息让金草特别兴奋。她立即站起身，兴致勃勃地往叶总的办公室走去。

叶筠自从上次燃气中毒后，身体一直不好，经常在家静养。她近些日子更是很少来公司上班。今天早晨草儿出门时，叶总主动提出要到公司来看看。

金草刚走到叶筠办公室的门口，就听见里面的叶总连着打了两个喷嚏。她伸手敲了一下门，得到应允后，她才推门而进。这时，金草看见叶总正抽着纸巾揩鼻子。"叶总，看您，鼻子都拭红了，莫不是感冒了吧？"金草走上前来，关切地问。叶筠摇了摇头，说：

"不知道。"草儿记得早晨她和叶总一道来上班时，叶总的情况尚好，怎么一下子就感冒了呢。"怎么回事，一上午的时间，叶总您就感冒了？""嗨，我早晨来办公室时，觉得这儿的温度比较低，我便拿起空调遥控器想将室温调高几度。大约是我并没有看清楚加减键的缘故吧，一上午，我只感觉越来越冷，我后来才抬头去看空调上的电子显示，嗨！只有十六度。我赶忙拿起遥控器连着将温度加了十度，但还是一直打喷嚏。金草，你来得正好，我们一起出去走走吧，我感觉好冷啊。"看到叶总这个样子，金草说："叶总，您身子虚弱，温度太低肯定受不了，就算现在调高了室温也无济于事的。我看，不如我陪您去吃呑灶面吧。给您发发汗，说不定感冒就好啦。""呑灶面？"叶筠抬起了头，看着金草，然后说，"哦，好的，好主意。金草，亏你想得周到，我们去吧。我现在也很想吃一碗烫面，热热我的身子。"

苏南市的呑灶面虽然好吃，但也许是专利原因，做这种面的面馆并不多，金草驾车带着叶总穿过了几条街道，才找到了一家呑灶面馆。说起苏南市的呑灶面，还真有特色，就拿红油爆鱼面来说吧，面条细白，汤色酱红，它是继承传统做法，用青鱼的鱼肉、鱼鳞、鱼鳃、鱼的黏液煎煮提出的汤质面，所以味鲜异常。呑灶面不仅选料讲究，味美鲜醇，另外还有"三烫"的特点：面烫，汤烫，碗烫，因此即便是在数九寒天，食之也能冒汗。叶筠今天正好有些感冒，她也想吃个烫面发发汗。

金草和叶筠走到了这家呑灶面馆前。这是一个宫殿式的小庭楼，飞檐斗拱，雕梁画栋。大门上方悬挂着两个大红灯笼，灯笼下面，有一块赭红色的招牌，上面书写着"吞灶馆"三个醒目的大字。走进店内，一位穿着白色工作服的年轻服务生礼貌地迎上前来。他将两位客人带到了一处靠窗的座位。奉上两杯清香馥郁的铁观音，然后说了声"请二位稍等"。正是吃午饭的时间，面馆的生意非常好，店堂里的客人坐得满满的，后来的人只有立在一旁等待。还有许多人是打包走的。

很快地，那个热情的服务生便把金草和叶总要的面送了上来。

摆在她们面前的是两只大海碗，碗里面条细白，汤色酱红，碧绿蒜叶和香菜点缀其间，闻之芳香扑鼻。草儿本来就饿了，见了这面，立即口舌生津。叶筠虽有些感冒，但闻着面的香味，也立刻有了食欲。

窗外的雪花还在飘着，吞灶面馆内却温暖如春，馆内馆外温度两相对照，完全是两重天。面实在太烫，草儿只用筷子在大海碗里搅动着细细的白面。叶筠虽想就此温度发发汗，暖暖身子，但也烫得她实难下口。她也只好像金草一样，用筷子不停地翻搅着自己碗里的面条。她这时看见金草双眼盯着窗外的飘雪，不禁说道："金草，下雪了，这可是苏南罕见的雪啊！"

"是啊，如果是在我的家乡，冬季里的雪是经常下的，我们家乡的山顶上冬天总有积雪。但在苏南，下雪的日子确实太少了。""是啊，雪虽清丽，在我们苏南却是很少见的。"叶筠吃了一口面条，烫得咧了一下嘴。不得已，她又放下了筷子。然后说："我一上午都被这场雪困在办公室里没有出来，冷啊。金草，你的家乡冬季经常下雪，那你对雪很有感情吧。"

金草莞尔一笑，说："是啊，我喜欢雪，这漫天的飞雪让我很怀旧。""那你一上午都在观雪吧？""我在办公室的窗前确实看了很久的飞雪，因为久违了，我看见雪就觉得很亲切。不过，我上午还另有收获，我找到了一条重要的新闻信息。为了将苏南市打造成上海的后花园，苏南市政府将在苏州河边建设一个地标级的园林古建筑群。"叶筠听到这儿，立即抬头盯着金草说："真的?""叶总，我在网上看到这条信息后，我怕不准确，就翻看了今天的《苏南日报》，今天的苏南新闻也公布了这条消息。""金草，到底是年轻哪，捕捉生意信息这么敏捷。"叶筠夸了金草一声。然后又说："我今天一上午都在忙着打喷嚏，虽然也在网上搜寻了一阵子，竟没有看到这条信息，我今天也没有看报纸。金草，等我吃完面条，回到办公室，我首先要看的便是今天的《苏南日报》。"

春节又到了。叶家还是金草陪着叶总过年。大年三十那天，叶筠哪儿也没去，一整天待在电脑前查询着我国南方各种古建筑的有关资料。金草上街买了几样菜回来，准备着简单的年夜饭。

叶筠跟中国大多数民众一样，喜欢看年三十晚上中央电视台的《春节联欢晚会》。金草今天就像往年那样，早早地就做好了年夜饭。把饭菜端上桌子后，她催促了叶总几次，叶筠却依然坐在电脑前没有起身。眼看快到晚上七点钟，叶筠还是没有动。双眼盯着电脑不肯离开。草儿来到叶总的电脑桌前，只见叶总电脑浏览器的页面上都是全国各地的园林古建介绍和有关资料。老人一直在搜寻着这方面的信息。

"叶总，我们吃饭吧，已经七点钟了，您吃完饭后还要洗头洗澡，然后看中央台的《春节联欢晚会》。"

"金草，我告诉你哦，这次苏州河的园林绿化和仿古建筑群工程可是大项目噢，没有十足的把握是拿不下来的。"

"我知道。"金草只是轻轻地说了一声，还是伸手带有强制性地把叶总从电脑椅上扶了起来。

"我看你倒好像挺轻松似的，还没有以前对待那些中小项目那样认真。"叶筠说着，有点无奈地顺从着草儿离开了电脑房。

金草并没有说什么。回到席上，她打开了一瓶红酒，给叶总斟了半杯，然后也给自己倒了满杯。

"来，金草，为我们金叶公司今年取得不斐的业绩，为金叶公司明年取得更大的成功，干杯！"叶筠首先举起了杯子。

"叶总，为了您的知遇之恩，我干了，您随意。"金草站了起来，双手捧着杯，走到叶总面前，向老人恭恭敬敬地鞠了一躬，然后一口饮干了杯中酒。

草儿回到自己的座位上，拿公筷给叶总夹了一些她喜欢吃的菜。叶筠这时又给草儿添满了酒。

"金草，你对这次苏州河的园林及古建投标是怎样一种看法？我看你一直在忙碌这件事，只不知进展如何。当然，也许你心中早有蓝图了？"

"叶总，目前，一切情况都还不熟悉，我们也只能是凭空臆想。我想等春节过后，先去苏州河实地考察一番，掌握实际情况以后，依据招标要求，我们再作打算。"

"金草，我现在担心的是，对于仿古建筑这一块，我们是门外汉。以前，我们就只做园林这一块的生意，对于仿古建筑，还没有涉及。这是我们的软肋，"叶筠又喝了一口酒，然后继续道，"金草，我已经了解到，这次苏州河园林绿化与仿古建筑的竞标实力最强的主要有三家公司，除了我们金叶公司，另外两家公司一个是华林公司，一个是三鼎公司。华林公司今年也接了几个大中型标，实力不可小觑，但我们毕竟是老对手，基本了解对方，只要认真对待，我们胜算的可能性还是比较大。可是三鼎公司是我们新的竞争对手，这个新对手我们以前还没有接触过。他们来苏南市时间不长，不过听说在仿古建筑方面他们的实力非常强劲。"

"叶总，我们现在要紧的是吃年夜饭，央视的春节联欢晚会马上就要开始了，"金草一边为叶筠添饭，一边说，"至于苏州河投标的事，您还是别太着急，现在离投标时间还远着哩，您就相信'车到山前必有路'吧。"

春节倏忽而过，转眼，又是新的一年。金草已开始为苏州河园林古建筑项目投标做准备工作。叶筠尽管对公司的事务比以前关心得少了，但她也天天在关注着这个项目。一个阳光明媚的春日，金草驾车来到了苏州河畔。初春的阳光照耀着苏南大地，沿河岸的杨柳吐着新绿，河堤边的芦苇也孕育着子芽。虽然苏南大地上还吹着寒风，但温和的阳光照在身上，仍然让人感觉温暖而惬意。此刻的金草站在苏州河边举目四望，只见苏州河沿岸大片的土地在等待着整体开发。金草闭目冥思了一会儿，她的脑海里，出现的是苏州河边宽阔的绿草地、美轮美奂的仿古建筑群以及苏州河沿岸人性化的亲水平台等远景图。这里将被打造成集风景、旅游、度假、文化休闲于一体的黄金之地。

自苏州河边回来后，金草的一颗心便全部放在新的投标项目上了。当然，这个项目不同于以往的项目，它不是单纯的栽花种树，它是苏南市新的地标级的园林古建筑项目，没有大胆创新的设计思路，没有超乎常人的眼光和决策，是拿不下这项工程的。

三月初，苏南市招投标公司在《苏南日报》以及苏南电视台正式发布了关于苏州河园林绿化及仿古建筑的招标公告。

叶筠和金草是在吃晚饭时，从苏南电视新闻上看到的。

叶筠放下筷子后，用金草递过来的纸巾擦了一下嘴，然后说："金草，苏州河园林古建群的招标公告，你都已经看到了。四月二十八日是投标的日子。"

"知道。"草儿回答。

"金草，有件事，我必须得告诉你。"

"什么事，叶总？"

"你也知道，我自上次燃气中毒事故后，身体一直不好，我老伴和儿子多次要求我去美国休养。我已决定听从他们的意见，近期赴美国。"

"那好哇，叶总。您去美国休养一段时间，等身体完全康复了再回来。"

叶筠听到这儿，摇头道："金草，我这次去美国，是打算在那儿定居，和我的老伴、儿子生活在一起。我已经与他们商量好了，打算完全放弃国内的事业，到美国去安度晚年。我毕竟已年近七十，是真的老了。自从上次燃气中毒后，我真正体验到了年纪不饶人。现在中国的形势在不断地发展，市场经济的浪潮瞬息万变，依照我以往的经验和观念来做生意，显然已不适应这个千变万化的时代。我因而感到了力不从心。因此，我打算就此罢休。把金叶公司全部交给你。当然，这次苏州河的工程浩大，它对于我也是一个诱惑，好在这次工程的投标期也不太远，我就想看看这次工程投标的结果，然后再去美国。金草，好好干。"

金草听到这儿，瞪大了眼。虽然她也知道叶总自那次燃气事故后，身体一直不好，她也希望叶总能放下工作的重担，好好休息一阵子。但她没想到叶总竟然决定完全放弃国内的事业，去美国定居。叶总的这个决定，让金草一时接受不了。她已视叶总为亲人，在事业上叶总是她的靠山，在生活上她和叶总相依为命，她已经习惯了与叶总生活在一起的日子。现在叶总却这么快就要离开她，让她感到失落。感到深深的不舍。她沉默无言，却忽然落下泪来。

看见金草沉静无语，却默默掉眼泪，叶筠也知她心里难过。她又何尝不留恋她的事业、不喜欢这个女孩呢，只叹岁月无情啊！

为了排解她们之间的这种难受，叶筠开口问金草道：

"金草，你去过苏州河吗？"

金草还在低着头，听了叶总的问话，她含着眼泪小声地回答道："去过。"

"去过几次？"

"五次。"

"真的？"叶筠抬起头，看着金草，惊讶中带着惊喜。

金草这时擦掉了眼泪，抬起头来回答叶总道："是的。因为我不是苏南人，对于苏州河我以前并不熟悉，所以必须得多去几次。"

"你具体看了些什么？"

"我沿着苏州河准备开发的土地转了几圈。仔细地考察了那里的地质地貌以及河、渠分布情况，还有周边的环境。"

"嗯。"叶筠赞许地点了点头。

"金草，你放心，我会很关注这次的苏州河工程。大卫他们父子过些日子便会回来接我，但我决定等这次苏州河工程招标后再去美国。我会继续陪你走一程的。"

"谢谢您，叶总！"金草又低下了头，含着眼泪说。

这天下班后，金草专注地在电脑上绘制着一组图案。自从知道叶总要离开公司，离开她远赴美国后，她便再没有在公司加班，而是天天按时回到了叶总的身边，并把工作带回到家里来做。叶筠知道，金草这也是为了多陪陪她。

"金草，我觉得吧，这次苏州河项目能不能夺标不太重要，重要的是你能在这次投标活动中获取到一些以前所没有的工作经验，这就很好。就比如仿古建筑这一块，对于金叶公司来说，这还是我们以前所没有接触到的一件新鲜事儿。能够意识到自己的不足，并在投标过程中获取经验，这就很不错了。金草，我想，项目你要尽量争取，但能不能中标你也不要太在意，毕竟金叶公司每年都能取得一些项目的，有得事做便可以了。不要在乎这个项目能不能到手，你说是吗？"叶筠说着这些宽慰的话。她心里清楚，她已经放下了公司的一切事务，公司的重担已全部落在金草的肩膀上了。这个女孩还太年轻，她必须得支持她，也必须向她发出忠告。毕竟招投标的事情复杂多变，胜败乃兵家常事，不必要在乎每一次的投标，每一个的项目。

"叶总，如果有您在公司，我是不会为这次投标的事大费心神的。您是一棵大树，有您的庇护，我什么都不怕。成败与否我也不会有太多的考虑。可是这次，我真的没有把握，我怕做毁了这次生意令您失望，毕竟这是我单独做的第一笔生意，我想，我必须得完成。可是我，真的觉得肩上的担子很重。"金草低头说着。

"金草，我说过，生意场上存在着太多的变数，你不要太在乎成败得失，积累经验也是好事。"

"嗯，我会听您的。"金草含泪点着头。

"金草，我考虑了一个问题，目前对金叶公司形成最大威胁的对手还是三鼎公司。我最近打听过，这个公司的合伙人有三个，所以名称就叫三鼎公司。他们对于仿古建筑这一块是真正的行家里手。尽管我们金叶公司在园林绿化这一块做得还比较出色，但园林绿化这一块的技术含金量原本就不是很高，而仿古建筑这一块，我们还得从头学起。所以金草你应该有失败这个心理准备。"

对于苏州河这项规模宏大的工程，金草知道投标的难度确实非常大，但她的决心也是很大的。这不仅仅是为企业利益所驱动，她更认为这次工程是显示企业实力的机会，如果有了这次的经验，以后接工程也就有了样板，就会顺利得多。当然，叶总说的，她不是没有考虑，但做生意，必须得迎难而上。

时间一天天过去了，金草案头的资料堆得像座小山。她首先是要把金叶公司的强项——园林绿化这一块做好。根据招标人提供的条件，精确地计算标底，这当然是竞标的重中之重，但设计方案同样非常重要。工程设计必须合情合理，图案设计必须新颖、时尚，要能吸引招标人的眼球，因而引起他们的关注。除此之外，运用园林艺术和工程技术达到园林的生态化和人性化，对苏南人民负责，这才更重要。关键是，要达到这种目的，必须在创意上取胜。网络上有的东西不可取，必须要的是人无我有的东西。金草决心在这上面作文章，下功夫。

这一天的早晨，金草上班后，便找出了一摞摞她收集打印出来的，目前国际国内最流行最先进的设计图纸。当然，这只是作为了解，她因而粗略地浏览了一遍，然后便放下了。经过了这些天的构思，参照了无数的设计图案，一个新的设计方案已在金草的心中形成。回到电脑桌前，她迅速地拿起了鼠标。打开电脑上的苏州河规划图纸，从西至东，一张张的园林设计草图，在金草的手下被描绘了出来……

一连几天，金草一直在电脑桌前忙碌着。这天下班前，她打了个电话给叶总，让叶总早点休息，因为她决定今晚就在公司加班。晚饭时，金草叫了外卖。吃过晚饭，金草用凉水洗了把脸，然后又坐到了电脑桌前。

一直到深夜，当最后一张设计草图从金草的手里完成时，她终于舒了一口气。直到这时她才感觉到自己手腕酸麻，浑身疲软无力。从清晨到现在，她毕竟已经连续紧张地工作了十几个小时……

远处鼓楼的钟声将金草从电脑桌前唤起，已是凌晨一点钟了。金草轻移鼠标，存了 u 盘和备份，然后关闭了电脑上所有的文件，关好了电脑，她便一头倒在办公室的沙发上，沉沉地睡了过去。

温暖的阳光透过宽大的玻璃窗口，照在了金草的身上，她才刚刚醒来。完成工作后的轻松愉快，扫除了她多日来积聚在心底里的阴霾，她美美地睡了一觉。而且这一觉睡至日上三竿。金草睁开眼，一看手机，已经是上午九点钟了。外面响起了轻轻的敲门声。随着金草的一声"请进"，一位年轻靓丽的女孩走了进来。这是新近应聘到金叶公司的冉小洁，她是北方大学园林艺术专业毕业的大学生。冉小洁进门时手里提着一只保温盒，笑容满面地对金草说了声："金总，该吃饭了。"说罢，她便把手中的保温盒放置在金草的电脑桌上，并随手拧开了盒盖。闻着那特殊的香味，金草便惊喜地喊出了声："奥灶面。""是的，是叶总给我打电话，特意让我为你准备的。金总，你直到现在还没有吃饭，肚子早饿了吧。"冉小洁说。

"哎呀，我真高兴，我就喜欢吃苏南的呑灶面。叶总万岁!"金草喊了一声。

"金总，你快点吃吧，免得凉了不好吃。"

郝大卫和他的父亲郝鸿博，终于从大洋彼岸飞回了中国。郝鸿博是一位七十多岁的老人，面容清癯，华发满头。他原是苏南大学法律系教授，退休后，被他生活在美国的弟弟请了去做律师，早年就在美国注册了一家律师事务所。郝教授在美国定居后，他和叶筠的儿子郝大卫也考上了美国丹佛大学法律系的硕士生。那个时候，郝鸿博便要求妻子跟儿子一道去美国，一家人生活在一起。可是天性好强的叶筠，只把儿子送去了美国，自己却一直在国内打拼。

叶筠一家人团聚了，金草也为他们感到高兴。她亲自下厨，为叶总一家做了一顿丰盛的晚餐。

郝大卫和他的父亲在家休息了两天后，他们一家人便又去南京、上海、苏杭游玩了一圈，感受到祖国日新月异的变化。叶总一家出外游玩后，金草又将自己的身心投入到了紧张的投标竞争之中。叶总要走了，这让金草感到了自己肩上担子的沉重。尽管她已经初步设计出了苏州河的园林景观草图，可她现在还是以挑剔的目光从电脑上一张一张地审核着这些图案，然后再逐段逐段进行修改，力求达到完美。以前这道审核程序是由叶总来完成的，现在她放手了，没办法，只得由金草自己来完成了。尽管公司有设计员和程序员，但每逢遇上大的投标项目，叶总总要金草亲自来完成主要的设计任务。而且在投标前，金草的设计属于公司高级机密。除了叶筠，其他任何人都无权观看和修改。以往都这样，每次草案完成，金草便要将它拷贝下来，然后删除原件，存储的 u 盘让叶筠审查过目后，再由金草亲自保管，直至投标前，再由金草亲自动手将设计图案打印出来，直接参与投标。

叶总一家今天就要回来，金草下班后，便把她已经修改好的苏州河项目园林绿化草图带回了叶总的家里。回到家后，金草又将她的设计方案重新审视修改了一遍，然后便开始将这些精心设计的图案打印出来。看着一张张自己亲手设计的图纸，金草感到欣慰，不管这次能不能中标，对于这次设计她很满意。

傍晚时分，叶总一家人终于回来了。金草准备将她已经打印好的设计图案送给叶总过目。她知道，如果她的设计方案能得到叶总的肯定，她就成功一半了，因为她深知叶总的目光不凡。

金草正准备起身，忽然郝大卫端着一碗银耳莲子羹送到了她的面前，他说："金草，这是我从苏州带回来的，很好吃，你尝尝。"金草几乎一整天都专注在设计图纸的修改和打印上，这会儿感到有些饿也有些渴。看见大卫手上那诱人的银耳莲子羹，里面还有她很喜欢吃的红枣，高兴极了，这真是雪中送炭啊。她有些感动，而且这时的心情特别好，她立即接过了大卫手上的碗，一边吃着一边说："大卫，谢谢你，你真好！"

郝大卫站在金草的面前，看着她津津有味地喝着银耳莲子羹，心里也很高兴。

出外旅游了三天，叶筠觉得人很累，她这时正倚坐在床头和老伴在一起，边看电视边说着话。金草把她的设计图纸送到叶总那儿后，便退出了房间。刚走到客厅里，只见大卫走上前来，激情地邀请她道："金草，你的工作已经完成了，估计妈妈看也要一些时间，我们现在一起出去玩，好不好？"

"大卫，这主意不错。"金草高兴地回答道。一连度过了许多紧张的日子，金草也觉得需要放松一下自己。

苏南的夜晚，华灯齐放，大街上的车辆和行人川流不息，郝大卫带着金草，开着大奔来到了位于海边的一家夜生活馆。

这是一家大型 KTV 夜生活馆，入口处的装饰墙上闪烁着各色彩灯，镶嵌其间的"苏南大世界"几个字光彩夺目。走进夜生活馆，只见这儿整个的装修全部采用艺术化造型，唯美的灯光、舒适的沙发、简约的后现代装饰，无不散发着时尚气息。

金草虽然在苏南市生活了几年，由于她一直都把自己的心放在工作上，根本就没有来过这样纯现代的、唯美的地方，她从心底里惊叫了一声："哇塞，好美啊！"

郝大卫去前台排队办理订房手续。一位服务生走上前来，将金草引至大厅内的实木镂空欧式古典沙发上坐下，另一位服务生则用托盘送来了一杯饮料。郝大卫从前台办完手续回来，便带着金草来到了电梯间，电梯一直上到六楼才停了下来，大卫带着金草来到了他订的 KTV 包间，这是一间设计新颖别致的单间房，金草进门后，便觉得这里很温馨、很浪漫。她将手腕上的一只银链小挂包放在沙发上，然后环顾着四周，只见这儿不仅装饰豪华、时尚，音响设备也非常先进，大卫拿起了放在大茶几上的麦克风试了试，声音效果非常好。

郝大卫一连唱了几支歌，然后又要求金草唱。金草今天心情很好，她点了一首王菲的《传奇》，然后便拿起麦克风抒情地唱了起来……

金草一曲唱罢，大卫听得如醉如痴。

忽然，大卫用英语问金草道：

——Jin Cao, do you like English?

——Yes, I do. I got the highest score in English in the college entrance examination.

——Do you like the the United States?

——The US? I never thought of it.

——It's a place that many Chinese are dreaming of.

——Maybe.

——Jin Cao, I love you. Do you love me?

——I don't know.

——Are you willing to go to the US with me?

——I really never thought of it.

（"金草，你喜欢英语吗?"

"我喜欢，高考时，我的英语得分最高。"

"你喜欢美国吗?"

"我从来没有想过。"

"那是许多中国人都梦想去的地方。"

"或许吧。"

"金，我爱你，你爱我吗?"

"我不知道。"

"你愿意和我一起去美国吗?"

"美国? 我从来没有想过。"）

金草的英语说得如此流利，令大卫大感意外和由衷的高兴，他的脸上不由得闪现出了赞许的笑容：

"金草，我没有想到你的英语说得这么好，而且声音非常动听。"大卫赞扬道。

"我在学校读书时，英语是我的强项。高考那一年，我的英语几乎得了满分。"金草有些兴奋地说。

"金草，你的英语表达能力很好，如果在美国生活语言不成问题。"

"当年在学校积极地学英语，我也只是为了争取高考时多挣分，我还从未考虑过要去美国生活。"

"那么现在，我要你去美国和我们生活在一起，你能答应吗?"大卫说。

"什么?"金草有些诧异地看着大卫。

"去美国，我们一家人生活在一起。"

"可我是个外人呀。"

"金草，在我眼里，你就不是外人。我喜欢你，我想与你生活在一起。我向你求婚，你答应吗?"

郝大卫的话，让金草感到意外，但看到他那一副认真劲，她知道他是真心的。她这时低下头来了。的确，历尽人间沧桑的金草，也需要感情，需要人间温情，虽然她现在在公司员工的眼里几乎就是个没有感情的"工作狂""女强人"，但她内心深处也渴望有一个温馨的家，有一个可以依靠的肩膀。可是，对于她来说，这份爱究竟在哪儿，她有些迷茫。

看见金草在那儿低头沉思，大卫马上说道："金草，我观察你已经不是一年两年了，早在几年前，我回国内时，就喜欢上了你。通过这几年的观察和了解，我知道你不仅人长得美丽，而且还有着一颗非常善良的心。除了平常细心地关照我的妈妈外，你还曾经救过她的生命。对于这一切，我们全家人都非常感谢你。金草，你大概也从我妈妈那儿知道，我原是个玩世不恭的独身主义者，我自以为我看透了人生。可是我现在从你的身上看到了人性的光辉。你的美丽、聪慧和善良打动了我的心，我现在不想独身了。我喜欢你，今生今世，执子之手，我无怨无悔。"

金草和大卫回到家里时，夜已经深了。叶筠夫妇俩还没有睡。金草一进屋，半倚在床上的叶总便笑容满面地把她叫到了自己的床边，对她道："金草，你的设计图纸我已经看完了，你这次的设计构思巧妙，很有新意，这是我完全没有想到的。我以前也对你说过，'市场的竞争就是智慧的较量'，这是日本松下电器的创始人松下幸之助先生的至理名言，我们生意人必须把它铭记在心。与对手竞争，就是要有出奇制胜的本领。金草，对于你这次的设计构思，我很满意。

苏州河项目投标的时间在逼近，而叶筠自从丈夫和儿子从美国回来后，就再没有去公司管事儿了。她老人家真的放手让金草主持公司的一切了。

当然，叶总越是放手让金草管理公司的事情，金草越是小心谨慎。为了更加熟悉苏州河园林绿化及仿古建筑这个新标的情况，她带着施工队长一次又一次地去苏州河进行实地考察。结合周边环境继续修改园林设计方案。为了更真实更清晰地展现她的园艺设计，她还特地去了几次绿园公司，仔细地察看了各种苗木、盆桩以及特色大树，并拍下了很多真实的图片。

做下园林设计的一系列工作后，金草的目光又移向了仿古建筑这一块。毕竟金叶公司以前做的工程还没有涉及过，就像叶总所说的那样，这还真的是金叶公司的一块软肋。不过金草不是个轻易服输的人，为了公司的发展，她必须攻克这道难关。她这时想到了金叶公司的强劲对手：三鼎公司。既然仿古建筑是三鼎公司的强项，金草忽然有了一个大胆的决定，亲自去三鼎公司拜访，一来摸摸他们的底，二来金叶公司也很有必要向这样优秀的企业学习。生意场上虽然有时候同行是冤家，但很多时候也是朋友，互相切磋技艺，相互照应生意，这也是金草的经营理念。

吃过早饭，金草到单位梳理好一天的工作后，便开着车离开了公司。半个小时后，她的车子便来到了海滨大道，然后一直往西，沿海滨大道行驶了十几分钟后，便来到了三鼎公司办公的地点——滨海商务大酒店。就在楼下，一位年轻的保安员出来，将金草的车引导至滨海大酒店的地下停车场。

金草锁好车门后，在服务台询问了三鼎公司的办公楼层并登记后。她便乘着电梯上了楼。

走出电梯后，金草看见楼层的东边写着"三鼎公司"几个大字，她便径直走向了这边。

前台一位年轻的女孩迎上前来，问了声："请问您找谁？"

金草开始并没有作答，她毕竟是第一次来到这儿，而且这里面的人她一个也不认识。她只是从叶总那儿知道三鼎公司有一个老总姓秦，叫秦正阳。于是便说："我想找一下秦总。"

女孩听说是找秦总的，便说："请问您是……"

"哦，我姓金，是金叶公司的。请你通报一下秦总，我想找他。"

"好的。"女孩拨通了手中的内部电话。得到应允后，女孩便侧身抬手礼貌地对金草说了声："请！"

女孩在前面带路，来到了总经理办公室门前。她伸手轻轻地敲了一下门，说了声："秦总，客人来啦。"

"请进。"里面传来了一个男人磁性的声音。

女孩伸手打开了前面的门，并对金草说了声："您请。"

办公室的门在身后关上了，金草抬眼看了一下这间办公室，办公室并不是很大，比金叶公司她的那间办公室还要小一些，里面的陈设也很简单，四壁上就只有几块苏州园林的挂匾，房子中央放置着一台电脑办公桌，桌上堆满了设计图纸。秦正阳是一个大约四十岁左右的中年男人，身材魁梧。他此时就坐在一张能转动的老板椅上，在埋头看着一本厚厚的书，直至客人走到他的办公桌前时，他才将书合上。金草瞥了一眼那书名，是《中国园林古建筑设计与建造》。

"你好，小金。"秦正阳面带微笑向金草伸出了手。

"秦总你好！我是金叶公司的金草。不好意思，冒昧打搅了！"金草回道。

"哦，你就是金草？"秦正阳再看了金草一眼，"我知道，金叶公司有两位老总，一位姓叶，一位姓金，你就是那位金总吧？"

金草微微一笑，然后从公文包里拿出一张名片，递给秦正阳说："我可是初出茅庐喽，还请秦总多多关照！"

看过金草的名片后，秦正阳满面笑容，连忙说："哎呀，金总大驾光临，蓬荜生辉。太好了。"他这时一边给金草倒茶，一边在心里思考着一个问题：这次苏州河投标项目，金叶公司是三鼎公司最强的竞争对手之一。他不知金叶公司的金总今天到访有何目的。而他此时还想到了另外一件事情。递过茶杯给金草后，秦正阳立即拿起办公桌上的内部电话，说了一声："请通知田总，马上到我办公室来一下。"

不一会儿，办公室的门打开了，一个瘦高个的男人走了进来。秦正阳对金草介绍道："这就是我们公司的田总。"回头他又对那瘦高个说："田总，这是金叶公司的金总。她的大名就叫金草。"

瘦高个一听这话，也立即笑容满面，上前握了一下金草的手，说："哦，你就是金草金总？幸会！幸会！我是田新。"

"秦总田总，我听说，三鼎公司共有三位老总，你们公司决策层阵容真是好强大哦！"金草赞了一声。"谢谢金总的赞美！我们公司是还有一位老总，他姓李，今天去上海出差了，不在家。金总，我们三鼎公司原来一直是在广州、深圳等地做项目，是应李总的要求才来苏南的。初来乍到，请你和叶总多多关照！"秦正阳对金草抱拳道。

"秦总，我也正有事情要请教你和田总哩，你不是想拒我于千里之外吧。"金草笑说了一句。

"岂敢！岂敢！金总，有什么事你直说，只要我们三鼎公司能做到的，我们绝不保留。"

经不住秦正阳和田新盛情相邀，金草和他们一起就在三鼎公司楼下的一家酒店吃的中午饭，然后才回金叶公司。晚上回到叶家，她详尽地向叶总述说了白天之行。然后拿出了三鼎公司老总秦正阳赠送给她的《中国园林古建筑设计与建造》一书，对叶筠说："叶总你看，这是国家最新出版的有关园林古建筑设计与建造的新书，这里面详尽地介绍了中国——特别是苏南地区，苏州园林的亭台楼阁、飞虹小桥、曲廊漏窗、叠山理水等的设计与制作大全。内容还涉及奇石异木、书法雕绘等，属于中国园林古建筑的精髓之作。这本书目前在市面上很难买到。可就在我离开三鼎公司时，秦总特意将它赠予我。"叶筠赞许地点了点头，然后说："金草，你还真是脑袋瓜灵活，想办法都想到我们的竞争对手那儿去了。"叶筠说完，爽朗地笑了起来。笑过之后，她又有些疑惑地说，"这个秦正阳也有些奇怪呀，我们金叶公司毕竟是三鼎公司的竞争对手，他怎么会对你这么热情，又将一本他自己也很喜爱的新书赠送给你呢？"

"这件事我也不知道，但他给了我书这是事实。就在秦总赠书给我时，他还向我介绍了一些有关园林古建筑方面的知识。而且在中午吃饭时，秦总还郑重地对我说，如果我们金叶公司这次中标的话，三鼎公司一定会在仿古建筑方面给予金叶公司技术支持！"

"真的？"

金草点点头。

"那太好了！"叶筠情不自禁地叫了一声，"金草，这下我就放心了。我一直担心你肩膀太嫩，即使金叶公司中标了，我也担心你挑不动这么重的担子哩！"

"叶总，还有——秦总和田总还约我后天仍然去三鼎公司一趟，他们说将会给我更大的惊喜。"

"噢，有这样的事？"叶筠回了一声。

清晨，金草起床了。她推开落地窗帘，只见东方泛着红光。苏南地处祖国的东方，太阳出来的时间，比金草的家乡几乎要早一个小时。已经是四月初了，天气渐渐地暖和起来。叶家人都还在各自的房间里安睡着。金草没有惊动他们。她来到盥洗间，稍加梳洗打扮后，便轻轻地出了叶家的门。

早晨八点多钟，金草的车便驶上了苏南市海滨大道。这也是金草每天上班必须经过的一条宽阔的海边大道。大道的内侧是美丽的苏南市，外侧是蔚蓝色的大海，金草每天行进在这条美丽的滨海大道上，看着一侧的海鸟在宽阔的海面上飞翔，而另一侧美丽的苏南市沐浴在朝阳的光辉里，金草的心情便会变得格外的舒展和愉悦。而她今天似乎更比往日兴奋和期待。银色的宝马沿着海滨大道行驶了一段时间后，金草并没有像往常那样打转方向盘让小车进入城内，而是继续沿着海滨大道往西前行。因为她今天要去的是三鼎公司。

　　金草仍然将车子停在了滨海大酒店的地下停车场，然后乘电梯径直上了楼。前天已见面的那位女孩脸上挂着笑容，很热情地将金草迎进了秦总的办公室。秦正阳此时似乎在专门迎候着金草的到来，看见她进来后，他立即站起了身，说了声："金总，你好，欢迎你到来。"

　　引导金草进来的那位女孩，这时端上一杯上好的西湖龙井茶，双手递给金草后，她便退了出去。秦正阳并没有请金草坐，而是对她说："今天我们不谈工作，我只想请你见一个人，好吗？"

　　金草不知道秦正阳让她见什么人，她跟随着他来到另一间办公室的门口，在开门之前，秦正阳非常客气地对金草说了一句："金总，我先告知你一声，今天中午还像前天一样，就在上次那个酒店吃饭，中午还是我请客。"说毕，他才伸手打开了前面的房门，但他自己并没有进去，他只是微笑地看着金草，说："金总，里面有人在等你，你请进。"

　　金草走进门来，只见这间房子跟秦正阳那间一样大，同样也简单得只有一张电脑桌，而坐在电脑桌前的人大约是听见了开门声，他站了起来。一瞬间，四目相对，金草惊得叫了起来："是你——李大哥！"李忱微笑着回了一声："是我，李忱。"

金草猛地看见了李忱，心中又惊又喜又百般难过。几年了，他们之间音信全无，金草还以为他们今生大约是不会再相见的，不想在苏南，他们又见面了。

金草接过了李忱递过来的铁观音茶，闻着杯中飘忽而来的袅袅香气，她的思绪飘向了旧时的记忆里。她记起了自己的家乡天堂寨，记起了李忱在眠牛村"蹲点"住在她家时的一切。而李忱的一句"金草，这些年过去了，你还好吗"的问候，又让她想起了自己离开他之后，遭受到的种种磨难和屈辱。当然，这些话，她只是藏在心里，她并不想对李忱说。

看见金草并没有回答一句话，双眼含戚但也只是盯着她面前的茶杯发怔，李忱又轻轻地喊了她一声："金草！"

金草终于抬起头来看着李忱，应了一声道："我很好。李大哥，你这些年也很好吧！"

"我到处找你，从深南一直到苏南。"

"你不应该找我的。"金草摇头，轻轻地。

"金草，你已经有了男朋友吧？唔，我是来苏南后，才知道的。"

金草未置可否，她只是抬起头来对李忱道："李大哥，你就是三鼎公司的那个李总吧？"

李忱点了点头。

"你的工作呢？"

"几年前我就辞职了。"

"辞职下海？"

"是的，秦正阳和田新是我在部队时要好的战友。他们一直要我辞职跟他们一起发展。"

"李大哥，孩子呢？苗苗她还好吗？"金草这时提起了孩子，想来孩子也已经大了，她已经十二岁了。

"她很好。"

提起苗苗，金草心里忽地唏嘘起来。想到自她离开孩子后，再没见过孩子的面。几年了，她尽量不去想她，可是心底里她对孩子的那份思念又是何等的热切啊！只不过此时她不想让李忱看到她内心的脆弱和她对于孩子深深的牵挂。她于是说了声：

"李大哥，你没别的事儿吧，我想我该回公司了。你知道的，苏州河工程的投标时间就要到了。而叶总又要去美国，我一个人实在太忙，我，不能在这儿久留的。"

"金草，知道你忙，留你也并非我意，只是有两件事我要告诉你。一、我们的家乡凤城县近几年旅游业正在蓬勃发展，特别是我们的家乡天堂寨已成为凤城县旅游发展的重点。前不久凤城县团委、县委宣传部发出了邀请函，希望我们在外创业的凤城儿女积极投资家乡的旅游业，为家乡的建设尽自己的一份力量。我已经有了投资家乡的想法，不知你有没有这个意向。第二件事，李苗有一封信让我带给你，只是我今天没有带在身上，等以后有机会，我再给你吧。"

这么多年的分离，使金草很想得到女儿的信息，听李忱说女儿的信他没有带在身上，她心里感到很遗憾。对于李忱所说的投资家乡天堂寨的事，她想了想，然后说："我很高兴我们的家乡发展旅游业。投资家乡的事我会考虑的。当然我也要与叶总商量，相信她会支持我的。至于女儿，分离这么多年了，我很想念她。当然，我也不想再打扰你们的家庭。女儿的信，你以后再给我吧。"

"那好吧。"李忱说着，立即从办公桌的抽屉里拿出了一份邀请函放在金草的面前。

李忱一直将金草送到了滨海大酒店的地下停车场，临分手时，他问了金草一句："金草，郝大卫在追你，是吧？"

"你怎么知道？"金草打开车门，刚坐进去，她这时转过头来盯着李忱，问了一句。

李忱没有回答金草的话，他只将宝马的车门关上，并对金草摆了摆手，然后便转身朝电梯那边走去。

一本《中国园林古建筑设计与建造》，让金草度过了两个不眠之夜。中国古建筑的宏大雄伟之气深深地感染着她。经征询叶总同意后，金草已经准备在业界为金叶公司招聘几位园林古建筑专业人士，她还打算在今年毕业的大学生中挑选一些古建专业生。

这一天，金草和郝大卫一起，专门去苏南大学园林古建系招揽人才。苏南大学也是金草大学函授毕业的地方。回到母校后，金草先去拜访了几位熟悉的老师。通过他们的介绍，金草初步选中了几位应届毕业生。定下笔试的时间后，她拿着他们的资料，准备回家送呈给叶总看。

从苏南大学出来，金草又拿出那几位大学毕业生的详细资料翻看着。郝大卫在前座上开着车，在等红灯的时候，他回过头来问金草道："你刚才招聘的那几位大学生怎么样，满意吗？"金草一边低头还在看着那些学生的资料，一边回答道："这只是初选，他们还要经过笔试和面试，才能最后决定。当然如今的大学生专业水平都不错，相信在我们公司历练几年，会成为行业精英的。"

"你眼光不错，你选中的这几个学生，我也认为很好，热情开朗，阳光帅气。自信是他们共同的特点。如果他们能在工作中脚踏实地、认真负责，还有富于拼搏的精神，那就是一个称职的好员工。"

金草一笑，说："但愿如此吧。"

郝大卫已将车子开出了苏南大学校园的林荫大道，来到了一处十字路口前。大卫这时回过头来问金草道："我们现在是直接回家吗？"

"先去公司吧。"金草回答道。毕竟苏州河项目招标在即，金草心里放不下这件大事。金叶公司的投标事项大部分已经完成，但还有一些事情需要完善。所以金草决定还是回公司。

"已经是下午五点钟了，金总！"郝大卫提醒道。

"在投标的非常时期，我下班的时间一般都是晚上九点，或者更迟。有时要到……"金草回答着大卫。她的话还未说完，忽然提袋里的手机急促地响了起来……

"谁的电话？"大卫开着车，刚走过十字路口，听见金草的电话铃声响了，他不禁问。他以为是他妈妈打来的。

金草刚拿出手机，看了一下来电显示，便说："是三鼎公司秦总的电话。"

"喂，秦总你好，我是金草……"金草将手机贴近了耳朵回应着对方。但只一会儿工夫，她便立即对着前面的大卫喊道："郝大卫，快！快！将车子调头，我们现在去淞江医院。""什么，淞江医院？去那儿干什么？"郝大卫一头雾水，他口里问着，脚下却已经放慢了行车速度。"李忱受伤了，在淞江医院抢救。""谁？李忱——他是谁？"郝大卫已经停下了车，他瞪大眼睛瞧着金草。"大卫，你别问，你只赶快开车送我去淞江医院！"

郝大卫本来开车就快，这一路更是风驰电掣。到达淞江医院时，郝大卫还在锁车，金草已急切地往医院那边跑去了。金草跑进电梯时，郝大卫也快速地跟了进来。电梯上到十二楼，金草回头对大卫说了声："到了。"二人出电梯后，金草跑向了医院检查室的封闭门外。这时，只见秦正阳正在检查室外踱来踱去，满脸的焦虑。看见金草直奔过来，他忙迎上前说了声："金总，你终于来了，医院正给李总做 CT 检查。""他怎么样，秦总？这究竟怎么回事？"金草焦急地问。

"是这样的，我们公司一个在建的工地最近正在安装砖雕。李总今天从南京购进回了一批成品货物。他下午在车上指挥卸货时，由于运货车司机的失误，他从大货车上摔了下来，摔成了重伤。现在医院正在给他做检查。"

"很严重吗？"

"是的。"

这时，CT 检查室那两扇不锈钢大门缓缓地移挪开了，李忱被推了出来。金草奔上前去，只见李忱双目紧闭。金草喊了一声："大哥。"李忱静静地躺在推车上，竟毫无反应。金草一直跟随着推车乘电梯上了十五楼。来到病房后，医生把秦正阳叫了出去。护士进来给李忱挂上输液吊瓶后，也出去了。金草一直守候在李忱的身边，待病房安静下来后，她又低下头轻轻地呼唤了李忱一声："大哥！"可是此刻的李忱，处在深度的昏迷之中，对于金草的呼唤，他没有一点反应。这个一向坚强的男人，此时就默默地躺在白被单里，柔弱得就如同什么都不知的婴儿一般。

泪，顷刻就涌上了金草的眼眶。就在这一瞬间，李忱过去对金家的情，对金草的爱一下子涌上了她的心头。这可是金草在世上最亲的人啊！她忽然俯下身子，一把抱住了李忱，那压抑在她心底里许多年的情和爱倾刻间爆发了出来。她哽咽了一声："哥，我的亲人啊！"说罢，那眼泪不禁夺眶而出。她紧紧地搂住他，然后一边哭，一边亲吻着他，从他的嘴唇到脸颊，额头至腮边，一遍又一遍……

眼前这一幕让站在一旁的郝大卫目瞪口呆。这时，三鼎公司的老总秦正阳与李忱的主治医生在走廊里一边交谈一边走了过来。走到病房门口，只见金草依然紧紧地抱住李忱，她将自己的脸紧贴在李忱的脸上。看见秦正阳正准备走进去，医生抬手拦住了他。他问了秦正阳一声："这位女士是病人的爱人还是恋人？"秦正阳低头沉思了一下，然后说："是恋人。""哦，那正好。这种恋人间的肌肤之亲对于恢复病人的意识大有裨益，我们不能阻止她。我们还是在门外等一会儿吧。"医生说。

一连几天，李忱的情况没有丝毫的变化，他依然还是那样静静地躺着，对于外界没有一点的反应。金草一直守候在他的身边，天天给他按摩，给他擦身。然后便是俯在他的身边，柔声地给他讲着他们过去的事儿，讲他们在天堂寨时劳动和生活的情景，期待着他早日醒来。

十几天过去了，李忱的状况依然如故。郝大卫每天就在家与医院之间奔波着，不时地来探望一下李忱，并给金草送一些好吃的。

这一天，金叶公司的文秘冉小洁来到了医院里。她看了一眼依然在昏睡中的李忱，然后关切地问金草道："金总，三鼎公司的李总还没苏醒呀？""他还这样。"金草回答。"医生怎么说呢？""医生也急呀，他再这么昏睡，恐怕结局不好。很有可能成为植物人的。""那怎么办，金总，你也知道，公司业务忙着呢。你先前在公司招聘的那几位园林古建筑专业技术人员已陆续到位了。还有你在苏南大学招聘的那几位园林古建系大学生也已经来公司实习了。而公司叶总休息了，你也已经有十几天没来公司。我们都不知道怎么安排这些人。而且，金叶公司那么大一个企业，往来的业务太多，你与公司虽有电话联系，但有些事情还得金总你亲眼过目，亲自拍板签字才成呢。更重要的是，苏州河园林绿化及仿古建筑项目投标的时间已经逼近，大家都急得不得了。还有……"

"小洁——"金草听到这儿，打断了冉小洁的话，"对于我来说，现在除了他，别的什么事情都不重要了！"金草将目光投向病床上的李忱说。

"这，我也知道，但公司的事情你也不能完全撒手不管。正是考虑到你走不开，我今天将公司一些亟待处理的事情送到你这儿来让你过目。需做决定的你得做决定，需签字的你要签字，我回去也好向客户和业务往来单位交代。而且公司员工们下一步怎么做，你也得作安排。"

"小洁……"金草刚说出这句话，她忽然觉得她握着的李忱的手动了一下。她立即回过头去，急说道："大哥，哥，你有知觉了吗?"冉小洁的目光也向李忱转了过去。可是病床上的李忱再也没有反应。

苏南市的早晨，天蓝如洗，海面上不时地吹来一阵阵清新的风。阳光明媚，天气渐渐暖和起来了。郝大卫从金草的房间里找出了一些她的单衣，准备带给金草。吃过早饭，他便开着车去淞江医院。车刚驶出市郊，路遇瓜贩在叫卖西瓜，今年的西瓜已经上市了。看着那一个个滚瓜溜圆的花皮西瓜，郝大卫立即上前挑了一个最大的，准备带到医院去。金草一直在医院里照顾李忱。大卫听妈妈说过，李忱曾救过金草的命。他知道金草是个重情的人，有恩必报。知道金草这些日子在医院里辛苦，大卫总是想着法子给金草带些好吃的。他今天买个大西瓜，也是想给金草尝个鲜。

来到病房后，郝大卫首先去看了一下李忱，只见他依然如故，静静地躺在那儿。大卫转过身，拿小刀切开西瓜，然后切成一小块一小块放在盘子里，拿根牙签，送到金草的手上。

金草接过西瓜，吃了一口，便说："真甜。""好吃你就多吃点。"大卫用一句中国电视广告词调侃道。金草看了大卫一眼，说了声："大卫，感谢你，这么多天了，你一直在为我奔忙，辛苦你了。"郝大卫听到这儿，回了一句："为了你，我愿意。""大卫，这西瓜真的很好吃，你也吃一点呀。""只要你爱吃，我就全留给你。我等会回家，还可以在路上买嘛。""你傻呀，我一个人哪吃得下这么多。"金草回道。她把装着西瓜的盘子又送回到大卫的手上。两人正伸手接送时，忽然听得病床上的李忱喊了一声："金草!"

虽然声音比较弱，但金草却听得清清楚楚。她立即回过头去，看见李忱睁开双眼，正盯着她呢。李忱终于苏醒了过来，金草大喜过望，她立即上前喊了一声："大哥，哥，你终于醒啦!"

此时的金草，喜极而泣。她含着眼泪，立即打了一个电话给秦正阳，报告了李忱已经醒来的消息。然后她扑到李忱的面前，激动万分地说了一声："哥，太好了，你终于醒了!"她说着，捧起了李忱的手，紧贴在自己的脸上。可是李忱看了郝大卫一眼，便决然地从金草那儿抽回了自己的手。李忱刚刚苏醒过来，他说话还有些咬字不清，只听他有些吃力地说："金草，你……回……去吧，秦正阳……田新，他们马上会来的。谢谢你……来看我。"

这时候的秦正阳和田新，接到金草的电话后，都非常高兴，他们相约着急速地赶往医院。待秦正阳、田新走进病房时，已是中午十一点多钟了。他们两人看见李忱安然醒来，欣喜不已。寒暄过后，李忱对他们说："秦总，田总，你们……就让金草跟……郝先生一道回去吧，我……已经好了，不再……需要她照顾了。"

秦正阳说："李总，已经到吃午饭的时间了，就让田总带金总和郝先生到楼下找个地方吃顿便饭吧。金总这些日子为照顾你太辛苦了，我们都怠慢了她。"

尽管金草和郝大卫一再推托，但还是被田新执意带了出去。

病房只剩下秦正阳和李忱两人时，秦正阳说："李总，你对金总是不是有什么误会？"李忱黯然道："正阳，我……已经耽误过她一次了。还是在家乡……时，有一个十分，优秀的男孩，他们两人都已经……到了谈婚论嫁的……地步了。只是因为我，她……才放弃了。那男孩已经是，我们家乡凤城县的……县长了，"李忱有些吃力地说到这儿，停顿了一下，然后继续道，"如果，如果当初金草……选择了他，至少生活安定，不会像现在这样，颠沛流离，辛苦地……在职场上打拼。看到她那么劳累，我，心不忍。现在，她又遇上了……郝大卫，看样子他们的关系……不错，金草如果能嫁给他，也是个很好的……选择。无论生活在国内还是……国外，相信她……都会幸福的。"

"李总，也许你说得不错，可是以我近些日子的观察，金总最喜欢的人还是你。自你进医院后，她日日夜夜一直守候在你的身边，困了就靠在你身边打会盹，饿了就泡碗方便面应付一餐。还是郝大卫先生心疼她，不时地煲个汤送点好吃的给她。看她在你身边陪伴着，那么辛苦那么劳累，我和田新都劝她回去休息，你这里我们会安排人照顾好的。毕竟她还有自己的企业，有自己的责任。而且眼看苏州河工程招标在即，她也得回去准备准备。可是她不肯离开你，非得自己亲自守着你。这份真情绝非假意。"

李忱已经苏醒，尽管他说话还有些咬字不清，但总算病情平稳，这也让金草放下心来了，吃过午饭后，在秦正阳和田新的劝说下，金草答应回公司去，毕竟公司的事情太多了，她也需要回去处理。

秦正阳将金草送到医院大门外，他忽然将一封书信递给金草，说："这封信李总已丢进了垃圾桶，被我捡了起来。这好像是你女儿写给你的信，你拿回去看吧。我现在只想告诉你，这几年来，李总一直在寻找你，从深南到广州还有珠江沿线城市，他都找遍了。他在网络上搜寻到苏南有个金叶公司，其中有位老总叫金草后，他又带着我们一路寻你到江南来了。我们来到江南后，总算是找到了你。但李总看到你与郝大卫先生关系密切后，为了你的幸福，他才将这封信丢进垃圾桶。"

毕竟离开公司的时间太长了，金草回公司后，一直忙于公司的事务，根本无暇看女儿的信。直到晚上回到叶家，躺在自己舒适的大床上后，她才从手提包里拿出了女儿的信：

　　亲爱的妈妈，您好！
　　妈妈，我已经知道了我的身世。是姆妈亲口告诉我的。想不到被我伤害得最深的人，却是最爱我、并为我付出了最宝贵的青春代价的母亲！我为我以前的幼稚和无知向您表示深深的歉意！妈妈，求您原谅我！

妈妈，我姆妈早已与我爸离婚，就在您离开我家后不久，他们便分开了。是姆妈主动提出离婚的。姆妈说是她身体有病的原因，她才与我爸离婚的。而我知道最重要的是她爱我爸。看到您离开后，我爸那失魂落魄的样子，姆妈她既心疼也后悔不已。毕竟强扭的瓜不甜，于是，姆妈思量再三，还是决定与我爸离婚。因为我那时还小还需要大人照顾，在姆妈的要求下，我爸同意了姆妈作为我的监护人，直至我十八岁。妈妈，我已经十二岁了，已经长大了，也慢慢地能理解、体谅大人们的心了。姆妈见我已经长大了，明事理了，她便告诉了我我的身世。妈妈，听完姆妈的话后，我简直不敢相信这是真的，一直疼我爱我宠我的姆妈竟然不是我的亲生母亲，而更令我吃惊并痛悔不已的是那曾经被我深深地伤害过的人，竟然就是我的亲妈妈！

我只有十二岁，可是我经历的仿佛是一个世纪，我为此而蒙上被子大哭了一场，为我的姆妈——一个对自己所爱的人倾尽了一辈子的感情却得不到回报的老人。也为我的爸妈——一对深深相恋却又爱得那么苦的人。此刻，我的心似乎被撕成了两半啊！

妈妈，大家都说我的歌唱得好，我也喜欢唱歌，在学校老师的指导下，我已经把我对姆妈还有我对您的爱编成了一系列的原创歌曲，并将它搬上了舞台，得到了老师、同学的好评，并且在全省青少年唱歌比赛中赢得了金奖，得到了省音协领导的赞扬，在他们的支持和推荐下，我已经报名参加全国青少年唱歌比赛，并已接到了邀请。妈妈，我想到时带着我的姆妈和您一起去北京参加比赛。

妈妈，您能答应我吗？

您的女儿：李苗

　　夜，已经深了，窗外飘起了小雨。金草在灯下将女儿的信看了一遍又一遍，泪水一次次地模糊了她的双眼。她的女儿终于长大了，终于能理解她了。她心里有一种莫名的感动。她突然好想女儿。几年了，几年的时间里她与女儿完全没有联系。她所记得的还是女儿小时候的模样。女儿如今已经十二岁了，她该长成半大姑娘了吧。想到自己十二岁时，虽然家里的日子过得艰难，但她得到的却是父母真切的关爱和细心的呵护。可是她的女儿苗苗直到这么大，才知道她是她的母亲。想想自己真是有愧于女儿啊！

　　一整夜，金草就这样和衣躺在床上，怀抱着女儿的信直至天亮。

　　四月二十八日终于到了。清晨，金草起床后，在梳妆台前稍稍打扮了一下，便背着包下了楼梯。叶总已经坐在一楼的客厅里。金草来到了她的面前。这是金草第一次离开叶总单独代表金叶公司参加投标，叶筠怕金草紧张，只拣宽慰的话说给她听。金草只是点着头，但心里仍然有些不安。毕竟以前每次参加投标都有叶总这个主心骨在她的身边。叶总是棵大树，她只是一棵小树苗，有大树给她遮风挡雨，她什么都不怕，可是这次是她单独参加竞标，她心里还真的是忐忑不安。

　　就在叶总和金草交谈之时，大卫早已把饭菜端上了桌子。大卫的父亲还在院子里打着太极拳，大卫拿来两只碗，他给金草添了一碗他精心熬制的小米粥，又给金草剥好了两只熟鸡蛋，然后自己也端起碗陪金草吃早餐。

　　吃过早饭后，大卫亲自开车送金草参加今天的投标会。

上午九时许，苏南市海北区招投标中心大门前便已汇聚了前来投标的人们。郝大卫开着车，带着金草在人群的外围转了一圈，这时，前来参加投标的孙强和冉小洁走上前来，郝大卫停住车，让金草走了下去。

"金草，小孙、小冉，我就在外面等你们的好消息哦！"郝大卫从车窗口探出头来说。

九时三十分，海北招投标中心十八层大厅的玻璃门缓缓打开，等候在门外前来投标的各企业人员鱼贯而入。三鼎公司的秦正阳、田新，和金叶公司的三位投标人坐在一排。

主席台上，主持人宣布了这次公开竞标会开始。接着他便介绍了这次招标的项目内容及本次各竞标单位名单。然后他又宣布了本次招标活动的主持人、监标人、唱标人、记录人等工作人员名单。

紧接着便是投标，在座的各投标单位派代表送标到主席台前，然后由工作人员当众拆封、验证投标资格，并宣读投标人名称、投标价格以及设计方案等主要内容。

待这些程序——走完后，接着便是评标了。由招标人派出的代表及其聘请的技术、经济、法律等方面的专家组成的评标委员会，按照招标文件的规定对所有投标文件进行审查、评标。

最终，因为这次工程是苏南市政府的一项重大建设工程，所以并没有现场公布中标结果。

宣布中标结果是在三天之后，在焦急的等待中，经过招标人和评标人仔细地考察认证，金叶公司和三鼎公司同时接到了招标办签发的中标通知书。

因这次苏州河园林绿化及仿古建筑项目工程浩大，为慎重起见，在上级领导及有关专家的提议下，这次的招标单位——苏南市人民政府，特将苏州河园林绿化及仿古建筑工程一分为二，使其园林绿化工程与仿古建筑工程分别中标。于是便有了两个企业同时中标的结果。

金叶公司终于在这次苏州河园林绿化项目竞争中夺标了，这令叶筠特别高兴。激动之余，她还在金草和儿子大卫的陪伴下，亲自去了一趟海北招投标中心，了解金叶公司中标的情况。据招标办负责人讲，金叶公司能在这次激烈的竞争中获胜，除了商务标过硬外，经济标也最接近标底，除此之外，能让金叶公司中标的另一个重要原因，是金叶公司的技术标非常出色。所谓技术标，就是园林艺术设计。这是金草在一个多月的时间里，充分运用她在苏南大学学到的专业的园林艺术，并通过翻阅大量的资料、然后加班加点，费尽心血设计出来的。

"其实，最难、也最能体现一个企业的技术能力，体现一个企业设计人员聪明才智的，便是这项技术标。"这位招标办负责人说。他还说："在这次招标中，其实实力强劲的华林公司与金叶公司各项指标非常接近，几乎是旗鼓相当，他们未中标的原因就是输在技术标上。因为金叶公司这次的园林艺术设计实在太优秀了。出类拔萃，让投资方非常满意，所以最终才定下金叶公司中标。

叶筠回到家中，仔细地询问了金草这次的设计理念。金草说：

"为了这次能中标，我第一阶段是没日没夜地思考，我们金叶公司怎样才能够在众多的竞争对手中脱颖而出。叶总，您不是常常引用松下幸之助先生的话提醒我吗，什么是竞争？竞争就是智慧的较量！我想道理就在这儿，竞争的结果也就是智慧较量的结果。很多事情，只要人努力，就会办到的，办不到是因为努力不够，我就认定了这个理。在这次投标中，我认为，关键之处，不外乎三个方面：

一、商务标，也就是资格审查，大家基本上都符合条件，也就是说都合格，没有竞争优势可言。

二、经济标。经济标无非是按照施工流程制订合理的价格，这个方面我们已经做得很多，也基本掌握了要领。当然这个也有偶然，能将标底计算准确，合乎投资方的要求也不容易，这个还是要靠一份运气。我一来相信我的计算，二来我也觉得金叶公司运气还不错。"金草说到这儿，自信地笑了笑。接着道：

"当然，最重要的是第三个方面：技术标！我觉得，如果说前两个标有着某种必然的联系，但只要人努力都能达到。那么，含金量高的就数技术标了。我就想在设计方案上做文章，我要做'人无我有'的文章。为此，我很长一段时间都大费脑筋。最后，我还是想出了一套全新的设计方案。我改变了以前按电脑中已有的软件进行图案设计的方法，而是以实体为标本来进行三维设计。虽然这样的图案没有电脑软件设计的图案整齐划一，但实体图给人的视觉带来的感觉更真实。为此，我多次到绿园公司还有其他的一些相关地方去进行实地拍照，然后，我就将这一张张原始真实的图片融进我的设计中。从而使这些真实的树木花草、花园小径还有小桥流水完美融合的图案，展现在投资人面前。让他们就如同身临其境，从而达到人与自然发生感应、产生相互和谐的心境。以激起他们对设计图案里这些美好画面的渴望和联想。而且这些实体图里精致的园林与仿古建筑完美搭配显示出的安宁、和谐、相融的意境，是会让投资人为之心动的。在设计中，我还有一个想法，那就是我们金叶公司要得到的不仅仅是这次的标，我们更是要实现苏南人心中对美好生活的向往。这也是我这次工程设计的理念。"

看见叶总露出欣慰的神情，金草的脸上也展现出了舒心而自信的笑容。

苏州河园林绿化及仿古建筑招标结果终于尘埃落定，就在金叶公司接到园林绿化中标通知书的第二天，金草便代表公司，按约定与投资方的工程项目主管部门及负责人商谈并签订了合同。

而这时，叶筠也在准备着跟随丈夫、儿子一道去美国。

刚刚接手一项大工程，叶总又要走，金草真的觉得自己肩上的担子太重了。除了工作的压力，金草从心里也不舍得叶总离开。可是他们一家人所作的决定，也是金草所不能改变的。还有短短的三天，便是叶总一家启程的日子。金草所能做的便是默默地为老人收拾行装。

金草将她绣的一幅《松鹤延年图》放进了叶总的行李箱，一旁的郝大卫拿起这幅绣品展开看了起来。他看过的《松鹤延年图》不少，可是像金草这样图案精美、绣工精致的双面绣，他还是第一次看到。难怪金草的设计能力这么强，她天生就有聪慧的头脑，独到的眼光和过人的观察力。郝大卫不禁从心里佩服金草。"你真的了不起!"他对她伸出了大拇指。

吃过晚饭后，大卫邀请金草出去走走，金草二话没说，便一口答应了下来。大卫带着金草来到了海滨大道外侧的人造沙滩边。华灯初上，宽阔而平缓的沙滩上这时热闹非凡。休闲的大人，快乐的儿童，还有浪漫的潮男潮女……众多前来观看夜景的市民聚集在这儿，几乎挤满了沙滩。

大卫带着金草来到了一处灯光稍暗的沙滩边。远处平静的海面上，有几艘航船经过，温柔的海水推着细浪在海滩边翻滚着，大卫选了这处离人群稍远一点的地方。他撑开了圆形帐篷，两人坐在里面，一边看着海滩夜色，一边喝着冰镇矿泉水。

　　"金草，再过三天，我们就要去美国。妈妈的意思是如果你同意我的求婚，就等这次苏州河工程完工后，让我再回来接你去美国。我们就在美国举行婚礼。然后我们一家人生活在一起。"

　　郝大卫开门见山，向金草提出了结婚的请求。这让金草低下了头。她来苏南几年了，不仅与叶总情同母女，对大卫她也心存好感，她深切地感受到，这个敦厚、纯净的大男孩对她是真心真意的。也许，去美国是很多中国女子的梦想，何况她最可敬可亲的叶总也在那儿。而且大卫又是这么一位优秀的男子，跟他在一起，她所享受的便是他的温柔体贴和细心的呵护。她知道，如果她跟随着大卫去了美国，与善良的郝家一家人生活在一起，她往后的日子会过得平静而美好。她会快乐幸福的。然而，这时候的金草想到了李忱，想到现在还躺在医院里的那个坚强而柔弱的人儿，她觉得这是她心底里深深的牵挂。李忱早已与玉贞离婚，几年来，他一直在寻找着她。如今他又伤重躺在医院里，不知何日才能完全恢复。而且金草觉得自己对李忱的爱是那样深沉，她放不下他。

　　"金草，我是真心爱你的。我郝大卫来到人世间快四十年了，我这是第一次对异性动真感情。人生处处有芳草，可是我对你的爱却是独一无二的。"见金草一直低着头，沉默不语，大卫于是表白道。

　　金草听到这儿，不禁心生感动，她的眼泪悄悄地涌了出来。

　　"金草，你是不是有些牵挂你那可爱的女儿呢？"大卫问。他接着说："这个问题好解决。等你去美国后，我们再把她移民过来，你放心，我一定会处理好。"

可是，金草却摇了摇头。

"那你就是还想着李忱先生吧，他家里不是还有太太吗？"

"没有，他们早离异了。"

"哦？我可没听你说呀！"

"我也是最近才知道的。"

"金草，莫不是你们旧情重燃吧？"

"大卫……"

"金草……"大卫双眼紧盯着她。

在这个真诚的大男孩面前，金草觉得自己不能在感情上欺骗他，她于是说："他是我孩子的父亲，也是我放不下的人。大卫，只怪我们今生没有缘分，我不能答应你。"

"可是金草，既然上帝让我们相识，我们便是有缘分的，我不想失去你。"大卫说。

"大卫，请你原谅我吧，我真的不能答应你！"

郝大卫听了这话，便沮丧地抱着头，沉默不语。金草也再没言声。

海边起浪了。夜风阵阵吹来，刚才还闪烁着星光的夜空，忽然被海上飘来的黑云完全遮挡住了。海滩上的人们，大多已经散了。直到这时，金草才轻声地对大卫说："大卫，气温下降了，好像要下雨呢，我们回去吧。"

郝大卫抬起头来，双眼盯着雨雾蒙蒙的海上。好半天才很无奈地回了一句："好吧。"

第二天中午，叶筠在蓝色之梦大酒店办了辞行酒。在座的除了金叶公司各部门的头头外，还有两位陌生的来客。待大家坐定后，叶筠站了起来，她说："各位，我今天把大家请来，首先是感谢在座的各位一直以来对金叶公司的鼎力相助，你们辛苦了！我就要离开你们去美国，今天特在此略备薄酒、以示谢意。另外，我还有一项重要的决定要向大家宣布。因此，在开席前，我要耽搁大家一点时间，介绍一下我今天请来的这两位客人，"叶总一边说一边指着坐在她身边的那位四十多岁的男士，"这位是苏南市律师事务所大名鼎鼎的严炽明律师，坐在严律师身旁的这位是苏南市海北区公证处的阎时同志。"叶总的话刚说完，席上的人立即窃窃私语，不知叶总今天又是找律师又是找公证人有何用意。正当大家交头接耳、议论纷纷的时候，只听叶筠张开双手压下大家的话头，说："请大家安静，我现在要宣布的是，我要将金叶公司这个品牌无偿地赠与金草——也就是你们大家的金总。我请大家来，一是为了感谢大家。二是要大家作个见证。并且为了表明我的赠与行为合法合规，我还特别请了严炽明律师前来办理相关赠与手续，并请了公证处的阎时先生前来作公证。"

　　说完这话，她便率先在赠与协议上签了字，接着苏南市律师事务所严律师和海北区公证处的公证员阎时都上前签了名。

　　在叶总宣布这个决定后，金草却迟迟没有上前。她知道，"金叶公司"这个品牌，是叶总打拼多年，殚精竭虑创下的，这个品牌是无形的资产，价值不菲。而今，叶总却无偿地馈赠给了她，这份恩情实在太重了！

　　而这时，叶筠一边喊着金草上前签字，一边对大家说："金叶公司的员工都知道，由于金总头脑灵活，思维独到，且极具吃苦耐劳的精神，她在我们公司的几年间，为公司创下了不斐的业绩。而特别重要的是她心地善良、人品出众，这个是无法用金钱来计算的。自我认识她的那时候起，我就认定这是一个不凡的女子。进入我们公司后，她很快地便以自己的能力印证了我对她的推断。她为公司立下的汗马功劳，大家都是有目共睹的。我可以说，没有金总，就没有金叶公司今天的兴盛。我给予金总'金叶公司'品牌的馈赠，是实至名归。当然，金总将要接受的不仅仅是一个品牌，更是一种责任。我相信，命运总是眷顾那些努力的人。金总年轻，能吃苦，又有经营头脑，她会把金叶公司经营得更好更强，给公司积累更大的财富。给员工们更好的福利。好，这事就这么定了。现在请大家喝酒。"

苏南机场上。

金色的阳光洒满大地，叶筠一家已经聚集在这儿，与陪同前来的金草告别。面对就要离去的叶总，金草忽然泪流满面，她紧紧地拥抱住叶总，久久没有松开。在人生的旅途中，是这位老人给了金草在世上生存并展示才华的机会，是她给了金草自尊自信还有财富。此时此刻，面对这位慈祥的老人，想到过去她们如同母女般相处在一起的日子，是那么温馨。如今，老人就要走了，也许这是永远的离开。金草此刻的心里真有着当年失去母亲时的那种撕心裂肺般的痛苦与无奈。直到郝大卫在一旁催促母亲，飞机起飞的时间就要到了。

老人刚刚松开抱住金草的手，郝大卫忽然将金草紧紧地拥在了怀中。他说道："金草，我真的太爱你了。你是我所遇见的女子中，最优秀的一个。这不仅仅是你的美丽、温柔，还有你的人格魅力。

可是我也能理解你，你有自己亲爱的孩子，有自己所爱的男人，我因此只能深深地祝福你啊，亲爱的!"郝大卫说完，在金草的额上轻轻地留下了一个吻。

银灰色的飞机终于飞上了蓝天，带着敦厚、善良的郝氏一家人飞向了大洋彼岸。直到飞机飞得看不见了，金草才返身往回走。她穿过了机场出口，走出了高大雄伟的苏南机场。前面是宽阔的绿草地。远远地，她看见有两个人推着一辆推车出现在绿草地旁边，那两个人是秦正阳和田新，而坐在推车上的是她今生最亲爱的人李忱。她径直朝他们走了过去……